신 들 의 계 보

THEOGONIA
ERGA KAI HEMERAI
ASPIS HERAKLEOUS
GYNAIKON KATALOGOS
by HESIODOS

신들의 계보
–
제1판 1쇄 2009년 9월 15일
제1판 9쇄 2024년 4월 20일
–
지은이–헤시오도스
옮긴이–천병희
펴낸이–강규순
–
펴낸곳–도서출판 숲
등록–2004년 3월 4일 제2014–000045호
주소–경기도 파주시 돌곶이길 108–14
전화–(031)944–3139 팩스–(031)944–3039
E–mail–book_soop@naver.com
–

ISBN 978–89–91290–29–7 93890
값 23,000원
–
디자인–씨디자인

제우스의 두상(제정 로마 초엽 1세기)

크로노스와 레아의 아들 제우스는 티탄 신족과의 전쟁을 승리로 이끌고 신들의 왕이 되었다.

포세이돈과 그의 아들 트리톤(17세기, 베르니니 작)

포세이돈은 크로노스와 레아의 아들로, 제우스 및 하데스와 형제간이다. 바다의 신으로
고대 그리스인들은 대지를 붙잡아주는 이도, 대지에 지진이 일어나게 하는 이도 포세이돈이라고 믿었다.
트리톤은 포세이돈과 암피트리테의 아들인데, 상반신은 사람이고 하반신은 물고기로
흔히 소라고둥 나팔을 불고 있는 모습으로 그려지곤 했다.

헤베(안젤리카 카우프만 작)

헤베는 제우스와 헤라의 딸로 신들에게 술 따르는 일을 맡았는데, 이 일은 나중에 제우스의 독수리에게 납치된 트로이아의 미소년 가뉘메데스가 맡는다. 그녀는 사후에 신이 된 헤라클레스와 결혼한다.

세상을 떠받치고 있는 아틀라스(일 구에르치노 작)

제우스는 올림포스 신족에게 대항하는 싸움을 이끈 아틀라스에게
지칠 줄 모르는 두 손과 머리로 둥근 하늘을 짊어지도록 하는 형벌을 내린다.

인간을 위해 불을 훔치는 프로메테우스(얀 코시에르스 작)

프로메테우스('사전에 생각하는 자'란 뜻)는
올림포스 신족의 시대를 열게 해준 조력자였지만, 불을 주고 기술을 가르쳐주는 등
인간들을 편들다가 카우카소스 산의 암벽에 결박당한다.

아폴론 상(기원전 1세기)과
그의 쌍둥이 누이 아르테미스 상(기원전 4세기)

아폴론은 궁술(弓術), 음악, 예언술, 의술의 신이고,
아르테미스는 사냥의 여신이자
어린 야수들과 순결의 보호자다.

아테네 상(기원전 4세기)와

아프로디테 상, 일명 밀로의 비너스(기원전 150년경)

아테네는 완전 무장한 채 제우스의 머리에서 태어난 여신으로, 전쟁과 공예를 관장한다.

아프로디테는 미(美)와 사랑의 여신이다. 호메로스에 따르면 제우스와 디오네의 딸이지만, 헤시오도스에 따르면 거세되어 바닷물에 내던져진 우라노스의 남근 주위에 모인 거품(aphros)에서 태어났다고 한다.

하데스와 페르세포네(17세기, 베르니니 작)

'지하의 제우스'라고도 불리는 하데스는 사자(死者)들의 세계를 지배하는 저승의 신이다.
페르세포네에게 반한 그는 그녀를 납치해 '하데스의 집'으로 데려간다.

최초의 여자, 판도라
(샤를 르노아르 작)

메두사(베르니니 작)

영웅 페르세우스는 아테네 여신이 준 청동 거울을 이용해 메두사를 직접 보지 않고 목을 베었다.

술에 취해 즐거워하는 추종자와 함께 디오뉘소스가 아리아드네와 마주치다(티치아노 작)

제우스와 에우로페의 아들 미노스의 딸 아리아드네는, 아테나이의 왕자 테세우스가 우두인신(牛頭人身)의 괴물 미노타우로스에게 바치기 위해 아테나이의 소년 소녀 7명씩을 데리고 크레테로 건너왔을 때 첫눈에 반해 그가 미노타우로스를 죽이고 미궁에서 빠져나올 수 있도록 실꾸리를 준다. 그리하여 테세우스는 미노타우로스를 죽이고 약속대로 아리아드네를 데리고 아테나이로 도망치지만, 낙소스 섬에서 잠든 그녀를 버리고 가자 디오뉘소스가 나타나 그녀를 아내로 삼는다.

주신 디오뉘소스, 일명 박코스(미켈란젤로 작)

이아손과 황금 양모피(퀠리누스 작)

◀ 헤레클레스와 케르베로스를 그린 항아리(기원전 520년경)

파르나소스(안톤 라파엘 멩스 작)

헤시오도스는 피에리아와 헬리콘의 무사 여신들을 부르며 도움을 청하는 것으로 노래를 시작한다.
헤시오도스가 이름을 붙인 9명의 무사 여신은 므네모쉬네(기억) 여신의 딸들로
각각 서사시, 서정시, 비극, 뤼라와 뤼라가 반주하는 서정시, 찬신가, 무언극, 천문학, 희극, 목가 등을 관장한다.
이 그림은 파르나소스 산에서 예술의 신이기도 한 아폴론과 함께한 무사 여신을 그렸다.

신들의 계보

Theogonia

Hesiodos

헤시오도스 지음 / 천병희 옮김

옮긴이 서문

우주와 신들의 탄생에 관한 가장 권위 있는 문헌

우리나라에 그리스 로마 신화에 대한 관심이 폭넓게 확산되기 시작한 것은 그리 오래 전 일이 아니다. 그러한 관심이 일시적인 호기심에 그치지 않고 서양 문화를 깊이 있게 이해할 수 있는 토대로 발전하기 위해서는 그리스 로마 신화에 관한 일차 문헌들을 체계적으로 연구하는 작업이 선행되어야 한다. 그리고 그러한 작업의 핵심은 그리스 로마 시대에 씌어진 일차 문헌들을 자의적으로 재구성한 신화 연구서들을 흥미 위주로 편집하는 것보다는, 일차 문헌 자체를 충실히 번역하고 이에 필요한 주석을 다는 일이다. 그렇게 해야만 이 분야에 관심 있는 이들이 관심의 대상을 좀더 정확하고 생생하게 이해할 수 있기 때문이다.

그리스 로마 신화에 관한 고대 문헌들로는 서사시를 쓴 두 위대한 시인인 호메로스(Homeros)와 헤시오도스(Hesiodos), 3대 비극작가인 아이스퀼로스(Aischylos), 소포클레스(Sophokles), 에우리피데스(Euripides), 서정시인 핀다로스(Pindaros), 헬레니즘(Hellenism) 시대의 대학자인 아폴로도로스(Apollodoros), 로마 시인 오비디우스(Ovidius)의 작품들이 중요하다. 그중에서도 헤시오도스의 『신들의 계보』(일명 『신통기』)는 우주와 신들의 탄생에 관한 한 가장 체계적이고 가장 신뢰할 수 있는 문헌이다. 오비디우스의 이야기들은 다채롭기는 하지만 상당 부분 창작으로 추정되기 때문이다. 『신들의 계보』는 신들의 계보(系譜)를 체계적으로 기술하고 있을 뿐 아니라 인간들에게 불을 훔쳐다 준 프로메테우스와 최초의 여인(女人)인 판도라(Pandora)의 신화에 관한 가장 오래된 문헌이기도 하다.

한편 헤시오도스의 『일과 날』은 '황금 시대'(黃金時代)에 관한 가장 오래된 문헌일 뿐 아니라 그가 자신의 경험에서 얻은 여러 가지 도덕적 · 실천적 교훈을 담고 있는 교훈시(教訓詩)로서 헬레니즘 시대와 로마 시대를 넘어서서 그 이후의 서양 교훈문학의 효시(嚆矢)가 된 작품이다.

『헤라클레스의 방패』는 총 480행의 시로, 고난을 이겨낸 영웅의 힘찬 면모를 묘사한다. 이 작품에는 헤시오도스 특유의 인생에 대한 사변적(思辨的) 요소가 보이지 않는 것이 특징이다.

그리고 『여인들 목록』은 다른 작가들에 의한 인용(引用)이나 단편(斷片)의 형태로 남아 있어 뜻이 잘 통하지 않는 곳이 많기는 하지만 이미 잘 알려진 인물에 관해 새로운 또는 다른 이야기를 들려주곤 한다. 그런 의미에서 이 작품은 그리스 신화의 또 다른 보고(寶庫)이며, 여러 곳에서 그토록 많이 인용되는 것도 그 때문일 것이다.

2009년 9월

천병희

차례

일러두기

1) 이 역서의 대본으로는 F. Solmsen, *Hesiodi Theogonia, Opera et Dies, Scutum*, Oxford ³1990(Oxford Classical Texts)와 R. Merkelbach/M. L. West, *Hesiodi Fragmenta Selecta*, Oxford ³1990(Oxford Classical Texts)를 사용했다. 주석은 주로 M. L. West, *Hesiod, Theogony, edited with Prolegomena and Commentary*, Oxford 1966과 M. L. West, *Hesiod, Works and Days, edited with Prolegomena and Commentary*, Oxford 1978과 W. Marg, *Hesiod, Sämtliche Gedichte übersetzt und erklärt*, Zürich/München ²1984를 사용했다.
현대어역으로는 W. Marg와 Th. von Scheffer의 독역본과 M. L. West와 R. Lattimore의 영역본을 참고했다.

2) 5행마다 행수를 표시하여 참고하기에 편리하도록 했다. 역서의 행수와 원전의 행수가 정확히 일치하지는 않지만 두세 행 이상 차이나지 않도록 했다.

3) 고유명사의 표기는 그리스어, 그것도 앗티케 방언을 따랐다. 예: 하데스(아이데스 대신), 헤라(헤레 대신), 헬리오스(에엘리오스 대신). 단 찾아보기에는 원전에 나오는 이름을 병기했다. 라틴어 이름을 병기할 때에는 그 앞에 '라/'라고 표시했다. 예: 아르테미스(Artemis 라/Diana)

4) 본문 중 설명이 필요하다고 생각하는 부분에는 주석을 달았다. 그리고 뒤에 「그리스 신화의 주요 신들」과 포괄적인 「주요 신들과 영웅들의 가계도」를 덧붙여 헤시오도스의 작품들을 넘어서서 그리스의 신들과 영웅들의 세계를 전체적으로 개관할 수 있게 했다.

5) 이 책은 한국학술진흥재단의 연구비 지원으로 2004년 출간되었던 『신통기』의 개정판이다.

신들의 계보

일명 신통기

1~115행 **서사(序詞)**

1~35행 헬리콘 산의 무사 여신들

36~103행 올림포스의 무사 여신들

104~115행 무사 여신들과 작별하다

116~122행 **최초의 세 가지 힘들: 카오스, 가이아(대지), 에로스**

123~125행 **카오스의 자녀들**

126~138행 **가이아의 자녀들**

126~128행 우라노스

129~132행 산(山)과 폰토스

133~138행 가이아와 우라노스의 결혼, 그리고 그 자녀들인 티탄 신족

139~154행 **퀴클롭스들과 헤카톤케이레스들**

154~210행 **우라노스의 거세(去勢)**

154~160행 가이아의 괴로움

161~175행 가이아의 음모

176~182행 우라노스의 거세

182~187행 우라노스가 거세될 때 흘린 피에서 생겨난 것들: 복수의 여신들(Erinyes), 기가스들, 멜리아들

188~206행 우라노스의 남근에서 생겨난 것: 아프로디테의 탄생

207~210행 티탄 신족이란 이름의 어원. 아버지 우라노스의 저주

211~232행 밤과 불화(不和)의 자녀들

211~225행 밤의 자녀들

211~213행 운명, 죽음의 여신, 죽음

214~222행 비난, 고초, 헤스페리데스들, 운명의 여신들

223~225행 응보

226~232행 불화의 자녀들

233~336행 폰토스의 자녀들

233~239행 폰토스의 자녀들

240~264행 네레우스의 딸들

265~269행 타우마스의 자녀들: 이리스, 하르퓌이아이들

270~336행 포르퀴스와 케토의 자녀들과 자손들

270~279행 포르퀴스와 케토의 자녀들: 그라이아이들, 고르고 자매들

280~286행 메두사의 자식들: 크뤼사오르, 페가소스

287~294행 크뤼사오르의 아들: 게뤼오네우스

295~305행 포르퀴스와 케토의 또 다른 자식: 에키드나

306~318행 에키드나의 첫 세 자녀들: 오르토스, 케르베로스, 휘드라

319~332행 에키드나의 또 다른 자녀들: 키마이라, 스핑크스, 네메아의 사자

333~336행 포르퀴스와 케토의 또 다른 자식: 황금 사과들을 지키는 용

337~370행 강(江)들과 오케아노스의 딸들

337~345행 강들의 목록

346~366행 오케아노스 딸들의 목록

367~370행 오케아노스 아들들에 대한 부연

371~403행 휘페리온과 테이아 및 크레이오스와 에우뤼비에의 자녀들

371~374행 휘페리온과 테이아

375~377행 크레이오스와 에우뤼비에

378~382행 에오스와 아스트라이오스의 자녀들

383~403행 스틱스와 팔라스의 자녀들

404~410행 레토와 아스테리에

411~452행 헤카테 찬가

(제1부 411~428행)

411~415행 헤카테의 영향력이 대지와 바다와 하늘에 미치다

416~420행 헤카테의 권능

421~425행 헤카테의 위엄을 제우스가 인정하다

426~428행 요약과 반복. 헤카테는 외동딸이다

(제2부 429~452행)

429~447행 개인과 공동체에 미치는 헤카테의 영향력

430행 회합에서

431~433행 전쟁에서

434행 재판에서, 왕들 사이에서

435~438행 경기에서

439행 기수(騎手)들 사이에서, 경기와 전쟁의

440~443행 어부들 사이에서, 포세이돈과 함께

444~447행 목자들 사이에서, 헤르메스와 함께

448~449행 요약과 반복

450~452행 영향권에 대한 부연. 젊은이들의 양육자

453~500행 제우스 남매들의 탄생

453~458행 제우스 남매들의 탄생

459~467행 크로노스가 제 자식들을 삼키다

468~491행 레아의 대응책

492~500행 크로노스가 삼켰던 자식들을 도로 게우다

501~506행 퀴클롭스들의 해방

507~616행 이아페토스 아들들의 비행과 제우스의 처벌

507~520행 아틀라스, 메노이티오스, 프로메테우스, 에피메테우스

521~616행 프로메테우스 이야기

521~534행 프로메테우스를 처벌하다

535~561행 프로메테우스가 제물을 나누며 제우스를 속이다

562~569행 프로메테우스가 불을 훔치다

570~589행 최초의 여인 창조

590~612행 여인들의 가치

613~616행 결론

617~735행 티탄 신족과 벌인 전쟁

617~623행 결박된 헤카톤케이레스들

624~634행 헤카톤케이레스들이 해방되어 전쟁에 참가하다

635~663행 헤카톤케이레스들을 설득하다

664~686행 첫 번째 전투 묘사

687~712행 제우스가 번개로 공격하다

713~719행 티탄 신족을 제압하다

720~735행 티탄 신족을 지하에 가두다

736~819행 하계(下界)

736~745행 상계(上界)의 토대로서의 하계와 그 엄청난 거리

746~757행 아틀라스. 낮과 밤의 집

758~766행 잠과 죽음

767~773행 저승

775~806행 스튁스

807~819행 요약

820~880행 튀폰. 그의 자녀들과 돌풍들

820~835행 튀폰

836~852행 제우스가 싸우기로 결심하다. 전투가 시작되다

853~868행 결전

869~880행 튀폰의 자녀들과 돌풍들

1011~1016행 키르케의 아들들

1017~1018행 오뒷세우스의 다른 아들들

1019~1020행 여신들과 남자들의 교합을 마무리하다

1021~1022행 『여인들 목록』(*Gynaikon Katalogos*)의 서두(序頭)

노래를 헬리콘 산[1]의 무사 여신들[2]로부터 시작하기로 하자.
그분들은 크고 신성한 헬리콘 산을 차지하시고는

1 헬리콘 산은 그리스 보이오티아 지방의 남서부에 있는 산으로, 최고봉은 1,749m다. 이 산은 올륌포스 산의 북쪽 사면에 있는 피에리아 지방과 더불어 무사 여신들의 2대 성지다. 무사 여신들의 숭배는 선사 시대에 이들 여신들의 탄생지인 피에리아에 살던 주민들이 헬리콘 산으로 이주하면서 이곳으로 전파되었다고 한다. 그래서 무사 여신들을 흔히 '피에리아의 무사 여신들'(Mousai Pierides)이라고 부르기도 하고(『헤라클레스의 방패』 206행 참조) '올륌포스의 무사 여신들'(Mousai Olympiades)이라고 부르기도 한다(『신들의 계보』 25, 52, 966, 1022행 참조).

2 무사(Mousa 라/Musa, 복수형 Mousai 라/Musae) 여신들은 제우스와 므네모쉬네(Mnemosyne 기억) 여신의 딸들로 시가(詩歌)의 여신들이다. 그들의 수는 3명, 7명 또는 9명이라고 하는데 고전 시대(기원전 480~기원전 323년)에는 9명으로 정립되었다. 그들은 또 로마 시대 후기에는 각각 한 가지 기능을 맡게 되는데, 대체로 칼리오페(Kalliope 라/Calliope)는 서사시를, 클레이오(Kleio 라/Clio)는 역사를, 에우테르페(Euterpe)는 피리와 피리가 반주하는 서정시를, 멜포메네(Melpomene)는 비극을, 테릅시코레(Terpsichore)는 무용을, 에라토(Erato)는 뤼라(lyra)와 뤼라가 반주하는 서정시를, 폴륌니아(Polymnia 라/Polyhymnia)는 찬신가를 나중에는 무언극(無言劇)을, 우라니아(Ourania 라/Urania)는 천문학을, 탈레이아(Thaleia 라/Thalia)는 희극과 목가(牧歌)를 관장하는 것으로 받아들였다. 서사시인들은 호메로스(Homeros)의 『일리아스』(*Ilias*)와 『오뒷세이아』(*Odysseia*)에서 볼 수 있듯이 으레 무사 여신들을 부르며 도움을 청하는 것으로 노래를 시작한다. 이들 서사시에서는 호소가 짧은 데 비해 『신들의 계보』에는 103행까지 이어진다.

검푸른 샘[3]과 크로노스의 강력하신 아드님[4]의
제단 주위에서 사뿐사뿐 춤추신다.
그리고 그분들은 페르멧소스[5] 또는 말〔馬〕의 샘[6]
또는 신성한 올메이오스에서 고운 살갗을 씻고 나서[7]
헬리콘 산의 꼭대기에서 아름답고 사랑스런 원무(圓舞)를 추신다.
박자에 맞춰 민첩하게 발을 놀리시며.
그곳으로부터 그분들은 짙은 안개에 싸여 앞으로 나아가시되
밤을 거니시며[8] 더없이 고운 목소리로 찬미하신다,
아이기스[9]를 가지신 제우스, 아르고스의 여주인이신 헤라[10]와
황금 샌들을 신고 걷는 이,[11]
아이기스를 가지신 제우스의 따님이신 빛나는 눈의 아테네,[12]

3 여기서 '검푸른 샘'이란 5행에 나오는 '말〔馬〕의 샘'을 가리키는 것 같다.

4 제우스. '크로노스의 아들'이란 대개 제우스를 가리키는 말이다. 제우스에 관해서는 「그리스 신화의 주요 신들」(이하 「주요 신들」로 줄여 씀) 참조.

5 페르멧소스와 올메이오스는 헬리콘 산에서 흘러내리는 시내로 그 위치는 확실치 않다.

6 '말의 샘'(Hippou krene)은 헬리콘 산의 정상에서 멀지 않은 곳에 있는 샘으로, 천마(天馬) 페가소스의 발굽에 차여서 솟아났다고 한다. 위 두 시내와 '말의 샘'은 서로 뚝 떨어져 있어 헬리콘 산 전체가 무사 여신들의 활동 무대였음을 알 수 있다.

7 고대 그리스에서는 소녀들도 함께 춤추기 전에 반드시 목욕했다고 한다.

8 신들은 인간이 잘 다니지 않는 시간에 인간이 잘 다니지 않는 곳을 거닌다고 생각되었다.

9 아이기스(Aigis 라/Aegis)는 제우스의 염소가죽 방패다. 적군을 놀라게 하고 아군을 보호하기 위해 가장자리는 뱀의 머리들로, 한가운데는 보는 이를 돌로 변하게 한다는 메두사의 머리로 장식되어 있다. 호메로스 이후에는 아테네 여신이 들고 다닌다고 여겨졌다.

10 헤라는 제우스의 누이 겸 아내로서 결혼과 결혼한 여인들의 수호 여신이다. 그녀는 특히 펠로폰네소스(Peloponnesos) 반도 동북부에 있는 아르고스 지방에서 숭배 대상이 되었다. 「주요 신들」 참조.

11 헤르메스. 그는 신들의 사자(使者)로서 날개 달린 황금 샌들을 신고, 마음대로 재울 수도 있고 깨울 수도 있는 지팡이를 들고 다닌다. 「주요 신들」 참조.

12 아테네는 완전 무장한 채 제우스의 머리에서 태어난 여신으로, 전쟁과 공예를 관장한다.

포이보스 아폴론,[13] 활을 쏘는 아르테미스,[14]
대지를 붙들고 있고 대지를 흔드는 포세이돈,[15]
존경스런 테미스,[16] 속눈썹을 잘 깜빡이는 아프로디테,[17]
황금 머리띠의 헤베,[18] 아름다운 디오네,[19]
레토,[20] 이아페토스,[21] 음모를 꾸미는 크로노스,[22]

팔라스(Pallas)는 아테네 여신의 별명 중 하나로 '처녀' 또는 '무기를 휘두르는 자'란 뜻으로 생각된다. 「주요 신들」 참조.

13 아폴론은 제우스와 레토의 아들로, 궁술(弓術), 음악, 예언술, 의술의 신이다. 포이보스(Phoibos 찬란한 자)는 '광명의 신'이란 뜻을 지닌 아폴론의 별명이다. 「주요 신들」 참조.

14 아르테미스는 아폴론의 쌍둥이 누이로, 사냥의 여신이자 어린 야수들과 순결의 보호자기도 하다. 「주요 신들」 참조.

15 포세이돈은 크로노스와 레아의 아들로, 제우스 및 하데스와 형제간이다. 바다의 신으로 고대 그리스인들은 대지를 붙잡아주는 이도, 대지에 지진이 일어나게 하는 이도 포세이돈이라고 믿었다. 「주요 신들」 참조.

16 우라노스와 가이아의 딸로 제우스에 의해 호라이 여신들과 운명의 여신들의 어머니가 되며, 비극시인 아이스퀼로스(Aischylos)에 따르면 프로메테우스의 어머니라고 한다.

17 아프로디테는 미(美)와 사랑의 여신이다. 호메로스에 따르면 제우스와 디오네의 딸이지만, 헤시오도스에 따르면 거세되어 바닷물에 내던져진 우라노스의 남근 주위에 모인 거품(aphros)에서 태어났다고 한다. 「주요 신들」 참조.
'속눈썹을 잘 깜빡이는'(helikoblepharos)이란 형용사는 호메로스에서는 볼 수 없는 표현으로 그 의미도 확실하지 않아 '속눈썹이 말려 올라간'이라고 번역하는 이도 있다.

18 헤베는 제우스와 헤라의 딸로 신들에게 술을 따르는 일을 맡았는데, 이 일은 나중에 제우스의 독수리에 납치된 트로이아의 미소년 가뉘메데스(Ganymedes)가 맡는다. 헤라클레스는 사후에 신이 되어 헤베와 결혼하게 되는데, 이는 그가 신들만의 특권인 영원한 청춘을 누리게 되었음을 의미한다. 헤베는 나중에 청춘의 신격화로서 로마의 유벤타스(Iuventas 또는 Iuventa 청춘) 여신과 동일시되었다.

19 디오네는 첫 세대 신족에 속하는 여신으로, 때로는 우라노스와 가이아의 딸로 때로는 오케아노스와 테튀스의 딸로 또 때로는 아틀라스의 딸들 중 한 명으로 간주되었다. 호메로스에 따르면, 그녀는 또 아프로디테의 어머니이기도 하다.

20 레토는 티탄 신족인 코이오스와 포이베의 딸로, 제우스에 의해 아폴론과 아르테미스 쌍둥이 남매의 어머니가 된다. 「주요 신들」 참조.

에오스,[23] 강력한 헬리오스,[24] 빛나는 셀레네,[25]
가이아,[26] 위대한 오케아노스,[27] 어두운 밤,[28]

21 티탄 신족의 한 명으로, 클뤼메네와 결혼하여 프로메테우스와 에피메테우스의 아버지가 된다. 그의 아내는 아시아 또는 하신(河神) 아소포스의 딸 아소피스(Asopis)라는 주장도 있다.

22 크로노스는 티탄 신족의 한 명으로, 우라노스와 가이아의 막내아들이다. 자신의 누이 레아와 결혼하여 헤스티아, 데메테르, 헤라, 하데스, 포세이돈 및 제우스의 아버지가 된다. 그는 또 필뤼라에 의해 켄타우로스들 중 한 명으로 이아손, 아스클레피오스(Asklepios), 아킬레우스 같은 가장 위대한 영웅들의 스승이었던 케이론의 아버지가 된다.
오르페우스(Orpheus)적 전승에 따르면 크로노스는 나중에 제우스와 화해하고 신들의 사랑을 받는 영웅들이 사후에 가서 산다는 '축복받은 자들의 섬'(makaron nesoi) 일명 '엘뤼시온 들판'(Elysion pedion)을 통치한다고 하며, 또 일설에 따르면 그는 하늘과 땅을 잘 다스려 황금 시대를 열었다고 한다. 「주요 신들」 중 티탄 신족 참조.

23 에오스는 티탄 신족인 휘페리온과 테이아의 딸로, 태양신 헬리오스와 달의 여신 셀레네와 동기간이다. 그녀는 아스트라이오스에 의해 서풍, 북풍, 남풍(Notos)의 어머니가 된다. 그녀는 태양신의 마차를 위해 장밋빛 손가락으로 하늘의 문을 열어준다고 여겨졌다. 에오스는 전쟁의 신 아레스와 동침하다가 그를 사랑하던 아프로디테의 미움을 사서 음란증에 걸리게 되어 오리온, 케팔로스, 티토노스를 납치한다. 그녀와 티토노스 사이에서 태어난 멤논은 헥토르가 죽은 후 트로이아에 원군을 이끌고 가서 용맹을 떨치다가 아킬레우스의 손에 전사한다.

24 헬리오스는 휘페리온과 테이아의 아들로, 에오스와 셀레네의 오라비다. 헬리오스의 아내는 오케아노스와 테튀스의 딸인 페르세이스로, 그녀는 그에게 키르케, 아이에테스, 파시파에(Pasiphae), 페르세스를 낳아준다.

25 셀레네는 때로는 휘페리온과 테이아의, 때로는 티탄 신족인 팔라스의, 또 때로는 헬리오스의 딸이라고 한다. 그녀는 말 두 필이 끄는 은(銀)마차를 타고 하늘을 건너는 소녀로 그려지곤 했다. 그녀는 잠들어 있는 미소년 엔뒤미온(Endymion)을 보고 반하는데, 그를 영원히 젊게 해주는 영원한 잠은 제우스가 그에게 주었다는 설도 있고, 그를 몰래 포옹할 수 있도록 셀레네 자신이 주었다는 설도 있다.

26 가이아는 여기서 모든 신들을 낳아준 원초적 생명력으로 간주된다.

27 오케아노스는 대지를 감돌아 흐르는 강으로, 대지의 가장 먼 변경을 이룬다고 여겨졌다. 오케아노스란 이름은 지리에 대한 지식이 발달함에 따라 나중에는 고대 세계의 서쪽 변경인 대서양을 의미하게 된다. 신으로서의 오케아노스는 티탄 신족의 최연장자로서 모든 강(江)들의 아버지다. 「주요 신들」 참조.

그 밖에 다른 영생불멸하는 신(神)들의 신성한 종족을!
　어느 날 그분들은 헤시오도스[29]가 신성한 헬리콘 산 기슭에서
양 떼를 치고 있을 때 그에게 아름다운 노래를 가르쳐주셨다.
여신들은, 아이기스를 가지신 제우스의 따님들이신 올륌포스[30]의
무사 여신들은 내게 맨 먼저 이렇게 말씀하셨다. "들에서
야영하는 목자들이여, 불명예스런 자들이며, 배〔腹〕뿐인 자들이여,
우리는 진실처럼 들리는 거짓말을 많이 할 줄 아노라.
그러나 우리는 원하기만 하면 진실도 노래할 줄 아노라."
이렇게 말씀하시고는 위대하신 제우스의 말 잘하는 따님들은
싹이 트는 월계수[31]의 보기 좋은 가지 하나를 내게 주시며

28 밤은 카오스의 딸로, 에레보스(암흑)와 남매간이다. 그녀의 자녀들로는 죽음, 잠, 운명의 여신들, 불화가 특히 유명하다.

29 호메로스와는 달리 헤시오도스는 자신의 작품에서 자신의 이름을 밝혔는데, 당시 상황으로는 저서의 유포란 생각할 수 없는 까닭에 오늘날의 서명의 성격을 지녔다기보다는 노래의 전파자로서의 자긍심에서 비롯된 것으로 보인다.

30 올림포스는 그리스 본토 북부 텟살리아(Thessalia) 지방과 마케도니아(Makedonia) 지방의 경계를 이루는 산맥의 동쪽 끝에 자리 잡고 남쪽으로 템페(Tempe) 계곡을 굽어보는 그리스에서 가장 높은 산으로 최고봉은 미티카스로 해발고도 2,917m다. 고대 그리스인들은 깎아지른 듯한 이 웅장한 산의 연봉에 자신들의 가장 중요한 12신이 산다고 믿었다. 12라는 수는 일찍부터 확정되어 있었으나 신들의 이름에는 다소 변화가 있었던 것으로 보인다. 아테나이의 아크로폴리스(Akropolis)에 있는 파르테논(Parthenon 기원전 447~438년) 신전의 동쪽 프리즈의 중앙에 보이는 신들은 제우스, 헤라, 포세이돈, 아테네, 아폴론, 아르테미스, 아프로디테, 헤르메스, 데메테르, 디오뉘소스, 헤파이스토스 및 아레스이다. 그러나 참주(僭主) 페이시스트라토스(Peisistratos 기원전 약 600~527년) 일족이 아테나이의 아고라(agora 공회장 겸 장터)에 세운 12신의 제단에는 헤스티아 여신이 포함되어 있는 것으로 보아, 원래는 헤스티아가 12신에 속했으나 훗날 디오뉘소스에게 자리를 내준 것 같다. 올림포스라는 말은 차츰 '신들이 사는 하늘나라'란 의미로 바뀌어 쓰였다. 이와 이름이 비슷한 올림피아(Olympia)는 기원전 776년부터 4년마다 각종 경기가 열리던 펠로폰네소스 반도 북서부에 있는 곳으로, 올림포스에서 남쪽으로 275km 정도 떨어져 있다.

그것을 지팡이[32]로 꺾어 쓰게 하셨고, 신적인 목소리를 내게
불어넣어 내가 미래사와 과거사를 찬양할 수 있도록 하셨다.
그리고 그분들은 나에게 영생하는 축복받은 신들의 종족을 찬양하되,
처음과 마지막[33]에는 언제나 그분들 자신을 노래하라고 하셨다.
그런데 나무나 바위가 나와 무슨 상관이란 말인가?[34]
　자, 우리 무사 여신들로부터 시작하기로 하자!
그분들은 현재사와 미래사와 과거사를 한목소리로 말씀하시어

31 아폴론에게 바쳐진 나무로, 특히 그의 신탁과 관계가 있는 것으로 생각되었다.

32 '지팡이'의 원어 skeptron은 다른 곳에서는 왕이나 사제나 예언자나 전령이 자신이 신의 대변자임을 나타내는 상징으로 갖고 다니던 홀(笏)을 말한다. 호메로스 이후의 서사시 음송자(rhapsodos)들은 흔히 월계수 지팡이를 갖고 다녔는데 이것을 보통 rhabdos라고 불렀다. 그리스의 도자기들에서 서사시 음송자들은 뤼라(길이가 같은 7현으로 만든 고대 그리스의 발현악기)나 단순한 지팡이를 들고 있는 모습으로 그려졌는데, 이는 청중과 구별할 필요가 있었기 때문일 것이다. 이와 관련하여 헤시오도스가 뤼라 대신 지팡이를 든 것은 그것이 그 당시 또는 그 지역에서 유행해서가 아니라 그가 뤼라를 구할 수 없었거나 연주할 줄 몰랐기 때문으로, 말하자면 그가 서사시 음송자로서의 전문적 교육을 받지 못했기 때문으로 보는 견해도 있다.

33 48행에 무사 여신들의 노래는 제우스에서 시작하여 제우스에게서 끝난다는 말이 나온다. 그러나 이러한 원칙은 실천적 의미보다는 선언적 의미가 큰 것 같다. 기원전 6세기 전반에 활동한 것으로 추정하는 그리스의 비가시인(悲歌詩人) 테오그니스(Theognis)도 자신은 노래의 시작과 끝과 중간에서 언제나 명심하고 아폴론에 관해 노래할 것이라고 말했지만 서사(prologos)가 끝난 뒤에는 두 번 다시 아폴론에 관해 언급하지 않았고, 헤시오도스도 『신들의 계보』(965행과 1021행은 새로운 시작이지 결론이 아니다)와 『일과 날』의 끝부분에서 무사 여신들에게 인사말을 건네지 않기 때문이다. 이와 관련하여 원래 그러한 인사말이 있었지만 없어졌다는 주장과 헤시오도스의 그러한 선언은 서사의 처음과 끝에만 적용되는 것이라는 주장이 있으나 전체적인 문맥으로 보아 수긍하기 어렵다.

34 "나무나 바위가 나와 무슨 상관이란 말인가?"라는 표현은 일종의 속담으로 그 의미는 아직 밝혀지지 않았다. 전체적인 문맥으로 보아 '왜 내가 본론에서 벗어나고 있는가' 또는 '왜 내가 더 중요한 것 대신 덜 중요한 것을 이야기하고 있는가?'라는 뜻으로 받아들여도 될 것이다.

올륌포스에서 아버지 제우스의 위대한 마음을 노래로 즐겁게
해드리신다. 그분들의 입에서 지칠 줄 모르는 목소리가
감미롭게 흘러나오면, 크게 천둥 치시는 아버지 제우스의 저택이
여신들의 울려 퍼지는 맑은 목소리에 웃고,
눈 덮인 올륌포스의 봉우리들과 불사신들의 거처들이 메아리친다.
그분들은 불멸의 목소리를 내보내시며
먼저 신들의 존경스런 종족을 처음부터,
말하자면 가이아와 넓은 우라노스가 낳은 신들[35]과
이들에게서 태어난 복(福)을 가져다주는 신들[36]을 노래로 찬양하신다.
그다음 그분들은 신들과 인간들의 아버지 제우스께서
〔여신들의 노래는 그분으로부터 시작하여 그분에게서 끝난다.〕[37]
신들 중에서도 얼마나 지고하시고 막강하신지 노래하신다.
그리고 또 인간들과 강력한 기가스들[38]의 종족을 노래하시어
올륌포스에서 제우스의 마음을 즐겁게 해드리신다,
아이기스를 가지신 제우스의 따님들이신 올륌포스의 무사 여신들은.
그분들은 엘레우테라이[39]의 산 언덕들의 여주인인 므네모쉬네[40] 여신이

35 여기서 무사 여신들은 맨 먼저 태어난 카오스의 자손들을 생략했다.

36 여기서 '복(福)을 가져다주는 신들'이란 티탄 신족에게서 태어난 올륌포스 신들을 말한다.

37 〔 〕 안은 의미상 중복되거나 상충되어 나중에 가필된 것으로 추정되는 부분으로, 가필 여부에 대한 판단은 원전의 교열자에 따라 다를 수 있다.

38 기가스들은 우라노스가 아들 크로노스에게 남근이 잘릴 때 솟구친 피가 대지에 쏟아져 잉태된 거한들로, 신과 인간이 동시에 공격해야 죽일 수 있었다. 이 중 몇 명은 지상에 있는 한 죽일 수 없었다고 한다. 엄청나게 힘이 센 데다 다리가 거대한 뱀으로 되어 있는 이 털북숭이 거한들은, 제우스가 티탄 신족을 10년 전쟁 끝에 지하의 타르타로스에 가두자 대지가 이를 원망하여 제우스를 혼내주려고 낳은 괴물들로, 이들에 관한 전설은 주로 올륌포스 신들과 벌인 전쟁과 관련 있다. 올륌포스 신들은 처음에는 이들에게 고전했으나 제우스와 아테네가 분전하고 헤라클레스가 협력함으로써 이들을 제압하는 데 성공한다.

아버지이신 크로노스의 아드님과 교합하여 피에리아[41]에서
낳으셨으니, 사람들이 악을 잊고 근심에서 쉬게 하려는 것이었다.
아홉 밤을 조언자 제우스께서 불사신들에게서 멀리 떨어져
그녀의 신성한 침상에 오르시어 그녀와 교합하셨던 것이다.
그리하여 달이 지나 계절이 바뀌고
날수가 다 차서 때가 되었을 때,
그녀가 딸 아홉을 눈 덮인 올림포스의 정상에서
멀지 않은 곳에 낳으니, 한마음 한뜻인 그분들은
노래로 가슴이 가득 차고 마음속에 근심 걱정을 모르신다.
그리하여 그곳에는 그분들의 찬란한 무도장들과 아름다운 집들이 있고,
그분들 곁에는 카리스 여신들[42]과 애욕이 살고 있다,
잔치를 즐기며. 그분들은 입에서 사랑스런 노래를 내보내시며
모든 불사신들의 법도(法度)와 현명한 처신을
노래로 찬미하신다, 즐거운 목소리를 내보내시며.
그분들은 그때 고운 목소리를 자랑하시며 불멸의 노래를 부르시며
올림포스로 가셨다. 그분들이 노래하실 때 주위에서 검은 대지가 환성을

39 엘레우테라이는 보이오티아 지방의 키타이론(Kithairon) 산 기슭에 있는 도시로, 그곳에 특히 므네모쉬네 여신에 대한 숭배가 유포되었던 것 같다.

40 므네모쉬네는 우라노스와 가이아의 딸로, 기억의 여신이다. 올림포스 산의 북쪽 사면에 있는 피에리아에서 아홉 밤을 잇달아 제우스와 동침해 아홉 명의 무사 여신들을 낳는다.

41 피에리아는 올림포스 산의 북쪽 사면에 있는 마케도니아 지방의 한 지역으로, 무사 여신들의 숭배는 그곳에서부터 보이오티아 지방의 헬리콘 산으로 전파되었다고 한다.

42 카리스 여신(Charis, 복수형 Charites)들은 우미(優美)의 여신들이다. 헤시오도스에 따르면 이들은 세 자매로 에우프로쉬네, 탈리아, 아글라이아이며 제우스와 에우뤼노메 또는 헤라의 딸들이다. 그들은 가끔 아테네, 아프로디테, 에로스, 아폴론 및 디오뉘소스를 수행하며, 초기에는 옷을 입은 모습으로, 후기에는 서로 어깨에 손을 얹고 있는 벌거벗은 소녀의 모습으로 그려지곤 했다.

올리고, 그분들 발밑에서는 우아하게 발 구르는 소리가 일었다,
그분들이 자신들 아버지에게 걸어가실 때. 그분께서는 하늘의 왕이시니,
그분께서 자신의 아버지 크로노스를 힘으로 이기신 이후
천둥과 불타는 번개가 그분 것이 되었음이라. 그분은 또
불사신들에게 일일이 법도를 정해주시고 명예를 정해주셨다.
바로 이것을 노래하셨다, 올림포스의 집들에 사시는 무사 여신들은,
위대한 제우스에게서 태어난 아홉 딸들인 클레이오,
에우테르페, 탈레이아, 멜포메네,
테릅시코레, 에라토, 폴륌니아,
우라니아, 칼리오페[43]는. 칼리오페는 그분들 모두 중에서
가장 빼어나셨으니, 존경스런 왕들과도 함께하신다.
제우스께서 돌보시는 왕들 가운데 누구든 위대한 제우스의 따님들이
명예를 높여주시고 그가 태어날 때 눈길을 주시면,
그분들은 그의 혀 위에 감미로운 이슬을 떨어뜨리시고,
그러면 그의 입에서는 달콤한 말이 흘러나온다.
그러면 그가 곧은 판결로 시비를 가릴 때
만백성이 그를 우러러본다. 그는 동요함 없이 말하고,
큰 분쟁도 능숙하게 금세 해결한다.
현명한 왕들이 존재하는 까닭은, 백성들이 거래에서
손해를 보았을 때 그들이 부드러운 말로 설득하여
힘들이지 않고 이들에게 손해배상이 이루어지게 해주기 때문이다.
그리고 그가 집회에 가면, 백성들은 그가 신인 양 감미로운 공경으로
그의 호감을 구하게 되고 그는 모인 자들 중에서 걸출하니,

43 무사 여신들의 수와 이름과 그들이 관장하는 일은 주 2 참조.

무사 여신들은 그런 신성한 선물들을 인간에게 주신다.
　왜냐하면 가인(歌人)들과 키타라[44] 연주자들이 지상에
존재하는 것은 무사 여신들과 멀리 쏘는 아폴론에게서 비롯되고,
왕들은 제우스에게서 비롯되기 때문이다. 무사 여신들이
사랑하시는 자는 누구나 다 행복하도다. 그의 입에서 달콤한 목소리가
흘러나오기 때문이다. 누군가가 최근에 불상사를 당하여
그 슬픔으로 마음이 시들어간다 하더라도, 무사 여신들의
시종(侍從)인 가인이 옛사람들의 영광스런 행적과
올림포스에 사시는 축복받은 신들을 찬양하게 되면 그는 금세
슬픔을 잊고 더 이상 자신의 불상사를 생각하지 않기 때문이다.
여신들의 선물이 금세 그의 마음을 다른 곳으로 돌려놓는 것이다.
편안하소서, 제우스의 따님들이여. 내게 그리움을 일깨우는
노래를 주시고, 영생 불사하는 신들의 신성한 종족을,
가이아와 별 많은 우라노스와 어두운 밤에서 태어난 신들과
짜디짠 폰토스가 기른 신들을 찬미하소서.
그리고 말씀해주소서, 처음에 신들, 가이아, 강(江)들,
거칠게 파도치는 끝없는 바다, 빛나는 별들,
그리고 저 위 넓은 우라노스가 어떻게 태어났는지!
〔그리고 복을 가져다주는 신들이 그들에게서 어떻게 태어났는지!〕
그리고 그들이 어떻게 부(富)를 분배하고 명예를 나누어 가졌으며,
처음에 어떻게 주름 많은 올림포스를 차지하게 되었는지!
내게 이것들을 처음부터 말씀해주소서, 올림포스의 집들에 사시는

44 키타라(kithara)도 뤼라와 마찬가지로 길이가 같은 — 이 점에서 이들 악기는 하프와 다르다 — 7현으로 된 발현악기로, 뤼라를 좀 더 개량한 것이다.

무사 여신들이여, 그들 중 어떤 것이 처음 생겼는지 말씀해주소서.
　맨 처음 생긴 것은 카오스[45]고,
그다음이 눈 덮인 올림포스의 봉우리들에 사시는 모든 불사신들의
영원토록 안전한 거처인 넓은 가슴의 가이아와
〔길이 넓은 가이아의 멀고 깊은 곳에 있는 타르타라[46]와〕
불사신들 가운데 가장 잘생긴 에로스[47]였으니,
사지를 나른하게 하는 에로스는 모든 신들과
인간들의 가슴속에서 이성과 의도를 제압한다.
카오스에게서 에레보스[48]와 어두운 밤이 생겨나고
밤에게서 다시 아이테르[49]와 낮이 생겨났으니,
밤이 에레보스와 사랑으로 결합하여 이들을 낳았던 것이다.
　가이아는 맨 먼저 자신과 대등한[50] 별 많은 우라노스를 낳아

45 여기서 카오스는 뒤에 생겨날 우주가 들어갈 공간을 말한다. 카오스가 혼돈의 의미로 쓰인 것은 나중 일로 로마 작가 오비디우스(Ovidius) 이후부터로 보인다.

46 타르타라(Tartara, Tartaros의 중성 복수형)는 타르타로스라고도 하는데 대지가 하늘에서 떨어져 있는 만큼 저승(Hades)에서 아래쪽으로 떨어져 있는 곳으로 '구렁'이라고도 부른다. 721~819행 참조.

47 여기서 에로스는 우주의 원초적 생식력을 의미한다. 헤시오도스의 고향에서 가까운 보이오티아 지방의 테스피아이(Thespiai) 시에는 에로스가 돌의 형태로 숭배의 대상이 되어 4년마다 그를 위해 음악 경연과 체육 경기를 개최했는데, 이러한 연유로 헤시오도스가 에로스에게 그런 중요한 의미를 부여했을 것이라는 주장도 있으나, 그렇지 않다 하더라도 여기서 헤시오도스의 그런 주장은 충분히 이해될 수 있을 것이다.

48 에레보스(Erebos 암흑)는 카오스의 아들로 밤(Nyx)과 남매간이다.

49 아이테르(Aither)는 빛이 더 밝게 비치는 상공의 공기 또는 상공으로, 헤시오도스에 따르면 에레보스와 밤의 아들이며 낮(Himera)의 오라비다.

50 우라노스 즉 하늘은 가이아 즉 대지를 덮고 있어 크기는 대지와 대등하다고 할 수 있으나 가이아한테서 태어난 까닭에 격은 대등하다고 보기 어렵다. 고대 그리스인들에게 하늘의 종교적 의미는 다른 민족들에 비해 크지 않기 때문에 대지의 아들로 되어 있는 것 같다.

자신의 주위를 완전히 감싸도록 함으로써 우라노스[51]가
영원토록 축복받은 신들에게 안전한 거처가 되게 했다.
가이아는 또 여신들의, 산골짜기에 사는 요정[52]들의
즐거운 처소인 긴 산(山)들을 낳았다.
가이아는 또 거칠게 파도치는 추수할 수 없는[53] 폰토스를 낳았다,
사랑으로 교합하지도 않고. 그러나 그 뒤 가이아는
우라노스와 누워 깊숙이 소용돌이치는 오케아노스,
코이오스, 크레이오스, 휘페리온, 테이아,
이아페토스, 레아, 테미스, 므네모쉬네,
황금 머리띠의 포이베, 사랑스런 테튀스를 낳았다.
그들 다음 음모를 꾸미는 크로노스가 막내로 태어났으니,
가장 무서운 이 아이는 건장한 아버지를 싫어했다.
　가이아는 또 마음이 거만한 퀴클롭스[54]들을,

51 대지는 신들을 포함한 모든 존재를 위한 거처지만 하늘은 특히 신들의 거처다.

52 요정(妖精 nymphe)들은 그리스 신화에서 젊고 아름답고 음악과 무용을 좋아하는 소녀들로, 여신들처럼 영생하지는 않지만 장수한다. 그들은 실을 잣거나 노래를 부르며 동굴에서 살지만 아르테미스 같은 여신들이나 칼륍소와 키르케 같은 신분이 높은 다른 요정들의 시중을 들기도 한다. 요정들은 거처에 따라 나무 특히 참나무의 요정들은 드뤼아데스(dryades 단수형 dryas), 샘과 시내와 호수의 요정들은 나이아데스(naiades 단수형 nais), 산의 요정들은 오레이아데스(oreiades)라고 불린다. 그들은 제우스, 아폴론, 헤르메스, 디오뉘소스 같은 큰 신들의 주목을 끌기도 하지만 대체로 판(Pan), 사튀로스(Satyros), 프리아포스(Priapos) 같은 신분이 낮은 신들의 사랑을 받는다.

53 atrygetos를 '마르지 않는' '마멸될 수 없는'으로 해석하는 이들도 있다.

54 퀴클롭스(Kyklops 복수형 Kyklopes 눈이 둥근 자)들은 호메로스에서는 흩어져 유목 생활을 하는 거한들이다. 그러나 헤시오도스에 따르면 우라노스와 가이아의 세 아들로 그 이름은 브론테스(Brontes 천둥장이), 스테로페스(Steropes 번개장이), 아르게스(Arges 번쩍이는 자)이며, 제우스 등이 티탄 신족과 싸울 때 제우스에게는 번개와 벼락을, 하데스에게는 그것을 쓰면 눈에 보이지 않게 하는 투구를, 포세이돈에게는 삼지창을 만들어주어 티탄 신

브론테스와 스테로페스와 마음이 드센 아르게스를 낳으니,
그들이 제우스에게 천둥을 주고 번개를 만들어주었다.
퀴클롭스들은 다른 점에서는 신들과 같았으나
이마 한복판에 눈이 하나밖에 없어,
이마에 있는 하나뿐인 둥근 눈 때문에
퀴클롭스라는 별명을 갖게 되었다.
그러나 그들의 작업에는 힘과 기운과 기술이 들어 있었다.
그리고 또 가이아와 우라노스에게서 태어난 강력하고 드세고
사람들이 그 이름을 말하기를 꺼리는 세 아들이 더 있었으니,
콧토스, 브리아레오스, 귀게스[55]가 그들이다.
그들은 실로 대단한 아이들이었으니, 그들의 어깨에는
백 개의 팔이 보기 흉하게 앞으로 뻗어 있었고,
각자의 어깨로부터는 쉰 개의 머리가 튼튼한 사지 위로 자라나 있었다.
그리고 그들의 거대한 형체에는 무한하고 강력한 힘이 깃들어 있었다.
그도 그럴 것이 가이아와 우라노스에게서 태어난 자들은 모두
가장 무서운 아이들이었기 때문이다. 그래서 그들의 아버지는
처음부터 그들을 싫어했다. 그들이 태어나는 족족 우라노스는

족을 이길 수 있게 해준다. 훗날 아폴론의 아들 아스클레피오스가 죽은 사람을 의술로 살려내자 우주의 질서가 무너질 것을 염려한 제우스가 그를 번개로 쳐 죽인다. 아폴론은 그 분풀이로 번개를 만들어준 그들을 죽이고 이를 속죄하기 위해 인간인 아드메토스(Admetos)왕 밑에서 일 년 동안 머슴살이를 한다. 또 다른 퀴클롭스들은 뤼키아에서 건너온 장인(匠人)들로, 티륀스와 뮈케나이(Mykenai)의 거석으로 쌓은 성벽들뿐만 아니라 시칠리아와 그 밖의 다른 곳에 있는 선사 시대의 거석 기념물들도 이들의 작품이라고 한다.

55 헤카톤케이레스들(Hekatoncheires 백 개의 팔을 가진 자들)은 백 개의 팔과 쉰 개의 머리를 가진 거한들로, 우라노스와 가이아의 아들들이다. 그들은 티탄 신족과의 전쟁에서 올륌포스 신들 편에서 싸운다.

모조리 가이아의 깊숙한 곳에다 감추고는 그들이 햇빛 속으로
나오지 못하게 했다, 자신의 악행을 즐기면서.
그러자 거대한 가이아가 괴로워 속으로
신음하다가 사악한 음모를 꾸몄으니,
지체 없이 잿빛 아다마스[56]의 종족을 만들어내어
그것으로 큰 낫을 하나 만들어 자식들에게 보여주며
용기를 북돋워주려고 비통한 마음으로 말했다.
"나와 사악한 아버지의 자식들이여, 너희들이 내가 시키는 대로
하겠다면 우리는 너희 아버지의 사악하고 수치스런 짓을
복수할 수 있을 것이다. 그가 먼저 못된 짓을 꾀했으니까."
　그녀는 이렇게 말했다. 하지만 그들은 모두 두려움에 사로잡혀
아무도 말문을 열지 못했다. 그러나 음모를 꾸미는 위대한
크로노스는 용기를 내어 소중한 어머니에게 이런 말로 대답했다.
"어머니, 이 일은 제가 맡아 완수할게요.
저는 말로 형언할 수 없는 우리 아버지가 두렵지 않아요.
그분이 먼저 못된 짓을 꾀했으니까요."
　그가 이렇게 말하자, 거대한 가이아는 마음속으로 크게 기뻐했다.
그녀는 그를 은밀히 매복시키고 이빨이 날카로운 낫을
손에 쥐어주며 그에게 음모를 자세히 일러주었다.
거대한 우라노스가 밤을 끌어올리며 다가와 사랑을 바라고

56 아다마스(adamas)란 '제압되지 않는 것'이란 뜻으로 호메로스에서는 나오지 않는 매우 견고한 전설적 금속으로 헤라클레스의 투구와 방패의 일부는 이 금속으로 만들어졌으며, 일반인들은 구할 수 없었던 것 같다. 아다마스에도 철(鐵)과 마찬가지로 '잿빛'이란 말을 사용하는 것으로 보아, 아다마스는 강철이 아직 소문으로만 알려져 있어 신들의 금속으로 여기던 시대에 강철을 의미하던 낱말로 추정된다.

사방으로 뻗으며 가이아 위에 자신을 펼치자,
그의 아들이 매복처에서 왼손을 내밀며
오른손에 쥐고 있던 길고 이빨이 날카로운 거대한 낫으로
친아버지의 남근을 재빨리 자르더니
아무 데나 날아가라고 등 뒤로 던져버렸다.
그러나 그것이 무익하게 그의 손을 떠난 것은 아니었다.
왜냐하면 거기서 떨어지는 핏방울들을
가이아가 모두 받아 해가 다 차자
강력한 복수의 여신들[57]과, 무구들을 번쩍이며
손에 긴 창(槍)을 든 거대한 기가스들과,
끝없는 대지 위에서 멜리아[58]들이라고 불리는 요정들을 낳았기 때문이다.
한편 남근은 처음에 크로노스가 아다마스의 낫으로 잘라
그것을 육지에서 파도치는 바닷속으로 던지자
오랫동안 그렇게 파도 위를 떠다녔다.
그러다가 그 주위로 불사(不死)의 살점에서 흰 거품이 일더니
그 안에서 한 소녀가 자라났다. 그녀는 처음에 신성한 퀴테라[59]로

57 우라노스가 거세될 때 그의 피가 대지에 떨어져 생긴 여신들로, 원래는 그 수가 정해져 있지 않았으나 나중에는 알렉토(Allekto), 티시포네(Tisiphone), 메가이라(Megaira) 세 명으로 정립되었다. 특히 가족 내에서의 범죄 행위를 응징하는 여신들로, 올림포스의 신들보다 더 오래되었으며 제우스의 지배를 받지 않는다. 흔히 손에 횃불 또는 회초리를 들고 머리털은 뱀들로 이루어져 있는 날개 달린 모습으로 그려지곤 했다. '자비로운 여신들'(Eumenides) 또는 '존엄한 여신들'(Semnai)이라고도 불리는데, 그들을 달래기 위함인 듯하다. 피해자가 부르지 않으면 지하의 가장 깊숙한 곳에 머무는 것으로 생각되었다.

58 멜리아(Melia 복수형 Meliai)들은 당시 창(槍) 자루로 쓰이던 '물푸레나무들'이란 뜻이지만, 여기서는 나무의 요정들을 의미하는 것으로 생각된다.

59 퀴테라는 펠로폰네소스 반도 동남단 앞바다에 있는 섬으로, 아프로디테의 이름난 신전이 있었다.

다가갔다가 그 뒤 그곳으로부터 바닷물로 둘러싸인 퀴프로스[60]로 갔다.
그리하여 존경스럽고 아리따운 한 여신이 밖으로 걸어 나오니,
그녀의 날씬한 발밑에서는 사방으로 풀이 자라기 시작했다.
그녀를 신들과 인간들이 아프로디테[61]〔거품에서 생겨난 여신이자 고운
화관의 퀴테레이아〕라고 부르는 것은 그녀가 거품에서 자랐기 때문이고,
퀴테레이아라고 부르는 것은 그녀가 퀴테라로 다가갔기 때문이며,
　　퀴프로스 출신[62]이라고 부르는 것은
그녀가 파도에 둘러싸인 퀴프로스에서 태어났기 때문이며,
남근을 좋아한다[63]고 부르는 것은 그녀가 남근에서 출현했기 때문이다.
에로스와 아름다운 애욕(愛慾)[64]이 그녀가 태어날 때 배석했고,
그녀가 신들의 종족에게 갈 때 배행(陪行)했다.
그리고 이것이 인간들과 불사신들 사이에서 처음부터
그녀의 몫으로 정해진 명예였으니,
소녀들의 밀어, 미소, 속임수,
달콤한 쾌락, 애정, 상냥함이 그것이다.
　그러나 아버지인 위대한 우라노스는 자신이 낳은 자식들을

60 퀴프로스는 동(東)지중해에 있는 지금의 키프로스 섬으로, 일설에 따르면 아프로디테는 이 섬의 파포스(Paphos) 시에서 바다 거품에서 탄생했다고 하는데, 그런 연유로 파포스와 퀴프로스의 또 다른 도시인 아마투스(Amathous)에 있던 아프로디테 신전이 특히 유명했다.

61 아프로디테는 호메로스에서는 제우스와 디오네의 딸이지만, 헤시오도스에서는 통속 어원에 따라 거품(aphros)에서 태어난 것으로 되어 있다.

62 아프로디테는 Kyprogenes(퀴프로스 출신의 여신)보다는 Kypris(퀴프로스의 여신)라는 별명으로 불릴 때가 훨씬 더 많은데, 의미상의 차이는 없다.

63 아프로디테는 흔히 '웃음을 좋아하는'(philommeides)이라고 불리는데, 헤시오도스는 웃음(meid)을 남근(medea 단수형 medos)으로 바꾸어 '남근을 좋아하는'(philommeidea)이라고 부르고 있다.

64 애욕의 원어는 Himeros다.

나무라며 그들에게 티탄 신족[65]이란 별명을 지어주었고,
그들이 손을 뻗어 엄청난 짓을 저질렀으니
훗날 그 벌을 받게 될 것이라고 말했다.

　한편 밤은 가증스런 운명과 검은 죽음의 여신과
죽음[66]을 낳았다. 밤은 또 잠을 낳고 꿈의 부족[67]을 낳았다.
그다음 어두운 밤은 신들 가운데 어느 누구와도 눕지 않고
비난(非難)[68]과 고초(苦楚)를 낳고 헤스페리데스들[69]도 낳으니,

65 티탄 신족(Titanes 단수형 Titan)의 정확한 뜻은 밝혀지지 않았으나 '왕들' 또는 '신들'이란 뜻으로 보는 이들이 많다. 그러나 헤시오도스는 여기서 Titanes란 이름이 titainontes('그들이 손을 뻗어'란 뜻)와 tisis('벌'이란 뜻)란 말에서 유래한 것으로 보았다. 이 경우 우라노스를 거세한 것은 크로노스 한 명뿐인데 왜 그들 모두를 비난했는가 하는 문제가 남는다.

66 여기서 운명과 죽음의 여신과 죽음은 죽음의 상이한 양상으로서, Moros는 죽음의 운명을, Ker는 싸움터에서 피투성이가 된 옷을 입고 부상자와 전사자를 끌고 가는 죽음의 여신(『일리아스』 18권 535~538행 참조)을, Thanatos는 죽음 자체를 의미하는 것으로 보인다. 그러나 Thanatos는 에우리피데스(Euripides)의 『알케스티스』(*Alkestis*)에서처럼, 드라마에서는 사자(死者)를 저승으로 데려가는 저승사자로 등장하기도 한다.

67 잠은 죽음과 형제간이다(『일리아스』 14권 231행 참조). 꿈의 부족은 오케아노스 저편 헬리오스의 문 근처에 산다고 생각되었다(『오뒷세이아』 24권 12행 참조).

68 비난은 남을 폄훼하는 부정적 정령으로, 인구가 팽창해 대지가 그 무게를 견딜 수 없게 되자 그는 제우스에게 인구수를 줄이라고 권고하여 결국 트로이아 전쟁이 일어나게 된다.

69 '서쪽의 요정들'이란 뜻으로 헤시오도스에 따르면 밤의 딸들이지만, 후기에는 제우스와 테미스의, 또는 포르퀴스와 케토의, 또는 아틀라스와 헤스페리스(Hesperis)의 딸들이다. 헤스페리데스들은 아이글레(Aigle 광휘, 광채)와 에뤼테이아(Erytheia 붉은색)와 헤스페라레투사(Hesperarethousa 저녁놀이 붉게 타는 빛) 세 명으로 알려져 있으나 헤스페라레투사는 헤스페리아(Hesperia)와 아레투사(Arethousa)로 나뉠 때도 있다. 그들은 서쪽 끝에 있는 오케아노스 옆 아틀라스 산 기슭에 살며, 헤라가 제우스와 결혼할 때 가이아가 그녀에게 선물로 준 황금 사과나무를 라돈(Ladon)이라는 용의 도움으로 지키고 있었다. 훗날 헤라클레스가 찾아가 용을 죽이고 황금 사과들을 가져가자 그들은 절망한 나머지 느릅나무, 미루나무, 버드나무로 변했다고 한다.

이 헤스페리데스들이 바로 저 유명한 오케아노스 저편에서
아름다운 황금 사과들과 그런 열매를 맺는 나무들을 돌본다.
밤은 또 운명의 여신들[70]과 무자비하게 응징하는 죽음의 여신들을
〔인간들이 태어날 때 그들에게 행운과 불행을 정해주는
클로토와 라케시스와 아트로포스를〕 낳으니,
이 여신들은 인간들과 신들의 범법을 추적하되
죄지은 자들을 응징하기 전에는 무서운 노여움을
결코 풀지 않는다. 파멸을 가져다주는
밤은 또 필멸(必滅)의 인간들에게 고통이 되도록
응보(應報)를 낳고, 그다음에 기만, 정(情),
저주스런 노년(老年)을 낳고, 마음이 모진 불화(不和)도 낳았다.
　한편 가증스런 불화는 고통스런 노고(勞苦),
망각, 기아, 눈물을 자아내는 고통,
전투, 전쟁, 살인,
남자들의 도륙, 언쟁, 거짓말,
핑계, 반론, 무질서, 미망(迷妄),
— 이들은 서로 이웃간이다 — 맹세를 낳으니, 누군가 알고도
거짓 맹세를 한다면 이는 지상의 인간들에게 가장 큰 해악을 끼친다.

　폰토스는 거짓을 모르는 진실한 네레우스를

70 운명의 여신들(Moirai 라/Fata 또는 Parcae)은 '각자가 받은 몫'이란 뜻의 moira(Moirai의 단수형)가 신격화된 것으로, 호메로스 이후에는 클로토(Klotho 실 잣는 여자), 라케시스(Lachesis 할당하는 여자), 아트로포스(Atropos 되돌릴 수 없는 여자, 가차없는 여자) 세 자매인데, 한 명이 실을 자으면, 다른 한 명은 이를 감고, 나머지 한 명은 명(命)이 다하면 이를 끊음으로써 각자의 수명을 조절하는 것으로 생각되었다.

자식들 가운데 맏이로 낳았다. 그러나 네레우스를
노인이라고 부르는 것은 그가 악의가 없고 상냥하고
법도를 소홀히 하지 않고 마음씨가 올곧고 상냥하기 때문이다.
폰토스는 또 가이아와 교합하여 위대한 타우마스,
고귀한 포르퀴스, 볼이 예쁜 케토, 가슴속에
아다마스 같은 마음이 들어 있는[71] 에우뤼비에를 낳았다.
　네레우스에게서는, 그리고 나무랄 데 없는 강(江)인
오케아노스의 딸로 머릿결이 고운 도리스에게서는
추수할 수 없는 바닷속에서 수많은 여신들이 태어났으니,
프로토, 에우크란테, 사오, 암피트리테,
에우도레, 테티스, 갈레네, 글라우케,
퀴모토에, 스페이오, 토에, 사랑스런 할리에,
파시테에, 에라토, 장밋빛 팔의 에우니케,
우아한 멜리테, 에울리메네, 아가우에,
도토, 프로토, 페루사, 뒤나메네,
네사이에, 악타이에, 프로토메데이아,
도리스, 파노페, 아리따운 갈라테이아,
사랑스런 힙포토에, 장밋빛 팔의 힙포노에,
퀴모도케 — 그녀는 안갯빛 바다에서 파도와
세찬 바람들의 입김을 퀴마톨레게, 복사뼈가 예쁜
암피트리테와 힘을 모아 쉽게 진정시킨다 —
퀴모, 에이오네, 예쁜 머리띠의 할리메데,
미소 짓기를 좋아하는 글라우코노메, 폰토포레이아,

71 어째서 에우뤼비에가 그렇게 비정한지 알 수 없다.

레이아고레, 에우아고레, 라오메데이아,
풀뤼노에, 아우토노에, 뤼시아낫사,
몸매가 예쁘고 용모가 나무랄 데 없는 에우아르네,
우아한 맵시의 프사마테, 신적(神的)인 메닙페,
네소, 에우폼페, 테미스토, 프로노에,
자신의 불사의 아버지의 마음씨를 지닌 네메르테스가 그들이다.
나무랄 데 없는 네레우스에게서 태어난
이 쉰 명의 딸들은 일솜씨도 나무랄 데 없다.[72]

72 네레우스의 딸(Nereis)들은 바다의 요정들로, 미모가 빼어났으며 미래를 예언할 수 있는 능력도 있었다. 그들은 쉰 명으로 알려져 있는데, 그렇게 맞추기 위해서는 243행과 254행의 암피트리테를 둘로 계산하지 않고 또 243행과 248행의 프로토는 서로 다른 요정으로 보아야 한다. 어떻게 계산하든 헤시오도스는 264행에서 그들이 쉰 명이라 하고 있으니, 그렇지 않은 경우는 잘못 읽거나 잘못 계산한 것이 된다. 먼저 그들의 어머니 도리스(Doris)는 '베푸는 여자'란 뜻이다. 그들 중 아킬레우스의 어머니인 테티스와 해신 포세이돈의 아내인 암피트리테는 독립된 개성이지만 나머지 이름은 헤시오도스나 그의 선배들이 지어낸 것으로, 대체로 바다의 여러 국면과 그들 자신 또는 그들 아버지의 특징들인 미모, 관용(寬容), 예언력 등을 참고한 것으로 보인다. 네레우스의 딸들은 항구와 해안과 하구를 좋아한다. 그래서 '항구를 좋아하는 여자'(Eulimene, 247행) '섬의 여자'(Nesaie, 249행) '섬 여자'(Neso, 261행) '갑(岬)의 여자'(Aktaie, 249행) '해안 여자'(Eione, 255행) '모래 여자'(Psamathe, 260행) '동굴 여자'(Speio, 245행)란 이름이 생겼으며, '양 떼를 좋아하는 여자'(Euarne, 259행)란 이름은 바닷가에서 양 떼가 잘 자라고 좋은 양모가 생산되기 때문인 듯하다.
그들은 뱃사공들에게 좋은 길라잡이가 되기도 한다. 그래서 '훌륭한 완수(完遂)'(Eukrante, 243행) '구해주는 여자'(Sao, 243행) '잘 베푸는 여자'(Eudore, 여기서 '베푼다' 함은 장사의 이득이나 풍어風魚를 가리키는 듯하다, 244행) '베푸는 여자'(Doto, 248행) '훌륭한 승리의 여자'(Eunike, 여기서 승리라 함은 해전이나 조정에서 거둔 승리를 가리키는 듯하다, 246행) '출발의 여자'(Proto, 여기서 출발이란 순조로운 출항을 말하는 듯하다, 243행) '날라다주는 여자'(Pherousa, 248행) '바다를 순항하는 여자'(Pontoporeia, 256행) '잘 호송해주는 여자'(Eupompe, 261행)라고 이름 지은 것 같다. 그들은 또 잔잔한 바다처럼 반짝이고 명랑하고 차분하다. 그래서 '차분한 여자'(Galene, 244행) '반짝이는 여자'(Glauke, 244행) 항해의 동경(憧憬)을 불러일으키는 '사랑스런 여자'(Erato, 246행) '꿀처럼 달콤한 여자'

타우마스는 깊숙이 흐르는 오케아노스의 딸인
엘렉트라와 결혼했다. 엘렉트라가 날랜 이리스,[73]
머릿결이 고운 하르퓌이아이들,[74] 아엘로, 오퀴페테를
낳으니, 허공 속을 질주하는 이들은
날랜 날개로 바람의 입김이나 새들과도 경주한다.
포르퀴스에게 케토는 볼이 예쁜, 그러나 날 때부터 백발(白髮)인
노파들을 낳아주었다. 불사신들과 지상을 거니는 인간들은
그들을 실제로 노파들[75]이라고 부르고 있으니,

(Melite, 247행) '빛나게 다스리는 여자'(Glaukonome, 256행) '파도를 받아들이는 여자'(Kymodoke, 252행) '파도를 진정시키는 여자'(Kymatolege, 253행)라고 이름 지은 듯하다. 그 밖에 말〔馬〕과 관계 있는 이름으로는, '말처럼 날랜 여자'(Hippothoe, 251행) '말의 마음을 가진 여자'(Hipponoe, 251행) '말처럼 용감한 여자'(Menippe, 260행) 등이 있다.
또 신적인 힘과 숭고함을 나타내는 이름으로는, '모든 신들의 여자'(Pasithee, 246행) '고귀한 여자'(Agaue, 247행) '능력있는 여자'(Dynamene, 248행) '미리 돌보는 여자'(Protomedeia, 249행) '모든 것을 보는 여자'(Panope 또는 Panopeia, 250행) 등이 있다.
그 밖에 '부드럽게 연설하는 여자'(Leiagore, 257행) '연설 잘하는 여자'(Euagore, 257행) '백성들을 돌보는 여자'(Laomedeia, 257행) '올곧은 여자'(Themisto, 261행) '미리 내다보는 여자'(Pronoe, 261행) '거짓 없는 여자'(Nemertes, 262행) 가운데 앞의 세 이름은 집회와, 뒤의 세 이름은 그들의 아버지 네레우스의 특성들과 관계 있다. 그리고 '생각을 많이 하는 여자'(Poulynoe, 258행) '스스로 생각하는 여자'(Autonoe, 258행)도 그들의 현명한 아버지와 관계 있는 듯하다. '푸는 여자'(Lysianassa, 258행)는 배의 의장(艤裝)을 해체하는 일 또는 집회를 해산시키는 일과 관계 있는 듯하다.
끝으로 Halie(245행)는 '바다 여자'란 뜻으로 보이나, 많은 필사본에서는 Thalie로 읽고 있으며 그럴 경우 '번영하는 여자' 또는 '풍성한 여자'란 뜻이 된다.

73 이리스는 신들의 여사자(女使者)이자 무지개의 여신이다.

74 하르퓌이아이들은 다른 곳에서는 흔적 없이 사람을 낚아채 가는 정령들로, 날개 달린 여인들 또는 여자의 머리와 날카로운 발톱이 있는 새들로 그려져 있다. 그들은 서풍의 신 제퓌로스와 교합해 두 쌍의 말을 낳는데, 그중 한 쌍인 크산토스(Xanthos)와 발리오스(Balios)는 아킬레우스의 말이고, 다른 한 쌍인 플로게우스(Phlogeus)와 하르파고스(Harpagos)는 디오스쿠로이들(Dioskouroi 라/Dioscuri)의 말이다.

고운 겉옷의 펨프레도와 사프란색 겉옷의 에뉘오가 그들이다.
케토는 또 고르고 자매들[76]을 낳아주었다. 이들은 이름난 오케아노스
저편 밤 바로 옆, 세상의 가장자리에, 거기 맑은 목소리의
헤스페리데스들이 있는 곳에 살고 있었으니, 스텐노, 에우뤼알레,
끔찍한 일을 당한 메두사가 그들이다. 그녀는 죽음을 면할 수 없지만
다른 두 명은 죽지도 않고 나이도 모른다. 그러나 오직 그녀와만
머리털이 검푸른 신[77]은 봄꽃 만발한 가운데 부드러운 풀밭에 누웠다.
그리하여 페르세우스[78]가 그녀의 목에서 머리를 베어냈을 때

75 그라이아이들(Graiai 노파들)은 나중에는 하나의 눈과 하나의 이빨을 함께 쓰는 세 자매로 나온다.

76 고르고 자매들은 모두 세 명인데 스텐노(Sthenno 힘센 여자), 에우뤼알레(Euryale 멀리 떠돌아다니는 여자), 메두사(Medousa 라/Medusa 여왕)가 그들이다. 그중 다른 두 명은 불사의 몸이고 메두사만이 죽을 운명을 타고났는데, 고르고라 하면 보통 그녀를 말한다. 그들은 서쪽 끝에 살았으며 머리털은 뱀으로 되어 있고 몸은 용의 비늘로 덮여 있었다. 또 눈길이 매서워 그 눈길로 응시하는 것은 모두 돌로 변했다. 영웅 페르세우스가 아테네 여신이 준 청동 거울을 이용하여 메두사를 직접 보지 않고 그녀의 목을 베었을 때 포세이돈의 자식을 임신 중이던 그녀의 몸에서 천마(天馬) 페가소스와 거한 크뤼사오르(Chrysaor 황금 칼)가 튀어나온다. 그래서 페르세우스는 천마를 타고 다른 두 고르고 자매의 추격을 피해 달아나다가 안드로메다(Andromeda)가 바다 괴물에게 제물로 바쳐지기 위해 바위에 묶여 있는 것을 보고는 메두사의 머리로 괴물을 돌로 변하게 하고 그녀와 결혼한다. 그 뒤 메두사의 머리는 아테네 여신이 자신의 방패 또는 아이기스의 한가운데에 고정하여 적을 돌로 변하게 한다. 메두사는 처음에는 옛 신들에 속하는 괴물이었으나 헬레니즘 시대(기원전 323~31년)에는 변신의 희생자가 되었으니, 그녀는 원래는 아름다운 소녀였으나 감히 아테네 여신과 아름다움을 다투려 하자 그녀가 특히 자랑하던 머리카락을 여신이 뱀 떼로 바꿔버렸다고 한다. 또 일설에 따르면 포세이돈이 아테네 신전에서 그녀를 겁탈한 것을 응징하려고 여신이 그녀를 괴물로 만들었다고 한다.

77 포세이돈.

78 페르세우스는 제우스와 다나에의 아들이다. 아르고스 왕 아크리시오스가 자신이 외손자의 손에 죽게 될 것이라는 예언 때문에 딸 다나에를 청동 탑에 가두고 아무도 접근하지 못하게 하자 제우스가 황금 비〔雨〕의 모습으로 그녀에게 접근해 그를 낳았던 것이다. 그 뒤 이 사

위대한 크뤼사오르와 페가소스 말〔馬〕[79]이 튀어나왔다.
페가소스가 그런 이름을 갖게 된 것은 오케아노스의
샘(Pege) 가에서 태어났기 때문이다. 한편 크뤼사오르는 손에
황금 칼을 들고 태어났다. 페가소스는 양 떼의 어머니인 대지를 떠나
위로 날아올라 불사신들에게 갔다. 그리고 제우스의 궁전에 살며
지략이 풍부하신 제우스께 천둥과 번개를 날라준다.

실이 드러나자 아크리시오스는 다나에와 페르세우스를 상자에 넣어 바닷물에 떠내려 보내지만 이들 모자는 세리포스(Seriphos) 섬에 무사히 도착해 딕튀스(Diktys)라는 어부의 보호를 받게 된다. 그리하여 잘생기고 용감한 젊은이로 자란 페르세우스는 그곳의 왕 폴뤼덱테스(Polydektes)가 다나에를 범하려 하자 어머니를 보호해준다. 그래서 폴뤼덱테스가 페르세우스를 제거하기 위해 그에게 메두사의 머리를 가져오라는 명령을 내린다. 이때 페르세우스는 신들의 도움을 받는데, 하데스에게서는 그것을 쓰면 남에게 보이지 않게 된다는 투구를, 헤르메스에게서는 날개 달린 샌들을, 아테네에게서는 청동 거울 또는 광을 낸 청동 방패를, 요정들에게서는 바랑을 얻는다. 그리하여 페르세우스는 눈길이 매서워 보는 이를 돌로 변하게 한다는 메두사를 직접 보지 않고도 청동 거울을 이용하여 메두사의 목을 벤 뒤 그녀의 머리를 바랑에 넣어가지고 돌아온다. 돌아오는 길에 그는 아이티오피아의 왕비 캇시오페이아(Kassiopeia)가 예쁘기로 이름난 네레우스의 딸들을 다 합친 것보다 자기가 더 예쁘다고 큰소리친 벌로, 그녀의 딸 안드로메다가 바다 괴물에 제물로 바쳐지기 위해 바위에 묶여 있는 것을 발견하고는 첫눈에 반해, 그녀를 구할 경우 그녀와 결혼하게 해주겠다는 그녀 아버지의 약속을 받고는 메두사의 머리로 괴물을 돌로 변하게 하고 그녀를 구한다. 페르세우스는 그녀와 결혼한 뒤 그녀를 데리고 세리포스로 돌아가 그동안 어머니를 괴롭히던 폴뤼덱테스를 메두사의 머리를 내밀어 돌로 변하게 한다. 그리고 나서 그는 세리포스 섬의 통치권을 폴뤼덱테스의 아우 딕튀스에게 넘겨주고는 외조부 아크리시오스를 뵙기 위해 안드로메다를 데리고 고향인 아르고스를 찾아가지만 아크리시오스가 텟살리아의 라릿사(Larissa) 시에 가고 없자 그곳에 갔다가 경기장에서 원반을 잘못 던져 마침 관중석에 앉아 있던 아크리시오스를 본의 아니게 죽이게 된다. 그래서 페르세우스는 감히 아르고스로 돌아가지 못하고 사촌인 메가펜테스(Megapenthes)와 영토를 서로 바꾸어 티륀스(Tiryns)의 왕이 된다. 일설에 따르면 페르세우스는 외조부를 죽인 뒤 아시아로 건너갔는데, 그곳에서 그의 아들 페르세스(Perses)가 페르시아인들의 왕이 되었다고 한다.

79 크뤼사오르와 페가소스는 주 76 참조.

크뤼사오르는 이름난 오케아노스의 딸인 칼리로에[80]와
교합하여 머리가 셋인 게뤼오네우스[81]를 낳았다.
그러나 강력한 헤라클레스가 오케아노스를 건너
이름난 오케아노스 저편 안개 낀 목장에서
오르토스와 목자(牧者) 에우뤼티온을 죽인 뒤
이마가 넓은 소 떼를 신성한 티륀스[82]로 몰고 가던 날,
바다로 둘러싸인 에뤼테이아에서
발을 끌며 걷는 소 떼 옆에서 게뤼오네우스를 죽였다.
　그러나 케토는 필멸의 인간들도 불사신들도 닮지 않은
또 다른 대항할 수 없는 괴물을 속이 빈 동굴 안에 낳으니,
마음이 드센 이 신적인 에키드나로 말하자면,
반쪽은 속눈썹을 깜빡이는 볼이 예쁜 소녀고
다른 반쪽은 신성한 대지의 깊숙한 곳에서 반짝이며
게걸스레 먹어 치우는 무섭고 거대한 뱀이다.
거기 불사신들과 필멸의 인간들에게서 멀리 떨어진

80 칼리로에는 오케아노스와 테튀스의 딸로, 크뤼사오르에 의해 게뤼오네우스와 에키드나의 어머니가 된다. 그녀는 또 포세이돈에 의해 미뉘아스(Minyas)의, 닐로스(Nilos)에 의해 키오네(Chione)의 어머니가 된다.

81 게뤼오네우스는 크뤼사오르와 칼리로에의 아들로, 삼두삼신(三頭三身)의 거한이다. 그는 에뤼테이아(Erytheia '붉은 땅'이란 뜻으로 남南안달루시아 지방의 항구 도시 카디스Cadiz로 보는 견해도 있다)에 살며 소를 많이 치고 있었는데, 그의 소 떼는 목자 에우뤼티온과 오르토스라는 개가 지켰다. 그러나 헤라클레스가 에우뤼스테우스의 명령에 따라 이들을 죽이고 그의 소 떼를 티륀스로 몰고 간다.

82 티륀스는 뮈케나이에서 남쪽으로 15km쯤 떨어져 있는 옛 도시로, 그곳에는 기원전 1400년경에 투박하게 자른 큰 돌들로 쌓은 이른바 퀴클롭스들의 성벽이 남아 있다. 헤라클레스에게 12고역을 시킨 에우뤼스테우스는 그곳의 왕이었다.

속이 빈 암벽 밑에 그녀[83]의 동굴이 있으니, 신들은
그곳의 이름난 집에서 그녀가 살 수 있도록 해주었던 것이다.
　언제까지나 죽음도 나이도 모르는 소녀인 파멸을 가져다주는
에키드나는 아리모이[84]의 지하에 갇혀 있었다.
사람들이 말하기를, 그곳에서 무섭고 포악한 무법자 튀폰[85]이
속눈썹을 깜빡이는 소녀와 사랑으로 교합했다고 한다.
그리하여 에키드나는 수태하여 마음이 드센 자식들을 낳았다.
첫째, 그녀는 게뤼오네우스에게 오르토스 개를 낳아주었다.
둘째, 그녀는 대항할 수 없고 말로 형언할 수 없고 게걸스레 먹어 치우는
케르베로스[86]를 낳으니, 청동 목소리에 쉰 개의 머리가 달린
이 하데스의 개는 어느 누구 앞에서도 주눅 들지 않고 강력했다.

83 여기서 '그녀'란 에키드나를 가리키는 것으로 보이나, 케토로 보는 이들도 있다.

84 원어로는 ein Arimoisin이다. 이때 Arimoisin은 복수 여격인데 그 주격이 Arimoi(남성)인지 아니면 Arima(중성)인지 알 수 없다. 또 Arimoi일 경우 그것이 지명인지 부족명인지도 확실하지 않다. 확실히 말할 수 있는 것은 ein Arimoisin이란 말은 호메로스와 핀다로스(Pindaros)의 시에서도 볼 수 있듯이 튀폰과 관련해서만 사용된다는 것이다.

85 튀폰(Typhon, Tyhaon, Typhoeus 또는 Typhos)은 타르타로스와 가이아의 아들로, 반인반사(半人半蛇)의 거대한 괴물이다. 산보다 키가 크고 머리는 종종 하늘에 닿았으며 양팔을 벌리면 동쪽 끝과 서쪽 끝에 닿았다고 한다. 손가락 대신 백 개의 용의 머리를 갖고 있었고 몸에는 날개가 돋아나 있었으며 눈에서는 화염이 뿜어져 나왔다. 신들은 그가 올륌포스를 공격하자 이집트로 도망쳐 동물들로 둔갑했으며 그에게 대항한 신은 오직 제우스와 아테네뿐이다. 제우스는 처음에는 고전했으나 다시 기운을 회복하여 벼락을 던지며 튀폰을 공격했고, 바다를 건너 시켈리아로 도망치는 그에게 아이트네(Aitne 라/Aetna) 산을 던져 그를 박살냈다. 아이트네 화산의 화염은 이때 튀폰이 쏟은 화염이라고도 하고 제우스가 그에게 내리친 벼락의 잔재라고도 한다.

86 케르베로스는 저승을 지키는 괴물 개로, 산 사람은 그곳에 들어오지 못하게 하고 죽은 사람은 그곳을 떠나지 못하게 한다. 세 개의 개 머리와 하나의 뱀 꼬리가 있고 등에는 수많은 뱀 머리가 나 있는 것으로 그려지곤 한다. 때로는 쉰 개 또는 백 개의 머리가 있다고도 한다. 저승에서 케르베로스를 데려오는 것이 헤라클레스의 12고역 중 하나였다.

셋째, 그녀는 파멸을 꾀하는, 레르나[87]의 휘드라[88]를 낳으니,
흰 팔의 여신 헤라가 강력한 헤라클레스에게
물릴 줄 모르는 원한을 품고 휘드라를 길렀다.[89]
그러나 제우스의 아들로 암피트뤼온[90]의 아들이라고 불리는
헤라클레스가 아레스[91]에게 사랑받는 이올라오스[92]와 힘을 모아
군대를 이끄는 아테네의 조언에 따라 휘드라를 무자비한 청동으로 죽였다.
　에키드나는 또 제압할 수 없는 불을 내뿜고 무섭고 크고
발 빠르고 강력한 키마이라[93]를 낳으니,

87 레르나(Lerna)는 펠로폰네소스 반도 동북부 아르골리스 지방에 있는 지역 또는 늪이다.

88 휘드라는 '물에 사는 짐승' 또는 '물뱀'이란 뜻으로, 이 괴물을 퇴치하는 것이 헤라클레스의 12고역 중 하나였다. 이 괴물은 머리를 베면 더 많은 머리가 자라나기 때문에 헤라클레스는 화전(火箭)을 쏘아, 또 일설에 따르면 그가 머리를 베면 그의 조카 이올라오스가 머리가 잘린 괴물의 목 부분을 불타는 나무로 지져서 제압할 수 있었다. 나중에 헤라클레스는 휘드라의 독 또는 피에 담가 독화살들을 만드는데 그것은 훗날 그의 수많은 적들과 그 자신에게도 파멸을 안겨준다.

89 헤라는 남편 제우스의 외도에 대한 분풀이로 이오(Io)나 세멜레처럼 그가 사랑하던 여인들과, 헤라클레스나 디오뉘소스처럼 거기서 태어난 자식들을 집요하게 괴롭히는데, 호메로스에 따르면 헤라클레스가 에우뤼스테우스 밑에서 12년 동안 12고역을 치른 것도 헤라의 계략 때문이었다고 한다.

90 암피트뤼온은 알카이오스의 아들로, 페르세우스의 손자다. 그는 생질녀 겸 종매인 알크메네와 결혼하는데, 그가 원정 나가고 없는 사이에 제우스가 그녀의 남편으로 변장하고 그녀에게 접근한다. 그날 밤 마침 암피트뤼온도 원정에서 돌아와 그녀는 아들 쌍둥이를 낳게 되는데, 그중 헤라클레스는 제우스의 아들이고 이피클레스는 암피트뤼온의 아들이다.

91 아레스는 제우스와 헤라의 아들로, 전쟁의 신이다. 「주요 신들」 참조. 여기서 '아레스의 사랑을 받는다' 함은 '용감하다'는 뜻이다.

92 이올라오스는 이피클레스의 아들로, 헤라클레스의 조카다. 그는 헤라클레스의 전우 겸 마부로서 몇몇 고역에 동행하며, 헤라클레스가 죽은 후에는 그의 가족을 돌봐준다.

93 키마이라는 사자의 머리에 염소의 몸과 뱀의 꼬리를 가진 괴물로, 입으로 불을 내뿜어 큰 피해를 주었으나, 벨레로폰테스가 천마 페가소스를 타고 하늘에서 공격하여 퇴치한다.

키마이라는 머리가 셋으로, 하나는 눈을 부라리는 사자의 머리고,
하나는 암염소의 머리고, 하나는 강력한 용의 머리였다.
〔그것은 앞은 사자고 뒤는 용이고 가운데는 암염소였으며
타오르는 불의 강력한 힘을 내뿜었다.〕
그러나 키마이라를 페가소스와 고귀한 벨레로폰테스[94]가 죽였다.
에키드나는 또 오르토스에게 눌려 카드모스[95]의 백성들에게

94 벨레로폰테스(Bellerophontes 또는 Bellerophon)는 코린토스 왕 글라우코스의 아들로, 본의 아니게 사람을 죽이고 티륀스 왕 프로이토스에게서 피난처를 구한다. 그러나 그의 아내 스테네보이아(Stheneboia) 또는 안테이아(Anteia)의 구애를 거절하자 그녀는 오히려 벨레로폰테스가 자기를 유혹했다고 모함한다. 그러자 프로이토스는 자신의 장인으로 뤼키아 왕인 이오바테스에게 벨레로폰테스를 보내며 편지를 전하는 자를 죽이라는 내용의 편지를 써 준다. 그러나 이오바테스는 손님을 자기 손으로 죽이기가 꺼림칙해 벨레로폰테스에게 키마이라를 퇴치하라고 명령한다. 그가 천마 페가소스의 도움으로 키마이라를 죽이자 이번에는 이웃에 사는 호전적인 솔뤼모이족(Solymoi)과 여인족인 아마조네스족(Amazones)을 격퇴하라고 명령한다. 그가 어려운 임무들을 무난히 수행하자 이오바테스는 그를 사위로 삼는다. 벨레로폰테스는 훗날 오만해져서 페가소스를 타고 하늘로 오르려다가 제우스가 그를 내동댕이치자 세상에서 버림받고 외롭고 쓸쓸한 만년을 보낸다.

95 테바이 시의 전설적 건설자로, 그에 관한 전설은 다음과 같다. 포이니케(Phoinike 라/Phoenice) 지방의 튀로스(Tyros) 시의 왕 아게노르(Agenor)는 딸 에우로페(Europe 라/Europa)가 황소로 변신한 제우스에게 납치되자 아들 카드모스를 보내 딸을 찾아오게 한다. 그러나 아폴론이 카드모스에게 누이 찾는 일을 그만두고 암소를 만나거든 그것이 눕는 곳까지 따라가서 도시를 세우라고 일러준다. 그래서 암소가 그를 훗날 테바이가 서게 될 곳으로 인도하자, 카드모스는 전우들을 내보내 샘에서 제물을 바칠 때 쓸 물을 길어 오게 하는데, 그들은 그 샘을 지키던 용(龍)에게 살해되고 만다. 그래서 카드모스가 그 용을 죽이고 아테네 여신의 지시에 따라 용의 이빨의 반(半)을 땅에 뿌리자—나머지 반은 훗날 이아손이 황금 양모피를 구하러 갔다가 콜키스(Kolchis)에서 뿌린다—땅속에서 한 무리의 무장한 전사들이 솟아오른다. 그가 그들 사이에 돌을 던지자 그들이 서로 죽이기 시작하더니 마지막에는 다섯 명만 남게 된다. 이 다섯 명의 스파르토이들(Spartoi 뿌려진 자들)이 그를 도와 테바이의 옛 성채인 카드메이아(Kadmeia)를 세우게 되는데, 이들의 후손들이 테바이의 귀족이 된다. 나중에 제우스는 카드모스에게 아레스와 아프로디테 사이에서 태어난 하르

재앙이 되도록 파멸을 가져다주는 스핑크스[96]를 낳고
네메아[97]의 사자도 낳으니, 이것을 제우스의 영광스런 아내 헤라가
길러 인간들에게 고통이 되도록 네메아의 언덕에 살게 했다.
그곳에 살며 사자는 인간들의 부족들을 습격했고,
네메아의 트레토스 산과 아페사스 산[98]을 지배했다.

모니아를 아내로 준다. 이 결혼식에는 신들도 참석했는데, 이때 헤파이스토스가 신부에게 선물로 준 목걸이는 훗날 그것을 가진 사람들에게 차례차례 재앙을 안겨준다. 카드모스와 하르모니아 사이에서 태어난 딸들인 이노(Ino), 세멜레, 아우토노에(Autonoe), 아가우에(Agaue)는 모두 화를 당한다. 카드모스와 하르모니아는 훗날 외손자 펜테우스(Pentheus)에게 왕위를 물려주고 북서쪽에 있는 일뤼리콘(Illyrikon) 지방으로 옮겨 가서 살다가 뱀으로 변신하여 제우스에 의해 낙원인 엘뤼시온 들판(Elysion pedion)으로 옮겨졌다고 한다. 카드모스는 그리스에 처음으로 문자 사용법을 가르쳐주었다고 하는데, 테바이의 왕궁 터에서는 실제로 서남아시아에서 유래한 물건들이 다량으로 출토되었으며, 이는 테바이가 그리스 본토의 어느 도시보다 페니키아 문명의 영향을 많이 받았음을 말해준다.

96 스핑크스는 얼굴은 여자고 가슴과 발은 사자며 날개는 맹금류인 괴물로, 특히 오이디푸스(Oidipous) 및 테바이 전설권과 관계가 깊다. 오이디푸스의 아버지 라이오스(Laios)가 펠롭스(Pelops)의 궁전으로 피신했다가 그의 아들 크뤼십포스(Chrysippos)에게 반해—이때부터 남자들 사이에 동성애가 시작되었다고 한다—어린 소년을 납치하자 펠롭스가 라이오스를 저주한다. 그러자 라이오스를 벌주기 위해 헤라가 테바이로 스핑크스를 보내는데, 그녀는 테바이 서쪽에 있는 산에 살며 행인들을 잡아먹어 나라를 쑥대밭으로 만든다. 스핑크스는 수수께끼를 내어 그것을 풀지 못하는 사람을 잡아먹었는데, 그 수수께끼란 '목소리는 하나뿐인데 때로는 두 다리로, 때로는 세 다리로, 또 때로는 네 다리로 걷되 다리가 가장 많을 때 가장 허약한 동물이 무엇이냐?'와 '두 자매가 있는데 서로 번갈아 낳아주는 것이 무엇이냐?'였다. 첫 번째 답은 사람이고, 두 번째 답은 낮과 밤이다(그리스어로 낮hemera과 밤nyx은 둘 다 여성 명사이므로 자매라고 할 수 있다). 오이디푸스가 마침내 수수께끼를 알아맞히자 스핑크스는 절망하여 바위 꼭대기에서 떨어져 죽는다.

97 네메아는 펠로폰네소스 반도 동북부 아르골리스 지방에 있는 도시다. 네메아의 사자는 칼이나 화살이나 불에도 부상당하지 않는 괴물로, 그것을 퇴치하는 것이 헤라클레스의 12고역 중 하나였다. 헤라클레스는 그것을 목졸라 죽이고 나서 그 발톱으로 가죽을 벗겨 입고 다녔다.

98 트레토스는 네메아 시의 남동쪽에, 아페사스는 네메아 시의 북동쪽에 있는 산이다.

그러나 강력한 헤라클레스의 힘이 사자를 제압했다.
　케토는 포르퀴스와 사랑으로 교합하여 막냇자식으로
무서운 뱀[99]을 낳으니, 그것은 검은 대지의 은밀한 곳에서,
광대한 대지의 경계(境界)에서 황금 사과들을 지키고 있다.
이상이 케토와 포르퀴스의 자손들이다.

테튀스는 오케아노스에게 소용돌이치는 강(江)들을 낳아주었으니,
네일로스, 알페이오스, 깊숙이 소용돌이치는 에리다노스,
스트뤼몬, 마이안드로스, 아름답게 흘러가는 이스트로스,
파시스, 레소스, 은빛 소용돌이의 아켈로오스,
넷소스, 로디오스, 할리아크몬, 헵타포로스,
그라니코스, 아이세포스, 신과 같은 시모에이스,
페네이오스, 헤르모스, 아름답게 흘러가는 카이코스,
크나큰 상가리오스, 라돈, 파르테니오스, 에우에노스,
아르데스코스, 신과 같은 스카만드로스가 그들이다.[100]

99 라돈(Ladon)을 말한다. 라돈은 주 69 참조. '… 지키고 있다'고 말한 것으로 보아 헤시오도스는 그것이 아직도 살아 있다고 생각했던 것 같다.

100 여기서 언급하는 25강(江)들은 멀리 떨어져 있는 세 강들, 즉 네일로스(Neilos 나일 강의 그리스어 이름), 파시스(Phasis 흑해 동안으로 흘러드는 강), 에리다노스(Eridanos 서쪽 끝에 있는 강으로 이탈리아의 포Po 강 또는 프랑스의 론Rhône 강이라는 설도 있음)를 제외하면 그리스의 강이거나(아켈로오스Acheloios, 라돈Ladon, 할리아크몬Haliakmon, 에우에노스Euenos) 그리스인들이 살던 소아시아의 강이거나(마이안드로스Maiandros, 헤르모스Hermos, 카이코스Kaikos) 트로이아에 가까운 트로아스 지방의 강이거나(스카만드로스Skamandros, 시모에이스Simoeis, 아이세포스Aisepos, 레소스Rhesos, 헵타포로스Heptaporos, 로디오스Rhodios, 그라니코스Granikos) 에게 해 연안의 트라케 지방의 강이거나(스트뤼몬Strymon, 넷소스Nessos) 흑해 남안과 서안의 강이다(이스트로스Istros, 아르데스코스Ardeskos, 상가리오스Sangarios, 파르테니오스Parthenios). 그러나 이 목록에

테튀스는 요정들의 신성한 종족도 낳았다.
요정들은 주인인 아폴론 및 강들과 더불어 지상에서 소년들을
남자로 기르니, 이런 권능을 제우스에게서 부여받았던 것이다.
페이토, 아드메테, 이안테, 엘렉트라,
도리스, 프륌노, 신과 같은 우라니아,
힙포, 클뤼메네, 로데이아, 칼리로에,
제욱소, 클뤼티에, 이뒤이아, 페이시토에,
플렉사우레, 갈락사우레, 사랑스런 디오네,
멜로보시스, 토에, 아리따운 폴뤼도레,
사랑스런 몸매의 케르케이스, 황소 눈의 플루토,
페르세이스, 이아네이라, 아카스테, 크산테,
사랑스런 페트라이에, 메네스토, 에우로페,
메티스, 에우뤼노메, 사프란색 겉옷의 텔레스토,
크뤼세이스, 아시아, 욕망을 불러일으키는 칼륍소,
에우도레, 튀케, 암피로, 오퀴로에,
그중에서도 가장 빼어난 스튁스가 그들이다.[101]

는 헤브로스(Hebros), 악시오스(Axios), 케피소스(Kephisos), 에우로타스(Eurotas) 같은 이름난 강이 빠져 있다. 앞서 언급한 강 중 파시스, 에리다노스, 트로아스 지방의 강은 헤시오도스가 시(詩)나 전설을 통하여 알고 있었던 것 같다. 특히 눈에 띄는 것은 트로아스 지방의 일곱 강이 『일리아스』 12권 20~22행에 나오는 여덟 강의 목록에 모두 포함되어 있다는 점이다. 그리고 그중 네 강은 호메로스에서만 언급되고 있어 헤시오도스가 호메로스에게서 그 이름을 빌려온 것이 아닌가 싶다. 그러나 만약 『일리아스』의 위 구절이 훗날 가필된 것이라는 주장이 사실이라면 그 관계는 반전될 것이다.

101 오케아노스의 딸들은 샘과 시내와 호수의 요정들로, 인간의 삶과 떼려야 뗄 수 없는 관계다. 그래서 소년들은 성년이 되면 길러준 은공에 보답하려고 고향의 강이나 물의 요정들에게 머리털을 잘라 바쳤다. 여기 나오는 41명의 요정들의 이름을 일일이 풀이하는 것은 그 이름들에 어떤 통일성 같은 것이 결여되어 있고 그 뜻이 모호할 때가 많아 쉬운 일이 아니

이들이 오케아노스와 테튀스에게서 태어난 맏딸들이고,

그 밖에도 다른 딸들이 많이 있다.

복사뼈가 날씬한, 오케아노스의 딸들은 삼천 명이나 되기 때문이다.

지만 작품을 이해하는 데 도움이 될까 해서 해석을 시도해보기로 한다.

'페이토' (Peitho, 349행)는 '설득'이란 뜻으로, 고향의 전통과 질서에 순응하도록 젊은이들을 설득한다는 뜻에서 붙여진 이름인 듯하다. 생명이 넘치는 물의 여러 양상들과 관계 있는 이름으로는 '이안테' (Ianthe '보랏빛 여자' 또는 '제비꽃들에 둘러싸인 여자', 349행) '로데이아'(Rhodeia '장밋빛 여자' 또는 '장미들에 둘러싸인 여자', 351행) '칼리로에'(Kallirhoe 아름답게 흘러가는 여자, 351행) '제욱소'(Zeuxo '연결해주는 여자'란 뜻으로 소년들을 공동체에 연결해주기 때문인 듯하다, 352행) '페이시토에'(Peisithoe 빨리 설득하는 여자, 352행) '플렉사우레'(Plexaure '때리는 물'이란 뜻으로 물이 높은 곳에서 떨어지며 공기를 식혀주는 데서 유래한 듯하다, 353행) '갈락사우레'(Galaxaure '젖빛 물'이란 뜻으로 물이 높은 데서 떨어져 튀어오르며 물보라로 공기를 뿌옇게 만들거나 소용돌이나 거품으로 바닥의 물을 뿌옇게 하는 데서 유래한 듯하다, 353행) '토에'(Thoe 날랜 여자, 354행) '크산테'(Xanthe '금발머리의 여자' 또는 '금빛의 여자', 356행) '메네스토'(Menestho 버텨내는 여자, 357행) '크뤼세이스'(Chryseis 황금의 여자, 359행) '암피로'(Amphiro 감돌아 흐르는 여자, 360행) '오퀴로에'(Okyrhoe 재빨리 흐르는 여자, 360행) 등이 있다.

물의 주변 환경과 관계 있는 이름으로는 '프륌노'(Prymno '끝순'이란 뜻으로 산기슭에서 솟아나는 물을 가리키는 듯하다, 350행)와 '페트라이에'(Petraie '돌순'이란 뜻으로 바위틈에서 나오거나 암석 지대를 흘러가는 석간수를 가리키는 듯하다, 357행)가 있다.

그 밖에 다른 국면을 가리키는 이름으로는 '아드메테'(Admete 제압할 수 없는 여자, 349행) '도리스'(Doris 베푸는 여자, 350행) '폴뤼도레'(Polydore 많이 베푸는 여자, 354행), '에우도레'(Eudore 잘 베푸는 여자, 360행) '우라니아'(Ourania '하늘의 여자'란 뜻으로 하늘에서 떨어진 빗물이 샘과 시내를 키우기 때문에 붙여진 이름인 듯하다, 350행) '힙포'(Hippo '말 같은 여자'란 뜻으로 말처럼 날래고 당당하기 때문에 붙여진 이름인 듯하다. 말과 샘의 연관성은 5행 참조, 351행) '클뤼메네'(Klymene 명성이 자자한 여자, 351행) '클뤼티에'(Klytie 유명한 여자, 352행) '이뒤이아'(Idyia '유식한 여자'란 뜻으로 예언력과 관계 있는 듯하다, 352행) '멜로보시스'(Melobosis 양 떼를 먹이는 여자, 354행) '케르케이스'(Kerkeis '베틀 북의 여자'란 뜻으로 요정들의 돌 베틀은 『오뒷세이아』 13권 107~109행 참조, 355행) '플루토'(Plouto 부富를 가져다주는 여자, 355행) '이아네이라'(Ianeira 남자를 즐겁게 해주는 여자, 356행) '아카스테'(Akaste 차려 입은 여자, 356행) '에우뤼노메'(Eurynome 넓은 풀밭의 여자, 358행) '텔레스토'(Telesto '완성하는 여자'란 뜻으로 소년

빛나는 여신들인 이 딸들은 사방에 흩어져 살며
대지든 바다의 심연이든 가리지 않고 도처에 나타난다.
또 그만큼 많은 강들이, 존경스런 테튀스가 낳은
오케아노스의 아들들이 요란스레 흘러간다.
그들의 이름을 다 말하는 것은 필멸의 인간에게는 어려운 일이지만,
그들 곁에 살고 있는 사람들은 누구나 다 알고 있다.

　테이아는 휘페리온에게 사랑으로 눌려
위대한 헬리오스, 빛나는 셀레네,
지상에 사는 모든 것들과 넓은 하늘에 사는
불사신들을 비춰주는 에오스를 낳았다.
　여신들 중에서도 고귀한 에우뤼비에는 크레이오스와
사랑으로 교합하여 위대한 아스트라이오스,[102] 팔라스,[103]

을 성년으로 완성해주는 까닭에 붙여진 이름인 듯하다, 358행), '칼륍소'(Kalypso '감추는 여자'란 뜻으로 아마도 시냇물이 지하에 숨었다가 다시 모습을 드러내는 데서 유래한 이름인 듯하다, 359행) '튀케'(Tyche '운수를 좋게 해주는 여자'란 뜻이지만 후기에는 예측할 수 없는 운수를 의미하게 된다, 360행)가 있다.
그 밖에 '디오네'(Dione)는 제우스의 여성형으로 호메로스에서는 아프로디테의 어머니(『일리아스』 5권 370~417행 참조)지만, 헤시오도스는 이를 인정하지 않고 오케아노스의 딸들에 포함시키는데, 이는 그가 아프로디테의 탄생을 다르게 보기 때문인 듯하다. '에우로페'(Europe, 357행)와 '아시아'(Asia, 359행)는 서로 뚝 떨어져 있어 대비된다고 보기는 어려울 것이므로 두 대륙의 관계를 염두에 두고 거명한 것은 아닌 듯하다. 황소로 변신한 제우스에게 납치되어 그에게 미노스와 라다만튀스를 낳아준 에우로페와 프로메테우스 또는 이아페토스의 아내로 나오는 아시아의 이야기는 둘 다 나중에 만들어진 것이다. '페르세이스'(Perseis)란 이름은 헤카테의 아버지 페르세스(Perses, 377, 410행)를 연상케 해준다.
스튁스에 관해서는 383~403, 775~806행 참조.

102 아스트라이오스는 별들의 아버지가 되도록(그리스어로 별은 aster이다) 헤시오도스가 지어낸 이름인 것 같다.

그들 모두 가운데 지혜가 가장 출중한 페르세스[104]를 낳았다.
　아스트라이오스에게 에오스가 드센 마음의 바람들을,
구름을 쫓아버리는 서풍과 급히 내닫는 북풍과
동풍을 낳아주었다, 여신이 신과 사랑으로 동침하여.
일찍 태어난 여신[105]은 그들 다음으로 샛별과
하늘의 화관(花冠)인 별들을 낳았다.
　오케아노스의 딸 스튁스는 팔라스와 교합하여
궁전에서 열망(熱望), 복사뼈가 예쁜 승리,
힘, 완력을 걸출한 자식들로 낳았다.
이들은 제우스에게서 멀지 않은 곳에 살며,
제우스께서 앞장서시는 곳이 아니면 앉지도 가지도 않고
늘 크게 천둥 치시는 제우스 옆에 자리 잡곤 했다.[106]
오케아노스의 불멸의 딸 스튁스가 그렇게 하도록 결정했기 때문이다.
번개를 치시는 올륌포스의 주인께서 모든 불사신들을
높은 올륌포스에 불러놓으시고는, 신들 가운데 누구든
당신과 함께 티탄 신족에 대항해 싸우는 자에게서는 특권들을
결코 박탈하지 않을 것인즉 각자는 전에 다른 불사신들 사이에서
누리던 명예를 그대로 유지하게 되리라고 말씀하시던 그날.
제우스께서는 또 크로노스에게서 명예와 특권을 받지 못한 자는

103 팔라스 역시 모호한 이름으로, 그가 기가스들과 치른 전쟁 때 아테네에게 죽은 팔라스 또는 같은 이름의 다른 영웅들과 어떤 관계인지 알 수 없다.

104 페르세스는 헤시오도스의 다른 서사시 『일과 날』에서는 헤시오도스의 형이다.

105 새벽의 여신 에오스.

106 열망과 승리와 힘과 완력은 정당한 권력과 함께할 때는 가치있는 것들이며, 그런 권력을 유지하는 데 필요불가결한 것이기도 하다.

적절히[107] 명예와 특권을 받게 될 것이라고 말씀하셨다.
그러자 불멸의 스튁스가 사랑하는 아버지의 조언에 따라
자식들을 데리고 맨 먼저 올림포스로 갔다.
그러자 제우스께서 그녀의 명예를 높여주시며 각별한 선물을 주셨으니,
그녀 자신은 신들의 위대한 맹세[108]가 되게 하시고,
그녀의 자식들은 언제까지나 당신과 함께 살게 하셨다.
꼭 그처럼 그분께서는 다른 이들에게도 모두 당신이 약속하신 것을
철저히 이행하셨다. 그러나 그분 자신은 권세와 왕권을 장악하고 계신다.

포이베는 코이오스의 애정 어린 잠자리로 갔다.
그리하여 여신은 신과 사랑으로 교합하여,
언제나 상냥하고 인간들과 불사신들에게 호의적이며
처음부터 상냥하고 올림포스에서 가장 부드러운,
검은 겉옷의 레토를 낳았다.
포이베는 또 행운을 가져다주는 이름의 아스테리에도 낳았다.
그러자 훗날 자신의 사랑하는 아내라고 불리도록 페르세스가
아스테리에를 자기 큰 집으로 데려갔다. 그곳에서 아스테리에가
헤카테[109]를 잉태했다가 낳자, 크로노스의 아드님께서 누구보다도

107 여기서 '적절히'란 통치자의 자의에 따라서가 아니라 '능력과 충성심에 따라서'란 뜻이다.

108 신들은 스튁스 강의 이름만 말하는 것이 아니라 그 강의 물로 헌주하며 맹세했다. 여기서 '맹세'란 맹세하는 행위가 아니라 맹세의 증인을 의미한다.

109 헤카테는 호메로스에서는 언급되지 않지만 헤시오도스에서는 물질적 번영, 집회에서의 달변, 전쟁과 경기에서의 승리뿐 아니라, 어부들에게 풍어를 가져다주고 가축 떼를 살찌게도 하고 마르게도 하는 권능을 가진 힘 있는 여신으로 그려져 있다. 그러나 헤카테는 차츰 마술, 밤, 달, 사자(死者)들, 횃불, 개, 피 등과 관계 있는 어두운 여신이 되었다. 기원전 5세기 아테나이의 많은 가정의 문 앞에는 헤르메스 상 옆에 그녀를 위한 제단을 설치했는데, 이

그녀의 명예를 높여주셨다. 그분께서는 그녀에게 빼어난 선물들을
주셨으니, 대지에도 추수할 수 없는 바다에도 그녀가 제 몫을 갖게 하셨던
것이다. 헤카테는 별 많은 하늘로부터도 제 몫의 명예를 받았으며
불사신들에게 가장 존경받았다. 지금도 지상의 인간들 중에 누군가
훌륭한 제물을 바쳐 관습에 따라 신들을 달래려고 할 때는
헤카테를 부르기 때문이다. 그리하여 여신이 기꺼이 기도를 받아들이면
그에게는 힘들이지 않고도 많은 명예가 따르고, 여신은 그에게
복을 준다. 여신에게는 그럴 능력이 있기 때문이다.
여신은 가이아와 우라노스로부터 태어나 명예를 부여받은
모든 신들의 명예에 제 지분을 가지고 있기 때문이다.
크로노스의 아드님께서는 그녀에게 결코 폭력을 행사하지 않으셨고,
그녀가 옛날의 신들인 티탄 신족 사이에서 받은 것을 빼앗지 않으셨다.
천만에. 그녀는 맨 처음에 분배받은 그대로 간직하고 있다.
여신은 외동딸인지라 대지와 하늘과 바다에서
특권을 덜 받기는커녕 훨씬 많이 받았으니,
제우스께서 그녀의 명예를 높여주시기 때문이다.
헤카테는 누구든 자신이 원하는 자에게 다가가 큰 도움을 준다.
그녀가 원하는 자는 회합(會合) 때 군중들 사이에서 돋보인다.
그리고 전사들이 남자를 죽이는 전쟁을 위해
무장할 때, 여신은 자신이 원하는 자들을 편들어
자신의 호의로써 승리를 주고 명성을 베푼다.
그리고 재판할 때 여신은 존경스런 왕들 옆에 앉아 있다.

경우 그녀는 문(門), 가정, 부인 들과 관계 있었던 것으로 보인다. 집 밖에서는 네거리나 갈림길 같은 곳에 그녀를 위해 머리 또는 몸이 셋인 여인의 입상을 세워졌다.

남자들이 다투어 경기할 때도 여신은 도움을 준다.
그럴 때도 여신은 그들을 편들어 도움을 준다.
힘과 체력으로 이긴 자는 힘들이지 않고 기분 좋게
훌륭한 상(賞)을 타서 부모님에게 영광을 드린다.[110]
여신은 또 자신이 원하는 기수(騎手)들에게 도움을 준다.
그리고 험한 잿빛 바다를 경작하는 자들[111]에게도,
헤카테와 굉음을 울리며 대지를 흔드는 이[112]에게 기도하는
자들에게도 영광스런 여신은 힘들이지 않고 큰 포획을
허락하는가 하면, 눈에 보이는 포획도 힘들이지 않고 빼앗아버린다,
마음만 먹으면. 여신은 또 축사에서 헤르메스와 더불어
가축을 늘리는 데도 도움을 준다. 소 떼들과 넓게 흩어지는
염소 떼들과 털북숭이 양 떼들을 여신은 마음만 먹으면
적은 것을 늘리기도 하고 많은 것을 줄이기도 한다.
이처럼 그녀는 어머니의 외동딸이지만 불사신들 사이에서
온갖 특권으로 존중되었다. 그리고 크로노스의 아드님께서는
그녀를 젊은이들의 양육자로 삼으셨다, 그녀가 태어난 이후[113]
많은 것을 보는 새벽을 두 눈으로 보아온 젊은이들을 위해.
이렇게 그녀는 처음부터 젊은이들의 양육자였다. 이상이 그녀의 특권이다.

110 경기에서 승리한 자들은 전령이 아무 곳에 사는 아무개의 아들 아무개로 발표했고, 온 가족이 그 혜택을 입었다고 한다.

111 어부들.

112 포세이돈.

113 '그녀가 태어난 이후'라는 표현은 헤카테가 티탄 신족과의 전쟁 이전에는 그런 특권을 누릴 수 없었기에 그녀가 태어난 이후 이 세상에 태어난 모든 젊은이들을 양육하는 특권을 제우스한테서 받는다는 것은 사실 불가능하므로, 엄밀히 따지면 앞뒤가 맞지 않는다.

레아는 크로노스에게 눌려 영광스런 자식들을 낳았으니,
헤스티아, 데메테르, 황금 샌들의 헤라,
지하 집에서 사는 무자비한 마음의
강력한 하데스, 굉음을 울리며 대지를 흔드는 이,[114]
그분의 천둥 아래 넓은 대지가 떠는 인간들과 신들의 아버지
지략이 뛰어나신 제우스가 그들이다.
위대한 크로노스는 어머니의 신성한 자궁에서
그녀의 무릎에 이르는 족족 아이들을 집어삼켰으니,
당당한 우라노스의 자손들 가운데 자기 말고 다른 자는 어느 누구도
불사신들 사이에서 왕의 명예를 누리지 못하게 하려는 것이었다.
그도 그럴 것이 그는 비록 강력하지만 위대한 제우스의
계략으로 자신이 제 자식에게 제압될 운명이라는 것을
가이아와 별 많은 우라노스한테서 들어 알고 있었기 때문이다.
그래서 그는 눈먼 파수를 보는 것이 아니라 지켜보고 있다가
자기 자식들을 집어삼켰다. 레아는 참을 수 없는 고통을 느꼈다.
그러나 레아는 신들과 인간들의 아버지 제우스를 낳게 되었을 때,
사랑하는 부모님인 가이아와 별 많은 우라노스에게 간청했다.
몰래 아이를 낳을 수 있게 해달라고, 그리고 자기 아버지의
원수를 갚아줄 복수의 여신과 음모를 꾸미는 위대한
크로노스가 집어삼킨 아이들의 원수를 갚아줄 복수의 여신들에게
진 빚을 그가 갚을 수 있게 한 가지 계략을 생각해내 달라고.
그러자 그들은 귀담아듣고 사랑하는 딸의 부탁을 들어주었고,
크로노스 왕과 마음이 억센 그의 아들에게

114 포세이돈.

일어나게 되어 있는 모든 일을 그녀에게 일러주었다.
그리고 그들은 그녀더러 막내둥이인 위대한 제우스를
낳을 때가 되면 뤽토스[115]로, 기름진 크레테 땅으로
가라고 했다. 강력한 가이아는 넓은 크레테에서
양육하고 돌보기 위해 그녀에게서 그분을 받았다.
그곳으로 레아는 그분을 안고 재빠른 밤의 어둠을 헤치고
나아갔고, 뤽토스에 닿을 때까지 쉬지 않았다.
그리고 레아는 그분을 손에 들고 가파른 동굴에, 신성한 대지의
깊숙한 곳에, 숲이 우거진 아이가이온 산[116]에 숨겼다.
그러고 나서 그녀는 큰 돌덩이 하나를 포대기에 싸서
강력한 주인이자 옛 신들의 왕인 우라노스의 아들[117]에게 주었다.
그러자 그는 그것을 두 손으로 잡고 비정하게도
자신의 뱃속에 집어넣었고, 이제는 돌덩이 대신
자신이 이길 수 없는 아들이 무사히 남아 그 아들이
머지않아 힘과 완력으로 자기를 제압해 높은 자리에서 내쫓고
아들 자신은 불사신들을 다스리게 되어 있다는 것을 알지 못했다.
　그 뒤 통치자의 용기와 눈부신 사지는
무럭무럭 자라났다. 그리하여 때가 되었을 때
음모를 꾸미는 위대한 크로노스는 가이아의 교활한 조언에 속아,
자기 아들의 힘과 계략에 패하여

115 뤽토스는 크레테(Krete 라/Creta) 섬의 동부 지방에 있는 도시다. 크레테는 그리스 반도의 남동쪽, 소아시아의 서남쪽에 있는 지중해의 섬으로 그리스에서 가장 큰 섬이다. 이 섬은 지리적 특성상 유럽과 이집트와 아시아를 잇는 징검돌 노릇을 해왔다.

116 Aigaion. 확실히 알려진 것이 없는 산인데, 크레테 섬의 이데 산으로 보는 이도 있다.

117 크로노스.

자기 자식들을 도로 게웠다.
먼저 그는 맨 나중에 삼켰던 돌덩이를 토해냈다.
제우스께서는 그 돌을 파르낫소스 산[118] 골짜기에 있는
신성한 퀴토[119]에서 길이 넓은 대지에 박아 앞으로 기념물이
되고 필멸의 인간들에게 경이로운 물건이 되게 하셨다. 제우스께서는
아버지의 형제들[120]을, 아버지가 나쁜 마음에서 가두어버렸던
우라노스의 아들들을 파멸을 가져다주는 속박에서 풀어주셨다.
그리하여 그들은 그분의 선행에 보답하고자
그분께 천둥과 불타는 벼락과 전광(電光)을 주었으니,
전에는 거대한 가이아가 숨겨두었던 이것들을
믿고 그분께서는 인간들과 불사신들을 다스리신다.

이아페토스는 복사뼈가 예쁜 오케아노스의 딸
클뤼메네를 데려가 한 침상에 들었다.
그녀는 그에게 마음이 드센 아틀라스를 아들로 낳아주었다.
그녀는 또 거만한 메노이티오스[121]와 꾀 많고 머리가 잘 돌아가는
프로메테우스와 얼빠진 에피메테우스를 낳았다.
에피메테우스는 빵을 먹고 사는 인간들에게 처음부터 재앙이 되었다.

118 파르낫소스 산은 아폴론의 신탁으로 유명한 델포이(Delphoi) 바로 북쪽에 솟아 있는 큰 산으로, 최고봉은 2,457m다.

119 퀴토(Pytho)는 델포이의 옛 이름으로, 아폴론이 처음 그곳에 와서 그곳을 지키던 거대한 뱀 퀴톤(Python)을 죽인 데서 유래한 이름이다.

120 퀴클롭스들.

121 메노이티오스에 관해서는 그가 티탄 신족과 싸운 전쟁 때 티탄 신족을 편들었다는 것 외에는 달리 알려진 바 없다.

만들어진 처녀를 그가 처음으로 제우스에게서 아내로
받아들였기 때문이다. 무법자 메노이티오스는 멀리 보시는 제우스께서
연기가 나는 벼락으로 치시어 에레보스로 내려보내셨으니,
그의 방종과 과도한 용맹 탓이었다.
아틀라스는 강력한 필연에 의해 맑은 목소리의
헤스페리데스들 옆 대지의 경계에 서서 머리와
지칠 줄 모르는 두 손으로 넓은 하늘을 떠받치고 있다.
지략이 뛰어나신 제우스께서 그에게 그런 운명을 할당하셨기 때문이다.
제우스께서는 또 꾀 많은 프로메테우스를 끊을 수 없는
고통스런 사슬을 기둥 한가운데로 집어넣어 결박하시고는
그에게 긴 날개의 독수리 한 마리를 보내셨다. 그리하여 독수리가
그의 불멸의 간(肝)을 쪼아 먹었으나, 밤이 되면 그의 간은
긴 날개의 새가 낮 동안 쪼아 먹은 만큼 사방으로 자라났다.
복사뼈가 예쁜 알크메네의 용맹스런 아들
헤라클레스가 독수리를 죽여, 이아페토스의 아들을
사악한 재앙에서 구해주고 고뇌(苦惱)에서 벗어나게 해주었다.
높은 곳에서 다스리시는 올림포스의 주인이신 제우스께서 이를
마다하지 않으셨던 것은 테바이[122] 출신인 헤라클레스의 명성이
많은 것을 양육하는 대지 위에서 전보다 더 커지게 하시려는 것이었다.
바로 이런 이유에서 그분께서는 당신의 걸출한 아들을 존중하고 명예를

122 테바이는 그리스 중동부 보이오티아 지방의 수도로, 그리스 역사에서 아테나이와 스파르테(Sparte 라/Sparta) 다음으로 중요한 곳이다. 카드모스가 세웠다는 이 도시는 오이디푸스 가(家)의 전설로 유명하며, 세멜레와 알크메네가 여인이면서도 제우스에 의해 각각 디오뉘소스와 헤라클레스를 낳은 곳이기도 하다. 헤라클레스도 사후에 신이 되었으니 여인들이 신들을 낳은 곳이라고 할 수 있다.

높이셨으며, 또 비록 화가 나셨지만 프로메테우스가 막강하신 크로노스의
아드님과 지혜를 다투려 했기에 전에 그에게 품은 노여움을 푸신 것이다.
　신들과 필멸의 인간들이 메코네[123]에서 서로 갈라섰을 때,
프로메테우스는 기꺼이 큰 황소 한 마리를 잘라 나누어
제우스의 마음을 속이려고 그분 앞에 내놓았다.
그분 앞에 그는 살코기와 기름기 많은 내장을
소의 위(胃)로 덮은 다음 소가죽에 싸서 내놓았고,
한편 인간들을 위해서는 흰 소뼈들을 쌓은 다음
그것을 반짝반짝 빛나는 기름 조각으로 교묘히 쌌다.
그때 인간들과 신들의 아버지께서 그에게 말씀하셨다.
"이아페토스의 아들이여, 모든 통치자들 가운데 걸출한 자여,
이봐요, 그대는 얼마나 불공평하게 몫을 나누었는가!"
불멸의 계략을 알고 계시는 제우스께서는 이렇게 그를 나무라셨다.
그러자 음모를 꾸미는 프로메테우스가 그분께 가볍게 미소 지으며
대답했으나 자신의 계략을 잊지는 않았다.
"제우스여, 영생하는 신들 중에 가장 영광스럽고 가장 위대한 분이여,
둘 중 어느 것이든 그대 가슴속 마음이 명령하는 것을 고르십시오!"
이렇게 그는 음흉한 마음에서 말했다. 그러나 불멸의 계략을 알고 계시는
제우스께서는 계략을 알아채셨고 모르지 않으셨다. 그래서 그분께서는
필멸의 인간들에게 반드시 이루어지게 되어 있는 재앙을 마음속으로
꾀하셨다.[124] 그분께서는 두 손으로 하얀 기름 조각을 들어 올리셨다.

123 메코네는 펠로폰네소스 반도 북동부에 있는 시퀴온(Sikyon) 시의 옛 이름이다. 여기서 헤시오도스는 메코네 시의 지역 신화를 이야기하는 것 같다.

124 이때 제우스는 인간들을 응징하기 위해 일부러 속는 척한 것인데, 프로메테우스는 그것도 모르고 제우스가 몰라서 속는 줄 알고 마음속으로 기뻐했던 것이다.

그러자 그분께서는 마음속으로 화가 나셨고, 흰 소뼈들이 교묘히
놓여 있는 것을 보시자 화가 머리끝까지 치미셨다.
그 이후로 지상의 인간 종족은 향기로운 제단에서
불사신들에게 흰 뼈를 태워드리고 있는 것이다.
　그에게 구름을 모으시는 제우스께서 크게 역정을 내시며 말씀하셨다.
"이아페토스의 아들이여, 어느 누구보다 영리한 자여,
이봐요, 그러니까 그대는 아직도 계략을 잊지 않고 있었구려!"
불멸의 계략을 알고 계시는 제우스께서 화가 나시어 그렇게 말씀하셨다.
그리고 그 이후로 그분께서는 언제나 마음속으로 화를 내시며
지상의 집에서 살고 있는 필멸의 인간들을 위해
물푸레나무들[125]에게 지칠 줄 모르는 불의 힘을 주시지 않았다.
그러나 이아페토스의 빼어난 아들은 그분을 속이고는 속이 빈
회향풀[126] 줄기 속에다 감춰 지칠 줄 모르는 불의 멀리 보는
화광(火光)을 훔쳐냈다. 높은 곳에서 천둥을 치시는
제우스께서는 이에 가슴이 아프셨고, 인간들 사이에서
불의 멀리 보는 화광을 보시자 마음속으로 화가 나셨다.
　당장 그분께서는 불의 대가로 인간들에게 재앙을 마련하셨으니,
이름난 절름발이[127] 신이 크로노스의 아드님의 계획에 따라
얌전한 처녀와도 같은 것[128]을 흙으로 빚었던 것이다.
그러자 빛나는 눈의 여신 아테네가 허리띠를 매어주고 은빛 옷을

125 신화에서는 불이 나무 속에 들어 있다고 생각했다.

126 키 큰 회향풀(그리스어로 narthex)의 줄기에 들어 있는 마른 고갱이는 천천히 타기 때문에 불을 다른 곳으로 옮기는 데 이용되었다고 한다.

127 헤파이스토스. 그는 불을 이용해 온갖 것을 만드는 공예의 신이다. 「주요 신들」 참조.

128 이 최초의 여자는 『일과 날』에서는 판도라로 불린다. 『일과 날』 47~105행 참조.

입힌 다음 매만져주었다. 그리고 여신이 그녀의 머리 위로부터
아래로 수놓은 베일을 두 손으로 당기니, 보기에 장관(壯觀)이었다.
그리고 팔라스 아테네는 그녀의 머리에 풀밭의 꽃으로 만든
싱싱하고 사랑스런 화환을 둘렀다.
그리고 여신이 그녀의 머리에 황금 머리띠를 두르니,
이름난 절름발이 신이 아버지 제우스를 기쁘게 해드리려고
공들여 두 손으로 손수 만든 것이었다.
그 안에는 보기에도 장관인 수많은 형상이,
육지와 바다가 기르는 온갖 무서운 짐승이 만들어져 있었다.
그는 그런 것들을 많이 만들어 넣었는데, 그 모든 것은 그 위에
우아함이 숨쉬고 있었고, 경이로웠고, 목소리와 생명을 가진 듯했다.
  그는 복의 대가로 아름다운 화를 만들자마자,
강력한 아버지의 딸인 빛나는 눈의 여신[129]의 치장(治粧)을 뽐내는
그녀를 다른 신들과 인간들이 있는 곳으로 데리고 나갔다.
그러자 불사신들과 필멸의 인간들은 인간으로서는
감당할 수 없는 가파른 함정을 보고 놀라움을 금치 못했다.
왜냐하면 그녀에게서 여자들의 종족이 비롯되었는데,
〔왜냐하면 그녀에게서 파멸을 가져다주는 여자들의 종족과 족속이
비롯되었는데,〕
그들은 남자들과 함께 살 때는 인간에게 큰 고통이요, 저주스런
가난에는 적합한 동반자가 아니지만 부(富)에는 그렇기 때문이다.
마치 꿀벌들이 지붕이 둥근 벌통에서
못된 짓을 하기로 공모한 수벌들을 먹여 살리듯

129 아테네.

— 꿀벌들이 날마다 해가 질 때까지 온종일
애를 쓰고 하얀 밀랍(蜜蠟)을 쌓아 올리는 동안
수벌들은 지붕이 둥근 벌통에 남아
남의 노고를 제 뱃속에 쌓는다 —
꼭 그처럼 높은 곳에서 천둥을 치시는 제우스께서는
못된 짓을 하기로 공모한 여자들을 남자들에게 화가 되게
만드신 것이다. 제우스께서는 복의 대가로 또 다른 재앙을
만드셨으니, 결혼과 여자들의 수고를 끼치는 행동을 피하여
결혼하기를 원치 않는 남자는 노후에 돌봐주는 이도 없이
무정한 노년에 이르게 되는 것이다. 그는 살아 있는 동안에는
생계에 어려움을 겪지 않겠지만, 그가 죽고 나면 먼 친척들이
그의 재산을 나누어 갖는다. 한편 결혼하게 되어
알뜰하고 곰살가운 아내를 맞는 남자는
평생 동안 늘 화복을 번갈아 맛보게 된다.
그러나 악처를 만나는 남자는
가슴속에 마음속에 그칠 줄 모르는 고통을 안고
살아가게 되며, 그것은 치유할 길 없는 재앙이다.
　이렇듯 제우스의 마음을 속이거나 피한다는 것은 불가능하다.
이아페토스의 아들인 교활한 프로메테우스조차
그분의 엄중한 노여움을 피하지 못하고
영리한데도 큰 사슬에 억지로 붙들려 있으니 말이다.

　처음에 브리아레오스와 콧토스와 귀게스에게 그들의 아버지가
마음에 화가 났을 때, 그들의 엄청난 체력과
체격과 생김새가 못마땅해 강력한 사슬로 묶어

그들을 길이 넓은 대지 아래로 내쫓았다.
거기 세상의 끝에서, 거대한 대지의 경계에서
그들은 지하에 앉아 비참하게 살았으며,
오랫동안 마음이 언짢아 몹시 괴로웠다.
그러나 크로노스의 아드님과,[130] 머릿결이 고운 레아가
크로노스를 사랑하여 낳은 다른 불사신들이
가이아의 조언에 따라 그들을 햇빛 속으로 도로 데리고
올라왔으니, 이들의 도움이 있어야만 승리와 빛나는 명성을
얻게 될 것이라고 가이아가 그들에게 자세히 일러주었던 것이다.
티탄 신족과 크로노스에게서 태어난 신들은
오랫동안 마음에 고통을 주는 노고를 참으며,
격렬한 전투를 벌이며 서로 싸웠다.
당당한 티탄 신족은 높은 오트뤼스 산[131]에서 그랬고,
머릿결이 고운 레아가 크로노스와 누워서 낳은,
복을 가져다주는 신들은 올륌포스에서 그랬다.
그들은 마음에 고통을 주는 노고를 참으며
만 십 년 동안 쉴 새 없이 서로 싸웠다.
그리고 어느 쪽으로도 힘겨운 투쟁의 해결이나 결말은
나지 않고, 전쟁의 결말은 균형을 이루고 있었다.
그러나 제우스께서 저들에게[132] 필요한 것들을, 신들이
먹는 넥타르와 암브로시아[133]를 충분히 대주시어

130 제우스.

131 남(南)텟살리아 지방의 산.

132 브리아레오스와 콧토스와 귀게스.

〔그들이 넥타르와 사랑스런 암브로시아를 먹어,〕
그들 모두의 가슴속에 남자다운 용기가 자라나자
인간들과 신들의 아버지께서 그들에게 말씀하셨다.
"내 말을 들으시오, 가이아와 우라노스의 당당한 자식들이여,
내 가슴속 마음이 명령하는 바를 말하고자 하오.
티탄 신족과 크로노스에게서 태어난 우리는
벌써 꽤 오랫동안 승리와 권력을 위해
날마다 서로 싸우고 있소.
이제 그대들은 무시무시한 전투에서 티탄 신족에 맞서
그대들의 강력한 힘과 무적의 손을 보여주시오.
우리의 진정한 우정을 회상하시며, 그리고 그대들이 우리의
결정으로 저 아래 안개 낀 암흑 속의 고통스런 사슬에서
햇빛 속으로 돌아올 때까지 얼마나 많은 고초를 겪었는지 회상하시며!"
이렇게 그분께서 말씀하시자, 나무랄 데 없는 콧토스가 지체 없이 말했다.
"오오! 이상한 분이여, 그대가 말한 것은 우리에게 생소하지 않소.
그대가 지성과 생각이 뛰어나다는 것과,
그대가 불사신들을 싸늘한 위험에서 구해준 것과,
우리가, 크로노스의 아들이여, 통치자여, 안개 낀 암흑과
무자비한 사슬에서 천만뜻밖에 돌아온 것은
그대의 선견지명 덕택이라는 것을 우리도 알고 있단 말이오.
그러니 이제 우리는 마음을 가다듬고 흔쾌히

133 암브로시아(ambrosia)와 넥타르(Nektar)는 불사신들이 먹고 마시는 신식(神食)과 신주(神酒)로, 필멸의 존재도 이것을 먹고 마시면 불사의 몸이 된다고 한다. 신들과 관계 있는 여러 가지 사물들은 '암브로시아의' '암브로시아적'이란 말로 표현하기도 하며, 암브로시아는 때로는 '향내'란 뜻으로도 쓰인다.

무시무시한 투쟁에서 그대의 권력을 지킬 것이며
강력한 전투에서 티탄 신족과 싸울 것이오."
　이렇게 그가 말하자 복을 가져다주는 신들은 그의 말을 듣고
박수갈채를 보냈다. 그들의 기개는 전보다 더
전쟁을 열망했다. 그날 그들은 남신도 여신도 모두
더 바랄 것이 없는 전투를 불러일으켰다,
티탄 신족도, 크로노스에게서 태어난 신들도,
그리고 제우스께서 지하의 에레보스에서 햇빛 속으로
데려오신 무섭고 강력하고 힘이 절륜(絕倫)한 신들도.
이들은 셋 다 저마다 어깨에서 백 개의 손이
뻗어 나와 있었고, 저마다 어깨로부터
튼튼한 사지 위에 쉰 개의 머리가 나 있었다.
이들이 그때 끔찍한 결전에서 티탄 신족과 맞섰다,
억센 손에 가파른 바위들을 들고서.
티탄 신족도 결연히 전열을 강화했다.
그리하여 양측이 손과 힘으로 할 수 있는 일을 보여주니,
끝없는 바다는 무섭게 포효했고,
대지는 요란하게 으르렁거렸으며, 넓은 하늘은 떨며 신음했고,
높은 올림포스는 불사신들의 돌진에 바닥부터 흔들렸다.
그들 발걸음의 무거운 진동(震動)은 안개 낀
타르타로스에 닿았고, 말로 형언할 수 없는 공격과
강력한 날아다니는 무기[134]들의 날카로운 소음도 그러했다.

134 '날아다니는 무기들'이란 대체로 투창과 화살과 돌멩이를 말하지만, 여기서는 바윗덩어리와 벼락도 포함한다.

그처럼 그들은 한숨을 자아내는 무기들을 서로를 향해 던졌다.
그들이 외칠 때 양측의 목소리는 별 많은 하늘에 닿았다.
그들은 크게 함성을 지르며 서로 마주쳤다.

이제 제우스께서 더 이상 당신의 힘을 억제하시지 않으셨으니,
그분께서는 가슴이 곧 노여움으로 가득 차자 당신의 힘을
모두 보여주셨다. 그분께서 동시에 하늘과 올림포스에서 오셔서
쉴 새 없이 번개를 치시자, 벼락들이 천둥과 전광과 함께
그분의 억센 손에서 잇달아 날았다, 신성한 화염을 빙글빙글 돌리며.
그러자 사방에서 생명을 가져다주는 대지가 불타며
요란한 소리를 냈고, 광대한 숲이 사방에서 소리쳤다.
온 대지와 오케아노스의 흐름들과 추수할 수 없는 바다가
끓어올랐다. 뜨거운 돌풍이 지하의[135] 티탄 신족을
에워쌌고, 말로 형언할 수 없는 화염이
신성한 대기에 닿았으며,
티탄 신족이 비록 강력하기는 하지만
벼락과 번개의 섬광은 그들을 눈멀게 했다.
무시무시한 열기가 카오스를 채웠다.
눈으로 보기에 그리고 귀로 듣기에, 그것은 흡사
대지와 저 위의 넓은 하늘이 부딪칠 때와도 같았다.
그런 엄청난 굉음이 나려면 대지가 아래로 던져지고
하늘이 위에서 떨어져야만 할 테니 말이다.
그만큼 큰 굉음이 났던 것이다, 신들이 서로 부딪쳐 싸울 때.

135 여기서 '지하의'란 말은 일종의 선취적(先取的) 표현으로 티탄 신족이 나중에 지하에 갇힐 것임을 암시한다.

게다가 바람이 덮치더니 진동과 먼지와
위대한 제우스의 무기들인 천둥 번개와
불타는 벼락을 들어 올려 함성과 소음을
양측 중앙으로 날랐다. 무시무시한 투쟁으로
접근할 수 없는 소음이 일었고, 강력한 행동이 모습을 드러냈다.
그러자 전세가 한쪽으로 기울었다. 그러나 그때까지는
그들은 서로 공격하여 강력한 전투를 벌이며 쉴 새 없이 싸웠다.
　선두 대열에서 참혹한 전투를 불러일으킨 것은
콧토스, 브리아레오스, 전쟁에 물리지 않는 귀게스였다.
그들은 자신들의 억센 손에서 삼백 개의 바위를 일제히 날려 보내
티탄 신족의 하늘을 자신들의 날아다니는 무기로 어둡게 했다.
그리하여 그들은 티탄 신족을 길이 넓은 대지 아래로
보내 이들이 비록 오만하기는 해도 자신들의 손으로
이들을 이긴 다음 쓰라린 사슬로 묶었다, 하늘이 대지에서
떨어져 있는 만큼 대지에서 저 아래로 떨어져 있는 곳에다.
대지에서 안개 낀 타르타로스까지는 그만큼 멀었다.
왜냐하면 하늘에서 떨어진 청동 모루가 아홉 밤
아홉 낮을 지나 열흘째 되는 날 대지에 닿고,
다시 청동 모루가 대지에서 아홉 밤 아홉 낮을
떨어져야 열흘째 되는 날 타르타로스에 닿기 때문이다.
　타르타로스 주위에는 청동이 둘러져 있고,
그 목[136] 주위에는 어둠이 세 겹으로 펼쳐져 있으며
그 위에는 대지와 추수할 수 없는 바다의 뿌리가 나 있다.

136 타르타로스를 거대한 독의 형태로 상상한 듯하다.

그곳 안개 낀 암흑 속에 티탄 신족은
구름을 모으시는 제우스의 뜻에 따라 갇혀 있다,
그곳 곰팡내 나는 곳에, 거대한 대지의 끝에.
그들은 밖으로 나올 수 없으니, 포세이돈이 그곳에다
청동 문들을 달고 그 양쪽으로 성벽이 둘러졌기 때문이다.
그곳에 아이기스를 가지신 제우스의 충실한 파수꾼인
귀게스, 콧토스, 의기양양한 브리아레오스가 살고 있다.
그곳에는 또 어두운 대지와 안개 낀 타르타로스와
추수할 수 없는 바다와 별 많은 하늘의, 이들 모두의
원천(源泉)들과 끝자락들이 순서대로 자리 잡고 있다.
이 역겹고 곰팡내 나는 곳에서는 신들도 몸서리친다.
이 거대한 구렁으로 말하자면, 누군가 일단 그 문 안으로
들어가면, 한 해를 다 채우도록 그 바닥에 닿지 못하고,
무시무시한 폭풍이 쉴 새 없이 불어대는 가운데 이리저리
날려 다닐 것인즉 이는 불사신들에게도 무서운 것이다,
이 놀라운 일은. 그곳에는 또 어두운 밤의
무시무시한 거처가 검은 구름에 가려진 채 서 있다.
그 앞에는 이아페토스의 아들[137]이 넓은 하늘을
머리와 지칠 줄 모르는 두 손으로 떠받치고
꿋꿋이 서 있으니, 그곳은 밤과 낮이 거대한
청동 문턱을 넘을 때 서로 다가가 인사하는 곳이다.
한쪽이 들면 한쪽이 나,
그 집은 한꺼번에 결코 둘을 에워싸지 못하니,

137 아틀라스.

언제나 한쪽은 집 밖에 나가 대지 위를 거닐고
한쪽은 자신이 나갈 때가 될 때까지
집 안에 남아 기다린다.
한쪽은 지상에 사는 자들에게 많은 것을 보는 빛을 가져다주고,
다른 한쪽 즉, 파멸을 가져다주는 밤은 안개구름에 싸여
죽음과 형제간인 잠을 품에 안고 어른다.
　그곳에는 또 어두운 밤의 아들들로 무서운 신들인
잠과 죽음이 거주하고 있다. 빛나는 헬리오스는
하늘로 오를 때나 하늘에서 내려올 때나
결코 자신의 빛살로 이들을 내려다보지 않는다.
그중 한 명은 대지와 바다의 넓은 등을 거닐되
얌전하고 인간들에게 상냥하지만,
다른 한 명은 무쇠의 심장을, 가슴속에 무자비한
청동의 마음을 갖고 있어 어떤 사람이든 일단 잡히기만 하면
붙잡고 놓지 않는다. 그래서 그는 불사신들에게도 미움을 받는다.
　그 너머에는 〔강력한 하데스와 근엄한 페르세포네의〕
지하의 신[138]의 울리는 집들이 서 있고,
그 앞에는 무시무시한 개[139]가 파수를 보고 있다.
무자비하고 간계에 능한 그 개는 들어오는 자들에게는
꼬리와 두 귀로 아양을 떨지만, 그들이 도로 나가는 것은
결코 허용치 않고 지키고 있다가, 누구든 〔강력한 하데스와
근엄한 페르세포네의〕 문 밖으로 나오려다 잡히기만 하면 먹어 치운다.

138 하데스.
139 케르베로스.

그곳에는 또 도로 자신 속으로 흘러드는 오케아노스의
맏딸로, 신들도 오싹해하는 무서운 여신[140]이 살고 있다.
그녀는 신들과 떨어져서
긴 바위들로 덮인 이름난 집에서 살고 있는데,
그 집의 은(銀)으로 된 기둥들은 사방의 하늘에 닿아 있다.
드물게 타우마스의 딸 걸음이 잰 이리스가
바다의 넓은 등을 지나 그곳으로 심부름 간다.
불사신들 사이에 분쟁과 말다툼이 벌어지거나
올림포스의 집들에 사는 신들 중에 누군가 거짓말을 하면,
제우스께서는 이리스를 보내 신들의 위대한 맹세를,
높고 가파른 바위에서 떨어지는 저 유명한 찬물을
멀리서 황금 주전자에 담아 가져오게 하신다.
그 물은 길이 넓은 대지 저 아래에서 신성한 강으로부터
어두운 밤을 뚫고 흐른다, 오케아노스의 지류로서.
스틱스는 오케아노스 물의 십분의 일을 몫으로 받았다.
그래서 십분의 구는 대지와 바다의 넓은 등을 돌아
은빛 소용돌이를 치며 짠 바닷물 속으로 흘러들지만 이 십분의 일은
바위에서 흘러내리는 것이다, 신들에게 큰 재앙이 되도록.
눈 덮인 올림포스의 봉우리들에 사는 불사신 중에
누구든 거짓 맹세를 하며 이 물을 붓는 이는
일 년이 다 차도록 숨도 쉬지 못하고 누워 있다.
그 신은 음식을 먹기 위해 암브로시아와 넥타르에
다가가서도 안 되며, 숨도 쉬지 못하고 목소리도 내지 못하고

140 스틱스. 스틱스란 이름은 '추워서 오싹하게 하는'이란 뜻이다.

심한 혼수 상태에 빠진 채 펼쳐진 침상에 누워 있다.
그 신이 기나긴 병고(病苦)의 해를 다 채우고 나면
그때는 하나의 시련에 또 다른 시련이 이어진다.
구 년 동안 그는 영생하는 신들로부터 격리되며,
회의나 회식에 한 번도 섞이지 못한다,
만 구 년 동안. 그러다가 십 년째 되는 해에 그 신은
올림포스의 집들에 사는 불사신들의 모임에 다시 끼이게 된다.
돌너덜 지대를 관류하는, 스튁스의 오래된 불멸의 물을
신들은 그러한 맹세의 증인으로 삼았던 것이다.
〔그곳에는 또 어두운 대지와 안개 낀 타르타로스와
추수할 수 없는 바다와 별 많은 하늘의, 이들 모두의
원천들과 끝자락들이 순서대로 자리 잡고 있어,
이 역겹고 곰팡내 나는 곳에서는 신들도 몸서리친다.〕
그곳에는 또 번쩍이는 문들과 청동 문턱이
긴 뿌리들로 단단히 고정되어 있다, 저절로 자라나.
그리고 그 너머, 모든 신들로부터 떨어져
티탄 신족이 살고 있다, 어두운 구렁 저쪽에.
그러나 크게 굉음을 내시는 제우스의 이름난 원군들인
콧토스와 귀게스는 오케아노스의 토대 위에 있는
자신들의 집에서 살고 있다. 하지만 브리아레오스는 뛰어난지라,
굉음을 내며 대지를 흔드는 이[141]가 자신의 딸
퀴모폴레이아[142]를 아내로 주어 사위로 삼았다.

141 포세이돈.

142 퀴모폴레이아(Kymopoleia 파도 위를 떠돌아다니는 여자)에 관해서는 알려진 바 없다.

그러나 제우스께서 하늘에서 티탄 신족을 몰아내셨을 때
거대한 가이아는 황금의 아프로디테에 의해 타르타로스와
사랑으로 교합하여 막내둥이로서 튀폰[143]을 낳았다.
그의 팔은 큰일을 해낼 수 있을 만큼 강했고,
이 강력한 신의 다리는 지칠 줄 몰랐다.
그의 어깨에는 검은 혀를 날름거리는
백 개의 뱀 머리가 나 있었고,
괴상한 머리에 있는 눈들은 눈썹 밑에서 불을 번쩍였다.
〔그가 볼 때는 모든 머리에서 불길이 타올랐다.〕
그리고 그의 무시무시한 머리마다 음성이 들어 있어
말로 표현할 수 없는 온갖 소리를 냈다. 때로는
신들이 이해할 수 있는 소리를 내는가 하면, 때로는
그 힘을 억제할 수 없는 당당한 황소가 울부짖는 소리를 내기도 하고,
때로는 마음에 도무지 겁이 없는 사자 소리를 내기도 하고,
때로는 개 떼가 짖는 소리를 내는가 하면—듣기에도 놀라웠다—
때로는 슈웃 하는 소리를 냈다. 그러면 긴 산들이 아래에서 메아리쳤다.
그리하여 그날 구제할 길 없는 일이 일어나
그가 필멸의 인간들과 불사신들을 다스리게 되었을 것이다,
만약 인간들과 신들의 아버지께서 예의 주시하시지 않았더라면.
그분께서는 힘차고 우렁차게 천둥을 치셨고, 그러자
대지와 저 위의 넓은 하늘과 바다와 오케아노스의 흐름들과
대지의 구렁들[144]이 무시무시하게 주위로 울렸다.

143 튀폰에 관해서는 주 85 참조.

144 '대지의 구렁들'(Tartara gaies)이란 표현은 타르타라(Tartara)나 타르타로스(Tartaros)보다 더 오래된 표현으로 추정된다.

통치자께서 앞으로 나아가시자 그분의 불사의 발밑에서
거대한 올림포스가 떨었고, 대지도 아래에서 신음했다.
양쪽이 내뿜는 뜨거운 열기는 보랏빛 바다를 붙들었으니,
그 열기는 천둥과 번개와 무서운 괴물이 내뿜는 불[145]과
돌풍[146]과 불타는 벼락이 내뿜는 것이었다.
그러자 온 육지와 하늘과 바다가 들끓었다.
불사신들이 돌진하니 긴 파도가 사방의 갑(岬) 주위에서
미쳐 날뛰었고, 걷잡을 수 없는 진동이 일었다.
저 아래 사자(死者)들의 왕인 하데스도 떨었고,
저 아래 타르타로스에 있는 티탄 신족도 크로노스 주위에 모여 떨었다,
그칠 줄 모르는 소음과 무시무시한 전투에.

제우스께서는 힘을 모으시고 나서 당신의 무기인
천둥과 번개와 불타는 벼락을 집어 드시고는
올림포스에서 뛰어내려 가격하셨고, 그 무시무시한
괴물의 막강한 머리들을 사방에서 모조리 불지르셨다.
그분께서 채찍으로 쳐서 제압하시자 튀폰은 사지가
마비되어 쓰러졌고, 그러자 거대한 대지가 신음했다.
왕[147]이 벼락을 맞아 바위투성이의 아이드네 산[148] 골짜기에

145 여기서 '불'은 그의 눈에서 내뿜는 불이 아니라—눈의 불은 무엇을 태울 수 없다—그가 벼락을 맞고 몸뚱이에서 내뿜는 불을 말하는 것으로 860행의 선취로 볼 수 있다.

146 여기서 '돌풍'은 튀폰이 아니라 제우스가 사용하는 무기다.

147 여기서 '왕'이란 신으로서의 튀폰을 말한다.

148 아이드네 산에 관해서는 알려진 바 없다. 아이스퀼로스와 핀다로스가 튀폰은 시칠리아의 아이트네 산 아래 묻혀 있다고 말한 뒤로 아이드네를 아이트네로 고쳐 읽고 있으나, 헤시오도스에 따르면 튀폰은 그곳이 아니라 타르타로스에 갇혀 있어 이를 받아들이기 어렵다는 이들도 있다.

쓰러지자 그에게서 불길이 솟아올랐다.
믿을 수 없는 열기에 거대한 대지가
먼 곳까지 불타며 녹아내리니, 그 모습은 구멍 뚫린
도가니에서 장인의 기술로 가열된 주석이나
또는 가장 단단한 물질이면서도 산골짜기에서
활활 타는 불에 압도되면 헤파이스토스의 솜씨로
신성한 땅바닥[149]에 녹아내리는 무쇠와도 같았다.
꼭 그처럼 대지는 활활 타오르는 불의 광채 속에 녹아내렸다. 그리고
제우스께서는 마음에 화가 나시어 그를 넓은 타르타로스로 던지셨다.
　튀폰에게서는 눅눅하게 불어대는 강풍들이 생겨난다,
남풍과 북풍과 구름을 쫓아버리는 서풍을 제외하고.
신들에게서 태어난 이 바람들은 인간들에게 큰 이익이 되지만,
다른 바람들은 아무렇게나 바다 위로 불어댄다.
다른 바람들은 안갯빛 바다를 내리덮쳐 인간들에게
큰 고통을 주며 사악한 돌풍이 되어 미쳐 날뛴다.
그것들은 때도 순서도 없이 마구 불어 배들을
쫓아버리고 뱃사공들을 죽인다. 바다에서 그것들을
만나는 사람은 재앙을 피할 길이 없다.
그것들은 또 꽃이 만발한 가이 없는 육지에서도
대지에서 태어난 인간들이 일궈놓은 사랑스런 밭들을
먼지와 고통을 주는 쓰레기로 가득 채워 망쳐놓는다.
　축복받은 신들은 노고를 끝내고
티탄 신족과 힘으로 특권들의 향방을 결판냈을 때,

149 철광석을 땅바닥에다 녹이는 것은 아프리카에서 전해진 원시적 방법이라고 한다.

가이아의 조언에 따라 멀리 보시는 올림포스의 주인
제우스께서 불사신들의 왕과 통치자가 되실 것을 요구했다.
그리하여 그분께서는 그들에게 특권을 나누어주셨다.

　신들의 왕이신 제우스께서는 신들과 필멸의 인간들 중에서
가장 아는 것이 많은 메티스[150]를 첫째 아내로 삼으셨다.
그러나 그녀가 빛나는 눈의 여신 아테네를 낳게 되었을 때,
그분께서는 꾀와 아첨하는 말로 속여 그녀를
당신의 몸속에 넣으셨다,
가이아와 별 많은 우라노스의 조언에 따라.
영생하는 신들 중에 다른 신이 제우스 대신 왕권(王權)을
쥐지 못하도록 이들이 그에게 그렇게 조언했던 것이다.
메티스는 영리한 아이들을 낳게 되어 있었으니까.
먼저 그녀는 용기와 지모가 아버지 못지않은
빛나는 눈의 처녀 트리토게네이아[151]를 낳고,
그다음에는 아들을, 거만한 마음을 가진,
신들과 인간들의 왕을 낳게 되어 있었던 것이다.
그러나 제우스께서 한발 앞서 메티스를 당신 몸속에 넣으셨다,
여신이 그곳에서 당신께 좋은 것과 나쁜 것을 알려주도록.
　두 번째로 그분께서는 윤이 나는 테미스와 결혼하셨고,
그녀가 호라이 여신들,[152] 에우노미아, 디케,

150 메티스(Metis 지혜로운 여자)는 오케아노스의 딸들 중 한 명이다(358행 참조).

151 트리토게네이아(Tritogeneia)는 아테네 여신의 별명 중 하나로, 그 뜻은 확실치 않다. geneia는 '태어난 여자'라고 풀이할 수 있겠으나, Trito에 관해서는 '물' 또는 '세 번째'란 뜻으로 해석하고 있지만 아직 확실한 근거를 제시하지 못하고 있다.

번영하는 에이레네를 낳으니,[153] 이들이 필멸의 인간사를 관장한다.
그녀는 또 운명의 여신들인 클로토와 라케시스와 아트로포스를
낳으니, 이들에게 지략이 뛰어나신 제우스께서 가장 많은
특권을 주시어 이들이 필멸의 인간들에게 복도 주고 화도 준다.
　오케아노스의 딸로 외모가 사랑스러운 에우뤼노메는
그분께 볼이 예쁜 세 명의 카리스 여신들인,
아글라이아, 에우프로쉬네, 아리따운 탈리아를
낳아주었다. 이들이 볼 때는 사지를 풀어버리는 사랑이
눈에서 흘러내린다. 이들의 눈썹 밑 눈길은 그만큼 아름답다.
그분께서 또 많은 것을 양육하는 데메테르의 침상으로 가시니, 그녀는
흰 팔의 페르세포네를 낳았다. 하데스가 페르세포네를 어머니 곁에서
납치해갔으니, 지략이 뛰어나신 제우스께서 그에게 그녀를 주었던 것이다.
제우스께서는 또 머릿결이 고운 므네모쉬네를 열망하셨다.
그녀한테서는 황금 머리띠의 무사 여신 아홉 명이 태어나시니,
그분들에게는 축제와 노래의 즐거움이 마음에 드셨다.
　레토는 아이기스를 가지신 제우스와 사랑으로 교합하여
우라노스의 모든 자손들 중에서도 사랑스런 자식들인
아폴론과 화살을 좋아하는 아르테미스를 낳았다.
　맨 마지막으로 그분께서 헤라를 꽃다운 아내로 삼으시니,
그녀는 신들과 인간들의 왕과 사랑으로 교합하여
헤베, 아레스, 에일레이튀이아[154]를 낳았다.

152 호라이 여신들은 계절의 여신들로 식물의 생장을 관장한다. 그들은 또 올림포스의 문을 지키기도 하고, 헤라 여신의 시중을 들기도 하고, 아프로디테를 수행하기도 한다.

153 에우노미아는 질서의, 디케는 정의의, 에이레네는 평화의 여신이다.

154 에일레이튀이아(Eileithyia)는 '아이의 도래(到來)'란 뜻으로, 출산의 여신이다.

제우스께서는 또 혼자서 빛나는 눈의 아테네를 머리에서 낳으시니,
전투를 불러일으키고 군대를 인솔하는, 아무도 이길 수 없는
이 존경스런 여신에게는 함성과 전쟁과 전투가 마음에 들었다.
한편 화가 난 헤라는 남편과 다투고는
사랑으로 교합하지 않고도[155] 이름난 헤파이스토스를 낳으니,
그는 우라노스의 모든 자손들 중에서도 가장 손재주가 뛰어나다.

암피트리테와 굉음을 내며 대지를 흔드는 이[156]에게서는
넓은 지역에 힘이 미치는 위대한 트리톤[157]이 태어났으니,
이 무서운 신은 바다의 바닥을 차지하고는 사랑하는 어머니와
주인인 아버지와 함께 황금 궁전에서 산다. 방패의 소가죽을 뚫는
아레스에게 퀴테레이아[158]는 패주(敗走)와 공포(恐怖)[159]를
낳아주었으니, 이 무서운 신들은 으스스한 전투에서
도시의 파괴자 아레스와 더불어 전사들의 밀집 대열을 패주시킨다.
그녀는 또 고매한 카드모스가 아내로 삼은 하르모니아[160]도 낳아주었다.
아틀라스의 딸 마이아[161]는 제우스의 침상에 올라 그분에게

155 헤파이스토스는 호메로스에서는 제우스와 헤라의 아들이지만, 여기서는 제우스가 어머니 없이 아테네를 낳은 것에 화가 난 헤라가 아버지 없이 낳은 아들로 되어 있다.

156 포세이돈. 암피트리테는 네레우스의 딸로, 포세이돈의 아내다.

157 트리톤은 포세이돈과 암피트리테의 아들인데, 상반신은 사람이고 하반신은 물고기로 흔히 소라고둥 나팔을 불고 있는 모습으로 그려지곤 했다.

158 퀴테레이아(Kythereia)는 아프로디테의 별명 중 하나로 그녀가 태어난 뒤 맨 먼저 퀴테라(Kythera) 섬에 다가갔기 때문에 갖게 된 이름이다. 198행 및 주 59 참조.

159 패주(敗走)와 공포(恐怖)의 원어명은 각각 Phobos와 Deimos다.

160 카드모스와 하르모니아는 주 95 참조. 이들 사이에서 태어난 자녀들은 975~978행 참조.

161 마이아는 아르카디아 지방에 있는 퀼레네(Kyllene, 최고봉 2,376m) 산에 살던 요정으로, 제우스에 의해 헤르메스의 어머니가 된다.

불사신들의 전령(傳令) 영광스런 헤르메스를 낳아주었다.
　카드모스의 딸 세멜레[162]는 그분과 사랑으로 교합하여
당당한 아들을, 많은 즐거움을 주는 디오뉘소스를 낳아주었으니,
필멸의 여인이 불사의 아들을 낳은 것이다. 하지만 지금은 둘 다 신이다.
　알크메네는 구름을 모으시는 제우스와 사랑으로 교합하여
강력한 헤라클레스를 낳았다.
　명성이 자자한 절름발이 헤파이스토스는 카리스 여신들 중에
막내둥이인 아글라이아를 꽃다운 아내로 맞았다.
　황금빛 고수머리의 디오뉘소스는 미노스의 딸
금발의 아리아드네[163]를 꽃다운 아내로 맞았다.
　복사뼈가 예쁜 알크메네의 용맹스런 아들
강력한 헤라클레스는 한숨을 자아내는 시련들[164]을 마치고 나서,
위대한 제우스와 황금 샌들의 헤라의 딸 헤베를
눈 덮인 올륌포스에서 정숙한 아내로 맞았다.
불사신들 사이에서 큰일을 해내고 나서[165] 지금은

162 세멜레는 카드모스와 하르모니아의 딸로, 제우스에 의해 주신(酒神) 디오뉘소스 일명 박코스의 어머니가 된다. 그러나 그녀는 헤라의 계략에 속아 제우스에게 그의 본연의 모습을 보여달라고 조르다가 제우스의 번갯불에 타 죽고, 뱃속의 아이는 제우스가 자신의 넓적다리에 집어넣었다가 달이 다 차자 태어나게 했다.

163 제우스와 에우로페의 아들 미노스는 크레테의 전설적 왕이다. 그의 딸 아리아드네는, 아테나이의 왕자 테세우스가 우두인신(牛頭人身)의 괴물 미노타우로스에게 바치기 위해 아테나이의 소년 소녀 7명씩을 데리고 크레테로 건너왔을 때 첫눈에 그에게 반해 그가 미노타우로스를 죽이고 미궁에서 빠져나올 수 있도록 실꾸리를 준다. 그리하여 테세우스는 미노타우로스를 죽이고 약속대로 아리아드네를 데리고 아테나이로 도망치지만, 낙소스(Naxos) 섬에서 잠든 그녀를 버리고 가자 디오뉘소스가 나타나 그녀를 아내로 삼는다.

164 여기서 '시련들'이란 헤라클레스의 12고역을 말한다.

165 헤라클레스가 신들과 합세해 기가스들을 물리친 것을 말한다. 주 38 참조.

언제까지나 고통도 나이도 모른 채 살고 있으니[166]
헤라클레스야말로 행운아로다!
지칠 줄 모르는 헬리오스에게는 오케아노스의 이름난 딸
페르세이스가 키르케[167]와 아이에테스[168] 왕을 낳아주었다.
인간들을 비추는 헬리오스의 아들 아이에테스는
신들의 뜻에 따라 완전한 강[169]인 오케아노스의
다른 딸 이뒤이아와 결혼했다.
그러자 그녀는 황금의 아프로디테에 의해 남편에게 눌려
복사뼈가 잘생긴 메데이아[170]를 그에게 낳아주었다.

자 편히 계시오, 그대들 올륌포스의 집들에 사시는 분들이여,
섬들과 육지와 그 사이의 짠 바닷물이여!
이번에는, 달콤하게 말씀하시는 올륌포스의 무사 여신들이여,
아이기스를 가지신 제우스의 따님들이여, 불사신이면서도
인간의 남자들과 누워 신과 같은 자식들을 낳은

166 헤라클레스가 신격화된 것은 후기의 일이고, 『일리아스』는 이를 부정한다(18권 171~121행 참조).

167 키르케는 헬리오스와 페르세이스의 딸로, 콜키스 왕 아이에테스(Aietes)의 누이다. 오뒷세우스가 그녀의 섬에 상륙했을 때 그녀는 그의 전우들을 돼지로 변신케 한다. 오뒷세우스와 그녀 사이에 태어난 아들 텔레고노스는 훗날 아버지를 찾아 이타케 섬에 갔다가 본의 아니게 아버지를 죽인다.

168 아이에테스는 흑해 동안의 콜키스 왕이다. 이아손은 아르고호 원정대(Argonautai 아르고호 선원들)를 이끌고 그곳으로 가서 그곳에 보관되어 있던 황금 양모피를 천신만고 끝에 손에 넣어 그리스로 돌아간다.

169 여기서 '완전한 강'이란 도로 자신 속으로 흘러드는 강이란 뜻이다.

170 메데이아는 아이에테스의 딸로, 이아손이 황금 양모피를 찾아 콜키스에 왔을 때 그에게 반해 그것을 손에 넣도록 도와주고 그와 결혼하지만 나중에 그에게 버림받는다.

여신들의 무리를 노래하소서!
　여신들 중에서도 고귀한 데메테르는 영웅 이아시온과
기름진 크레테 나라에서, 세 번이나 갈아엎은 묵정밭[171]에서
그리운 사랑으로 교합하여 선량한 신인 플루토스[172]를 낳으니,
그는 온 대지와 바다의 넓은 등을 돌아다니며
누구든 자기와 만나 자기를 껴안는 자를
부자로 만들어주고, 많은 복을 내려준다.
　카드모스에게 황금의 아프로디테의 딸 하르모니아는
이노, 세멜레, 볼이 예쁜 아가우에,[173]
머리숱이 많은 아리스타이오스와 결혼한 아우토노에,[174]
폴뤼도로스[175]를 튼튼한 성벽으로 둘러싸인 테바이에서 낳아주었다.

171 '세 번이나 갈아엎은 묵정밭'이란 씨 뿌릴 준비가 되어 있는 밭이란 뜻이다. 이런 밭에서 벌인 이아시온과 데메테르의 교합은 고대 풍년제의 반영인 듯하다.

172 플루토스는 부(富)의 신격화로, 여기서는 돈보다는 곡식의 형태로 생각하고 있는 것 같다.

173 이노는 언니 세멜레가 제우스의 번갯불에 타 죽은 뒤 제우스의 넓적다리에서 태어난 세멜레의 아들 디오뉘소스를 양육하다가 헤라의 노여움을 사게 되자 미쳐서 자기 아들 멜리케르테스(Melikertes)를 끓는물에 던져 죽이고 자신도 아들의 시신을 안고 바닷물에 뛰어들었으나 레우코테아(Leukothea 하얀 여신)란 이름의 바다 여신이 된다. 아가우에는 박코스의 여신도가 되어 디오뉘소스를 박해하던 자신의 아들 펜테우스(Pentheus) 왕을 사자인 줄 알고 찢어 죽인다.

174 아리스타이오스는 아폴론과 요정 퀴레네의 아들로, 양봉과 사냥의 신이다. 그는 카드모스의 딸 아우토노에와 결혼하여 악타이온(Aktaion)을 낳게 되는데 악타이온은 자신이 아르테미스보다 더 훌륭한 사냥꾼이라고 자랑한 까닭에, 또는 아르테미스가 목욕하는 장면을 보았기 때문에 여신이 수사슴으로 변하게 하여 자신의 사냥개들에게 찢겨 죽는다. 아리스타이오스가 오르페우스의 아내 에우뤼디케(Eurydike)에게 반해 그녀를 뒤쫓자 그녀는 황급히 도망치다가 뱀을 밟게 되어 그 뱀에 물려 죽는다. 그러자 나무의 요정들이 그 보복으로 그의 벌들을 모두 죽였다고 한다.

175 폴뤼도로스는 카드모스의 아들로 랍다코스(Labdakos)의 아버지고, 랍다코스의 아들 라이오스(Laios)는 오이디푸스의 아버지다.

오케아노스의 딸 칼리로에는 마음이 드센
크뤼사오르와 황금이 많은 아프로디테의 사랑으로 교합하여
아들을, 모든 인간들 중에서 가장 강력한 게뤼오네우스[176]를
낳았다. 그러나 훗날 강력한 헤라클레스가 발을 끌며 걷는
소 떼 때문에 바다로 둘러싸인 에뤼테이아에서 그를 죽였다.
티토노스[177]에게 에오스는 아이티오피아[178]인들의 왕
청동으로 무장한 멤논[179]과 통치자 에마티온[180]을 낳아주었다.
그러나 케팔로스[181]에게 에오스는 영광스런 아들을,
신과 같은 남자 강력한 파에톤[182]을 낳아주었다.
파에톤이 영광스런 꽃다운 청춘에 이르러
생각하는 것이 어린 소년이 되었을 때, 웃음을 좋아하는
아프로디테가 그를 채어 가 자신의 신성한 신전에서
은밀한 신전지기로, 신적인 영웅으로 삼았다.
아이손의 아들[183]은 제우스께서 양육하신 왕인
아이에테스의 딸[184]을 신들의 뜻에 따라 아이에테스에게서

176 게뤼오네우스에 관해서는 주 81 참조.

177 티토노스에 관해서는 주 23 참조.

178 아이티오피아(Aithiopia)는 '얼굴이 그을린 자들'(Aithiopes)의 나라로 이집트와 적도, 그리고 홍해와 대서양 사이에 있다고 생각했던 듯하나 그곳의 위치와 그곳에 사는 부족들에 관한 진술은 빈약하고 뒤죽박죽이다.

179 지금은 없어진 서사시 『아이티오피스』(*Aithiopis*)에서 멤논(Memnon)은 아이티오피아인들을 이끌고 트로이아를 도우러 갔다가 아킬레우스의 손에 죽는다.

180 에마티온(Emathion)에 관해서는 달리 알려진 바 없다.

181 케팔로스(Kephalos)에 관해서는 주 23 참조.

182 여기 나오는 파에톤은 아버지 헬리오스의 마차를 몰다가 제우스의 벼락에 맞아 죽은 파에톤과는 다르다.

183 이아손.

184 메데이아. 주 170 참조.

데려갔다, 위대하고 거만한 왕으로 사악하고 폭력적인
무법자 펠리아스[185]가 그에게 부과한
한숨을 자아내는 숱한 시련을 마치고 나서.
시련을 마친 뒤 아이손의 아들은 반짝이는 눈의
소녀를 날랜 배에 태우고 천신만고 끝에
이올코스[186]에 도착하여 그녀를 꽃다운 아내로 삼았다.
그러자 그녀가 백성들의 목자(牧者) 이아손에게 눌려 아들
메데이오스[187]를 낳으니, 필뤼라의 아들 케이론[188]이
산속에서 그를 길렀고, 그리하여 위대한 제우스의 뜻이 이루어졌다.
  바다 노인 네레우스의 딸들에 관해 말하자면,
여신들 중에서도 고귀한 프사마테는 황금의 아프로디테에 의해

185 펠리아스는 포세이돈과 튀로의 아들로, 이복형 아이손의 왕위를 찬탈하고 훗날 그 아들 이아손이 왕위를 돌려줄 것을 요구하자 먼저 황금 양모피를 찾아오도록 그를 콜키스로 보낸다. 일설에 따르면 펠리아스는 전에 한쪽 발에만 샌들을 신고 있는 자를 조심하라는 신탁을 받았는데, 마침 이아손이 강을 건너다가 한쪽 샌들을 잃어버린 채 나타나자, 만약 어떤 사람이 그를 죽이게 되어 있다는 것을 그가 알고 있다면 어떻게 행동하겠느냐고 묻는다. 그러자 이아손이 자기 같으면 그런 자를 보내 황금 양모피를 찾아오게 하겠다고 대답한다. 헤라는 전에 자신의 신전으로 피신한 튀로의 계모 시데로(Sidero)를 펠리아스가 자기 어머니를 학대했다고 죽인 것에 앙심을 품고는, 메데이아를 이올코스로 데려와서 펠리아스를 죽이게 할 양으로 그렇게 대답하도록 시켰다고 한다. 그러자 펠리아스가 이아손의 말대로 그를 보내 황금 양모피를 찾아오게 했다고 한다.

186 이올코스는 남텟살리아 지방의 파가사이(Pagasai) 만에 있는 도시다.

187 메데이오스는 카스피 해(Kaspie thalassa) 서남쪽에 살던 메디아(Media)인들의 전설적인 선조다.

188 필뤼라(Philyra)는 요정으로, 크로노스는 말의 모습을 하고 그녀에게 접근한다. 그래서 그들 사이에서 태어난 케이론은 반인반마(半人半馬)의 켄타우로스가 된다. 그러나 케이론은 다른 켄타우로스들과는 달리 매우 박식하고 점잖아 아스클레피오스, 이아손, 아킬레우스 같은 영웅들의 스승이 된다.

아이아코스[189]와 사랑하게 되어 포코스[190]를 낳았다.
한편 은족(銀足)[191]의 여신 테티스는 펠레우스에게 눌려
대열의 돌파자로 사자의 마음을 가진 아킬레우스[192]를 낳았다.
　고운 머리띠의 퀴테레이아는 바람 불고 주름 많은
이데 산[193] 봉우리에서 영웅 앙키세스[194]와
그리운 사랑으로 교합하여 아이네이아스를 낳았다.
　키르케는 휘페리온의 아들 헬리오스의 딸로
참을성 많은 오뒷세우스를 사랑하여
아그리오스와 나무랄 데 없는 강력한 라티노스를 낳으니,
〔그녀는 또 황금의 아프로디테에 의해 텔레고노스도 낳았다.〕[195]

189 아이아코스는 제우스와 요정 아이기나(Aigina)의 아들로, 아이기나 섬의 첫 번째 왕이 된다. 그가 혼자 사는 것을 탄식하자 제우스는 그의 경건성을 높이 사서 그 섬에 있던 개미(myrmex)들을 사람으로 변신시켜 그와 함께 살게 하는데, 그래서 이들은 나중에 뮈르미도네스족(Myrmidones)이라고 불리게 된다. 아이아코스는 훗날 엔데이스(Endeis)와 결혼하여 텔라몬(Telamon)과 펠레우스(Peleus)의 아버지가 된다.

190 포코스(Phokos)는 그리스의 중부 지방에 사는 포키스(Phokis)인들의 선조다. 포코스는 민첩하고 경기에 능했는데, 그의 이복형들인 텔라몬과 펠레우스가 이를 시기해 그의 머리에 원반을 던져 죽이자 아이아코스는 이들을 추방한다.

191 네레우스의 딸들은 물고기의 꼬리가 있는 것이 아니라 여인들처럼 헤엄치거나 돌고래나 해마 같은 것을 타고 다녔다.

192 아킬레우스는 펠레우스와 테티스의 아들로 『일리아스』의 주인공이다.

193 이데 산은 소아시아 북서 지방에 있는 산으로 최고봉 1,766m다.

194 앙키세스(Anchises)는 트로이아의 마지막 왕 프리아모스(Priamos)와 재종간(再從間)으로, 그와 아프로디테 사이에서 태어난 아이네이아스는 훗날 트로이아가 함락된 뒤 이탈리아로 건너가 로마를 건국한다.

195 키르케가 오뒷세우스에게 아들들을 낳아주었다는 이야기는 『오뒷세이아』에는 없는 것으로, 나중에 지어낸 것이다. 라티누스(Latinus)가 에트루리아(Etruria)인들—여기서는 튀르레니아(Tyrrhenia)인들—을 통치했다는 것은 사실(史實) 왜곡이며, 아그리오스(Agrios 야만적인 자)에 관해서는 달리 알려진 바 없다.

이들은 저 멀리 신성한 섬들의 깊숙한 곳에서
명성이 자자한 튀르레니아[196]인들을 모두 통치했다.
  여신들 중에서도 고귀한 칼륍소[197]는 오뒷세우스와 그리운 사랑으로
교합하여 나우시토오스[198]와 나우시노오스를 낳았다.

  이들이 불사신이면서도 인간 남자들과 누워
신과 같은 자식들을 낳았던 것이다.
〔이제 여인들 무리에 관해 노래하소서, 달콤하게 말씀하시는 올륌포스의
무사 여신들이여, 아이기스를 가지신 제우스의 따님들이여!〕[199]

196 여기서 시인은 그리스의 북서부에는 많은 섬들이 있는데 그중 하나가 오뒷세우스의 고향이며, 에트루리아인들과 라티움(Latium)인들도 그쪽 어딘가에 살고 있다고 생각하는 것 같다. 이들 섬들이 '신성한 섬들'이라고 불리는 것은 오뒷세우스가 찾아간 섬들이 신들이 사는 섬들이었기 때문인 듯하다.

197 칼륍소는 아틀라스의, 또는 헬리오스와 페르세이스의 딸로, 오뒷세우스가 난파당하여 그녀가 사는 오귀기아(Ogygia) 섬에 표류하자 7년 동안 그와 동거한다.

198 나우시토오스는 파이아케스족(Phaiakes)의 첫 번째 왕이다. 나우시노오스에 관해서는 달리 알려진 바 없다.

199 1021~1022행은 『신들의 계보』의 결미(結尾)가 아니라, 아마도 『여인들 목록』(일명 『에호이아이』)의 서두로 추정된다.

일과 날

1~10행	**서사(序詞)**
11~26행	**불화(不和)의 두 종류**
27~41행	**헤시오도스와 그의 형 페르세스 사이의 송사(訟事)**
42~105행	**인간의 참상은 제우스와 프로메테우스의 다툼의 결과다. 프로메테우스와 판도라**
106~201행	**시대(時代)의 신화**
202~212행	**매와 밤꾀꼬리**
213~285행	**정의와 불의**
213~224행	정의와 폭행의 대비
225~237행	정의의 축복
238~247행	불의와 폭행의 처벌
248~273행	정의의 수호자로서의 제우스
274~285행	정의에 대한 결론
286~297행	**노동은 인간의 운명이다**
298~319행	**노동에 대한 권유**
320~341행	**예의를 지켜라**

342~382행 농부의 처세훈

383~617행 농사력

383~413행 서론

414~492행 가을

414~447행 농기구와 쟁기를 끌 소와 하인을 준비해두라

448~492행 파종

493~563행 겨울

564~617행 여름

564~570행 봄이 되면 포도나무의 가지를 쳐라

571~581행 5월 중순에는 수확하기 시작하라

582~596행 한여름에는 영양식으로 체력을 유지하라

597~608행 타작

609~614행 포도주 담그는 법

615~617행 일 년 농사의 마무리

618~694행 항해

695~723행 사회적 처세훈

695~705행 결혼

707~714행 교우

715~723행 사교

724~759행 종교적 처신

760~764행 구설(口舌)

765~828행 한 달의 길일과 흉일

피에리아[1]에서 오신 무사 여신들[2]이여, 노래로 명성을 주시는 분들이여,
이리 오셔서 그대들의 아버지 제우스[3]를 노래로 찬미하소서!
그분에 의해 필멸의 인간들이 유명해지기도 하고 무명에 그치기도 하며,
이름이 기억되기도 잊혀지기도 하지요, 위대한 제우스의 뜻에 따라.
그분께서는 쉬이 강하게 하시는가 하면 강자를 쉬이 억누르시기도,
돋보이는 자를 쉬이 줄이시는가 하면 눈에 띄지 않는 자를 키우시기도,
굽은 자를 쉬이 바루시는가 하면 거만한 자를 시들게도 하시니까요,
가장 높은 곳에 사시며 저 위에서 천둥을 치시는 제우스께서는.
그대[4]는 보고 들으시되 귀담아들으시고 정의로 법도를 바루소서.
나는 페르세스[5]에게 진실을 알리고자 하나이다.

1 피에리아에 관해서는 『신들의 계보』 주 41 참조.

2 무사 여신들에 관해서는 『신들의 계보』 주 2 참조.

3 제우스는 그리스 신화에서 최고신(最高神)으로, 크로노스와 레아의 아들이다. 헤시오도스의 작품은 전체적으로 정의로운 우주의 조종자로서의 제우스를 찬미하고 있다. 「주요 신들」 참조.

4 제우스.

5 페르세스는 헤시오도스와 형제간이다.

불화(不和)는 한 종류만 있는 것이 아니라[6] 지상에는
두 종류가 있소. 그중 하나는 알고 보면 칭찬받겠지만
다른 하나는 비난받아 마땅하니, 둘은 서로 기질이 다르오.
그중 하나는 잔인하게도 사악한 전쟁과 다툼을 늘리니
어느 누구도 그녀[7]를 좋아하지 않소. 그러나 사람들은
어쩔 수 없이 불사신들의 뜻에 따라 격렬한 불화에 경의를 표하지요.
그러나 다른 하나는, 어두운 밤[8]이 먼저 그녀를 낳자
하늘에 사시며 높은 자리에 앉아 계시는 크로노스의 아드님[9]께서
대지의 뿌리[10] 속에 앉히셨고 인간들에게 큰 이익이 되게 하셨소.
그런 불화는 게으른 사람도 일하도록 부추긴다오.
왜냐하면 일에서 처지는 자는 부자인 다른 사람이 서둘러
쟁기질하고 씨 뿌리고 알뜰하게 살림을 꾸려나가는 것을 보면
저도 부자가 되려고 이웃끼리 서로 경쟁하기 때문이오.
그래서 이런 불화는 인간들에게 유익하다오.
그리하여 도공은 도공에게, 목수는 목수에게 화내고,
거지는 거지를, 가인은 가인을 시샘하는 것이라오.
페르세스여, 그대는 이 점을 명심하시라!
그대가 말다툼을 엿보고 장터에서 나누는 잡담을 엿듣도록,
남의 손해를 기뻐하는 불화가 그대의 일을 방해하지 못하게 하시라!

6 여기서 헤시오도스는 『신들의 계보』 222행에서 말한 것을 부연한 것이다.

7 '불화'의 그리스어 Eris는 여성 명사며 신화에서도 여신으로 나온다.

8 밤에 관해서는 『신들의 계보』 주 28참조.

9 제우스. 크로노스에 관해서는 『신들의 계보』 주 22 및 「주요 신들」 중 티탄 신족 참조.

10 여기서 '대지의 뿌리'란 말은 『신들의 계보』 728행처럼 대지의 깊숙한 곳이란 뜻이 아니라 선의의 경쟁은 지상에서 필요불가결하다는 뜻에서 쓴 것 같다.

집 안에 한 해 먹을 양식이, 대지가 가져다주는 수확이,
데메테르[11]의 곡식이 마련되어 있지 않은 자는 말다툼과
장터에서 나누는 잡담에 끼어들 시간이 별로 없기 때문이오.
그대의 양식이 넉넉하다면 그때는 남의 재산을 노리고 말다툼과
싸움을 늘릴 수도 있겠지요. 하지만 그대는 두 번 다시 그렇게
행동할 수 없을 것이오. 그럴 것이 아니라 제우스께서 보내주시는
최선의 곧은 판결에 따라 우리의 분쟁을 해결하도록 해요.
우리는 이미 유산을 나누었고 그대는 더 많은 것을 낚아채어 갔소.
왕들[12]을, 뇌물 먹는 자들을 많은 뇌물로 매수하여.
그래서 그들은 그런 판결을 내리려 하는 것이라오.
어리석도다! 그들은 반(半)이 전체보다 얼마나 더 많은지,
아욱과 둥굴레 속에 얼마나 큰 이익이 들어 있는지 모르고 있어요.[13]
그게 다 신들께서 인간들의 양식을 감춰두시기 때문이지요.
그렇지 않다면 그대는 일하지 않고도 단 하루 동안에
일 년 이상 먹을 것을 쉬이 벌게 될 테니까요.
그러면 그대는 당장 배〔船〕의 키를 굴뚝 안에 걸어두게 될 것이고,[14]
소들과 끈기 있게 일하는 노새들은 할 일이 없어지겠지요.

11 데메테르는 곡식과 농업의 여신으로, 크로노스와 레아의 딸이며 제우스의 누이다. 「주요 신들」 참조.

12 '왕들'의 원어는 basileis로 당시에는 오뒷세우스의 고향 이타케 같은 작은 섬에도 왕이 여러 명 있었던 것으로 보아(『오뒷세이아』 1권 394행 이하 참조), 지배 계급 또는 귀족 계급이란 뜻으로 이해해도 무방할 것이다.

13 아욱(malache)과 둥굴레(asphodelos)는 당시 가장 싼 먹을거리로, 여기서는 그런 소찬(素饌)이 오히려 정직하지 못한 진수성찬보다 우리 몸에 더 이롭다는 뜻이다.

14 당시에는 항해하지 않을 때는 배의 키가 썩거나 키에 곰팡이가 스는 것을 막기 위해 키와 그 밖의 선구(船具)들을 불기가 닿는 곳에 보관했다.

그러나 제우스께서는 음모를 꾸미는 프로메테우스[15]가 당신을
속인 것에 마음속으로 화가 나시어 양식을 감춰버리셨소. 그분께서는
바로 그 때문에 인간들에게 안겨줄 고통스런 근심을 생각해내셨으니,
불을 감춰버리셨던 것이오. 그런데 이아페토스의 당당한 아들[16]이
인간들을 위해 불을 회향풀[17] 줄기 속에 집어넣어 지략이 뛰어나신
제우스에게서 도로 훔쳐냈소, 천둥이 낙(樂)이신 제우스 몰래.
구름을 모으시는 제우스께서 그에게 화를 내시며 말씀하셨소.
"이아페토스의 아들이여, 어느 누구보다 꾀 많은 자여,
그대는 나를 속여 불을 훔치고는 좋아하고 있구려.
하나 그것은 그대 자신에게도 후세의 인간들에게도 큰 화근이
되리라. 나는 불의 대가로 그들에게 재앙을 줄 것인즉,
그들은 모두 자신의 재앙을 껴안으며 마음속으로 기뻐하리라."
이렇게 말씀하시고 신들과 인간들의 아버지께서는 크게 웃으셨소.
그러고 나서 그분께서는 유명한 헤파이스토스[18]에게 명하여
되도록 빨리 물로 흙을 개어 그 안에다 인간의 목소리와 힘을 넣되
불사(不死)의 여신의 얼굴을 닮은 아름답고 사랑스런 모습의
처녀가 태어나게 하셨소. 그분께서는 또 아테네[19]에게 명하여
그녀에게 고운 베를 짜는 수공예를 가르치게 하셨고,
황금의 아프로디테[20]에게 명하여 그녀의 머리 주위에 매력과

15 『신들의 계보』 521~616행 참조. 그가 제우스를 속인 것은 『신들의 계보』 535~557행 참조.
16 프로메테우스. 이아페토스에 관해서는 『신들의 계보』 주 21 참조.
17 회향풀에 관해서는 『신들의 계보』 주 126 참조.
18 헤파이스토스에 관해서는 「주요 신들」 참조.
19 아테네에 관해서는 「주요 신들」 참조.
20 아프로디테에 관해서는 「주요 신들」 참조.

고통스런 그리움과 사지를 상하게 하는 상념을 쏟아붓게 하셨소.
그분께서는 또 아르고스의 살해자[21]인 심부름꾼 헤르메스[22]에게
명하여 그녀 안에 개의 마음과 교활한 기질을 넣게 하셨소.
　이렇게 명하시자 신들은 크로노스의 아드님 제우스께
복종했소. 유명한 절름발이[23]는 크로노스의 아드님 뜻에 따라
지체 없이 정숙한 처녀를 닮은 것을 흙에서 빚어냈고,
빛나는 눈의 여신 아테네는 그녀에게 허리띠를 두르며 치장해주었소.
카리스 여신들[24]과 존귀한 페이토[25] 여신은
그녀의 온몸을 황금 장신구로 꾸며주었고, 머릿결이 고운
호라이 여신들[26]은 그녀를 봄꽃의 화환으로 둘렀소.
　〔그러자 팔라스[27] 아테네가 그녀의 몸에서 이 모든 장식을 정돈했소.〕[28]
그러나 그녀의 가슴속에 아르고스의 살해자인 심부름꾼은
거짓말과 알랑대는 말과 교활한 기질을 만들었소,
요란하게 천둥 치시는 제우스의 뜻에 따라. 신들의 전령은

21 헤르메스. 헤라가 전신에 눈이 달린 목자 아르고스(Argos)를 보내 암송아지로 변신한 제우스의 애인 이오를 감시하게 하자 제우스가 헤르메스를 보내 그를 잠들게 한 뒤 죽이게 한다. 그 뒤로 헤르메스는 '아르고스의 살해자'로 불렸고, 헤라는 이 충실한 감시자를 기념하기 위해 그의 눈들을 공작새의 꼬리에다 옮겨놓았다고 한다.

22 헤르메스에 관해서는 「주요 신들」 참조. 헤르메스는 신들의 심부름꾼이자 사자(使者 angelos)이자 전령(傳令 keryx)이며 도둑들과 상인들의 보호자이자 교섭의 신이기도 하다.

23 헤파이스토스.

24 카리스 여신들에 관해서는 『신들의 계보』 주 42 참조.

25 페이토는 설득의 여신이다.

26 호라이 여신들에 관해서는 『신들의 계보』 주 152 참조.

27 팔라스는 아테네의 별명 중 하나로 '처녀' 또는 '무기를 휘두르는 자'란 뜻이다.

28 〔 〕 안의 부분들은 문맥상 의미가 잘 통하지 않거나 상충되거나 한두 가지 필사본에만 보이기 때문에 훗날에 가필된 것으로 추정되는 부분들이다.

안에다 목소리를 넣고는 이 여자를 판도라라고 이름 지었으니,
올림포스의 집들에 사시는 모든 신들께서 빵을 먹고 사는
인간들에게 고통이 되도록 그녀에게 선물을 주셨던 것이오.
그가 가파르고 손쓸 수 없는 함정을 완성하자 아버지께서는
유명한 아르고스의 살해자를, 신들의 날랜 사자(使者)를 보내
에피메테우스[29]에게 선물을 가져다주게 하셨소.
재앙이 인간들을 덮치지 않도록 올림포스의 주인이신
제우스에게서는 어떤 선물도 받지 말고 도로 돌려주라고
프로메테우스가 당부했건만, 에피메테우스는 이를 염두에 두지 않았소.
에피메테우스는 그것을 받았고 재앙을 당한 뒤에야 그런 줄 알았소.
　전에 인간의 종족은 지상에서 재앙으로부터
멀리 떨어져 힘겨운 노고도 없이, 인간들에게
죽음의 운명을 가져다주는 병(病)도 모르고 살았으니 말이오.
〔지금의 인간들은 재앙 속에서 갑자기 늙기에 하는 말이오.〕
그러나 여자가 두 손으로 항아리의 큰 뚜껑[30]을 들어 올려 그런 것들을
모두 내보내니, 인간들에게 그녀는 큰 근심을 안겨주었던 것이오.
오직 희망[31]만이 거기 부술 수 없는 집 안에,

29 에피메테우스(사후에 생각하는 자)는 프로메테우스(사전에 생각하는 자)의 아우다. 그에 관해서는 『신들의 계보』 511행 이하 참조.

30 '항아리'의 그리스어는 pithos이다. 큰 것은 사람 키만 하다. 이 항아리가 상자(箱子 pyxis)가 된 것은 로마의 작가 아풀레이우스(L. Apuleius 기원후 155년경에 활동하였음)의 『변신 이야기』(*Metamorphoses*)에서 프쉬케(Psyche)가 상자를 여는 것을 생각하고는 인문학자 에라스무스(D. Erasmus, 1466(?)~1536)가 항아리를 상자로 오해한 데서 비롯되었다고 한다. 이러한 혼동에 관해서는 D. & E. Panowsky, *Pandora's Box*, 1962 참조.

31 여기서 희망만이 항아리 안에 남았다는 것은 희망이 우리한테서 멀어졌다는 것이 아니라 우리와 함께하며 고통을 완화해주는 진정제 노릇을 한다는 뜻이다.

항아리의 가장자리 아래 남고 밖으로 날아가지 않았는데,
그러기 전에 여자가 항아리의 뚜껑을 도로 놓았기 때문이오.
아이기스[32]를 가지신 구름을 모으시는 제우스의 뜻에 따라.
하지만 그 밖의 무수히 많은 고통이 인간들 사이를 떠돌고 있소.
그리하여 육지도 재앙으로 가득 차고 바다도 재앙으로 가득 찼소.
병들은 낮에 인간들을 찾아가고 다른 병들은 밤에 찾아가오,
자청하여, 인간들에게 재앙을 가져다주며, 소리없이.
지략이 뛰어나신 제우스께서 그들의 목소리를 빼앗으셨기 때문이오.
이렇듯 제우스의 뜻은 피할 길이 없는 것이오.

그대가 원한다면 나는 그대에게 다른 이야기를 들려주겠소.
제대로 그리고 능숙하게. 그대는 이를 명심하시라.
그것은 신들과 필멸의 인간들은 한곳에서 생겨났다는 것이오.
올림포스[33]의 집들에 사시는 불사신들께서 맨 처음에 만드신
필멸의 인간 종족은 황금 종족이었소.
이 종족은 크로노스가 하늘에서 왕이었을 때 살았소.
그리고 그들은 신들처럼 살았소, 마음에 아무 걱정 없이,
노고와 곤궁에서 멀리 벗어나. 비참한 노년도 그들을
짓누르지 않았고, 그들은 한결같이 팔팔한 손발로
온갖 재앙에서 벗어나 축제 속에서 즐겁게 살았소.
그리고 마치 잠에 제압된 양 그들은 죽었소. 좋은 것은 모두
그들 몫이었고, 곡식을 가져다주는 땅은 자진하여 그들에게
그 열매를 아낌없이 듬뿍 날라다주었소. 그리고 그들은

32 아이기스에 관해서는 『신들의 계보』 주 9 참조.
33 올림포스에 관해서는 『신들의 계보』 주 30 참조.

한가로이 즐겨 밭을 가꾸었소, 풍성한 축복을 받으며.
〔많은 가축 떼를 치고, 축복받은 신들의 사랑을 받으며.〕
그러나 대지가 이 종족을 아래에 감춰버리자
그들은 위대하신 제우스의 뜻에 따라 지상에서
착한 정령이 되어 필멸의 인간들을 지켜주고,
〔그들은 또 정의를 수호하고 못된 짓을 막으며
안개를 입고 온 지상을 돌아다니오.〕
복을 가져다주오. 이것이 그들의 왕과 같은 특권이라오.
　그 뒤 올림포스의 집들에 사시는 분들께서는
훨씬 열등한 두 번째 종족을 은(銀)으로 만드셨소.
이들의 체격과 마음씨는 황금 종족을 닮지 않았소.
아이는 백 년 동안이나 자상한 어머니의 보살핌을 받고
자라며 집에서 어리광을 피우지요. 그러나 성년이 되어
한창때가 되면 그들은 잠시밖에 살지 못하오,
자신들의 어리석음으로 고통받으며. 그들은 서로
범죄 행위를 억제할 능력이 없고, 여러 나라에서
인간들에게 정해진 대로 불사신들을 섬기려 하지도 않고,
축복받은 신들의 신성한 제단에 제물을
바치려고도 하지 않기 때문이오. 그래서 이들도
크로노스의 아드님 제우스께서 화가 나시어 감춰버리셨으니,
올림포스에 사시는 축복받은 신들을 이들이 공경하지 않았기 때문이오.
이 종족도 대지가 아래에 감춰버리자,
그들은 지하에서 축복받은 인간들이라고 불리고,
등급으로는 둘째지만 그들에게도 역시 명예가 부여되오.[34]
　그러자 아버지 제우스께서 청동(靑銅)으로 필멸의 인간의

세 번째 종족을 만드시니 이들은 은의 종족을 전혀 닮지 않았소.
물푸레나무[35]로 만든 무섭고 사나운 이 종족은 한숨을 자아내는
아레스의 일[36]들과 폭행에 몰두했고, 곡식을 먹지 않았으며,
아다마스[37]처럼 억센 마음을 품고 있었소.
그들은 덩치만 큰 못난이들로 엄청난 힘과 무적의 팔이
튼튼한 사지 위 어깨에서 자라나 있었소.
그들이 지닌 무구도 청동이요, 집도 청동이요,
농기구도 청동이었으니, 아직은 검은 무쇠가 없었기 때문이오.[38]
그들은 자신들의 팔에 제압되어 싸늘한 하데스의
곰팡내 나는 집[39]으로 내려갔소, 이름도 없이.
무시무시한 그들이라도 검은 죽음이 그들을
사로잡으니 찬란한 햇빛을 떠났던 것이오.
　이 종족도 대지가 아래에 감춰버리자
크로노스의 아드님 제우스께서 많은 것을 부양하는 땅 위에
다시 네 번째 종족을 만드시니, 이들은 더 의롭고 더 선량했소.
반신(半神)들이라고 불리는 영웅[40]들의 이 신과 같은 종족이

34 이들은 미신적 숭배 대상이 되는 특정 고분(古墳)들의 임자들로 생각된다.

35 헤시오도스는 여기서 인간들이 물푸레나무 또는 물푸레나무 요정들(『신들의 계보』 주 58 참조)에서 태어났다고 말한다. 물푸레나무는 당시 창(槍) 자루로 쓰였다.

36 여기서 '아레스의 일'이란 전쟁을 말한다. 아레스에 관해서는 「주요 신들」 참조.

37 아다마스에 관해서는 『신들의 계보』 주 56 참조.

38 그리스에서는 기원전 11세기에 철기 시대가 시작된다.

39 여기서 '하데스의 집'이란 저승을 말한다. 하데스에 관해서는 「주요 신들」 참조.

40 영웅들은 흔히 반신(半神 hemitheos)이라고 불리는데, 그것은 그들이 신과 여인, 가끔은 여신과 인간의 교합에서 생겨난 자손이기 때문이다. 바로 이들이 『일리아스』와 『오뒷세이아』 같은 영웅서사시의 등장인물들이다.

끝없는 대지에서 우리들 바로 앞 세대지요.
그리고 사악한 전쟁과 무시무시한 전투가 그들을 멸했는데,
더러는 오이디푸스의 양 떼 때문에 싸울 때[41]
카드모스[42]의 나라에서, 일곱 성문의 테바이[43]에서 멸했고,
더러는 머릿결이 고운 헬레네[44] 때문에 배에 태워
바다의 큰 심연을 지나 트로이아로 데려가 멸했소.
그곳에서 그중 일부는 죽음의 종말이 에워쌌으나 다른 일부에게는
크로노스의 아드님이신 아버지 제우스께서 사람들로부터 멀리
떨어진 곳에다 생명과 거처를 주시며 대지의 끝에 살게 하셨소.
그래서 그들은 깊숙이 소용돌이치는 오케아노스[45] 옆,
축복받은 자들의 섬[46]에서 마음에 아무런 근심 없이 살고 있소,
복받은 영웅들은. 곡식을 주는 땅은 그들을 위해
일 년에 세 번씩 꿀처럼 달콤한 열매를 대주지요.
〔그들은 불사신들에게서도 멀리 떨어져 살고, 크로노스가 그들의
왕이라오. 인간들과 신들의 아버지께서 그를 속박에서 풀어주셨기

41 테바이 왕 오이디푸스가 아버지 라이오스를 죽이고 어머니 이오카스테(Iokastea)와 결혼한 사실이 드러나 왕위에서 물러나게 되자 그의 두 아들 에테오클레스(Eteokles)와 폴뤼네이케스(Polyneikes)가 왕권을 다투게 되는데, 이 때문에 두 번에 걸쳐 테바이 성(城)을 둘러싸고 격렬한 전투가 벌어지며 많은 영웅들이 전사한다.

42 카드모스에 관해서는 『신들의 계보』 주 95 참조.

43 테바이에 관해서는 『신들의 계보』 주 122 참조.

44 트로이아 전쟁은 트로이아 왕자 파리스(Paris)가 스파르테(Sparte 라/Sparta) 왕 메넬라오스의 아내 절세미인 헬레네를 데려감으로써 일어나게 되는데, 이 전쟁에서 트로이아와 그리스의 수많은 영웅들이 죽는다.

45 오케아노스에 관해서는 『신들의 계보』 주 27 참조.

46 축복받은 인간들이 사후에 가서 편안히 산다는 낙원인 '축복받은 자들의 섬'(makaron nesoi) 일명 '엘뤼시온 들판'은 대지의 서쪽 끝 오케아노스 강변에 있다고 생각되었다.

때문이오, 비록 명예와 영광은 여전히 이들 젊은 신들의 것이지만.
그 뒤 멀리 보시는 제우스께서는 필멸의 인간의 또 다른 종족을
만드시니, 이들이 많은 것을 부양하는 땅 위에 지금 태어난 자들이오.〕[47]
　원컨대 나는 다섯 번째 인간들과는 결코 함께하지 말고
먼저 죽거나 아니면 나중에 태어났으면!
왜냐하면 이번에는 철(鐵)의 종족이기 때문이오.
그들은 밤이나 낮이나 노고와 곤궁에서 벗어나지 못하고
고통받을 것인즉 신들께서 그들에게 괴로운 근심거리를 주실 것이오.
하지만 그들에게도 악(惡)에 선(善)이 섞여 있을 것이오.
그러나 제우스께서는 필멸의 인간의 이 종족도 멸하실 것이오,
그들의 관자놀이 머리털이 태어날 때부터 세게 되면 말이오.
그러면 아버지는 자식들에게, 자식들은 아버지에게 낯설 것이고,
손님은 주인에게, 친구는 친구에게 반갑지 않을 것이며,
형제도 더 이상 이전처럼 반갑지 않을 것이오.
머지않아 그들은 늙어가는 부모를 공경하기를
그만두고 심한 말로 꾸짖고 나무랄 것이오,
인정머리 없이, 신들의 벌도 무시하고. 그들은 또
늙어가는 부모에게 길러준 은공도 갚지 않을 것이오.
주먹이 곧 정의고, 서로가 서로의 도시를 약탈할 것이오.
맹세를 지키는 사람이나 의롭고 선량한 사람에게는 아무도
감사하지 않을 것이오. 그들은 오히려 악행이나 범죄를
저지른 자를 존경하게 될 것이오. 정의는 주먹 안에 있고

47 173a~173e는 일부 필사본에만 나오는 부분으로 훗날에 가필된 것으로 추정된다. 그 내용은 크로노스가 제우스에 의해 타르타로스에서 풀려나 낙원으로 보내진 이들 영웅들을 통치하고 있다는 것이다.

염치는 사라질 것이오. 악한 자가 더 나은 사람을
굽은 말로 모함하고 거짓 맹세로 이를 뒷받침할 것이오.
증오에 찬 얼굴로 남의 피해를 기뻐하는 시기(猜忌)는
험담을 하며 곤경에 처한 사람들을 어디든 따라다닐 것이오.
그때는 길이 넓은 대지로부터 올륌포스로,
인간들 곁을 떠나 불사신들의 종족에게로
하얀 옷으로 고운 얼굴을 가리고 가게 될 것이오,
염치(廉恥)와 응보(應報)는. 그러면 필멸의 인간들에게
쓰라린 고통만 남게 될 것인즉 재앙을 물리칠 방도가 없을 것이오.
　나 이제 왕들[48]에게 이야기 하나 하겠소. 비록 현명한
그들이지만. 매가 목이 알록달록한 밤꾀꼬리 한 마리를
발톱으로 차고 높은 구름 사이로 날며 이렇게 말했는데,
밤꾀꼬리는 구부정한 발톱에 찔려 애처로이
울었으나 매는 밤꾀꼬리를 준엄하게 꾸짖었소.
"이상한 친구야, 비명은 왜 질러? 훨씬 강한 자가 지금 너를
움켜잡고 있어. 네가 아무리 가수(歌手)라 해도 내가 가는 곳으로
너도 가게 될 거야. 내가 원한다면 너를 저녁거리로 삼거나
놓아주게 되겠지. 더 강한 자와 겨루려는 자는 어리석도다!
승리도 놓치고 치욕에 더하여 고통까지 받게 될 테니까."
날개 큰 새로 빨리 날아다니는 매는 이렇게 말했소.
　페르세스여, 그대는 정의에 귀 기울이고 폭행을 늘리지 마시라.
폭행은 지위가 낮은 사람에게는 해롭기 때문이오.
그러나 높은 사람이라도 폭행을 쉬이 견디지 못하고

48 '왕들'에 관해서는 주 12 참조.

그 아래 쓰러질 것이오, 미망(迷妄)을 만나게 되면.
정의로 인도하는 다른 쪽 길은 다니기가 더 좋소. 종국에는
폭행보다 정의가 우세하기 마련이오. 바보는 당해봐야 아는 법.
맹세는 굽은 판결들과 지체 없이 나란히 달리기 때문이오.[49]
뇌물 먹은 자들이 굽은 판결로 시비를 가려 자기들이 택한
곳으로 정의를 끌고 가면 성난 웅성거림[50]이 이는 법이오.
그러면 정의는 울면서 그들의 도시와 나라들로
따라가 안개를 입은 채, 자신을 내쫓고 공정하게
나누어주지 않은 자들에게 재앙을 가져다주지요.
이방인에게나 토박이에게나 공정한 판결을 내리고
의로운 것에서 조금도 벗어나지 않는 자에게는
도시가 번창하고 백성들이 그 안에서 만개하지요.
그 나라는 평화가 젊은이들을 양육하고, 멀리 보시는 제우스께서는
그들에게 비참한 전쟁이 일어나지 않게 해주시지요.
곧은 판결을 내리는 자들에게는 기근도 미망도 따라다니지
않으며, 자신들이 가꾸는 곡식으로 그들은 잔치를 벌이게 되지요.
그들에게는 대지가 풍족한 식량을 대주고, 산에는 참나무
바깥쪽에 상수리[51]가 열리고 그 줄기에는 꿀벌 떼가 들어 있지요.[52]
또 그들의 털북숭이 양 떼는 양털을 잔뜩 지고 있지요.

49 재판관들과 증인들은 판결에 앞서 맹세를 하는데, 이들이 편파적 판결을 하고 거짓 증언을 하면 신적인 존재인 맹세(Horkos)가 이들을 따라다니며 책임을 추궁한다는 뜻이다.

50 여기서 '웅성거림'이란 백성들 사이의 항의와 불만의 웅성거림을 말한다.

51 상수리(balanos)는 호메로스에서는 돼지 먹이로 사용되지만(『오뒷세이아』 10권 242행 및 13권 309행 참조), 빈민(貧民)들은 이를 식용했던 것 같다.

52 벌들은 흔히 속이 빈 나무 줄기에 집을 짓는다고 여겨졌다.

그리고 여인들은 부모를 닮은 자식들을 낳아주지요.
그들에게는 좋은 것들이 늘 풍족하오. 그들은 또 배를 타고
다니지 않으니, 곡식을 주는 경작지가 열매를 대주기 때문이오.
하지만 사악한 폭행과 무자비한 행동에 전념하는 자들에게는
크로노스의 아드님 멀리 보시는 제우스께서 벌을 내린다오.
못된 짓을 하고 방자한 짓을 꾀하는 단 한 명의
나쁜 사람 때문에 때로는 온 도시가 함께 고통받게 되지요.
그들에게 크로노스의 아드님께서 하늘에서 큰 고통을,
기근과 역병을 동시에 내려보내시니, 백성들은 죽어가고,
여인들은 더 이상 출산하지 않고 가세는 기울지요,
올림포스의 주인 제우스의 뜻에 따라. 또 어떤 때는
크로노스의 아드님께서 그들의 큰 군세나 성벽을
파괴하시거나 바다에서 그들의 함선들을 응징하시지요.

오오! 왕들이여, 그대들도 그대들의 이런 재판에
유념하시라! 불사신들께서는 인간들 사이에 가까이
계시면서, 신들의 벌을 무시하고 굽은 판결로
서로 괴롭히는 자들에 유념하신다오.
많은 것을 양육하는 대지 위에는 필멸의 인간들을
감시하는 제우스의 불사의 파수꾼들이 삼만 명이나 있어,
그들이 안개를 입고 사방으로 지상을 돌아다니며
판결과 무자비한 행동들을 지켜보고 있다오.
그리고 제우스의 따님으로, 올림포스에 사시는 신들께서도
존중하시는 정숙한 처녀 정의의 여신도 계시오.
그녀는 누군가 자기를 해코지하거나 음모를 꾸며 모욕하면,
당장 그녀의 아버지 크로노스의 아드님 제우스 옆에 앉아

인간들의 불의한 마음을 일러바치게 되고, 그러면 사악한
마음에서 굽은 판결을 내려 정의를 왜곡하는
왕들의 범행의 대가를 백성들이 지불하게 되지요.
이 점을 명심하시어, 뇌물 먹는 왕들이여,
판결을 바루시고, 굽은 판결일랑 아예 잊어버리시오!
남에게 재앙을 꾀하는 자는 자신에게 재앙을 꾀하는 것이고,
해로운 조언은 그런 조언을 하는 자에게 가장 해로운 법이오.
모든 것을 보고 모든 것을 알아차리는 제우스의 눈은
원하기만 하면, 도시가 그 안에 품고 있는 것이 어떤 종류의
정의인지도 볼 수 있고, 결코 그것을 놓치는 일이 없소.
사정이 이러하니, 나는 나 자신도 내 아들도 사람들 사이에서 의롭기를
원치 않소. 의로운 사람이 된다는 것은 나쁜 것이니까요, 덜 의로운
자에게 더 큰 정의의 상이 주어진다면 말이오. 바라건대, 지략이 뛰어나신
제우스께서는 결코 그런 일이 일어나게 내버려두시지 않을 것이오.
　오오! 페르세스여, 그대는 이 점을 명심하고
정의에 귀 기울이되 폭력일랑 아예 잊어버리시라!
크로노스의 아드님께서는 인간들에게 그런 법도를 주셨기 때문이오.
물고기들과 짐승들과 날개 달린 새들은 그들 사이에 정의가 없어
그분께서 그들끼리 서로 잡아먹게 하셨으나, 인간들에게는
월등히 훌륭한 것으로 드러난 정의를 주셨던 것이오.
왜냐하면 누군가 옳은 것을 옳은 줄 알고 말하면
멀리 보시는 제우스께서 그에게 복을 주시기 때문이오.
하지만 누군가 거짓 맹세를 하며 일부러 거짓 증언을 하고
정의를 해코지하면 그는 구제할 길 없이 미망에 빠진 것이오.
그의 집안은 앞으로 더욱더 한미해질 것이고,

반면에 정직하게 맹세한 자의 집안은 장차 더 번창할 것이오.
　어리석은 페르세스여, 그대에게 좋은 뜻에서 말하고자 하오.
열등한 것은 힘들이지 않고도 무더기로 얻을 수 있소.
길은 평탄하고, 그것은 아주 가까운 곳에 살기 때문이오.
하지만 뛰어난 것 앞에는 불사신들께서 땀을 갖다 놓으셨소.
그리로 가는 길은 멀고 가파르며 처음에는 울퉁불퉁하기까지
하다오. 그러나 일단 정상에 도착하면
처음에는 비록 힘들었지만 나아가기가 수월하지요.
　가장 훌륭한 사람은 나중에 그리고 종국에 무엇이
최선인지 숙고하며 스스로 모든 것을 깨닫는 사람이오.
좋은 조언을 따르는 사람 역시 훌륭한 사람이오.
그러나 스스로 깨닫지 못하고 남의 말을 듣고도 그것을
마음에 받아들이지 않는 사람은 쓸모없는 사람이오.
페르세스여, 고귀한 집안에서 태어난 이여,[53] 그대는 늘
내 충고를 명심하고 일하시라. 기아가 그대를 싫어하고
고운 화관을 쓴 정숙한 데메테르 여신이 그대를 사랑하여
그대의 곳간을 식량으로 가득 채우도록 말이오!
기아는 게으름뱅이의 충실한 동반자이니 말이오.
일하지 않고 살아가는 자는 신들도 인간들도 싫어하는 법이오.
그런 자는 빈둥빈둥 놀며 꿀벌들의 노고를
먹어 치우는 침(針) 없는 수벌들과 기질이 같소.

53 페르세스는 사회적 신분이 낮은 편이지만, 그와 헤시오도스의 아버지는 보이오티아인들에게 자신을 몇 세대 전에 식민시를 세우러 소아시아의 아이올리스 지방으로 건너갔던 명문가의 자손으로 소개했던 것이 아닌가 싶다. 그래서 헤시오도스는 페르세스에게 현재의 낮은 지위에 만족하지 말고 열심히 일하여 신분을 상승시키라고 권고하고 있는 것 같다.

그대는 일을 사랑하되 시의(時宜)를 얻도록 하시라.
그러면 그대의 곳간은 철철이 식량으로 가득 찰 것이오.
사람들이 양 떼를 많이 갖게 되고 부자가 되는 것은 일 덕분이오.
그리고 일하는 자가 불사신들께 훨씬 더 사랑스런 법이오.
〔그리고 인간들에게도. 그들은 게으름뱅이들을 싫어하니까요.〕
일은 수치가 아니오. 일하지 않는 것이 수치요.
그대가 일하면 게으름뱅이는 곧 그대가 부자가 되는 것을
시기할 것이오. 하지만 부에는 위엄과 명망이 따르는 법이오.
그대의 운수가 어떻든 일한다는 것은 더 바람직한 것이오.
그대가 그대의 어리석은 마음을 남의 재물로부터
일 쪽으로 돌려 살림을 보살피겠다면, 내가 시키는 대로.
염치는 궁핍한 사람에게는 좋은 동반자가 아니오. 염치는
사람들에게 큰 손해가 되기도 하고 큰 이익이 되기도 하오.[54]
염치는 가난과 함께하고 뻔뻔스러움은 부와 함께하지요.
재물은 빼앗는 것이 아니오. 신께서 주시는 것이 훨씬 좋은
것이라오. 누군가 완력으로 큰 부를 빼앗거나
교활한 혀 놀림으로 부를 약탈하면
—이익이 사람들의 마음을 현혹하거나
파렴치가 염치를 몰아내면 그런 일은 흔히 일어나지요—
신들께서 힘들이지 않고 그자를 미약하게 만드시고
그자의 집을 줄이시니 부가 그자를 따르는 것도 잠시라오.
　똑같은 범행을 저지르는 것이오. 탄원자나 손님을
해코지하는 자도, 형제의 침상에 올라 형제의 아내와

54 여기서 이익이 되는 염치란 겸손을 말하는 듯하다.

은밀히 교합함으로써 예의를 짓밟는 자도,
어리석은 마음에서 고아들을 괴롭히는 자도,
자신의 늙어가는 아버지에게 노년의 사악한
문턱에서 험한 말을 하며 대드는 자도.
그런 자에게는 제우스께서 몸소 분개하시며 종국에는
그의 불의한 행동에 대해 엄중한 대가를 치르게 하지요.
그대는 그런 것들로부터 그대의 어리석은 마음을 아예 멀리하시라.

그리고 그대의 능력에 따라 불사신들께 신성하고 정결하게
제물을 바치고, 손색없는 넓적다리 뼈[55]를 태워드리시라.
다른 때[56]는 그대가 잠자리에 들 때나 신성한 햇빛이 돌아올 때
헌주(獻酒)와 향연으로 신들을 달래도록 하시라.
그분들께서 그대에게 자비로운 마음과 호의를 가지시도록,
그대가 남의 농토를 사고 남이 그대의 농토를 사지 못하도록.

그대를 좋아하는 사람은 식사에 초대하되, 미워하는 사람은
초대하지 마시라. 누구보다도 그대의 이웃을 부르시라.
그대의 집에 불상사[57]라도 생기면 이웃들은 허리띠도
매지 않고 달려오지만 친척들은 허리띠를 매기 때문이오.
좋은 이웃이 축복인 만큼 나쁜 이웃은 골칫거리요.
좋은 이웃이 주어지는 사람에게는 명예도 주어지는 법이오.
그리고 그대의 이웃이 악당이 아니면 소를 잃는 일도 없소.
이웃에게 꿀 때에는 고봉으로 받고 갚을 때에도 고봉으로,

55 가축을 잡으면 먼저 신들에게 넓적다리 뼈를 기름 조각에 싸서 태워드리고 나서 살코기는 사람들이 구워서 나눠 먹었다.

56 가축을 잡지 않을 때.

57 예컨대 불이 나거나 가축이 도망치기라도 하면.

꾼 만큼만 아니라 할 수 있다면 그 이상으로 돌려주시라.
훗날 그대가 어려울 때 의지할 데를 구할 수 있도록.
나쁜 이익을 탐하지 마시라. 나쁜 이익은 손해나 다름없다오.
친구에게는 친구가 되어주고, 동반하기를 원하는 자에게는 동반해주시라.
주는 자에게는 주고, 주지 않는 자에게는 주지 마시라. 주는 자에게는
누구나 즐겨 주고, 주지 않는 자에게는 아무도 주지 않는 법이오.
주는 것은 좋은 것이고, 빼앗는 것은 나쁘고 죽음을 가져다준다오.
왜냐하면 누군가 자진하여 주면 그것이 큰 것이라 해도
주는 것은 기쁘고 마음이 흐뭇하지만,
누군가 자신의 파렴치를 믿고 손수 빼앗으면 그것이
작은 것이어도 피해자의 마음에 서리를 내리게 하기 때문이오.
그대가 작은 것에 작은 것을 보탠다 해도
자주 그렇게 하다 보면 곧 큰 것이 될 테니까요.
이미 가진 것에다 보태는 자는 타는 듯한 허기를 물리치는 법이오.
집 안에 쌓여 있는 것은 걱정거리가 아니오. 재물은 집 안에
있는 것이 더 낫소. 집 밖에 있는 것은 위험하기 때문이오.
이미 가진 것에서 고르는 것은 좋은 일이지만, 없는 것이 필요하면
마음이 괴로운 법이오. 내 이르노니, 그대는 이 점을 유념하시라.
　술독을 개봉할 때 처음과 마지막에는 실컷 마시고 중간에는
아끼시라.[58] 바닥이 드러날 때 아낀다는 것은 좋지 못하다오.
친한 사람에게는 약속한 품삯을 반드시 주도록 하시라.
그리고 형제간에도 서로 웃으며 지내되 증인을 세우시라.

58 저장용 독 안에 든 포도주는 공기와 접촉된 윗부분은 산화되고, 바닥에 가까운 아랫부분은 찌꺼기 때문에 질이 떨어지므로 가운데 것이 맛이 가장 좋다고 한다.

신뢰도 불신도 똑같이 사람을 망치는 법이오.
엉덩이를 흔들어대는 여자가 그대의 곳간을 뒤적이며
아첨하는 말로 그대의 마음을 호리지 못하게 하시라.
여자를 믿는 것은 사기꾼을 믿는 것이오.
아들은 하나만 낳아 아버지의 집을 부양하게 하시라.
그래야만 집 안에 부가 늘어나게 될 것이오.
그리고 다른 자식[59]을 남겨두고 늙어서 죽도록 하시라.
하지만 제우스께서는 여럿에게도 힘들이지 않고 큰 복을 주실 수 있소.
여럿이면 걱정도 여러 가지지만 여유도 더 생기지요.
그대의 가슴속 마음이 부를 바란다면
그대는 다음과 같이 하시되 일하고 또 일하시라!

아틀라스의 딸들인 플레이아데스[60] 성단이 뜨면[61] 수확하기
시작하고, 지면 쟁기질하고 씨 뿌리기[62] 시작하시라.
이 성단은 마흔 밤과 마흔 낮을 숨어 있소.[63]
그러다가 해〔年〕가 바뀌어 낫을 갈 때가 되어서야

59 '다른 자식'을 손자로 보는 이들도 있고, 다른 아들로 보는 이들도 있다.

60 플레이아데스는 아틀라스의 일곱 딸들로, 사냥꾼 오리온에게 쫓기다가 제우스에 의해 하늘로 옮겨져 성단이 되었는데, 이 성단은 겨울 저녁 밤하늘에서 눈에 잘 띄는 까닭에 지상의 모든 민족들이 이 성단이 뜨고 지는 것을 보고 계절을 가늠했다고 한다.

61 플레이아데스 성단이 일출 직전에 뜨는 것은 기원전 700년경의 헤시오도스의 위도(緯度)에서 보면 5월 11일이었다고 한다.

62 플레이아데스 성단이 일출 직전에 지는 것은 10월 말(계산하기에 따라 27일 또는 31일)이다. 그리스에서는 고온 건조한 봄·여름에 휴경지를 갈아엎어 놓았다가 우기가 시작되는 겨울을 앞두고 쟁기질하고 씨 뿌려 다음해 5월 초에 수확한다.

63 플레이아데스 성단은 3월 26일에 마지막으로 나타났다가 5월 11일이 되기 전에는 보이지 않으니 정확히는 45일 동안 '숨어 있는' 셈이다.

다시 모습을 드러내기 시작하지요.
이것이 농사의 법칙이오, 바다 가까이 사는 자들을
위해서도, 파도치는 바다에서 멀리 떨어져 숲이 우거진
산골짜기의 비옥한 땅에 사는 자들을 위해서도.
그대는 옷을 벗고 씨 뿌리고, 옷을 벗고 소들을 몰고,
옷을 벗고 수확하시라. 데메테르 여신의 일을 모두
제때에 보살펴 모든 것이 제때에 자라기를 바란다면 말이오!
그렇지 않으면 그대는 나중에 궁핍해져서 남의 집을 돌며
구걸해도 아무것도 얻지 못할 것이오—일전에 그대가 나를
찾아왔듯이 말이오. 나는 그대에게 아무것도 더 주지 않을 것이며,
낟알 하나도 더 주지 않을 것이오. 일하시라, 어리석은 페르세스여,
신들께서 인간들에게 정해주신 대로 일하시라.
어느 날 그대가 괴로운 마음으로 처자를 데리고 이웃을 돌며
양식을 구하다가 이웃에게 외면당하는 일이 없도록!
두세 번은 성공하겠지만 계속해서 성가시게 굴면 그대는 아무것도
얻지 못할 것이고, 아무리 사정을 해도 허사가 될 것이며,
아무리 말을 둘러대도 소용없을 것이오. 내 그대에게 이르노니,
그대는 빚을 갚고 굶주림을 피할 생각을 하시라.
　먼저 그대는 집과 여자와 밭갈이할 소를 마련하되, 여자는
결혼한 여자가 아니라 소들을 따라다닐 수 있는 노예로 마련하시라.
그러고 나서 집 안에 유용한 도구를 빠짐없이 마련하시라.
그대가 남에게 청하다 거절당하고 그대에게 그것이 없어
그대가 적기를 놓치고 농사일을 망치지 않도록 말이오.
그대는 절대로 내일 모레로 미루지 마시라.
헛일을 하는 사람도 뒤로 미루는 사람도 곳간을 채우지

못하기 때문이오. 근면만이 일을 진척시키지요.
반면에 일을 뒤로 미루는 자는 끊임없이 미망과 씨름하게 되지요.

강력하신 제우스께서 가을비를 내리게 하신 뒤로
작열하는 태양의 힘이 땀나게 하는 더위를 늦추고
사람의 몸이 변하여 훨씬 더 경쾌해지면
—왜냐하면 그때는 세이리오스[64] 별이
죽을 운명을 타고난 인간들의 머리 위로 낮에만
잠시 지나가고 더 오랫동안 밤에 비치기 때문이오—
그때는 나무가 무쇠에 베어져 땅에 잎을 쏟고
자라기를 멈추어도 어느 때보다도 벌레가 쏠지 않으니,
명심하고 있다가 나무를 베시라. 그것이 계절에 맞는 일이라오.
절구는 세 푸스가 되게 자르고, 절구공이는 세 완척[65]이 되게 하고,
굴대는 일곱 푸스가 되게 하시라. 그렇게 하면 적당할 것이오.
혹시 여덟 푸스짜리가 되면 그것을 깎아 나무망치를 만들 수도 있소.
손바닥 열 개만큼 긴 짐수레에는 세 뼘짜리 바퀴를 자르시라.[66]
굽은 나무들도 더러 있소. 산 위나 들판을 뒤져 쟁기로 쓸 만한
굽은 나무가 보이거든 집으로 가져가시라. 너도밤나무로 말이오.
쟁기질할 소에는 너도밤나무가 가장 튼튼하기 때문이오,

64 고대 그리스인들은 7~8월 삼복더위는 큰개자리(Canis Maior)의 일등성(一等星)인 천랑성(天狼星 Seirios 라/Sirius)이 해와 함께 떴다 해와 함께 지면서 온종일 하늘에 떠 있기 때문이라고 생각했다. 9월 셋째 주가 되면 이 별은 네 시간 일찍 뜬다.

65 피트(pous)는 약 30cm다. 완척(腕尺)은 팔꿈치 끝에서 가운뎃손가락 끝까지의 길이를 말하는 것으로 약 45cm다.

66 웨스트(M. L. West)에 따르면, 이것을 환산하면 대략 69cm와 76cm가 되는데 전자는 바퀴의 직경을, 후자는 짐수레의 길이를 말하는 것이라고 한다.

아테네 여신의 시종[67]이 그것을 쟁기의 바탕에 넣고 그 주위에
나무못들을 박고 나서 채에다 묶게 되면. 힘들더라도 집에 쟁기를
마련하되, 쟁기 전체가 원래 그렇게 생긴 것과 두 쪽을 이어 붙인
것으로 두 벌 마련하시라. 그렇게 하는 것이 훨씬 편할 것이오.
하나가 부러지면 그대는 다른 것을 소들에 맬 수 있을 것이오.
월계수와 느릅나무는 가장 벌레가 쏠지 않는 채를, 참나무는
쟁기의 바탕을, 너도밤나무는 쟁기로 쓸 굽은 나무를 대준다오.
소는 아홉 살배기 황소로 한 쌍을 마련하시라. 아직은 한창때라
결코 힘이 달리지 않을 테니 일하기에 안성맞춤이오.
그런 황소들이라면 밭고랑에서 서로 다투다가 쟁기를 부러뜨려
일을 하다 말고 내버려두는 일은 아마 없을 것이오.
그 소들 뒤로는 여덟 번 먹을 빵 덩어리를 네 번에
먹어 치우는 사십대 장정이 따라가게 하시라.
일에 열중하여 밭고랑을 똑바르게 내고
또래들을 둘러보는 일 없이 일에만 정신 쏟는
사람으로 말이오. 그보다 더 젊은 사람은 씨를 뿌리되
지나치게 뿌리는 것을 피하는 데 그를 당할 수 없소.
젊은이라면 연방 자기 또래들을 둘러보기 때문이오.
저 위 구름 속에서 해마다 울어대는
두루미의 목소리가 들리면[68] 유념하시라.
그 소리는 쟁기질하고 씨 뿌리라는 신호고 겨울의 우기를
예고해주며 소 없는 사람의 마음을 아프게 하지요.

67 목수.
68 11월 중순경.

그러면 그대는 뿔이 굽은 소들을 집에서 잘 먹이시라.
"소 한 쌍과 달구지 한 대만 빌려주게나."라고 말하기는 쉬우나
"우리 소들은 할 일이 있다네."라고 거절하기도 쉽기 때문이오.
마음만 부자인 사람은 금세 달구지를 만들 수 있다고 생각하지만
어리석게도 그는 달구지 한 대 만드는 데 백 개의 널빤지가 든다는
것을 모른다오. 그대는 명심하고 널빤지를 미리미리 집 안에 쌓아두시라.
　필멸의 인간들에게 쟁기질할 때의 조짐이 보이면
그대는 지체 없이, 그대 자신도 그대의 하인들도 일을 시작하시라.
쟁기질할 계절에는 마른땅도 진땅도 쟁기질하되
이른 아침부터 서둘도록 하시라, 그대의 밭들이 가득 차도록.[69]
먼저 봄에 갈아엎어 놓았다가 여름에 다시 갈아엎으면 그대는 실망하지
않으리라. 그래 놓았다가 휴경지에 아직 땅이 푸석푸석할 때
씨를 뿌리시라. 휴경지는 파멸을 막아주고 하데스를 달랜다오.[70]
　그대는 데메테르의 신성한 곡식이 묵직하게 익도록
지하의 제우스[71]와 정결한 데메테르 여신에게 기도하시라.
그대가 채의 끝을 잡고는 멍에 띠를 두르고
멍에 말뚝을 끄는 소들의 등을 막대기로 치며
쟁기질하기 시작할 때는. 그러면 하인이 곡괭이를 들고
바싹 뒤쫓으며 씨앗을 덮어 새들에게
노고를 안겨주어야 할 것이오. 필멸의 인간들에게
질서는 최선이고 무질서는 최악이기 때문이오.

69 307행 참조.

70 밭은 일 년 동안 묵히면 지력이 향상될 뿐 아니라, 또 저승을 다스리는 하데스도 생장에 적대적인 만큼 그렇게 하는 것을 좋아할 것이라는 뜻 같다.

71 '지하의 제우스'(Zeus Chthonios)란 하데스를 말한다.

그렇게 하면 나중에 올림포스의 주인[72]께서 몸소 성공적인 결과를
허락하실 경우 이삭들이 굵어져 땅을 향해 고개를 숙일 것이고,
그대는 저장용 독들에 거미줄을 치지 못하게 할 수 있을 것이오.
그러면 그대는 아마도 집 안에 있는 재고(在庫)에서 꺼낼 때
마음이 흐뭇할 것이오. 그대는 부자로서 화창한 봄을 맞을 것이고,
그대가 남들을 쳐다보는 것이 아니라 남이 그대를 필요로 하게 될 것이오.

그러나 동지 때[73]까지 신성한 땅을 쟁기질하지 않으면 그대는 손에
조금밖에 쥐지 못하고 앉아서 베게 될 것이며,[74] 그것을 묶어도
먼지투성이라 마음이 즐겁지 않을 것이오. 그것을 바구니에 담아
집으로 가져가는 그대를 보고 경탄하는 자는 많지 않을 것이오.
그러나 아이기스를 가지신 제우스의 마음도 때에 따라
변하는지라 필멸의 인간들은 그분의 마음을 알기가 어렵다오.
그래서 쟁기질이 늦을 경우 그것이 그대에게 구원이 될 수도 있지요.
그 뒤 뻐꾸기가 참나무 잎들 속에서 처음으로 뻐꾹 하고 울어[75]
무한한 대지 위의 인간들을 기쁘게 해주면,
제우스께서 그 뒤 사흘째 되는 날에 쉴 새 없이 비를 내리시어
소의 발굽 자국이 가득 차되 넘치지도 모자라지도 않을 것이오.
그러면 늦게 쟁기질한 자가 일찍 쟁기질한 자와 겨룰 수 있을 것이오.
이 모든 것을 명심하고 있다가 화창한 봄날이나

72 제우스.

73 12월.

74 당시 그리스에서는 곡식을 수확할 때 이삭이 묵직한 것은 줄기의 중간을, 짧은 것은 줄기의 아랫부분을 베었다고 한다. 그렇게 하지 않으면 다발로 묶었을 때 너무 짧은 것은 미끄러져 버렸다고 한다.

75 3월.

우기가 다가올 때 이를 놓치는 일이 없도록 하시라.
　추위가 사람들을 밭에서 멀어지게 하는 겨울철에는 대장간과
잡담으로 붐비는 마을 회관일랑은 그냥 지나치시라. 그런 때에도
근면한 사람은 가사를 위해 많은 일을 할 수 있을 것이오.
혹독한 날씨에 곤경과 가난이 함께 그대를 엄습하여
그대가 앙상한 손으로 부은 발[76]을 움켜잡는 일이 없도록 말이오.
게으름뱅이는 공허한 희망만 믿고 기다리다가 양식은 구하지
못하고 자신의 마음을 향해 수많은 악담만 늘어놓곤 하지요.
희망이란 의지할 재산 없이 마을 회관에 앉아 있는
궁핍한 사람에게는 결코 좋은 것이 못 되오.
아직도 한여름이 계속되는 동안 그대의 하인들에게 이르시라.
"여름이 늘 계속되는 것이 아니다. 너희들의 오두막들[77]을 짓도록 해라."
　그러나 그대는 레나이온[78]을, 소가죽을 벗기는 고약한 날들[79]을
조심하시라, 그리고 북풍이 불 때 대지 위에 내려
고통을 가져다주는 서리도. 북풍은 말을 기르는
트라케[80] 위를 지나 넓은 바다를 덮치며 분기시키고,
그러면 대지와 숲이 울부짖지요. 북풍은 산골짜기에서
높다란 우듬지의 참나무들과 단단한 전나무들을 덮쳐
많은 것을 양육하는 대지 위로 마구 구부리지요.

76 여기서 발이 부은 것은 굶주림 때문인 듯하다.
77 여기서 '오두막들'이란 일꾼들이 겨울을 날 임시 숙소를 말한다.
78 레나이온 달은 지금의 1월 중순부터 2월 초순까지에 해당한다.
79 찬바람이 심하게 부는 혹한의 날씨란 뜻이다.
80 트라케는 그리스의 북동 지방으로, 고대 그리스인들은 이곳이 북풍의 신 보레아스의 거처라고 믿었다.

그러면 광대한 숲 전체가 아우성치지요.
짐승들은 추워 떨고 살갗이 털로 덮여 있는 것들도
사타구니 아래로 꼬리를 넣는다오. 아무리 털북숭이라 해도
차가운 북풍은 이것들도 뚫고 지나가오. 북풍은 소가죽도
뚫고 지나가니, 그것이 북풍을 제지하지 못하기 때문이오.
북풍은 또 털북숭이 염소도 뚫고 지나가오. 그러나 북풍도
양 떼는 뚫지 못하니 양 떼의 털은 빠지는 법이 없어 북풍의
힘도 그것을 뚫지 못하기 때문이오. 북풍은 노인을 뛰게 만드오.
북풍은 보드라운 살갗의 소녀도 뚫지 못하니,
소녀는 아직은 황금의 아프로디테의 일을 알지 못하고[81]
집 안에서 사랑하는 어머니 곁에 머물러 있기 때문이오.
소녀는 고운 살갗을 깨끗이 씻고 기름을 바른 다음
집 안 깊숙한 곳에 누워 있지요,
뼈 없는 녀석[82]이 불기 없는 집에서 비참한 거처에서
제 발을 갉아먹는 겨울날에는.
그 까닭인즉 녀석이 다가가도록 태양이 풀밭[83]을 보여주지 않고
살갗이 검은 자들[84]의 나라와 도시를 향해 나아가고
전(全) 헬라스[85]인들은 나중에야 비추기 때문이오.

81 숫처녀란 뜻이다.

82 문어 또는 낙지를 말한다. 고대에는 이것들이 제 다리를 갉아먹는 것으로 알려져 있었다. 실제로 이것들은 제 다리를 갉아먹는데, 달리 먹을 것이 없어서가 아니라 스트레스 때문이라고 한다.

83 그러나 문어나 낙지는 본래 야행성 육식 어류다.

84 아프리카인들.

85 헬라스와 헬라스인들이란 좁게는 그리스 북부 지방과 그곳의 주민들을, 넓게는 그리스 전체와 그리스인들 전체를 가리키는데 여기서는 넓은 의미로 쓰인다.

그러면 뿔이 있든 없든 숲 속에 사는 것들은
추워서 이빨을 덜덜 떨며 골짜기 덤불 사이로
도망치듯 쏘다니니, 그것들은 모두 피난처가 없어
어떻게 해서라도 바위 동굴 안에서 안전한 은신처를
찾겠다는 일념뿐이라오. 그럴 때면 그것들은
등이 굽어 땅바닥만 내려다보는 세 발짜리[86]와 흡사하다오.
꼭 그처럼 그것들은 흰 눈을 피하려고 돌아다니지요.

그럴 때면 그대는 내가 일러주는 대로 몸을 감싸되
부드러운 외투와 발까지 내려오는 웃옷을 입으시라.
날실은 성기게 하고 씨실은 넉넉히 넣어 짜시라.
그대는 그런 외투를 두르시라. 그대의 머리털이
차분히 누워 있고 그대 몸 위에 곤두서지 않도록.
발에는 힘으로 잡은 소의 가죽으로 만든 신발을
꼭 맞게 매어 신되 안쪽에는 모전(毛氈)을 대시라.
그리고 추운 계절이 다가오면 한 살배기 새끼 염소들의
모피를 소의 심줄로 꿰매시라. 그것을 등에 걸쳐
비를 가릴 수 있도록. 머리에는
그대의 귀가 젖지 않도록 공들여 만든 모자를 쓰시라.
북풍이 불면 아침에는 춥기 때문이오.
아침에는 별 많은 하늘에서 대지에 이르기까지
부자들의 밀밭이 안개에 덮이는데,
안개는 언제나 흐르는 강에서 솟아
회오리바람을 타고 대지 위로 떠올랐다가 때로는 저녁에

86 지팡이를 든 노인을 말한다.

비가 되어 내리기도 하고 때로는 트라케의 북풍이
짙은 구름을 몰고 올 때 그 구름과 함께 흩어지기도 하지요.
북풍에 한발 앞서 일을 끝내고 귀가하시라.
하늘에서 먹구름이 그대를 에워싸 그대의 살갗을 적시고
그대가 입은 옷들에서 물이 뚝뚝 듣지 않도록.
그대는 반드시 미리 피하도록 하시라. 이 겨울 한 달은
가축 떼에게도 사람에게도 힘겨운 가장 고약한 달이라오.
그때는 소들에게는 하루분 먹이의 반(半)을 주고
사람에게는 그보다 조금 더 주시라. 길어진 밤이 부족분을
보충해주기 때문이오. 그대는 일 년 내내 이 점을 명심하여,
밤과 낮의 균형을 맞추시라. 만물의 어머니 대지가
또다시 여러 가지 열매를 가져다줄 때까지.
　제우스께서 동지 뒤 겨울의 예순 날을
다 마치시고 나면, 그때는 아르크투로스[87] 별이
오케아노스의 신성한 흐름을 떠나[88]
저녁 어스름 때에 처음으로 환히 떠오르지요.[89]
이어 봄이 다가오자마자 판디온[90]의 딸인 제비가 새벽부터

87 목자자리(牧者 Boiotes)의 일등성인 이 별이 Arktouros 또는 Arktopylax(둘 다 '곰의 감시자'란 뜻)라고 불리는 것은 큰곰자리(Arktos)를 뒤에서 둘러싼 듯 보이기 때문이다.

88 고대 그리스인은 별이 지면 오케아노스 강에서 목욕한 뒤 전보다 더 밝게 뜬다고 믿었다.

89 2월 13일로 정확히는 동지 뒤 56일째 되는 날이다.

90 전설적인 아테나이 왕 판디온의 딸 프로크네(Prokne)는 트라케 왕 테레우스(Tereus)와 결혼하지만 테레우스가 처제인 필로멜레(Philomele)를 범하고 그녀의 혀를 잘라버리자 이에 분개하여 자신과 테레우스 사이에서 태어난 아들 이튀스(Itys)를 죽여 그 고기로 요리를 만들어 남편에게 먹인다. 테레우스가 나중에 이 사실을 알고 두 자매를 쫓아가 죽이려 하자 제우스가 테레우스는 후투티로, 프로크네는 밤꾀꼬리로, 필로멜레는 제비로 변신시킨다.

탄식하며 인간들을 위해 햇빛 속으로 날아오르지요. 그대는
제비에 한발 앞서 포도나무 가지를 치시라. 그게 더 낫기 때문이오.
　제 집을 지고 다니는 녀석[91]이 플레이아데스 성단을 피해[92]
식물들 위로 기어오르면, 그때는 곡괭이로 포도밭 파는 일은
그만두고 낫을 갈고 하인들을 깨우시라.
햇볕에 살갗이 그을리는 수확의 계절에는
그늘진 자리와 늦잠을 피하시라.
그때는 아침 일찍 일어나 결실을 서둘러
집으로 나르시라. 그대의 살림이 넉넉하도록.
이른 아침은 그대 하루 일의 삼분의 일을 좌우하고,
이른 아침은 길을 재촉하고 일도 재촉하며,
이른 아침은 모습을 드러내자마자 많은 사람들을 길 위로
내몰고 수많은 소들에게 멍에를 얹기 때문이오.
　엉겅퀴가 만발하고[93] 시끄러운 매미가
나무에 앉아 지치게 하는 여름철에 날개 밑에서
요란한 노래를 마구 쏟아낼 때는,
염소 떼가 가장 살이 오르고 포도주가 가장 맛이 들고
여자들은 가장 음탕하고 남자들은 가장 허약하니,
세이리오스 별이 이들의 머리와 무릎을 그을려
더위에 이들의 살갗이 마르기 때문이라오.
그때는 바위 그늘과 비블리노스 포도주[94]와

91 달팽이.
92 여기서 헤시오도스는 수확의 계절을 향해 3개월이나 뛰어넘었다.
93 6월.
94 '비블리노스 포도주'(Biblinos oinos)란 말의 유래가 지명인지 식물의 이름인지 확실치 않

유지(乳脂) 죽과 맨 나중에 짠 염소젖[95]과
아직 새끼를 낳지 않은, 숲 속에서 풀을 뜯는 암소와
염소의 맏배 새끼들의 고기를 마련하시라.
그리고 실컷 먹고 나서는 시원한 서풍을 마주하고
그늘에 앉아 반짝이는 포도주를 곁들여 마시도록 하시라.
그리고 흐려지지 않고 흘러가는, 연중 마르지 않는 샘에서
길어 온 물을 세 번 붓고 네 번째로 포도주를 붓도록 하시라.[96]
　강력한 오리온[97]이 모습을 드러내자마자[98]
그대는 하인들을 독촉하여 바람이 잘 부는 곳에 있는
잘 고른 타작마당에서 데메테르의 신성한 곡식을 타작하여
항아리에 조심스럽게 되로 퍼 담게 하시라.
그리고 양식을 모두 집 안에 안전하게 보관한 다음에는,
내 그대에게 이르노니, 살림 없는 품팔이꾼을 쓰고 아이가
딸리지 않은 하녀를 구하시라. 아이 딸린 하녀는 성가신 법이오.
그리고 이빨이 날카로운 개를 기르되 먹이를 아끼지 마시라.

다. 트라케 지방의 지명에서 유래한 것으로 보는 이들이 많지만 낙소스(Naxos) 섬의 지명에서 유래한 것으로 보는 이들도 있다.

95 염소는 봄에 새끼를 낳아 몇 달 뒤 젖을 떼는데, 마지막 젖이 상품으로 여겨졌다.

96 고대 그리스인들은 포도주를 물로 희석하여 묽게 해서 마셨다. 물을 타지 않은 포도주를 마시는 것은 건강에 해롭고 퀴클롭스나 켄타우로스 같은 야만족이나 하는 짓이라고 믿었기 때문이다. 포도주와 물의 비율은 초기에는 1:3이었으나 후기에는 2:3이었다. 그럴 경우 알코올 농도는 3~8%로 생맥주의 그것과 비슷해진다.

97 오리온은 보이오티아 지방에 살던 크고 잘생긴 사냥꾼이었으나 플레이아데스들을 쫓다가 제우스에 의해 이들과 함께 하늘로 옮겨져 별자리가 되었다고 한다.

98 오리온자리 가운데 크고 붉은 일등성인 비틀쥬스(Betelgeuse 아랍어로 '여자 거인의 손')가 처음 모습을 드러내는 것은 헤시오도스에게는 6월 20일경이었다고 한다. 이는 세이리오스 별이 뜨기 한 달 전이다.

낮에 자는 자[99]가 그대의 재물을 빼앗아 가지 못하도록.
그리고 건초와 북데기를 안으로 나르시라. 일 년 내내
그대의 소들과 노새들에게 유익하도록. 그런 다음에는
그대 하인들의 무릎을 쉬게 해주고 소들을 멍에에서 풀어주시라.
　오리온과 세이리오스가 중천(中天)에 오르고
장밋빛 손가락의 에오스[100]가 아르크투로스를 보게 되면,[101]
페르세스여, 그대는 포도송이를 모두 따 집 안으로 들이시라.
그리고 열흘 낮 열흘 밤 햇볕에 보이고 나서
닷새 동안 덮어두었다가 엿새째 되는 날
즐거운 디오뉘소스[102]의 선물을 독에 담으시라.
그러나 플레이아데스와 휘아데스[103]와 강력한 오리온이 지면
그때는 때맞춰 쟁기질할 생각을 하시라.
그래야 씨앗이 땅속에 튼튼히 뿌리내릴 것이오.[104]

　그대가 거친 바다 위로 항해하고픈 열망에 사로잡힌다면
플레이아데스가 오리온의 강력한 힘을 피해
안갯빛 바다[105] 속으로 뛰어들 때는,

99 도둑.
100 새벽의 여신 에오스에 관해서는 『신들의 계보』 주 23 참조.
101 아르크투로스가 새벽이 되기 직전에 뜨는 것은 9월 초다.
102 주신 디오뉘소스에 관해서는 「주요 신들」 참조.
103 휘아데스는 아틀라스의 다섯 딸들로, 제우스에 의해 성단이 되어 플레이아데스 성단과 오리온자리의 중간에 자리 잡게 되었다. 그리스에서는 11월 초 이들이 일출 직전에 지면 본격적인 우기가 시작된다.
104 이 행(行)을 '그래야 그해 농사가 마무리되는 것이다'라는 뜻으로 해석하는 이들도 있다.
105 '안갯빛 바다'(eeroeides pontos)란 안개 낀 바다란 뜻이 아니라 아스라한 바다란 뜻이다.

그때는 온갖 종류의 돌풍이 이는 법이오.
그러니 그때는 포도줏빛 바다 위로 배를 타고 항해하지 말고
육지에서 부지런히 일하시라, 내가 시키는 대로.
그때는 배를 뭍으로 끌어올린 다음 빙 둘러 돌로 담을 쌓아
눅눅하게 불어오는 바람들의 힘을 막아내게 하되,
물 빼는 마개를 뽑아 제우스의 비에 배가 썩지 않게 하시라.
선구들은 모두 그대의 집 안에 안전하게 보관하되,
바다를 항해하는 배의 날개들[106]은 가지런히 접어 간수하고
솜씨 좋게 만든 키는 굴뚝 안에 걸어두시라.
그리고 그대 자신은 항해할 시기가 올 때까지 기다리시라.
그때는 날랜 배를 바다 위로 끌어내려 그대의 화물을
적절히 실으시라, 집으로 이익을 가져올 수 있도록.
마치 나의 그리고, 어리석은 페르세스여, 그대의 아버지께서
더 나은 살림을 위해 배를 타고 항해하셨듯이 말이오.
어느 날 그분께서는 아이올리스의 퀴메 항[107]을 떠나
검은 배를 타고 먼 바닷길을 항해하신 끝에 이곳에 오셨지요.
풍요와 부와 복을 피해서가 아니라 제우스께서 인간들에게
나누어주시는 사악한 가난을 피해서 말이오. 그리고 그분께서는
헬리콘 산[108] 근처의 궁벽한 마을에, 겨울에도 나쁘고 여름에도
힘들고 어느 때에도 즐겁지 않은 아스크라[109]에 정착하셨지요.

106 돛.

107 퀴메(Kyme)는 소아시아 아이올리스 지방의 도시로 레스보스 섬 남쪽에 있다. 아이올리스의 퀴메라고 한 것은 이탈리아의 나폴리 서쪽에 있는 퀴메와 구별하기 위함인 듯하다.

108 헬리콘 산에 관해서는 『신들의 계보』 주 1 참조.

109 아스크라는 『일리아스』 2권 '함선들의 목록'에 나오는 보이오티아 지방의 수많은 도시들에

페르세스여, 그대는 매사를 제때에 행하되
항해하는 일에서는 특히 그래야 할 것이오.
작은 배를 칭찬하되 화물은 큰 배에 실으시라.
화물이 크면 가외의 이익도 클 것이오.
바람들이 사악한 돌풍을 멈추어주기만 한다면 말이오.
　그대가 궁핍과 아무 즐거움 없는 굶주림에서 벗어나고 싶어
그대의 현혹된 마음을 진정으로 장사 쪽으로 돌린다면,
내 그대에게 노호하는 바다의 규칙을 일러주겠소.
내 비록 항해와 배에 밝지는 못하지만 말이오.
그럴 것이 나는 배를 타고 넓은 바다를 항해한 적이 없기 때문이오.
전에 아카이오이족[110]이 미인(美人)의 고장 트로이아를 치고자
신성한 헬라스에서 대군을 모으기 위해 겨우내 머물던 곳인
아울리스 항[111]에서 에우보이아로 항해한 것 말고는 말이오.
그곳에서 나는 현명한 암피다마스[112]의 장례식 경기[113]에
참석하고자 칼키스로 건너갔다오.

도 포함되지 않은 것으로 보아 궁벽한 한촌(寒村)이었던 것 같다.

110 아카이오이족은 좁은 의미로는 트로이아 전쟁 때 그리스의 가장 강력한 부족을, 넓은 의미로는 여기서처럼 그리스인들 전체를 가리킨다.

111 아울리스 항은 보이오티아 지방의 동해안에 있는 항구로, 그 맞은편의 에우보이아 섬과는 약 65m 정도 떨어져 있다. 그리스의 연합 함대는 트로이아로 떠나기 전에 이곳에서 집결했다.

112 암피다마스는 아울리스 맞은편에 있는 에우보이아의 칼키스 왕으로, 이 도시가 그 동남쪽에 있는 에레트리아(Eretria) 시와 기원전 6세기 초 렐란톤 평야(Lelanton pedion)를 두고 서로 차지하려고 전쟁을 했을 때 큰 공을 세웠다고 한다.

113 아킬레우스(『오뒷세우스』 24권 85~92행 참조)나 파트로클로스(Patroklos, 『일리아스』 23권 참조) 같은 서사시의 영웅들뿐 아니라, 역사 시대의 용감한 전사(戰士)들을 위해서도 그들의 장례식 때는 각종 경기를 개최했다고 한다.

이 용사의 아들들은 많은 상(賞)을 예고하며 내놓았고, 그곳에서
나는 노래에서 우승하여 손잡이가 달린 세발솥을 받았다오.
그것을 나는 헬리콘 산의 무사 여신들께 바쳤소. 그분들께서
나를 낭랑한 노래의 길로 인도하셨던 곳에서[114] 말이오.
그것이 나무못을 많이 친 배들에 관한 내 경험의 전부요.
하더라도 내 아이기스를 가지신 제우스의 뜻을 말하고자 하니,
무사 여신들께서 한없이 노래하도록 나를 가르치셨기 때문이오.[115]
하지가 지나고, 지치게 만드는 여름철이 막바지에
접어들 때까지의 쉰 날이 필멸의 인간들에게는
항해의 적기라오.[116] 그때는 그대는 난파하지 않을 것이고,
바다가 그대의 선원들을 죽이지도 않을 것이오.
대지를 흔드는 포세이돈이 그럴 의향이거나
불사신들의 왕 제우스께서 그들을 죽이기를 원치 않으신다면.
좋은 일과 궂은일의 결과는 모두 그분들 손에 달렸기 때문이오.
그때는 미풍이 일정하게 불고 바다는 안전하오.
그때는 걱정 말고 바다를 믿고 날랜 배를
바다로 끌어내려 화물을 싣도록 하시라.
하지만 되도록 서둘러 집으로 돌아오고,
새 포도주[117]와 가을비와 다가오는 겨울과

114 세발솥 같은 무거운 상품(賞品)은 현지에 있는 신전에 바치는 것이 관례였으나, 헤시오도스는 그것을 헬리콘 산으로 가져가 봉헌했던 것이다.

115 무사 여신들에게 배웠다는 말은 스승에게 배운 것이 아니라는 뜻이다.

116 이때는 에게 해에 서북 계절풍이 불어와 북쪽으로 항해하는 경우를 제외하고는 항해하기 좋은 계절이라고 한다.

117 9월 말. 609~614행 참조.

남풍의 무서운 돌풍을 기다리지 마시라.
남풍은 제우스의 가을 폭우와 어우러져
바다를 분기시키고 물결을 거세게 만든다오.
그때 말고 봄에도 인간들에게 항해의 적기가 있지요.
무화과나무의 맨 끝가지에 난 잎들이
까마귀 발자국만 해 보이기 시작하면,
그때는 바다가 다닐 만해지지요.
이것이 봄철의 항해라오. 그러나 나는 권하고 싶지는 않소.
봄철의 항해는 내 마음에 들지 않기 때문이오.
그것은 날치기 항해로 그대는 재앙을 피하기 어려울 것이오.
그러나 인간들은 마음이 몽매하여 그런 짓도 하지요.
가련한 인간들에게는 재물이 목숨과 같으니까요.
하지만 파도 속에서 죽는다는 것은 끔찍한 일이오.
내 이르노니, 그대는 내가 일러준 이 모두를 명심하시라.
속이 빈 배에 그대의 재산을 다 싣지 말고,
큰 부분은 남겨두고 작은 부분만 싣도록 하시라.
바다의 파도 사이에서 재앙을 만난다는 것은 무서운 일이니까요.
그리고 짐수레에 짐을 너무 많이 실어 굴대가 부러지고
화물이 망가진다면 그 역시 무서운 일이지요.
그대는 중용을 지키시라. 매사에 적정(適正)이 최선이오.

그대는 적당한 나이에 아내를 집 안에 들이시라.
서른 살에서 많이 모자라지도 많이 넘지도 않을 때 말이오.
이때가 결혼 적령기라오.
여자는 4년 동안 꽃이 피다가 5년째에는 결혼해야 하오.[118]

그대는 처녀와 결혼하시라. 그대가 바른 행실을 가르칠 수 있도록.
그리고 그대 이웃에 사는 여자와 결혼하는 것이 가장 좋소. 하지만
만사를 두루 살피시라. 그대의 결혼이 이웃의 웃음거리가 되지 않도록.
한 남자가 얻을 수 있는 것으로 양처(良妻)보다
나은 것이 없고, 악처보다 못한 것은 없기 때문이오.
강한 남자라 해도 횃불 없이 그를 그스르고
때가 되기도 전에 늙게 만드는 식충이 말이오.
그대는 축복받은 불사신들의 벌을 조심하시라.
그리고 친구를 형제와 동등하게 여기지 마시라.
하지만 그대가 그렇게 한다면 친구를 먼저 해코지하거나
듣기 좋은 거짓말일랑 하지 마시라.
그러나 친구가 먼저 말이나 행동으로 그대를 모욕한다면
명심하고 그것을 두 배로 되갚아주도록 하시라.
그러나 그 뒤 친구가 다시 그대와 화해하고 보상하기를 원한다면
받아들이시라. 때에 따라 친구를 바꾸는 것은 비열한 자가
하는 짓이오. 그대의 마음과 그대의 외모가 일치하게 하시라.
그대는 지나치게 친구가 많은 자라고도 친구가 없는 자라고도,
악당들의 전우라고도 착한 사람들의 비방자라고도 불리지 않도록 하시라.
그리고 마음을 좀먹는 저주스런 가난 때문에 누군가를 모욕할
생각일랑 마시라. 가난은 영생하는 신들께서 나눠 주시는 것이라오.
인색한 혀가 인간들 사이에서는 최선의 보배고,
혀는 절제할 때 가장 매력 있다오.
나쁜 말을 많이 하면 그대 자신도 곧 더 나쁜 말을 듣게 될 것이오.

118 여자는 월경을 시작한 지 5년째 되는 해에는 결혼해야 한다는 뜻이다.

손님들이 많이 모인 잔치 자리에서는 무뚝뚝하게 굴지 마시라.
모두가 참석하는 곳에서는 기쁨은 가장 크고 비용은 가장 적은 법이오.[119]
아침 일찍 손도 씻지 않은 채 제우스나 다른 불사신들께
반짝이는 포도주를 헌주하는 일이 없도록 하시라.
그러면 그분들께서 그대 기도를 들어주시기는커녕 도로 뱉으실 것이오.
해를 향하여 돌아서서 오줌 누지 마시라.
해가 진 뒤에도 명심하고 해가 뜰 때까지는
길 위나 길 밖으로 나가 그리고 또 드러내놓고
오줌 누지 마시라. 밤은 축복받은 신들의 것이라오.
마음이 지혜로운, 신과 같은 사람은 쪼그리고 앉거나
둘러싸인 안마당의 담벼락으로 가서 누는 법이오.
그리고 그대의 음부가 집 안에서 정액으로 더럽혀졌다면
화로에 다가갈 때 그것이 안 보이게 하고 화로를 피하시라.
애통한 장례식에서 돌아와서는
그대의 씨를 뿌리지 말고,
불사신들께서 함께하시는 축제에서 돌아오거든 그렇게 하시라.
그리고 영원한 강들의 아름답게 흘러가는 물을 발로 건너지 마시라.
그 아름다운 강물을 보며 기도하고 사랑스런 맑은 물에 손을
씻기 전에는 말이오. 자신의 사악함과 손도 씻지 않은 채 강을
건너는 자에게 신들께서는 화내시며 나중에 고통을 주신다오.
신들께서 함께하시는 풍성한 잔치에서는 푸르다가 마른 것을
오지창(五枝槍)으로부터 번쩍이는 쇠로 자르지 마시라.[120]

119 갹출하여 벌이는 잔치는 비용도 적게 들고 더 많은 대화를 나눌 수 있어 좋다는 뜻 같다.
120 제물을 바칠 때에는 손톱을 깎지 말라는 뜻이다.

그리고 사람들이 마실 때는 포도주 희석용 동이 위에
주전자를 얹지 마시라.[121] 그렇게 하면 액운이 따르는 법이라오.
집을 지을 때는 대패질하지 않은 채 내버려두지 마시라.
시끄러운 까마귀가 그 위에 앉아 까옥까옥 울지 않도록.[122]
축성받지 않은 발 달린 솥에서는 먹거나 씻기 위해
떠내지 마시라. 그런 일에는 벌이 따르기 마련이라오.
열이틀 된 아이는 평온을 깨뜨려서는 안 되는 것[123] 위에 앉히지
마시라—그것은 바람직하지 않다오—고자로 만드니까요.
열두[124] 달 된 아이도 앉히지 마시라. 이 역시 결과는 마찬가지라오.
그리고 남자는 여자들이 씻은 물로 살갗을 씻지 못하게 하시라.
이 역시 두고두고 벌받게 하기 때문이오.
그리고 구운 제물을 접하면 그대는 그것을
심하게 흠잡지 마시라. 신께서는 그것도 불쾌히 여기시오.
그리고 바다로 흘러드는 강물이나 샘물에 오줌 누거나
—이것은 피하도록 하시라—배변하지 마시라.
그것은 바람직하지 않다오.
이렇게 하시라. 그대는 사람들의 구설(口舌)을 피하시라.
구설은 나쁜 것이라오. 구설이란 듣기는 매우 쉬워도

121 각자에게 술을 따를 때 쓰는 주전자는 사용하지 않을 때는 희석용 동이 뚜껑 위에 놓아둔다고 한다. 여기서 헤시오도스가 말하려는 것이 무엇인지 확실치 않으나, 일단 사용한 용기들은 사용하지 않을 때와는 다르게 놓여 있어야 한다는 뜻인 듯하다. 그렇지 않을 경우 주인이 손님들에게 잔치가 끝났음을 암시할 수도 있어 결례가 될 수도 있기 때문이다.

122 지붕 위에서 까마귀가 우는 것은 서양에서도 예로부터 죽음을 예고하는 흉조로 간주되었다. 까마귀가 앉지 울지 못하도록 지붕을 대패로 매끈하게 깎으라는 뜻이다.

123 무덤.

124 왜 열둘이란 숫자를 강조하는지 알 수 없다.

견디기는 힘들고 벗어나기도 어려운 법이오.
그리고 구설은 많은 사람의 입에서 나오게 되면 결코 완전히
소멸되지 않는다오. 그래서 구설도 일종의 신(神)인 것이오.
　그대는 제우스에게서 비롯되는 날〔日〕[125]들에 유념하고,
그대의 하인들에게 이를 제대로 가르치도록 하시라.
그믐날[126]은 일을 감독하고 식량을 나누어주기에 가장 좋은 날이오.
사람들이 이를 지킬 때 바르게만 계산한다면[127] 말이오.
지략이 뛰어나신 제우스께서 정하신 날들은 다음과 같소.
먼저, 초하룻날과 초나흗날과 초이렛날은 신성한 날들이오.
〔초이렛날에 레토가 황금칼의 아폴론을 낳았기 때문이오.〕
그리고 초여드렛날과 초아흐렛날도. 그러나 차는 달의
두 날도 인간들의 일을 행하기에 매우 좋은 날이오.
열하룻날과 열이튿날 말이오. 이날들은 둘 다 좋은 날이오.
양털을 깎든 마음을 즐겁게 해주는 열매를 모으든 간에 말이오.
그러나 열이튿날이 열하룻날보다 훨씬 더 좋은 날이오.
왜냐하면 그날은 공중에 떠 있는 거미가 한낮에
거미줄을 치고 영리한 녀석[128]이 양식을 쌓기 때문이오.
그날 여자는 베틀을 세우고[129] 베 짜기를 시작해야 하오.

125 날의 운세는 모두 제우스의 뜻에 따라 정해지기 때문이다.

126 그믐날(그리스어 triakas는 30일이란 뜻)은 청산(淸算)하기에 좋은 날이다.

127 음력에서는 한 달이 29일 또는 30일이지만, 여기서는 한 달의 마지막 날은 30일이라고 불린다. 그믐날이란 말이 더 적합한 표현인 것 같다.

128 개미.

129 우리의 베틀은 세로로 길게 눕히고 앉아서 베를 짜는 데 반해 서양의 베틀은 앞에 가로로 세우고 좌우로 움직이며 베를 짠다.

서 있는 달[130]의 열사흗날에는 씨 뿌리기 시작하는 일일랑
피하시라. 하지만 그날은 식물을 심기에는 가장 좋은 날이오.
중순(中旬)의 엿샛날은 식물들에게는 매우 부적합하지만
남자 아이가 태어나기에는 좋은 날이오. 하지만 여자 아이에게는
처음 태어나기에도 결혼하기에도 좋은 날이 아니오.
초엿샛날도 여자 아이가 태어나기에는 적당치 않으나
새끼 염소들과 새끼 양들을 거세하기에는 적당하며,
양 우리를 짓기에도 알맞은 날이오.
그날은 또 남자 아이가 태어나기에도 좋은 날이지만 그 아이는 아마도
비꼬기와 거짓말과 알랑대는 말과 은밀히 속삭이기를 좋아할 것이오.
달의 여드렛날에는 수퇘지와 큰 소리로 우는 수소를 거세하고
열이튿날에는 끈기 있게 일하는 노새들을 거세하시라.
큰 날[131]인 스무날에는 한낮에 박식한 아들을 낳으시라.
그 애는 생각이 깊은 현명한 사람이 될 것이오.
남자 아이가 태어나기에는 열흘날도 좋지만, 여자 아이에게는
중순의 나흗날이 좋소. 그날은 그대의 손을 얹어 양들과
발을 끌며 걷는 뿔 굽은 소들과 날카로운 이빨의 개와
끈기 있게 일하는 노새들을 길들이시라. 이우는 달의 나흗날[132]과
서 있는 달의 나흗날에는 명심하고 슬픔으로 마음을 좀먹는

130 '서 있는 달'이란 중순(中旬)을 말한다.

131 스무날을 '큰 날'이라고 하는 것은 스무날까지는 앞에서부터 세지만 이날부터는 뒤에서부터 세는 한 달의 전환점이 되기 때문이라고 보는 이들도 있다. 스무날은 또 초이렛날과 마찬가지로 아폴론과 관계 깊은 날이고, 엘레우시스(Eleusis)의 비의(秘儀)도 보이드로미온(Boidromion 지금의 9월) 달 스무날에 시작되었다고 한다.

132 '이우는 달의 나흗날'은 24일이 아니라, 30일부터 역산하여 나흗날, 즉 27일이라고 주장하는 이들도 있다.

일일랑 피하시라. 그날은 매우 특별한 날이기 때문이오.[133]
　그리고 달의 나흗날에는 아내를 집 안으로 들이되
먼저 이런 일에 가장 유익한 새〔鳥〕의 전조[134]를 판별하시라.
　그러나 닷샛날들은 피하시라. 그날들은 불길하기 때문이오.
닷샛날들에는 위증한 자들에게 재앙이 되도록 불화가 맹세를
낳을 때 복수의 여신들이 돌봐주었기 때문이라고 하오.[135]
　중순의 이렛날에는 데메테르의 신성한 곡식을
잘 고른 타작마당에 조심스럽게 살피며 던지시라.[136]
그리고 나무꾼을 시켜 방을 넣을 목재와
배를 건조하기에 알맞은 선재들을 많이 베어 오게 하시라.
하지만 좁은 배를 건조하는 일은 나흗날에 시작하시라.
　중순의 아흐렛날은 저녁 무렵으로 갈수록 더 좋소.
하지만 초아흐렛날은 온종일 인간들에게 무해하오.
그날은 식물을 심기에도 좋고, 남자든 여자든
태어나기에도 좋으며, 전적으로 불길한 날은 결코 아니오.
　그리고 또 달의 세 번째 아흐렛날[137]은 술독을 준비하기
시작하고 소들과 노새들과 걸음 잰 말들의 목에
멍에를 얹고 노 젓는 자리가 많은 날랜 배를
포도줏빛 바닷물 위로 끌어내리기에

133 그 이유는 알 수 없다.

134 고대 그리스인들은 새의 울음소리나 날아가는 방향을 보고 길흉을 점치곤 했다.

135 맹세(Horkos)가 태어날 때 복수의 여신들이 도와준 것은 이들도 위증을 처벌할 임무가 있기 때문이다. 복수의 여신들에 관해서는 『신들의 계보』 주 57 참조.

136 바람의 힘으로 쭉정이, 겨, 먼지 등을 제거할 수 있도록.

137 '세 번째 아흐렛날'(triseinas)은 하순(下旬)의 아흐렛날, 즉 29일로 보는 이들도 있고, 27(=3×9)일로 보는 이들도 있다.

가장 좋은 날이라는 것을 아는 사람은 많지 않다오.
　중순의 나흗날에는 —그날은 더없이 신성한 날이오— 술독을 여시라.
그리고 달의 스무하룻날[138]이 이른 아침에 가장 좋다는 것을
아는 사람도 많지 않다오. 그날은 저녁 무렵으로 갈수록 불길하오.
　이상이 지상의 인간들에게 큰 이익이 되는 날들이오.
나머지 날들은 유동적이며, 규정하는 것도 가져다주는 것도 없소.
저마다 다른 날을 추천하니, 하루가 어떤 때는 계모고
어떤 때는 어머니라는 것을 아는 사람은 많지 않다오.
이 모든 것을 알고 일하되 불사신들께 죄짓지 않고
새의 전조를 판별하고 범법을 피하는 자는
선한 수호신[139]과 더불어 행복하게 살게 될 것이오.

138 스무하룻날의 원어 meteikada를 met'eikada, 즉 ten met'eikada tetrada로 읽어 24일로 보는 이들도 있다.

139 그리스어 eudaimon은 흔히 '행복한'으로 번역된다. 헤시오도스에 따르면 황금 시대(黃金時代)의 인간들은 사후에 제우스에 의해 daimon(복수형 daimones)들이 되었는데, 그들은 인간들에게 행운을 가져다줄 수 있다고 한다. 그리하여 그들은 신들과 인간의 중간적 존재가 되었고, 나중에는 위대한 인간들도 사후에 그런 능력을 갖는다고 생각되었다. 그래서 사람들은 인생에서 행복을 누리는 자는 daimon이 도와준다고 믿어 daimon은 운명 또는 수호신이란 의미도 갖게 된다. daimon에 악령이 포함된 것은 훨씬 후대의 일이다.

헤시오도스의 농사력

월별	하늘의 변화	지상의 변화	일의 종류	참조
9월	세이리오스 별이 주로 밤에 뜨다	우기(雨期) 시작	나무 베기	419행 이하
10월				
11월	플레이아데스 성단이 지다	두루미들의 이동	쟁기질	384행 448행 이하 619행 이하
12월	오리온이 지다 동지(冬至)		(늦은 쟁기질)	479행 이하
정월	레나이온			504행 이하
2월	아르크투로스가 저녁 어스름 때에 뜨다	제비가 보이다	포도나무 가지치기	564행 이하
3월				
4월	플레이아데스 성단이 숨다	무화과나무 잎이 자라기 시작하다	항해	385행 이하 678행 이하
5월	플레이아데스 성단이 뜨다		수확	383행 이하 571행 이하
6월	하지(夏至). 오리온이 뜨다		타작	597행 이하
7월	세이리오스 별이 뜨다	엉겅퀴가 만발하다	포도주 마시기	582행 이하
8월	늦여름의 서북 계절풍		항해	663행 이하
9월	아르크투로스 별이 뜨다. 세이리오스와 오리온이 중천에 오르다		포도 수확	609행 이하

헤라클레스의 방패

『헤라클레스의 방패』는 총 480행의 시로 헤시오도스의 작품으로 알려져왔으나 지금은 그보다 훨씬 뒤에 씌어진 것으로 추정하고 있다. 첫머리(1~56행)는 『여인들 목록』(단편 195 MW)에서 가져온 것으로 헤라클레스의 어머니 알크메네에 관하여 이야기하고, 나머지는 헤라클레스와 퀴크노스의 결투에 관하여 이야기한다. 그 대부분(139~320행)은 헤라클레스의 방패에 관한 소름끼치는 묘사로 『일리아스』 18권에 나오는 아킬레우스의 방패에 관한 묘사를 모방한 것이다. 『헤라클레스의 방패』라는 제목은 그런 이유로 붙여진 것이다.

또는 집과 고향 땅을 떠나 용맹스런 암피트뤼온[1]과 함께
테바이[2]로 갔던 여인[3]처럼,

1 암피트뤼온에 관해서는 『신들의 계보』 주 90 참조.

2 테바이에 관해서는 『신들의 계보』 주 122 참조.

3 알크메네. 암피트뤼온은 티륀스 왕 알카이오스의 아들로, 페르세우스(『신들의 계보』 주 78 참조)의 손자다. 그의 어머니는 펠롭스(Pelops)의 딸 아스튀다메이아(Astydameia)다. 그는 페르세우스가 죽은 뒤 뮈케나이 왕이 된 숙부 엘렉트뤼온의 딸 알크메네와 결혼하기를 원한다. 그런데 엘렉트뤼온과 형제간인 메스토르(Mestor)의 손자 프테렐라오스(Pterelaos)가 엘렉트뤼온의 왕권에 도전하여 뮈케나이로 쳐들어왔을 때 타포스 섬의 주민들을 이끌고 왔던 프테렐라오스의 아들들이 뮈케나이를 쑥대밭으로 만들고 엘렉트뤼온의 소 떼를 몰고 가는 와중에 엘렉트뤼온과 프테렐라오스의 아들들은 각각 한 명씩만 남고 모두 전사한다. 그래서 엘렉트뤼온은 암피트뤼온과 알크메네가 약혼은 하되 타포스인들에게 복수하기 전에는 신방에 들 수 없다고 선언한다. 엘렉트뤼온은 타포스인들을 치러 원정길에 오르기 전에 먼저 암피트뤼온을 보내 그들이 엘리스에 맡겨두고 간 소 떼를 찾아오게 한다. 그래서 암피트뤼온이 가서 잃어버린 소 떼를 되찾아왔으나 암소 한 마리가 미쳐 날뛰자 손에 든 막대기를 던진 것이 그 암소의 뿔에 맞아 되튀는 바람에 엘렉트뤼온이 그 막대기에 맞아 죽는다. 그러자 엘렉트뤼온과 형제간인 스테넬로스(Sthenelos 훗날 헤라클레스에게 12고역을 시킨 에우뤼스테우스의 아버지)가 암피트뤼온을 살인죄로 추방하고 스스로 뮈케나이 왕이 된다. 암피트뤼온은 알크메네와 함께 테바이로 피신하게 되는데, 그곳의 크레온(Kreon) 왕이 그의 살인죄를 정화해준다. 그러나 알크메네가 암피트뤼온이 맹세한 대로 자기 오라비들의 원수를 갚기 전에는 그와 결혼할 수 없다고 하자 그는 원정길에 오르기로 결심하고 크레온

백성들을 독려하는 엘렉트뤼온의 딸 알크메네처럼.
그녀는 부드러운 여인들의 종족 가운데 용모가 출중하고
키가 컸으며, 지혜에서도 필멸의 여자가 필멸의 남자와
동침하여 낳은 여인들은 아무도 그녀와
겨루지 못했다. 그녀의 머리와 검은 두 눈에서는
황금의 아프로디테의 그것과 같은 우아함이 풍겼다.
그녀는 또 일찍이 부드러운 여인들 가운데 아무도
그런 적이 없을 만큼 자기 남편을 마음속으로 존중했다.
그녀의 남편은 소 떼 때문에 화가 나 그녀의 고귀한 아버지를
완력으로 죽였다. 그래서 그는 고향 땅을 떠나 탄원자로서
테바이로 방패를 든 카드모스의 후예들[4]을 찾아갔던 것이다.
그곳에서 그는 존귀한 아내와 한집에서 살았다,
서로 떨어져서 사랑의 즐거움도 없이. 그가 아내의
용감한 오라비들의 죽음을 복수하고 타오르는 불로
영웅들인 타포스[5]인들과 텔레보아이족[6]의 마을들을

에게 도움을 청한다. 그러나 크레온은 테바이를 쑥대밭으로 만드는 여우를 퇴치해줄 것을 그에게 요구한다. 그래서 암피트뤼온은 일단 추격하면 어떤 짐승도 따라잡는 사냥개를 갖고 있던 아테나이의 케팔로스에게 도움을 청하지만 사냥개도 여우를 따라잡지 못하자 제우스가 이들을 돌로 변하게 했다고 한다. 그리하여 암피트뤼온은 원정대를 이끌고 타포스 섬으로 가서 프테렐라오스를 죽이고 개선한다. 그러나 그가 집을 비운 사이 제우스가 그의 모습을 하고 알크메네에게 접근하는데, 그날 밤 암피트뤼온도 원정에서 돌아와 알크메네는 제우스에 의해서는 헤라클레스를, 암피트뤼온에 의해서는 이피클레스를 잉태하게 된다. 나중에 그녀의 본의 아닌 부정(不貞)이 예언자 테이레시아스(Teiresias)에 의해 드러나자 암피트뤼온이 그녀를 장작더미에 올려놓고 태워 죽이려는데 제우스가 폭우를 내려 불을 끈다. 그래서 암피트뤼온은 모든 것이 신의 뜻임을 알고 헤라클레스를 헌신적으로 양육한다.

4 카드모스에 관해서는 『신들의 계보』 주 95 참조. '카드모스의 후예들'이란 테바이인들을 말한다.

불태워 없애기 전에는 엘렉트뤼온의 복사뼈가 예쁜 딸[7]의
침상에 오르는 것이 그에게 허용되지 않았던 것이다.
그런 일이 그에게 부과되었고 신들이 그 증인이었다.
그래서 그는 신들의 노여움이 두려워, 제우스에 의해
그에게 정당하게 부과된 큰일을 되도록 속히 완수하려고 서둘렀다.
그리하여 방패 위로 노여움을 몰아쉬는, 말에 채찍질하는
보이오티아[8]인들과 접전에 능한 로크리스[9]인들과
포키스[10]인들이 전쟁과 전투를 열망하며 그와 동행했다.
그리고 알카이오스의 당당한 아들[11]이 그들을 인솔했다,
자신의 군세를 자랑스럽게 여기며. 그러나 인간들과 신들의
아버지[12]께서는 마음속으로 다른 계략의 베를 짜고 계셨으니, 신들과
빵을 먹고 사는 인간들을 위해 재앙을 물리칠 자를 낳으시려는 것이었다.
그래서 그분께서는 마음속으로 음모를 꾸미시며
예쁜 허리띠를 맨 여인[13]의 사랑을 바라고 올륌포스를 출발하셨다,
밤에. 조언자 제우스께서는 재빨리 튀파오니온 산[14]에 이르셨고,

5 타포스는 그리스 중서부 아카르나니아 지방 앞바다, 오뒷세우스의 고향인 이타케 섬의 북쪽에 있는 지금의 메가니시(Meganisi) 섬이다.

6 텔레보아이족은 그리스의 선주민(先住民)인 렐레게스족(Leleges)의 한 지파다.

7 알크메네.

8 보이오티아는 그리스의 중동부 지방으로 그 수도가 테바이다.

9 로크리스는 보이오티아의 북서쪽 지방이다.

10 포키스는 보이오티아의 서쪽 지방이다.

11 암피트뤼온.

12 제우스.

13 알크메네.

14 튀파오니온(Typhaonion) 산은 보이오티아 지방에 있는 산으로, 그 밑에 괴물 튀폰이 제우스의 벼락에 맞아 누워 있다고 한다.

그곳에서 다시 피키온 산[15]의 꼭대기로 걸어가시더니,
그곳에 앉아 마음속으로 놀라운 일을 궁리하셨다.
그날 밤 그분께서는 엘렉트뤼온의 복사뼈가 날씬한 딸과
침상에서 사랑으로 살을 섞어 당신의 욕망을 채우셨던 것이다.
그리고 또 그날 밤 빼어난 영웅으로서 백성들을 독려하는
암피트뤼온도 큰일을 완수하고 자기 집에 당도하여서는
아내의 침상에 오르기도 전에 먼저 하인들과
들판의 목자들에게로 서둘러 떠나지는 않았다.
그만큼 큰 욕망이 백성들의 목자의 마음을 사로잡았던 것이다.
〔한 남자가 몹쓸 병이든 잔인한 속박이든 간에
재앙에서 벗어나 안도의 한숨을 쉴 때와 같이,
그처럼 그때 암피트뤼온도 힘든 노고를 마치고 나서
안도의 한숨을 쉬며 즐겁게 자기 집으로 돌아갔다.〕[16]
그리하여 그는 밤새도록 존귀한 아내 곁에 누워 있었다,
황금의 아프로디테의 선물[17]들을 즐기며.
그녀가 신과 더없이 훌륭한 남자에게 눌려
일곱 성문의 테바이에서 아들 쌍둥이를 낳으니,
이들은 비록 친형제간이지만 생각하는 것은 같지 않았다.
한 명은 더 못했으나 다른 한 명은 훨씬 더 나은
무섭고 강력한 전사였다, 강력한 헤라클레스는.
헤라클레스는 그녀가 검은 구름의 신 크로노스의 아드님[18]에게 눌려,

15 피키온 산은 테바이 근교에 있는 산으로 스핑크스는 바로 이 산에 앉아 있었다고 한다.
16 〔 〕 안은 훗날 가필된 것이다.
17 '아프로디테의 선물'이란 남녀간의 애정을 말한다.
18 '크로노스의 아드님'이란 여기서처럼 대체로 제우스를 말한다.

이피클레스는 창수(槍手) 암피트뤼온에게 눌려 낳았던 것이다.
혈통도 달랐으니 한 명은 그녀가 필멸의 인간 남자와, 다른 한 명은
모든 신들의 통치자 크로노스의 아드님과 살을 섞어 낳았던 것이다.
헤라클레스는 또 아레스[19]의 용맹스런 아들 퀴크노스[20]를 죽였다.
헤라클레스가 멀리 쏘는 아폴론[21]의 성역에서 퀴크노스와
전쟁에 물리지 않는 그의 아버지 아레스를 만났을 때,
그들은 타오르는 불의 화광처럼 자신들의 무구들을 번쩍이며
전차 위에 서 있었다. 그들의 날랜 말들은 발굽으로
힘차게 땅을 찼다. 그러자 그들의 엮어 만든 전차와
말발굽이 차올린 먼지가 그들 주위로 구름처럼 일었고,
말들이 내달을 때 잘 만든 전차와 그 난간이 그들 주위에서
덜커덩거렸다. 나무랄 데 없는 퀴크노스는 마음 흐뭇했으니,
제우스의 용감한 아들[22]과 그의 마부를 청동으로 죽이고
그들의 이름난 무구들을 벗길 수 있으리라고 믿었던 것이다.
그러나 포이보스[23] 아폴론은 그의 기도를 들어주지 않았으니,
그분 자신이 강력한 헤라클레스를 그에게 맞서도록 분기시켰던 것이다.
아폴론 파가사이오스[24]의 원림과 제단은

19 아레스에 관해서는 「주요 신들」 참조.

20 그리스 신화에는 퀴크노스(Kyknos 백조)란 이름을 가진 인물이 여럿 있는데, 여기 나오는 퀴크노스는 텟살리아 지방의 파가사이(Pagasai) 시에서 숭배의 대상이 된 아폴론 파가사이오스(Apollon Pagasaios)의 원림 안 또는 아폴론의 신탁으로 유명한 델포이로 가는 노상에 숨어 있다가 행인들을 죽이고 금품을 털던 노상강도다. 그래서 그를 미워하게 된 아폴론이 헤라클레스를 분기시켜 그를 치게 했던 것이다.

21 아폴론에 관해서는 「주요 신들」 참조.

22 헤라클레스.

23 포이보스에 관해서는 『신들의 계보』 주 13 참조.

24 주 20 참조.

온통 무시무시한 신과 그의 무구들로 빛났다.
그 신의 두 눈에서 불이 번쩍이는데 필멸의 인간이
어찌 감히 그에 맞서 돌진할 수 있겠는가,
헤라클레스와 영광스런 이올라오스[25] 말고는.
〔그들의 힘은 강하고 그들의 단단한 사지 위의
어깨에서 자란 팔들은 접근할 수 없었으니 말이다.〕
그때 헤라클레스는 마부인 강력한 이올라오스에게 말했다.
"영웅 이올라오스여, 모든 인간들 중에 가장 사랑받는 자여,
암피트뤼온께서는 올륌포스에 사시는 축복받은 신들께 분명
큰 죄를 지으셨네. 그분께서 이마가 넓은 소 떼 때문에
엘렉트뤼온을 죽이시고 잘 지은 도시인 티륀스를 떠나
강력한 성벽으로 둘러싸인 테바이로 오셨을 때 말일세.
그분께서는 크레온[26]과 긴 의상의 헤니오케[27]에게 가셨고,
두 분은 그분을 반가이 맞으며 탄원자들에게 합당하고
어울리는 모든 것을 주었으며 마음속으로 그분을 더욱 존중했네.
그래서 그분께서는 당신의 아내이신 엘렉트뤼온의 복사뼈가 예쁜
따님과 즐겁게 사셨네. 그 뒤 곧 해〔年〕가 바뀌자
비록 몸과 마음은 서로 다르지만 우리 둘이 태어났네,
자네 아버지와 나 말일세. 하지만 제우스께서는 자네 아버지에게서
분별력을 빼앗으셨고, 그래서 그는 고향과 부모 곁을 떠나

25 이올라오스는 이피클레스의 아들로 헤라클레스의 조카이자 마부다.
26 크레온은 오이디푸스 왕의 처남으로 소포클레스(Sophokles)의 『안티고네』(*Antigone*)를 통하여 우리에게 잘 알려진 테바이 왕이다.
27 헤니오케는 크레온 왕의 두 번째 부인인 듯하다. 그의 첫 번째 부인 에우뤼디케(Eurydike)는 아들 하이몬(Haimon)이 자살했다는 말을 듣고 스스로 목매달아 죽는다.

사악한 에우뤼스테우스[28]의 명예를 높여주려고 그리로 갔네.
불행한 사람 같으니라고. 그는 나중에 자신이 미망의 짐을 진 것을
몹시 한탄했네.[29] 하지만 그것은 돌이킬 수 없는 일이네.
한편 나에게는 어떤 정령[30]이 힘겨운 투쟁들을 지우셨네.
여보게, 자네는 발 빠른 말들의 자줏빛 고삐들을
더 빨리 잡고 마음속으로 크게 용기를 내며
날랜 전차와 발 빠른 말들의 힘을 곧장 앞으로 몰되,
지금 멀리 쏘시는 포이보스 아폴론 왕의 신성한 원림 주위에서
고함을 지르며 날뛰고 있는, 남자를 죽이는
아레스의 함성은 조금도 두려워 말게.
아무리 강력한 그도 전쟁에 물리게 될 것이네."
그에게 나무랄 데 없는 이올라오스가 대답했다.
"숙부님, 인간들과 신들의 아버지께서는 분명
숙부님의 머리를 존중하십니다. 테바이의 성벽을 지켜주시고
도시를 수호하시는, 대지를 흔드시는 황소 신[31]도 마찬가집니다.
숙부님께서 큰 명성을 얻도록 그분들께서 저토록 크고

28 에우뤼스테우스는 스테넬로스(주 3 참조)의 아들로 페르세우스의 손자고 헤라클레스는 페르세우스의 증손자다. 신들이 모인 앞에서 제우스가 오늘 먼저 태어나는 페르세우스의 자손이 뮈케나이와 그 인근 지역을 통치하게 될 것이라고 말하자 헤라가 이를 시기하여 만삭이 된 알크메네에게는 출산의 여신 에일레이튀이아를 보내주지 않고 대신 칠삭둥이 에우뤼스테우스를 태어나게 하여 헤라클레스는 에우뤼스테우스 밑에서 12년간 12고역을 치르게 된다. 일설에는 헤라가 헤라클레스를 미치게 하여 그가 처자(妻子)를 죽인 까닭에 그 죄를 정화하기 위해 에우뤼스테우스 밑에서 12고역을 치렀다고 한다.

29 이피클레스가 에우뤼스테우스 곁에 머문 것은 헤라클레스의 경우와는 달리 그가 자원한 것이다.

30 정령의 원어는 daimon이다. 이에 관해서는 『일과 날』 주 139 참조.

31 지진은 포세이돈의 소관이다. 그에게는 주로 황소가 제물로 바쳐졌다.

강력한 자를 숙부님 손안으로 인도해주시니 말입니다.
자, 전쟁의 무구들을 입으십시오. 되도록 빨리 우리가 아레스의
전차와 우리의 전차를 접근시켜 서로 싸울 수 있도록 말입니다.
그자는 제우스의 겁 없는 아드님과 이피클레스의 아들을
겁먹게 할 수 없을 테니까요. 오히려 그자에게 가까이 다가가
전쟁의 격렬한 다툼과 맞서기를 열망하는, 알카이오스의
나무랄 데 없는 아들[32]의 아들과 손자 앞에서—그것이 그들에게는
잔치보다 더 반가우니까요—그자가 달아나게 되겠지요."
이렇게 그는 말했다. 그러자 강력한 헤라클레스가 진심으로 기뻐하며
미소 지었으니, 그의 말이 무척이나 마음에 들었기 때문이다.
그래서 헤라클레스는 그에게 물 흐르듯 거침없이 말했다.
"제우스께서 양육하신 영웅 이올라오스여, 격렬한 전투가
이제 더 이상 멀리 있지 않네. 자네는 전에도 현명했거늘
이번에도 키가 크고 갈기가 검은 아리온[33] 말〔馬〕을
이리저리 몰며 있는 힘껏 나를 도와주게."
이렇게 말하고 그가 번쩍이는 청동 광석[34]으로 만든 정강이받이들을
두 다리에 대니, 이것들은 헤파이스토스[35]의 이름난 선물이었다.
다음에 그는 가슴에 정교하게 만든 황금 가슴받이를
입었다. 이것은 그가 한숨을 자아내는

32 암피트뤼온.

33 아리온이란 이름을 가진 말로는 테바이 전투에서 아드라스토스(Adrastos) 왕을 구해준 말이 특히 유명하다.

34 '청동 광석'의 원어 oreichalkos는 '산에 나는 청동'이란 뜻이다. 어떤 금속을 말하는지 알 수 없으나 동과 주석 또는 동과 금의 합금으로 보는 이들도 있다.

35 헤파이스토스에 관해서는 「주요 신들」 참조.

전투를 향해 처음 출발할 때
제우스의 따님인 팔라스[36] 아테네가 그에게 준 것이었다.
무서운 전사는 양 어깨에 파멸을 막아주는 무쇠를 걸쳤다.
이어서 그가 가슴 위를 지나 뒤쪽으로 널찍한 화살통을 메니
그 안에는 목소리를 잊게 만드는 죽음의 전달자들이,
전율을 불러일으키는 수많은 화살들이 들어 있었다.
화살들은 앞쪽은 죽음을 지니고 있어 눈물이 뚝뚝 듣고
중간은 매끈하고 길쭉한 편이었으나
뒤쪽은 갈색 독수리의 깃털로 가려져 있었다.
이어서 그가 끝에 번쩍이는 청동이 박힌 강한 창을 집어 들고
강력한 머리에 잘 만든 투구를 쓰니, 아다마스[37]로 정교하게 만든
이 투구가 그의 양쪽 관자놀이에 꼭 맞았다.
그래서 그것이 신과 같은 헤라클레스의 머리를 지켜주었다.
이어서 그가 온통 번쩍번쩍 빛나는 방패를 손에 드니
어느 누구도 무엇을 던져 부수거나 찌그러뜨린 적 없는 방패는
보기에도 장관이었다. 방패는 원(圓) 전체가 석고[38]와
하얀 상아와 엘렉트론[39]으로 둘러싸이고 찬란한 황금으로
빛나며 법랑 줄무늬로 나뉘어 있었던 것이다.
한복판에는 아다마스로 만든 말로 형언할 수 없는
패주(敗走)가 두 눈에 불을 켜고 뒤돌아보고 있었다.

36 팔라스에 관해서는 『신들의 계보』 주 12 참조.

37 아다마스에 관해서는 『신들의 계보』 주 56 참조.

38 여기서 석고(titanos)란 법랑을 말하는 것으로 보는 이들도 있다.

39 엘렉트론(elektron)은 호박(琥珀) 또는 여기서처럼 금과 은을 4:1의 비율로 합금한 것을 말한다.

무시무시한 패주의 입은 접근할 수 없는 흰 치열들로
빼곡했고, 그의 섬뜩한 이마 위에는 무서운 불화(不和)[40]가
인간들의 무리를 무장시키며 날아다니고 있었으니,
무정하게도 불화는 누구든 제우스의 아들에
맞서 싸우는 인간들의 정신과 마음을 빼앗아버린다.
〔그들의 혼백은 지하로 내려가 하데스[41]의 집으로 들어가고
그들의 뼈는 그것을 싸고 있는 살갗이 썩고 나면
작열하는 세이리오스[42]에 의해 검은 대지에서 썩는다.〕
방패 안에는 추격과 반격의 형상이 있었고,
방패 안에는 또 소란, 살인, 남자들의 도륙(屠戮)이 타오르고 있었다.
〔그 안에는 또 불화와 함성이 돌진하고 있었고, 그 안에는 저주스런
죽음의 여신[43]이 어떤 자는 방금 부상당했는데도 산 채로 붙잡고 있고
어떤 자는 부상당하지 않았는데도 붙잡고 있는가 하면 이미 죽은 자는
혼잡 사이로 끌고 가고 있었다. 죽음의 여신은 사람의 피로 붉게 물든
의상을 어깨에 걸친 채 무섭게 노려보며 이를 뿌드득 갈고 있었다.〕
방패 안에는 말할 수 없이 무서운 뱀들의 머리가 열두 개나 있어,
그것들이 〔그들이 누구든 제우스의 아들과
맞서 싸우는〕 지상의 인간 종족을 놀라게 하곤 했다.
왜냐하면 암피트뤼온의 아들이 싸울 때면 뱀들이 이빨을
부딪쳤기 때문이다. 그러면 그 경이로운 작품들은 환히 빛났다.
그 무서운 뱀들에는 반점이 있는 것처럼 보였는데,

40 불화에 관해서는 『신들의 계보』 225~226행 참조.
41 하데스에 관해서는 「주요 신들」 참조.
42 세이리오스에 관해서는 『일과 날』 주 64 참조.
43 죽음의 여신에 관해서는 『신들의 계보』 주 66 참조.

등은 검푸르고 턱은 새까맸다.
방패 안에는 멧돼지 떼와 사자 떼가 있었는데
성이 나서 싸우기를 열망하며 서로를 노려보고 있었다.
대열을 이룬 그것들은 떼 지어 앞으로 나아갔고
어느 쪽도 두려워 떨기는커녕 양쪽 다 털을 곤두세우고 있었다.
그 사이에는 벌써 큰 사자 한 마리가,
그리고 그 양쪽으로 멧돼지 두 마리가 목숨을 잃고 누워 있었고,
이것들로부터는 검은 피가 땅 위로 뚝뚝 듣고 있었다.
멧돼지들은 사나운 사자들 아래 목을 늘어뜨리고 누워 있었다.
그럼에도 양쪽 다 성이 나서 더 싸우고 싶어했다,
멧돼지들도 눈에 불을 켠 사자들도.
방패 안에는 라피타이족[44] 창수들의 전투도 있었는데,
그들은 카이네우스 왕, 드뤼아스, 페이리토오스,
호플레우스, 엑사디오스, 팔레로스, 프롤로코스,
암퓍스의 아들 몹소스, 아레스의 후예인 티타레시오스,
아이게우스의 아들로 불사신들과도 같은 테세우스[45]를 둘러싸고 있었다.

44 라피타이족은 텟살리아 지방에 살던 부족이다. 그들의 왕 페이리토오스의 결혼식에 인근의 펠리온 산에 사는 반인반마(半人半馬)의 켄타우로스들을 초대하는데 이들은 처음 마시는 포도주에 취해 다른 라피타이족의 여인들을, 그중 한 명인 에우뤼티온은 신부 힙포다메이아(Hippodameia)를 납치하려 하자 두 부족 사이에 전쟁이 벌어진다. 이때 페이리토오스의 친구로 그 결혼식에 하객으로 참석했던 아테나이의 국민적 영웅 테세우스도 이 전쟁에 참가한다. 켄타우로스들은 이 전쟁에 져서 펠로폰네소스 반도로 쫓겨난다. 카이네우스, 드뤼아스, 호플레우스, 엑사디오스, 팔레로스, 프롤로코스, 암퓍스(Amphyx)의 아들 몹소스(Mopsos), 티타레시오스는 모두 라피타이족 장수들이다.

45 테세우스는 아테나이 왕 아이게우스 또는 포세이돈과 아이트라(Aithra)의 아들로 헤라클레스가 도리에이스족의 영웅이라면 그는 아테나이의 국민적 영웅이다. 그는 트로이젠에서 아버지를 찾아 아테나이로 가던 길에 손님을 침대에 묶어놓고 길면 잘라서 짧으면 늘어뜨려

그들은 은(銀)으로 만들어졌는데 몸에는 황금 무구들을 지니고 있었다.
그들 맞은편에는 켄타우로스[46]들이 모여 있었다,
거대한 페트라이오스, 새점쟁이 아스볼로스,
아르크토스, 우레이오스, 검은 머리의 미마스,
페우케우스의 두 아들 페리메데스와 드뤼알로스를 둘러싸고.[47]
그들은 은으로 만들어졌는데 손에는 황금 전나무를 들고 있었다.
그들은 마치 살아 있는 양 서로 돌진하여
창과 전나무로 육박전을 벌였다.
방패 안에는 사나운 아레스의 황금으로 만든 발 빠른 말들과
전리품을 가져가는 파괴적인 아레스 자신이 서 있었다.
아레스는 손에 창을 들고 보병을 지휘하고 있었는데,

서 침대에 맞추던 노상강도 다마스테스(Damastes) 일명 프로크루스테스(Prokroustes 누이는 자, 뻗게 하는 자)를 똑같은 방법으로 머리를 잘라 죽이는가 하면, 크레테 왕 미노스가 우두인신(牛頭人身)의 괴물 미노타우로스에게 먹이기 위해 매년 또는 9년마다 소년 소녀 7명씩을 공물로 바칠 것을 아테나이에 요구하자 세 번째 공물 진상 때 그중 한 명으로 자원하여 크레테로 건너가 미노타우로스를 죽이고는 그곳의 공주 아리아드네가 준 실꾸리로 다이달로스(Daidalos)가 지은 미궁에서 빠져나와 무사히 귀국하는 등 많은 무공을 세운다. 무엇보다도 그는 앗티케(Attike)의 여러 지역을 아테나이를 수도로 하는 하나의 국가 공동체로 묶고 제도를 정비하여 그때까지만 해도 세력이 미미하던 아테나이가 그리스 전체의 수도로 발전할 수 있는 기틀을 마련해놓았다. 기원전 490년의 마라톤(Marathon) 전투 때 그리스군은 자신들의 선두에서 싸우는 그의 거대한 모습을 볼 수 있었다고 한다.

46 켄타우로스는 반인반마의 야만적 괴물로서 머리와 가슴과 팔은 사람이고 몸뚱이와 다리는 말이다. 그들은 익시온(Ixion)과 네펠레(Nephele 구름)의 후손들로 텟살리아의 펠리온 산에 살았는데, 이웃에 살던 라피타이족의 왕 페이리토오스의 결혼식에 초대받아 갔다가 술에 취해 신부 힙포다메이아와 다른 여인들을 납치하려다(이 사건은 파르테논 신전의 메토프 metope에 묘사되어 있다) 텟살리아에서 펠로폰네소스 반도로 쫓겨난다.

47 페트라이오스, 아스볼로스, 아르크토스, 우레이오스, 미마스, 페우케우스의 두 아들 페리메데스와 드뤼알로스는 모두 켄타우로스들의 지휘자들이다.

살아 있는 사람들을 죽이는 양 피로 붉게 물들었고
전차를 타고 있었다. 아레스 옆에는 공포와 패주[48]가
서 있었는데 남자들의 전쟁 속으로 뛰어들기를 열망하고 있었다.
방패 안에는 제우스의 딸로 전리품을 몰고 가는 트리토게네이아[49]도
있었는데, 그녀는 손에 창을 들고 머리에 황금 투구를 쓰고
어깨에 아이기스를 걸친 채 전투를 불러일으키려는 것 같았다.
그녀는 무시무시한 격전을 향해 걸어가고 있었다.
방패 안에는 불사신들의 신성한 합창 가무단이 있었다.
그 한가운데서 제우스와 레토[50]의 아들이 황금 포르밍크스[51]를
감미롭게 연주하고 있었다. 〔신들의 정결한 처소인 올림포스와
집회가 있었고, 신들이 모여 있는 곳은 무한한 축복으로
둘러싸여 있었다.〕 여신들도, 피에리아[52]의 무사 여신들[53]도
목소리가 맑은 가인처럼 노래하기 시작했다.
방패 안에는 저항할 수 없는 바다의 좋은 선착장이 있는 항구가
있었다. 그것은 정련된 주석으로 둥그스름하게 만들어졌는데
꼭 파도가 치는 것 같았다. 〔그 한가운데에는 수많은 돌고래들이
물고기를 잡으며 이리저리 돌진하고 있었는데
꼭 헤엄치는 것 같았다.〕 은으로 된 돌고래 두 마리가

48 공포와 패주는 아레스의 아들들이다. 『신들의 계보』 934행 및 주 159 참조.
49 트리토게네이아에 관해서는 『신들의 계보』 주 151 참조.
50 레토에 관해서는 『신들의 계보』 주 20 참조. 제우스와 레토의 아들이란 아폴론을 말한다.
51 포르밍크스(phorminx)는 고대 그리스의 발현악기로 훗날의 뤼라 또는 좀 더 개량된 키타라가 길이가 같은 7현으로 만들어진 데 반해 3~5현이었던 것 같다.
52 피에리아에 관해서는 『신들의 계보』 주 1 참조.
53 무사 여신들에 관해서는 『신들의 계보』 주 2 참조.

숨을 내쉬며 벙어리들인 물고기를 쫓고 있었고,
그래서 돌고래들 아래에서 청동으로 된 물고기들이 떨고 있었다.
바닷가에는 한 어부가 앉아 망을 보는데,
손에 쟁이를 든 것이 금방이라도 던질 것 같았다.
방패 안에는 머릿결이 고운 다나에[54]의 아들 말을 타는 페르세우스도
있었는데 두 발이 방패에 닿지도[55] 방패에서 멀리 떨어져 있지도
않았으니 보기에 실로 장관이었다. 그를 떠받쳐주는 것은 아무것도
없었으니 말이다. 유명한 절름발이 신은 황금으로 페르세우스를
그렇게 만들었다. 그는 두 발에 날개 달린 샌들을 신고 있었고,
어깨에는 검은 칼집에 든 칼이 청동으로 된 혁대에
매달려 있었다. 페르세우스는 생각만큼 빨리 날아가고 있었다.
무서운 괴물 고르고[56]의 머리가 그의 등을 완전히 덮고 있었는데,
그 머리는 보기에도 장관인 은으로 된 바랑 안에 들어 있었다.
그리고 바랑에는 금으로 된 찬란한 술들이 달려 있었다.
왕[57]의 관자놀이에는 하데스의 무서운 모자[58]가 씌워져 있었는데,
그것은 밤의 무시무시한 암흑을 지니고 있었다.
다나에의 아들 페르세우스 자신은 사지를 쭉 펴고 있는데,
겁이 나 몸서리치며 급히 달아나는 듯했다.

54 다나에와 그녀의 아들 페르세우스에 관해서는 『신들의 계보』 주 78 참조.

55 페르세우스는 고르고 자매들을 찾아갔을 때 헤르메스의 날개 달린 샌들을 빌려 신고 갔다. 『신들의 계보』 주 78 참조.

56 메두사. 메두사에 관해서는 『신들의 계보』 주 76 참조.

57 페르세우스.

58 그것을 쓰게 되면 남의 눈에 보이지 않게 된다는 하데스의 모자에 관해서는 『신들의 계보』 주 78 및 「주요 신들」 중 티탄 신족 참조.

그의 뒤로는 접근할 수도 형언할 수도 없는 고르고 자매들이
그를 붙잡기를 열망하며 돌진하고 있었다. 그들이
연녹색 아다마스를 밟으면 방패는 요란한 소리를 내며
날카롭고 맑게 울리는 것이었다. 그들의 허리띠에는
뱀 두 마리가 머리를 앞으로 내민 채 매달려 있었다.
뱀들은 둘 다 혀를 날름거렸고 이를 부드득 갈았으며
무섭게 노려보고 있었다. 그리고 고르고 자매의 무서운
머리 위에는 크나큰 공포가 나부끼고 있었다.
그들 너머에서 남자들이 무기를 들고 싸우는데,
그중 일부는 자신들의 도시와 자신들의 부모를 파멸에서
지키려 했고, 다른 일부는 도시를 함락하기를 열망했다.
많은 자들이 누워 있었고, 더 많은 자들이 여전히
열심히 싸우고 있었다. 청동으로 된 잘 지은 성탑들 위에서는
여인들이 날카롭게 비명을 지르며 얼굴을 할퀴고 있었다.
그들은 살아 있는 것 같았으니, 유명한 헤파이스토스의 작품이었다.
노년에 사로잡혀 노인이 된 남자들은
성문 밖에 모여 아들들이 염려되어
축복받은 신들을 향해 두 손을 모으고 있었다.
그러나 아들들은 전투를 계속하고 있었다. 그들 뒤에서
거무스름한 죽음의 여신들이 하얀 이를 갈고 있었다.
눈길이 사납고 무시무시하고 피로 얼룩지고 접근할 수 없는
죽음의 여신들은 쓰러진 자들을 두고 서로 다투었으니,
그들은 모두 검은 피를 마시기를 열망했던 것이다. 누구든
방금 부상당하여 눕거나 쓰러지는 것을 보자마자
그들 중 한 명은 큰 발톱으로 그를 움켜잡았고, 그러면 그 혼백은

〔하데스로〕 소름끼치는 타르타로스[59]로 내려가는 것이었다.
그들은 사람의 피를 실컷 마시고 나서 죽은 자는 뒤로
던져버리고 다시 혼잡과 전쟁의 노고 속으로 뛰어들었다.
〔그들 위에는 클로토, 라케시스, 이들보다 조금 작은
아트로포스[60]가 서 있었으니, 이 여신은 체격은 크지 않지만
다른 여신들보다 우월했고 나이도 가장 많았다.
그들은 모두 한 인간을 두고 무시무시한 눈초리로
서로 사납게 노려보며 치열하게 싸웠고
발톱과 대담한 손을 똑같이 썼다.〕
그들 옆에는 죽음의 안개[61]가 서 있었다. 비참하고
끔찍하고 창백하고 마르고 굶주림에 오그라들고
무릎이 부은 채. 손에는 손톱들이 길게 나 있었고,
그것의 코에서는 콧물이 흘러내렸으며, 볼에서는 핏방울이
땅으로 뚝뚝 떨어졌다. 그것은 섬뜩하게 비죽거리며
서 있었고, 어깨 위에는 많은 먼지가 눈물과 범벅이 되어
있었다. 그 옆으로 훌륭한 성탑이 있는 인간들의 도시가
또 하나 있었다. 상인방(上引枋)들에 맞춘 황금으로 된
일곱 문이 그 도시를 지켜주고 있었다. 남자들은 축제와
가무를 즐기고 있었다. 더러는 축혼가가 울려 퍼지는 가운데
훌륭한 바퀴가 달린 수레에 신부를 싣고 신랑에게 데려다주고

59 타르타로스에 관해서는 『신들의 계보』 주 46 참조.

60 클로토와 라케시스와 아트로포스는 운명의 여신들이다. 이들에 관해서는 『신들의 계보』 주 70 참조.

61 '죽음의 안개'의 원어 Achlys는 '죽음의 암흑'이라고도 번역하곤 한다.

있었고, 활활 타오르는 횃불 빛이 하녀들 손에 들린 채
멀리서부터 소용돌이치며 다가오고 있었다. 이들은 축제에
흥이 나 앞장섰고, 합창 가무단들이 익살을 부리며 그 뒤를 따랐다.
또 더러는 쉬링크스[62]의 청아한 소리에 맞춰 부드러운 입으로
노래를 부르는데, 그 소리가 그들 주위로 메아리쳤다.
소녀들이 포르밍크스 소리에 맞춰 사랑스런 합창 가무단을 이끌었다.
〔한편 다른 쪽에서는 한패의 젊은이들이 피리 소리에 맞춰
주연을 벌이고 있었다.〕 더러는 춤과 노래로 익살을
떨고 있었고 〔더러는 피리 소리에 맞춰 웃으며 저마다〕
앞장서 걸어가고 있었다. 온 도시가 흥과 가무와
축제에 겨워 있었다. 더러는 또 도시 앞에서
말 등에 앉아[63] 내달았다. 그리고 쟁기질하는 사람들은
웃옷의 소매를 걷어붙이고 신성한 땅을 갈고 있었다.
토심이 깊은 경작지도 있었는데, 더러는 이삭 무게를
이기지 못해 고개 숙인 줄기들을—그것들은 꼭
데메테르의 곡식처럼 보였다— 예리한 낫으로 베고 있었다.
더러는 곡식을 단으로 묶어 타작마당에 펼치고 있었다.
더러는 손에 낫을 들고 포도를 수확하고 있었고,

62 쉬링크스는 7개의 갈대 줄기를 묶어 만든 원시적인 관악기로 판(Pan) 신이 자기에게 쫓기다가 갈대로 변한 쉬링크스라는 요정을 기리기 위해 만들어낸 것이라고 한다. 주로 목자(牧者)들이 불었다는 이 악기는 지금의 팬파이프(panpipe)와 대동소이했을 것 같다.

63 호메로스에서는 전사들이 싸울 때 말들이 끄는 전차(戰車)를 탔지 말 등에 앉지 않는다. 『일리아스』 10권에 오뒷세우스와 디오메데스가 정탐을 마치고 말을 타고 진영으로 돌아왔다는 이야기가 나오는데, 이는 말들이 끄는 전차를 타고 왔다는 뜻으로 해석된다. 그렇지 않고 말 등을 타고 왔다는 뜻이라면 이는 훗날에 가필된 것으로 보아야 할 것이다.

더러는 베는 이들한테 받은 희고 검은 포도송이들을
바구니에 담아 잎과 은으로 된 줄기들에 무거워진
큰 포도밭에서 운반하고 있었다.
더러는 또 포도송이들을 바구니들에 담고 있었다.
그들 옆으로 금으로 된 포도밭이 보이는데,
사려 깊은 헤파이스토스의 걸작품이었다.
은으로 된 받침대들에는 잎들이 떨고 있었고, 거기에는
어느새 검게 물든 포도송이들이 묵직하게 매달려 있었다.
더러는 또 포도송이들을 밟아 으깼고, 더러는 그것을 퍼냈다.
더러는 또 권투와 레슬링을 하고, 사냥꾼들은
이빨이 날카로운 개 두 마리를 앞세우고 발 빠른 토끼들을
쫓는데 그들은 잡기를, 토끼들은 달아나기를 열망했다.
그들 옆으로 전차 경주자들이 애쓰고 있었는데,
그들은 상(賞)을 타려고 투쟁도 노고도 마다하지 않았다.
잘 엮어 만든 전차에 마부들이 자리 잡고 서서
고삐를 늦춰주며 날랜 말들을 몰아대니, 짜 맞춘 전차는
덜커덩거리며 나는 듯이 달렸고 바퀴통들은 요란하게 소리쳤다.
그러나 그들은 헛수고만 했으니, 그들 가운데 어느 누구도
승리하지 못하고 경기는 승패가 가려지지 않았던 것이다.
그리고 경기장 안에는 그들을 위한 금으로 된 큰 세발솥
하나가 보이는데, 사려 깊은 헤파이스토스의 걸작품이었다.
가장자리를 따라 오케아노스[64]가 흐르는데, 물이 가득 차
있는 듯했고 매우 정교하게 만든 방패 전체를 둘러싸고 있었다.

64 오케아노스에 관해서는 「주요 신들」 및 『신들의 계보』 주 27 참조.

그 위로 백조들이 요란하게 소리 지르며 훨훨 날고 있었고, 수면 위에서
헤엄치는 것들도 많았다. 그들 옆으로 물고기들이 떼 지어 다니고 있었다.
이 크고 튼튼한 방패는 보기에도 장관이었다, 크게 천둥 치시는
제우스께도. 바로 그분의 뜻에 따라 헤파이스토스가 그것을 두 손으로
짜 맞추어 만들었던 것이다. 그것을 제우스의 용감한 아들이
능숙하게 흔들어대며 말들이 끄는 전차 위에 발걸음도
가벼이 뛰어올랐다, 아이기스를 가지신 아버지 제우스의
번개와도 같이. 그의 마부인 강력한 이올라오스가
전차에 자리 잡고 서서 굽은 전차를 똑바로 몰았다.
그러자 빛나는 눈의 여신 아테네가 가까이 다가가서
그들을 격려하며 물 흐르듯 거침없이 말했다.
"반갑구려, 멀리까지 이름난 륑케우스[65]의 후예들이여,
축복받은 신들을 통치하시는 제우스께서 방금 그대들에게
퀴크노스를 죽이고 그의 이름난 무구들을 벗길 힘을 주셨느니라.
그러나 나는 그대에게 다른 것도 덧붙여 말할 것이니라,
백성들 중에 가장 강력한 자여. 그대는 퀴크노스에게서
달콤한 목숨을 빼앗고 나서 그도 그의 무구들도 그 자리에 내버려두고
그대 자신은 살인마 아레스가 덤벼드는 것을 지켜보고 있다가
정교한 방패 아래로 그의 몸이 가려지지 않은 곳이

65 여기 나오는 륑케우스는 아이귑토스(Aigyptos)의 아들로, 휘페르메스트라의 남편이다. 아이귑토스의 쉰 명의 아들들이 첫날밤에 다나오스(Danaos)의 쉰 명의 딸들에 의해 살해될 때 휘페르메스트라와 결혼한 륑케우스만이 살아남는다. 둘은 아바스라는 아들을 낳고, 아바스는 아크리시오스(Akrisios)와 프로이토스라는 아들들을 낳고, 아크리시오스의 딸 다나에는 페르세우스를 낳고, 페르세우스는 알카이오스를 낳고, 알카이오스는 암피트뤼온을 낳고, 암피트뤼온은 헤라클레스와 이피클레스를 낳으니, 헤라클레스와 이올라오스는 각각 륑케우스의 7세손 및 8세손이다.

눈에 띄거든 날카로운 청동으로 그곳에 부상을 입히도록 하라.
그런 다음 도로 물러서도록 하라. 그대는 그의 말들도
그의 이름난 무구들도 빼앗지 못할 운명이니라."
이렇게 말하고 여신들 중에서도 고귀한 그녀는
재빨리 전차에 올랐다, 불사의 손에 승리와 영광을 들고.
그때 제우스에게서 태어난 이올라오스가 말들을 향해
무시무시하게 소리쳤다. 이 고함 소리에 말들이
들판에서 먼지를 일으키며 날랜 전차를 재빨리 날랐으니,
빛나는 눈의 여신 아테네가 아이기스를 흔듦으로써[66] 말들에게
용기를 불어넣었던 것이다. 그러자 주위에서 대지가 신음했다.
말을 길들이는 퀴크노스와 전쟁에 물리지 않는 아레스도
불 또는 돌풍처럼 함께 앞으로 내달았다.
이어서 두 쌍의 말들이 서로 맞서 요란하게
울어대자 그 소리가 주위로 메아리쳤다.
강력한 헤라클레스가 먼저 퀴크노스를 향해 말했다.
"이봐요, 퀴크노스. 무슨 일로 그대들은 지금 우리를 향해
날랜 말들을 모는 게요? 우리는 노고와 고통에 능하다오.
자, 그대는 반들반들 깎은 전차를 옆으로 몰아 길을 비키시오.
나는 말을 몰고 트라키스[67]로 케윅스[68] 왕을
찾아가는 길이오. 그분은 힘과 명망에서 트라키스인들 중에서
제일인자요. 그 점은 그대도 잘 알고 있을 것이오.

66 제우스뿐만 아니라 아테네도 아이기스를 들고 다녔다. 『신들의 계보』 주 9 참조.

67 트라키스는 남텟살리아 지방의 도시다.

68 여기 나오는 케윅스는 트라키스 왕으로 헤라클레스의 친구다. 케윅스는 자기 딸 테미스토노에와 결혼한 퀴크노스가 헤라클레스에게 죽자 그를 장사지내주었다.

그대는 그분의 딸 검은 눈의 테미스토노에와 결혼했으니 말이오.
이봐요, 아레스도 그대를 죽음의 종말에서 구해주지 못할 것이오,
일단 우리 둘이 싸우려고 맞붙으면 말이오.
내 일러두거니와, 아레스는 전에도 이미 내 창을
시험해본 적이 있소. 그가 모래가 많은 퓔로스 때문에
싸우기를 몹시 열망하며 나와 맞섰을 때 말이오.[69]
세 번이나 그는 내 창에 맞아 땅바닥에 넘어졌고
방패는 뚫렸소. 그러나 네 번째에 나는 그의 넓적다리를
온 힘을 실어 맞혔고 그의 살을 깊숙이 찢어놓았소.
그러자 그는 내 창의 공격에 땅 위 먼지 속에 얼굴을 박고 쓰러졌소.
그때 그는 불사신들 사이에서 웃음거리가 되었을 것이오, 만약
피투성이가 된 전리품을 내 손에 남겼다면 말이오…”
이렇게 그는 말했다. 그러나 창술에 능숙한 퀴크노스는
그에게 복종하여 전차를 끄는 말들을 제지할 뜻이 없었다.
그래서 그때 둘은 잘 엮어 만든 전차에서 재빨리 땅 위로
뛰어내렸다, 위대한 제우스의 아들과 에뉘알리오스[70]의 아들은.
마부들은 갈기도 고운 말들을 가까이 몰고 갔고,
내닫는 말들의 발굽에 넓은 땅이 크게 울렸다.
마치 큰 산의 높다란 정상에서 바위들이 내달아
바위들이 바위들 위에 떨어지고,
그러면 바위들이 평지에 이를 때까지

69 헤라클레스가 넬레우스와 그의 열두 아들과 싸우던 때를 말하는 것 같다. 신들과 싸우는 헤라클레스에 관해서는 『일리아스』 5권 392, 397행 참조.

70 에뉘알리오스(Enyalios)는 전쟁의 신 아레스의 별명으로 아레스를 수행하는 전쟁의 여신 에뉘오(Enyo 라/Bellona)에서 유래한 것이다.

바위들이 재빨리 굴러가는 힘에 높다란 참나무들과
전나무들과 뿌리가 긴 미루나무들이 수없이 꺾일 때처럼,
꼭 그처럼 그들은 크게 함성을 지르며 서로를 향해 돌진했다.
그러자 뮈르미도네스족의 전(全) 도시[71]와 이름난 이올코스,[72]
아르네,[73] 헬리케, 풀이 수북하게 자라는 안테이아[74]가
두 사람의 목소리에 크게 메아리쳤다. 그들은 무시무시하게
함성을 지르며 서로를 향해 다가갔다. 그러자 조언자 제우스께서
크게 천둥을 치시며 〔하늘에서 아래로 핏방울들을 뿌리셨으니〕,[75]
당신의 대담무쌍한 아드님에게 전쟁의 신호를 주시려는 것이었다.
마치 산골짜기에서 마주보기 겁나는 엄니 난 멧돼지가
사냥꾼들과 싸우기로 마음속으로 결심하고는
머리를 숙이고 흰 이빨들을 갈면
이빨을 갈 때 멧돼지의 입 주위로 거품이
흘러내리고 두 눈은 작열하는 불 같고
갈기와 목 주위로 털이 곤두서듯이, 꼭 그러한 멧돼지처럼
제우스의 아들은 말들이 끄는 전차에서 뛰어내렸다.
검은 날개의 시끄러운 매미가 초록빛 가지 위에 앉아
사람들에게 여름을 노래하기 시작하고—매미에게는

71 프티아를 말하는 것 같다. 뮈르미도네스족에 관해서는 『신들의 계보』 주 189 참조.

72 이올코스는 남텟살리아 지방의 파가사이 만에 있던 항구 도시로, 아르고호를 타고 황금 양모피를 구하러 갔던 이아손의 고향이다.

73 여기 나오는 아르네는 보이오티아 지방이 아니라 텟살리아 지방에 있던 도시를 말한다.

74 헬리케와 안테이아라는 도시는 펠로폰네소스 반도에 있었던 것으로 알려져 있으나, 텟살리아 지방에도 그런 이름의 도시들이 있었던 것 같다.

75 『일리아스』 16권 459행에서도 제우스는 아들 사르페돈의 죽음을 슬퍼하여 하늘에서 핏방울들을 뿌린다.

부드러운 이슬이 곧 마실 거리자 먹을거리다—
새벽부터 온종일 지독한 더위 속에서도
목소리를 쏟아부을 때, 세이리오스 별[76]이 살갗을 그을릴 때,
그때 〔사람들이 씨 뿌려놓은 기장에서
수염이 돋고, 디오뉘소스[77]가 인간들에게
기쁨과 고통이 되도록 준 풋포도들이 물들기 시작한다.
그 계절에〕 그들은 싸웠고, 그러자 큰 소음이 일었다.
사자 두 마리가 죽은 사슴을 둘러싸고
성이 나서 서로 덤벼들며
무섭게 으르렁거리고 이빨들을 부딪듯이…
〔발톱과 부리가 구부정한 독수리들이
산양이나 살 오른 야생 사슴을 놓고
높다란 바위 위에서 요란하게 소리 지르며 서로 싸우듯이—
녀석을 한 건장한 젊은이가 시위에서 화살을 날려
제압했으나 그 자신은 그 장소를 알지 못하고 다른 곳을
헤매고 있었다. 그러나 독수리들은 금세 알아차리고는
지체 없이 녀석을 둘러싸고 치열하게 싸운다.
꼭 그처럼 그들은 서로 함성을 지르며 덤벼들었다.〕
그때 퀴크노스가 막강하신 제우스의 아들을 죽이기를
열망하며 그의 방패에 청동 창을 던졌으나, 청동이 그것을
부수지 못했으니, 신의 선물이 그를 지켜주었던 것이다.

76 고대 그리스인들은 칠팔월 삼복더위는 대견좌(大犬座 Canis Major)의 일등성(一等星)인 세이리오스(Seirios 天狼星)가 낮 동안 내내 하늘에 떠 있기 때문이라고 믿었다.

77 디오뉘소스에 관해서는 「주요 신들」 참조.

그러나 암피트뤼온의 아들 강력한 헤라클레스는
투구와 방패 사이로 드러난 그의 턱 밑 목을
긴 창으로 전광석화처럼 빨리 힘껏 쳤다.
그러자 남자를 죽이는 물푸레나무가 힘줄을 둘 다
끊어버렸다. 영웅의 큰 힘이 그를 덮쳤기 때문이다.
그리하여 퀴크노스는 쓰러졌다, 마치 참나무나 높다란
소나무가 제우스의 불타는 벼락에 맞아 쓰러질 때처럼.
그의 주위에서는 청동으로 장식된 무구들이 쾅 하고 울렸다.
그러나 제우스의 담대한 아들은 그를 내버려두고
살인마 아레스의 공격을 지켜보고 있었다.
그는 사납게 노려보고 있었다, 마치 사냥감을 만나
강한 발톱으로 열심히 거죽을 벗기며
되도록 빨리 달콤한 목숨을 빼앗는 사자처럼.
사자의 검은 심장은 노여움으로 가득 찬다.
사자가 눈을 번쩍이며 꼬리로 옆구리와 어깨를
무섭게 치고 두 발로 땅을 파헤치니, 아무도 감히
가까이서 사자와 마주보거나 싸우기를 원치 않는다.
꼭 그처럼 암피트뤼온의 전쟁에 물리지 않는 아들은
아레스와 맞서기를 열망하며 서 있었다, 마음속으로
용기를 키우며. 그러자 아레스가 비통한 마음으로 가까이 다가갔다.
〔둘은 서로 함성을 지르며 덤벼들었다.〕
마치 돌출한 큰 암벽에서 바위 하나가 굴러 떨어져
높이 튀어오르며 굉음 속에서
기세 좋게 내닫다가 높은 언덕과 마주치면
서로 충돌한 곳에서 언덕에 제지당할 때처럼,

꼭 그처럼 전차를 무겁게 하는 파괴적인 아레스가 함성을
지르며 돌진해갔다. 그러자 헤라클레스도 지체 없이 맞섰다.
그러나 아이기스를 가지신 제우스의 딸 아테네가
검은 아이기스를 들고 아레스에게 마주 다가가서는
무섭게 노려보며 물 흐르듯 거침없이 말했다.
“아레스여, 그대의 큰 노여움과 무적의 두 손을 억제하시오.
그대는 제우스의 담대한 아들 헤라클레스를 죽이고
그의 이름난 무구들을 벗기도록 되어 있지 않소.
그러니 자, 싸움을 그만두고 내게 맞서지 마시오!”
이렇게 말했으나 그녀는 아레스의 용감한 마음을 움직이지 못했다.
오히려 그는 크게 함성을 지르고 화염과도 같은 창을
휘두르며 재빨리 강력한 헤라클레스에게 덤벼들었다,
그를 죽이기를 열망하며. 아레스는 자기 아들이
죽은 것에 몹시 화가 나 큰 방패에다 청동 창을
냅다 던졌다. 그러나 빛나는 눈의 아테네가
전차에서 손을 내밀어 창의 공격을 옆으로 돌려버렸다.
그러자 아레스는 몹시 속이 상해 날카로운 칼을 빼어들고
담대한 헤라클레스에게 덤벼들었다. 그러나 그가 다가갈 때
무시무시한 전쟁에 물리지 않는 암피트뤼온의 아들이
정교하게 만든 방패 아래로 드러난 그의 넓적다리를
힘껏 찌르고 찌른 창으로 그의 살을 깊숙이
찢으며 땅바닥에 그를 내동댕이쳤다.
그러자 패주와 공포가 바퀴가 잘 구르는 전차와 말들을
얼른 가까이 몰고 와서는 길이 넓은 대지에서
매우 정교하게 만든 전차로 그를 들어 올렸다. 그러고 나서 그들은

지체 없이 말들에 채찍을 휘두르며 넓은 올림포스로 갔다.
한편 알크메네의 아들과 영광스런 이올라오스는
퀴크노스의 어깨에서 아름다운 무구들을 벗긴 다음
길을 떠났고, 발 빠른 그들의 말들은 곧 트라키스 시로
그들을 날라주었다. 그리고 빛나는 눈의 아테네는
그곳에서 거대한 올림포스와 아버지의 집으로 갔다.
퀴크노스는 케윅스가 이름난 왕의 도시에 가까운
안테,[78] 뮈르미도네스족의 도시, 이름난 이올코스,
아르네, 헬리케에 살던 수많은 백성들과 힘을 모아
묻어주었으니, 그때 축복받은 신들의 친구인
케윅스의 명예를 높여주려고 수많은 백성들이 모였던 것이다.
그러나 퀴크노스의 무덤과 봉분은 폭우에 불어난 아나우로스 강[79]이
보이지 않게 만들었다. 레토의 아들 아폴론이 그렇게
명령했는데, 누가 이름난 헤카톰베[80]를 퓌토로 가져가든
그자가 숨어서 기다리고 있다가 힘으로 빼앗았기 때문이다.

78 여기서 안테(Anthe)는 381행에 나오는 Antheia를 가리키는 것 같다.

79 아나우로스 강은 텟살리아 지방의 강이다.

80 헤카톰베(hekatombe)는 hekaton(일백)과 bous(황소 또는 소)의 합성어로 원래는 '소 일백 마리의 제물'이란 뜻이었으나, 나중에는 가축의 종류와 수에 관계없이 성대한 공공 제물이란 뜻으로 쓰였다.

여인들 목록

일명 에호이아이

『여인들 목록』은 고대 그리스인들이 헤시오도스의 작품으로 간주했으나 지금은 기원전 6세기 이전에는 씌어지지 않았을 것으로 추정된다. 이 시는 헤시오도스의 『신들의 계보』에 이어 신들의 사랑을 받아 영웅들의 어머니가 된 여인들의 이야기를 들려준다. 그래서 이 시는 설사 헤시오도스가 손수 쓴 것이 아니라 하더라도 그의 이야기를 부연해서 설명한 것이라 할 수 있다.

이 시는 전(全) 5권의 방대한 분량이었으나 지금은 대부분 다른 작가들에 의한 인용이나 파피루스 단편의 형태로 남아 있어 의미가 통하지 않는 곳이 많다. 그런데도 이 시가 고대 그리스인들에게 그토록 많이 읽히고 인용된 것은, 그것이 그리스 신화의 또 다른 보고로 이미 잘 알려진 인물이라 하더라도 그에 얽힌 새로운 또는 다른 이야기를 들려주곤 하기 때문이다.

이 시는 일명 『에호이아이』(*Ehoiai*)라고도 하는데, 그것은 에호이에(ehoiē, '또는···한 여인처럼'이란 뜻으로, Ehoiai의 단수형이다)란 말이 서사(序詞)의 첫머리인 "이제는 여인들의 종족을 노래하소서,···무사 여신들이여, 당시 가장 뛰어난 여인들로서···허리띠를 풀고 신들과 살을 섞었던···"에 계속해서 이어지며 신들의 사랑을 받은 여인들을 차례차례 소개하기 때문이다.

여기서는 어느 정도 의미가 통하는 부분들만 주제별로 번역해보았다. 이 번역에서는 한 행(行)의 일부가 없어져 의미의 재구성이 불가능한 경우에는 ···로, 행 전체가 없어져 의미의 재구성이 불가능한 경우에는 ······로 표시하되 의미의 재구성이 가능하다고 생각되는 부분은 〔 〕 안에 넣었다. 그리고 단편(fragment)의 번호는 옥스퍼드대학 출판부에서 나온 메르켈바흐와 웨스트(R. Merkelbach/M. L. West)의 교열본을 따른 것으로 번호 뒤의 MW는 이들 이름의 머리글자다.

서사(序詞)

단편1 MW

이제는 여인들의 종족을 노래하소서, 달콤하게 노래하시는
올륌포스[1]의 무사 여신들[2]이여, 아이기스[3]를 가지신 제우스의
따님들이여,
당시 가장 뛰어난 여인들로서 · · ·
허리띠를 풀고 · · ·
신들과 살을 섞었던 · · ·
식사도 회합도 당시에는 함께했던 것이다,
불사신(不死神)들과 필멸의 인간들이.
수명(壽命)은 〔불사신들과〕 같지 않았다,

1 올륌포스에 관해서는 『신들의 계보』 주 30 참조.
2 무사 여신들에 관해서는 『신들의 계보』 주 2 참조.
3 아이기스에 관해서는 『신들의 계보』 주 9 참조.

남자들과 여인들은 · · ·
그들은 마음속으로 노년을 예견하고 있었다 · · ·
젊은이들, 더러는 젊을 때 바로 〔낚아채 갔다〕
불사신들께서 · · ·
이 여인들에 관해 말씀해주소서, 무사 여신들이여,
멀리 보시는 올림포스의 제우스께서 잠자리를 같이하시며
처음으로 영광스런 왕들의 종족을 씨 뿌리셨던 모든 여인들에 관해,
· · · 포세이돈이 · · ·
· · · 아레스가 · · ·
· · · · · ·
· · · · · ·
· · · 헤르메스가 · · ·
· · · 강력한 헤라클레스가 · · ·

레다와 클뤼타이메스트라의 자녀들

단편 23 MW

· · · · · ·
· · · · · ·
또는 소녀들처럼 · · ·
그들은 세 명으로 〔여신과도 같았고 일솜씨도 뛰어났다〕,
레다[4]가 〔알타이아[5]와 황소 눈의 휘페르메스트라[6]가〕
아이톨리아[7] · · ·
그중 한 여인은 〔튄다레오스[8]의 번성하는 침상에〕 올라,

〔아름다운 고수머리의, 그리고 달빛 같은〕 레다는 낳았다.
〔티만드라와 클뤼타이메스트라와〕 황소 눈의, 그리고
〔불사의 여신들과도 아름다움을 다투는〕 필로노에를.
그녀를 · · · 활을 쏘시는 여신[9]께서
언제까지나 〔죽지도 늙지도 않게〕 해주셨다.
인간들의 왕 아가멤논[10]이 · · · 아내로 삼았다,
튄다레오스의 딸 검은 눈의 클뤼타이메스트라를.
그녀는 궁전에서 복사뼈가 예쁜 이피메데[11]와
불사의 여신들과도 아름다움을 다투는 엘렉트라[12]를 낳았다.

4 레다는 아이톨리아 왕 테스티오스의 딸로, 스파르테 왕 튄다레오스와 결혼하여 클뤼타이메스트라, 헬레네, 카스토르 및 폴뤼데우케스 일명 디오스쿠로이들(Dioskouroi 라/Dioscuri 제우스의 아들들)의 어머니가 된다. 그녀는 백조의 모습으로 접근한 제우스의 사랑을 받게 된다. 그래서 넷 중 누가 제우스의 자식이냐에 대해서 의견이 분분한데 대체로 헬레네와 폴뤼데우케스만을 제우스의 자식으로 간주한다.

5 알타이아는 아이톨리아 왕 테스티오스의 딸로, 칼뤼돈 왕 오이네우스와 결혼하여 멜레아그로스와 데이아네이라의 어머니가 된다.

6 휘페르메스트라는 테스티오스의 딸로, 오이클레스와 결혼하여 예언자 암피아라오스의 어머니가 된다.

7 아이톨리아는 그리스의 중서부 지방이다.

8 오이발로스의 아들 튄다레오스는 클뤼타이메스트라, 헬레네, 카스토르, 폴뤼데우케스뿐 아니라 티만드라와 필로노에의 아버지이기도 하다.

9 아르테미스. 아르테미스에 관해서는 「주요 신들」 참조.

10 아가멤논은 뮈케나이 왕으로 트로이아 전쟁 때 그리스군의 총사령관이었다.

11 이피메데(Iphimede 강력히 통치하는 여자)란 이름은 훗날 이피게네이아(Iphigeneia 강력하게 태어난 여자)로 바뀐다. 그리스군의 연합 함대가 트로이아를 치려고 아울리스 항에 집결했을 때 계속해서 역풍이 불자 또는 바람이 전혀 불지 않자 그들은 순풍을 구하려고 그녀를 아르테미스 여신에게 제물로 바친다. 그러나 여신은 사슴 한 마리를 대신 넣어주고는 그녀를 구해내어 크림 반도에 있는 자신의 신전으로 데려가서 여사제가 되게 한다.

12 아가멤논이 트로이아에서 개선하던 날 아내 클뤼타이메스트라와 그녀의 정부 아이기스토스의 손에 죽자 엘렉트라(Elektra)는 어린 오라비 오레스테스를 외지로 빼돌렸다가 훗날 고

이피메데는 훌륭한 정강이받이를 댄 아카이오이족[13]이
황금 화살의 떠들썩한[14] 아르테미스의 제단에 제물로 바쳤다.
복사뼈가 예쁜 아르고스의 여인[15]에 대한 보상을
요구하려고 그들이 함선들을 타고 일리오스[16]로 떠나던 날.
그러나 그건 환영(幻影)이었다. 사슴을 사냥하며 활을 쏘는 여신이
이피메데를 손쉽게 구해내, 머리 위에 사랑스런 암브로시아[17]를
방울방울 떨어뜨려 그녀의 살갗이 상하지 않게 해주었고,
그녀를 언제까지나 죽지도 〔늙지도〕 않게 해주었기 때문이다.
그녀를 지금 지상의 인간 종족은 길의 여신 아르테미스[18]라고,
화살을 쏘는 이름난 여신의 시녀라고 부른다.
그리고 검은 눈의 클뤼타이메스트라는 궁전에서

향에 돌아온 그와 힘을 모아 어머니와 그녀의 정부를 죽이고 아버지의 원수를 갚는다.

13 아카이아(Achaia) 및 아카이오이족이란 역사 시대에는 텟살리아(Thessalia)의 남동부 지방(Achaia Phthiotis)과 펠로폰네소스 반도의 북쪽 해안 지대 및 그 주민들을 가리키는 말이다. 그러나 호메로스에서는 이 이름들은 좁게는 아킬레우스가 살던 텟살리아 남부 지방과 그 주민들 및 뮈케나이 일대를 통치하던 아가멤논의 추종자들을, 넓게는 여기서처럼 당시의 그리스 전역과 그리스인들 전체를 가리킨다.

14 '떠들썩한'이란 말은 사냥의 여신으로서의 아르테미스를 가리킨다.

15 헬레네를 말한다. 트로이아 전쟁은 트로이아 왕자 파리스가 스파르테 왕 메넬라오스의 아내 헬레네를 트로이아로 데려감으로써 발발한다. 아르고스는 펠로폰네소스 반도 북동부에 있는 도시로, 바다에서 5km 정도 떨어져 있다. 아르고스란 말은 때로는 그 주변 지역, 즉 아르골리스 지방을, 또 때로는 펠로폰네소스 반도 전역을 가리킨다.

16 일리오스(Ilios 서사시에서 쓰임), 일리온(Ilion 비극 등에서 쓰임)은 트로이아의 다른 이름으로, 트로이아 왕 일로스(Ilos)에게서 유래했다. 트로이아가 트로이아 시와 그 주변 지역인 트로아스 지방을 가리키는 데 반해 일리오스 또는 일리온은 트로이아 시를 가리킨다.

17 암브로시아에 관해서는 『신들의 계보』 주 133 참조.

18 여기서는 이피메데가 '길의 여신 아르테미스'(Artemis Enhodia)라고 불리지만 길의 여신은 당시 그리스에서는 독립된 여신으로서 아르테미스나 헤카테 여신과 관계가 깊은 것으로, 때로는 일치하는 것으로 생각되었다.

아가멤논에게 눌려 고귀한 오레스테스를 막내둥이로 낳으니,
오레스테스는 성장하여 아버지의 살해자[19]를 응징하고
오만한 어머니를 무자비한 청동으로 죽였다.
티만드라는 에케모스[20]가 꽃다운 아내로 맞았으니
에케모스는 전(全) 테게아[21]와 양 떼가 많은 아르카디아를
부자(富者)로서 통치했다, 축복받은 신들의 사랑을 받으며.
티만드라는 황금의 아프로디테[22]에 의해 그에게 눌려
백성들의 목자(牧者)인 라오도코스를 낳았다 · · ·
· · · · · · ·

단편 176 MW

이 여인들을 웃음을 좋아하는 아프로디테가
언짢은 눈으로 바라보았고, 구설수(口舌數)에 내맡겼다.
그 뒤 티만드라는 에케모스를 버리고 떠나가
축복받은 신들의 사랑을 받는 퓔레우스[23]에게 갔다.
마찬가지로 클뤼타이메스트라도 고귀한 아가멤논을 버리고

19 아이기스토스.

20 에케모스는 케페우스(Kepheus)의 아들로, 테게아의 왕이다. 그는 일대일의 결투에서 헤라클레스의 아들 휠로스를 죽인다. 그 결과 헤라클레스의 자녀들은 펠로폰네소스 반도를 떠나며 백 년 동안 그곳을 공격하지 않기로 약속한다. 그는 튄다레오스의 딸 티만드라와 결혼하여 라오도코스의 아버지가 된다.

21 테게아는 펠로폰네소스 반도의 내륙 지방인 아르카디아의 남동부에 있는 도시다.

22 아프로디테에 관해서는 「주요 신들」 참조.

23 퓔레우스는 헤라클레스가 그의 소마구간을 치운 적이 있는 엘리스(Elis) 왕 아우게이아스(Augeias)의 아들로, 티만드라와 결혼하여 메게스(Meges)의 아버지가 된다.

아이기스토스 곁에 누워 더 못한 자[24]를 남편으로 삼았다.
마찬가지로 헬레네도 금발의 메넬라오스의 침상을 더럽혔다.[25]

알타이아와 휘페르메스트라의 자녀들

단편 25 MW

· · · · · · ·
그리고 남자를 죽이는 눈물겨운 전쟁터에서 아무도
강력한 멜레아그로스[26]를 감히 마주보며 기다리지 못했다,

24 아이기스토스.

25 주 15 참조.

26 멜레아그로스는 칼뤼돈(Kalydon) 시에 살던 아이톨리아인들의 왕 오이네우스와 알타이아의 아들로, 아르고호의 원정대에 참가했다가 귀향해 이다스(Idas)의 딸 클레오파트라(Kleopatra)와 결혼한다. 얼마 뒤 수확이 끝나고 나서 오이네우스가 여러 신들 중에서 아르테미스에게만 제물을 바치지 않자 여신은 거대한 멧돼지 한 마리를 보내 칼뤼돈을 쑥대밭으로 만들게 한다. 그래서 멜레아그로스는 전국의 영웅들을 멧돼지 사냥에 초대하는데 스파르테의 카스토르와 폴뤼데우케스 형제, 아테나이의 테세우스, 이올코스의 이아손, 텟살리아의 페이리토오스, 살라미스의 텔라몬, 프티아의 펠레우스, 아르고스의 암피아라오스 등이 초대받았고, 그 밖에 아르카디아의 처녀 사냥꾼 아탈란테와 멜레아그로스의 외삼촌들인 톡세우스와 플렉십포스(Plexippos)도 사냥에 참가한다. 오이네우스는 아흐레 동안 이들 영웅들에게 잔치를 베풀어준다. 열흘째 되는 날 사냥이 시작되자 몇몇 영웅들이 멧돼지에게 죽고 펠레우스는 창을 잘못 던져 같이 온 처남 에우뤼티온을 죽이는 등 불상사가 없지 않았으나 아탈란테가 맨 먼저 화살을 쏘아 맞혀 멧돼지에게 부상을 입히고 이어서 암피아라오스가 멧돼지의 한쪽 눈을 화살로 맞힌다. 그러자 멜레아그로스가 칼로 멧돼지의 옆구리를 찔러 죽인다. 아탈란테를 사모하던 멜레아그로스가 그녀가 맨 먼저 쏘아 맞혔다는 이유로 죽은 멧돼지를 그녀에게 상(賞)으로 준다. 멜레아그로스의 외삼촌들이 이에 불만을 터뜨리자 멜레아그로스는 화가 나서 외삼촌들을 죽인다. 그러자 그 말을 전해 듣고 그의 어머니 알타이아가 그를 저주한다. 그 뒤 함께 사냥에 참가했던 쿠레테스족이 멧돼지의 처분에

영웅들 가운데 아무도. 그가 일대일로 싸우려고 덤벼들 때마다.
그러나 그는 아폴론[27]의 손과 〔화살에 제압되었다〕,
기다란 플레우론[28]을 둘러싸고 쿠레테스족[29]과 싸우다가.
그러나 오이네우스[30]에게 검은 눈의 알타이아는 다른 아이들을
낳아주었으니, 말을 길들이는 페레우스, 창 잘 쓰는 아겔라오스,
톡세우스, 아레스 못지않은 클뤼메노스 왕,
머릿결이 고운 고르게, 사려 깊은 데이아네이라[31]가 그들이다.

불만을 품고 칼뤼돈을 침공했을 때 멜레아그로스는 어머니의 저주에 화가 나 집 안에 틀어박힌 채 전투에 참가하지 않는다. 쿠레테스족이 칼뤼돈을 함락하기 직전에 그는 아내의 애절한 간청을 받아들여 적군을 물리치고 그 자신도 그때 전사한다. 후기 신화에 따르면 멜레아그로스가 태어난 지 이레째 되는 날 운명의 여신들이 알타이아에게 나타나 지금 화덕에서 타는 통나무가 다 타고 나면 아이도 죽게 되어 있다고 예언한다. 그러자 알타이아는 부랴부랴 그 통나무를 화덕에서 꺼내어 불을 끄고 상자 속에 보관하고 있었으나 오라비들이 아들의 손에 죽었다는 말을 듣고 그것을 불 속에 던지자 멜레아그로스는 그 자리에서 죽고 그녀도 자신의 행동을 후회하고는 목매달아 죽었으며, 그의 죽음을 통곡하던 누이들은 뿔닭들(Meleagrides)로 변신했다고 한다.

27 아폴론에 관해서는 「주요 신들」 참조.

28 플레우론은 아이톨리아 지방의 도시다.

29 쿠레테스족은 플레우론에 살던 부족으로, 나중에 아이톨리아인들과 전쟁을 한다.

30 오이네우스는 칼뤼돈의 왕으로, 멜레아그로스와 데이아네이라뿐 아니라 튀데우스(Tydeus)의 아버지이기도 한데, 튀데우스는 페리보이아(Periboia)가 낳아준 아들이다.

31 오이네우스와 알타이아 사이에서 태어난 페레우스, 아겔라오스, 톡세우스, 클뤼메노스, 고르게, 데이아네이라 중 훗날 헤라클레스의 아내가 된 데이아네이라가 유명하다. 헤라클레스가 괴물 개 케르베로스를 끌고 오려고 저승에 갔을 때 멜레아그로스의 혼백이 나타나 그에게 의지가지없는 자기 누이 데이아네이라와 결혼할 것을 간청하자 그는 지상으로 돌아와 연적인 하신(河神) 아켈로오스를 물리치고 그녀와 결혼한다. 그 뒤 그들은 칼뤼돈을 떠나오다가 강(江)을 건너게 되는데 그녀를 업고 강을 건네주던 반인반마(半人半馬)의 켄타우로스들 중 한 명인 넷소스가 그녀를 납치하려 하자 헤라클레스가 괴물 뱀 휘드라의 피에 담갔던 독화살로 쏘아 죽인다. 넷소스는 죽으면서 자신의 상처에서 나온 피는 훗날 헤라클레스의 사랑이 식을 때 미약(媚藥)이 될 것이라고 그녀에게 말한다. 나중에 헤라클레스가

그녀[32]는 강렬한 헤라클레스에게 눌려
휠로스, 글레노스, 크테십포스, 오네이테스를 낳았다.[33]
이들을 낳았으나 그녀는 끔찍한 짓을 저질렀다.
눈먼 마음에 그녀가 옷에 독을 바른 뒤 전령 리카스에게
가져가라고 주었을 때. 리카스는 그것을 주인에게,
암피트뤼온[34]의 아들인 도시의 파괴자 헤라클레스에게 갖다주었고,
그[35]가 그것을 받자마자 즉시 죽음의 종말이 그에게 다가섰다.
그리하여 헤라클레스는 죽어서 하데스의 한숨 많은 집으로 갔다.
그러나 지금 그는 신이 되어 온갖 불행에서 벗어나
올림포스의 집들에 사는 다른 신들과 같은 곳에서 살고 있다.
죽음도 나이도 모른 채, 위대한 제우스와 황금 샌들의 헤라의
딸인 복사뼈가 예쁜 헤베를 아내로 맞아.
전에는 흰 팔의 여신 헤라가 축복받은 신들과
필멸의 인간들 중에서 헤라클레스를 미워했으나

오이칼리아를 함락하고 그곳의 젊은 공주 이올레를 첩으로 데려온다는 전령의 말을 듣고 어느새 중년이 된 데이아네이라는 헤라클레스의 웃옷을 넷소스의 피에 담갔다가 헤레클레스에게 갖다주라며 건넨다. 그러나 그가 입는 순간 웃옷이 몸속으로 타 들어가며 격렬한 고통을 안겨주자 그는 참다못해 아들 휠로스에게 이올레와 결혼하도록 명령하고 나서 오이테 산으로 가서 화장용 장작더미 위에 누워 산 채로 화장되고 데이아네이라는 자살한다.

32 데이아네이라.

33 헤라클레스와 데이아네이라의 자녀들인 휠로스, 글레노스, 크테십포스, 오네이테스 중 휠로스가 유명하다. 그는 헤라클레스의 사후 '세 번째 수확'을 기다리라는 델포이의 신탁을 세 세대(世代)가 아닌 3년으로 오해하고 아버지의 고향인 펠로폰네소스 반도로 쳐들어갔다가 테게아 왕 에케모스(주 20 참조)와 일대일로 결투하다 전사한다. 그 결과 헤라클레스의 자손들은 펠로폰네소스 반도를 떠나며 백 년 동안 그곳을 공격하지 않기로 약속한다.

34 암피트뤼온에 관해서는 『신들의 계보』 주 90 참조.

35 헤라클레스.

지금은 이미 그를 좋아하고 다른 불사신들보다도 더
존중한다, 크로노스의 강력하신 아드님[36] 다음으로.
고귀한 휘페르메스트라는 오이클레스의 번성하는 침상에 올라
백성들의 지도자인 암피아라오스[37]를 낳으니, 그는
말〔馬〕의 고장 아르고스에서 수많은 백성들의 우두머리였다.
그는 회의에서 뛰어나고 전투에서 걸출하고
사리 판단에 밝았으며 불사신들의 사랑을 받았다.
휘페르메스트라는 또 귀엽게 생긴 이피아네이라와
인간들의 당당하고 큰 왕인 엔데오스를 낳았다 · · ·

포르타온과 라오토에의 딸들

단편 26 MW

· · · · · · ·

36 '크로노스의 아들'이란 말은 여기서도 그러하듯 대체로 제우스를 가리킨다.

37 오이클레스와 휘페르메스트라의 자녀들인 암피아라오스, 이피아네이라, 엔데오스 중에서는 암피아라오스가 유명하다. 그는 뛰어난 예언자로 훗날 아드라스토스(Adrastos) 왕의 주도하에 일곱 장수들이 테바이를 공격하려 하자 이 원정에 참가한 장수들이 아드라스토스를 제외하고는 모두 전사할 것임을 알고 참전하기를 거절하지만 그의 아내 에리퓔레(Eriphyle)가 오이디푸스의 아들 폴뤼네이케스에게서 하르모니아의 목걸이를 뇌물로 받고는 그도 종군하기를 요구하자 그는 떠나기 앞서 아들 알크마이온(Alkmaion)에게 자기가 죽은 뒤 어머니를 죽이고 재차 테바이를 공격하라고 유언한다. 암피아라오스는 테바이에서 패주하다가 제우스의 벼락으로 갈라진 땅속으로 삼켜지고, 알크마이온은 어머니를 죽이고 함께 전사한 다른 장수들의 아들들, 이른바 '후계자들'(epigonoi)과 힘을 모아 아드라스토스의 주도하에 테바이를 함락한다.

또는 포르타온[38]에게서 태어난 소녀들처럼,
그들은 세 명으로 여신과도 같았고 일솜씨가 뛰어났다.
그들은 전에 휘페레시에[39]의 나무랄 데 없는 여왕 〔라오토에〕[40]가
포르타온의 번성하는 침상에 올라 낳았으니,
에우뤼테미스테, 스트라토니케, 스테로페가 그들이다.[41]
그들은 지금 머리를 곱게 땋은 요정들의 수행원들이다,
· · · 무사 여신들의, 골짜기가 많은 산들에서,
· · · 파르낫소스 산[42] 정상에 살며.
· · · 황금 관을 쓴 아프로디테의
· · · · · ·
그들은 지금도 가끔 찾아간다
· · · 긴 산들에 살면서,
아버지의 집과 소중한 어머니의 곁을 떠나.
그들은 그때 자신들의 아름다움을 뽐내며 어리석게도
은빛 소용돌이치는 · · · 의 샘 주위를
이른 아침에 거닐고 있었다,
향기로운 머리 장식에 쓸 꽃을 찾아.
그들 가운데 · · · 포이보스[43] 아폴론이

38 포르타온은 아게노르(Agenor)와 에피카스테(Epikaste)의 아들로, 오이네우스의 아버지이자 멜레아그로스와 데이아네이라의 할아버지다.

39 휘페레시에는 아카이아 지방의 도시다.

40 여기 나오는 라오토에에 관해서는 달리 알려진 바 없다.

41 에우뤼테미스테와 스트라토니케와 스테로페에 관해서는 달리 알려진 바 없다.

42 파르낫소스 산에 관해서는 『신들의 계보』 주 118 참조.

43 포이보스에 관해서는 『신들의 계보』 주 13 및 「주요 신들」 중 아폴론 참조.

예쁜 허리띠의 스트라토니케를 구혼 선물[44]도 없이 데려가서
그녀가 그의 번성하는 아내라고 불리도록 자기 아들에게 주었으니,
이 신과 같은 멜라네우스[45]는 산에서 존귀한 요정인
〔오이테 산[46]의〕 프로노에[47]가 아폴론에게 낳아준 아들이다.
멜라네우스에게서 잉태하여 예쁜 허리띠의 스트라토니케가
궁전에서 더없이 사랑스런 아들 에우뤼토스[48]를 낳았다.
에우뤼토스에게서 아들들이 태어나니, 데이온, 클뤼티오스,
신과 같은 톡세우스, 아레스의 후예인 이피토스[49]가 그들이다.
그녀는 이들 다음으로 금발의 이올레[50]를 막내둥이로 낳으니,
그녀 때문에 오이칼리아[51]를
암피트뤼온의 아들[52]이 · · ·

44 고대 그리스에서는 처음에는 남자가 구혼 선물을 주고 여자를 아내로 데려갔으나, 나중에는 여자가 지참금을 갖고 시집을 갔다.

45 멜라네우스는 명궁으로, 아폴론의 아들이자 에우뤼토스의 아버지다.

46 남(南)텟살리아 지방에 있는 산으로, 헤라클레스가 산 채로 자신을 화장하게 한 곳이다.

47 여기 나오는 프로노에(Pronoe)에 관해서는 달리 알려진 바 없다.

48 에우뤼토스는 멜라네우스와 스트라토니케의 아들로, 오이칼리아의 왕이다. 그는 아버지의 궁술을 전수받아 헤라클레스에게 활 쏘는 법을 가르쳤는데, 바로 이 활을 훗날 그의 아들 이피토스가 오뒷세우스에게 선물로 주어 오뒷세우스가 그것을 쏘아 아내 페넬로페(Penelope)의 구혼자들을 모두 죽인다. 그러나 에우뤼토스에 관하여 가장 잘 알려진 이야기에서는 그는 헤라클레스의 적으로 나온다. 에우뤼토스는 궁술 대회를 개최하며 누구든 자기를 이기는 자에게 딸 이올레를 상으로 주겠다고 했으나 헤라클레스가 이기자 에우뤼토스의 아들들은 헤라클레스가 또다시 발작을 일으켜 처자와 자기들까지 죽일 것이라 믿고 누이를 주기를 거절한다. 그러자 헤라클레스는 훗날 오이칼리아를 함락하여 에우뤼토스와 그의 아들들을 모두 죽이고 이올레를 포로로 잡아간다.

49 에우뤼토스의 아들들인 데이온, 클뤼티오스, 톡세우스, 이피토스에 관해서는 주 48 참조.

50 이올레에 관해서는 주 31, 48 참조.

51 오이칼리아 시(市)는 텟살리아 또는 멧세네 또는 에우보이아에 있다는 주장이 엇갈린다.

52 헤라클레스. 암피트뤼온에 관해서는 『신들의 계보』 주 90 참조.

그들 가운데 또 다른 한 명[53]은
말을 길들이는 테스티오스[54]가
말들과 이어 붙인 수레에 싣고 아버지한테서 데려갔다,
헤아릴 수 없이 많은 구혼 선물을 가져왔다가.

살모네우스와 그의 딸 튀로. 그녀의 아들 펠리아스와 넬레우스. 넬레우스의 자녀들. 페리클뤼메노스. 네스토르의 자녀들.

(단편 30, 31, 33, 35 MW)

단편 30

. . . . . .
. . . . . .
. . . . . .[55]
. . . 그러자 인간들과 신들의 아버지[56]께서 못마땅해하시며
별 많은 하늘에게 〔크게〕 천둥을 치셨고
온 대지를 흔드셨다.
그리고 그분께서는 노하시어 올륌포스에서 〔내려오시어〕

53 앞서 언급한 바 있는 에우뤼테미스테를 말한다.

54 테스티오스는 아이톨리아의 왕으로, 그의 수많은 자녀들 중에서는 레다(주 4 참조)와 알타이아(주 5 참조)가 유명하다.

55 단편 30의 1~11행은 각 행의 뒷부분만 남아 있어 내용을 다 알 수 없으나, 여기서 살모네우스는 수레를 타고는 횃불을 던지고 청동 솥을 끌고 다니면서 천둥과 번개를 흉내 내며 자기가 제우스이니 제우스에게 바치던 제물을 자기에게 바치라고 요구했던 것 같다.

56 제우스.

급히 오만불손한 살모네우스[57]의 백성들에게 가셨으니,
이들에게는 교만한 왕 때문에 곧 파멸이 닥칠 것이었다.
〔이들을〕 그분께서는 천둥과 불타는 번개로 치셨다.
그분께서는 이렇게 왕의 못된 짓을 백성들이 갚게 하셨던 것이다.
· · · 그분께서는 또 아이들과 여인들과 집들을 · · ·
· · · 도시와 집들이 물에 잠겨 보이지 않게 하셨고,
살모네우스를 붙잡아 안개 낀 타르타로스[58]에 던지셨다,
다른 사람도 감히 제우스 왕과 겨루지 〔못하도록〕.
〔그러나 그의〕 딸은, 황금의 아프로디테와도 같은 머리를 곱게 땋은
튀로는 축복받은 신들의 사랑을 받아 살아남았으니,
그것은 그녀가 〔늘〕 살모네우스를 비난하며 그와 다투었고,
인간이 신들과 대등해지는 것을 용인하지 않았기 때문이다.
그래서 그녀를 인간들과 신들의 아버지께서 구해주셨던 것이다.
· · · 그분께서는 나무랄 데 없는 크레테우스[59]의 집으로 그녀를
데려가셨고, 크레테우스는 그녀를 반가이 맞아 길러주었다.
〔그러나〕 그녀가 마침내 사랑스런 청춘에 이르렀을 때
대지를 흔드는 포세이돈이 그녀에게 반하여
신으로서 인간과 사랑으로 〔교합했으니〕
어떤 부드러운 여인보다 그녀의 용모가 더 빼어났기 때문이다.
〔그녀는〕 아름답게 흘러가는 에니페우스[60] 강을 향해 〔거닐곤 했다〕.
· · · · · · ·

57 살모네우스는 헬렌(Hellen)의 아들인 아이올로스의 아들로, 크레테우스(Kretheus) 및 시쉬포스와 형제간이며 튀로의 아버지다.

58 타르타로스에 관해서는 『신들의 계보』 682, 721, 725행 및 주 37 참조.

59 크레테우스에 관해서는 주 57 참조.

단편 31

· · · 〔나는〕 포세이돈이다 · · ·
〔너는 걸출한 아이들을 낳게 되리라〕. 불사신들의 잠자리는 열매를
맺지 않은 적이 없느니라. 너는 그 애들을 보살피고 기르도록 하라.
· · · 네가 걸출한 아이들을 낳도록
· · · 그 애들이 화내지 〔않도록〕.
〔이렇게 말하고 그는 도로〕 요란한 〔바다 속으로〕 · · ·
· · · 그녀는 〔길을 떠나〕 집으로 갔다.
· · · · · ·

단편 33

· · · · · ·
수많은 백성들의 왕들인 〔넬레우스와〕 펠리아스를.
이들을 〔인간들과 신들의〕 아버지께서는 떨어져 살게 하셨고,
그래서 그들은 서로 〔멀리 떨어진〕 도시에 살았다 · · ·
〔그중 한 명은〕 필로스[61]를 차지하고 〔사랑스런〕 나라에 살며

60 에니페우스는 텟살리아 지방의 하신(河神)으로, 튀로가 그를 열렬히 사모하자 포세이돈이 그의 모습을 하고 그녀에게 접근하여 두 아들 펠리아스와 넬레우스의 아버지가 된다.

61 필로스는 펠로폰네소스 반도 서남부 멧세네 지방의 도시로, 넬레우스와 그의 아들 네스토르가 통치하던 곳이다.

62 여기 나오는 이아소스에 관해서는 『오뒷세이아』 11권 283행 참조.

63 여기 나오는 암피온은 제토스(Zethos)와 더불어 제우스와 안티오페(Antiope)의 쌍둥이 아들로 훗날 테바이 성을 보강하고 니오베(Niobe)와 결혼한다.

〔넬레우스는〕 이아소스[62]의 아들 암피온[63]의 딸
예쁜 허리띠의 클로리스[64]를 번성하는 아내로 맞았다.
그래서 그녀가 궁전에서 넬레우스에게 영광스런 아이들을
낳아주니, 에우아고레, 안티메네, 고귀한 알라스토르,
타우로스, 아스테리오스, 고매한 퓔라온,
〔데이마코스〕, 에우뤼비오스, 이름난 에필라오스,
네스토르, 크로미오스, 용맹스런 페리클뤼메노스가 그들이다.[65]
페리클뤼메노스는 복받은 사람이니, 대지를 흔드는 포세이돈이
그에게 〔온갖〕 선물을 주었기 때문이다. 그는 때로는 새들 사이에서
〔독수리로서〕 모습을 드러내는가 하면, 때로는 보기에도 놀랍도록
〔개미가〕 되었고, 때로는 꿀벌의 빼어난 종족이 되었으며,
또 때로는 무섭고 무자비한 뱀이 되었다. 그는 형언할 수 없는
온갖 선물들을 갖고 있었으나 나중에는 그것들이 그를 속였다,
아테네의 뜻에 따라. 페리클뤼메노스는 다른 사람들을 수없이 죽였다,
자신의 아버지 명성도 드높은 넬레우스의 성벽을 둘러싸고 싸울 때.[66]
그는 많은 사람들을 죽여 검은 죽음의 여신[67]에게 넘겨주었다.

64 여기 나오는 클로리스(Chloris 파랗게 질린 여자)는 일설에 따르면 테바이 왕 암피온과 니오베의 7남 7녀 또는 6남 6녀 중 레토 여신에게 기도한 덕분에 오라비 암피온과 더불어 아폴론과 아르테미스의 화살에서 유일하게 살아남은 딸로, 오누이들이 신들의 화살을 맞고 죽는 것을 보고 파랗게 질렸기 때문에 그런 이름을 갖게 되었다고 한다.

65 넬레우스와 클로리스의 자녀들 중에서는 노장으로 트로이아 전쟁에 참전해 뛰어난 언변과 조언으로 그리스군에게 존경받던 네스토르와 자유자재로 변신할 수 있는 능력이 있는 페리클뤼메노스가 유명하다.

66 헤라클레스는 에우뤼토스의 아들 이피토스를 죽인 뒤 그 죄를 정화해주기를 넬레우스에게 청했으나 넬레우스가 에우뤼토스와의 친분 때문에 거절하자 퓔로스를 공격하여 넬레우스 부자들을 모두 죽이는데, 그때 마침 라케다이몬 지방의 게레니아에 가 있던 네스토르만이 살아남아 훗날 퓔로스를 통치하게 된다.

그러나 팔라스 아테네가 그를 못마땅히 여기고
그의 무훈(武勳)을 끝내버렸다. 강력한 헤라클레스를
참을 수 없는 마음의 슬픔이 사로잡았고, 백성들이 잇달아 죽어갔다.
그는 강력한 헤라클레스에 맞서 멍에의 머리맡에
앉아[68] 큰 위업을 열망했고, 말을 길들이는
강력한 헤라클레스를 제지할 수 있으리라고 믿었다.
어리석게도 페리클뤼메노스는 제우스의 참을성 많은 아들[69]도,
포이보스 아폴론이 그에게 준 이름난 활도 두려워하지 않았다.
오히려 그는 그때 강력한 헤라클레스에게 마주 다가갔다.
· · · 그러나 빛나는 눈의 아테네는
암피트뤼온의 아들의 손에 잘생긴 활을 쥐어주며
신과 같은 페리클뤼메노스를 가리켰고,
· · · 그에게 큰 힘을 주었다.
· · · 그래서 헤라클레스는 두 손으로 활을 당기고
꼰 시위에 날랜 화살을 · · ·

단편 35

· · · 강력한 헤라클레스는.
신과 같은 페리클뤼메노스가 〔살아 있는 동안에는〕

67 죽음의 여신(Ker)에 관해서는 『신들의 계보』 주 66 참조.

68 어떤 모습을 하고 앉았는지 알 수 없다.

69 헤라클레스.

그들은 아무리 열망해도 퓔로스를 함락할 수 없었다.
그러나 죽음의 운명이 페리클뤼메노스를 붙잡았고,
제우스의 용맹스런 아들은 퓔로스 시(市)를 파괴하고
참을성 많은 넬레우스의 착한 아들들을 죽였다, 열한 명이나.
열두째인 전차를 타고 싸우는 게레니아[70]의 네스토르는
마침 말을 길들이는 게레니아인들 곁에 가 있었다.
그리하여 그는 죽음과 검은 죽음의 여신을 피할 수 있었다.
〔네스토르에게서 안틸로코스〕, 창수(槍手) 트라쉬메데스,
페르세우스, 스트라티오스, 아레토스, 에케프론,[71]
불사의 여신들과도 아름다움을 다투는 페이시디케가 〔태어났다〕.
이들 다음으로 장밋빛 팔의 아낙시비에[72]는 막내둥이로
금발의 폴뤼카스테를 낳았다, 네스토르와 사랑으로 교합하여
· · · · · · ·

메스트라

단편 43(α) MW

70 게레니아는 멧세네 만(彎)에 있는 도시다.

71 네스토르의 아들들인 안틸로코스, 트라쉬메데스, 페르세우스, 스트라티오스, 아레토스, 에케프론 중에서 안틸로코스와 트라쉬메데는 『일리아스』에도 나오는데, 안틸로코스는 파트로클로스가 전사했다는 소식을 맨 먼저 아킬레우스에게 전한다. 그는 훗날 전투 중에 궁지에 빠진 아버지를 구하려다가 아이티오피아인들을 이끌고 트로이아를 도우러 온 새벽의 여신 에오스의 아들 멤논의 손에 죽는다. 네스토르의 다른 아들들의 이름은 『오뒷세이아』(3권 413~415행)에서 보완한 것이다. 그곳에는 그의 딸들의 이름은 나오지 않는다.

72 네스토르의 아내는 『오뒷세이아』에서는 아낙시비에(Anaxibie)가 아니라 에우뤼디케(Eurydike)다.

· · · 고운 화관(花冠)의 폴뤼멜레[73]는.
또는 트리오파스의 아들 〔신과 같은〕 에뤼식톤[74]의 딸로
머리를 곱게 땋은 메스트라처럼.
그녀는 카리스 여신들[75]의 광휘를 지니고 있었다.
에뤼식톤에게 〔타는 듯한 심한〕 허기 때문에 〔아이톤[76]이란
별명을 지어주었다〕 필멸의 인간 〔종족은〕.
· · · 〔타는 듯한〕 허기를 모든 이들이
· · · 필멸의 인간들에게
· · · 생각이 깊고 현명한
· · · 여신들이
· · · 여인들의
(여기서 2행이 없어진 것으로 추정된다)
· · · · · ·
· · · · · ·
· · · 소녀가
· · · · · ·

73 여기 나오는 폴뤼멜레는 아우톨뤼코스(Autolykos)의 딸로, 아이손과 결혼해 이아손의 어머니가 된 여인을 말하는 듯하다.

74 에뤼식톤은 텟살리아인으로 트로피아스(Tropias) 왕의 아들이다. 그가 데메테르 여신에게 바쳐진 원림(園林)의 나무를 막무가내로 베어버리자 여신은 그가 영원한 허기에 시달리게 한다. 그가 며칠 만에 전 재산을 먹어 치우자 그의 딸 메스트라(Mestra 또는 므네스트라 Mnestra)는 아버지의 먹을거리를 구하기 위해 자신을 노예로 판다. 그러나 그녀는 포세이돈에게서 변신술을 선물로 받았던 터라 일단 팔리면 변신하여 집으로 도망쳐 오지만 다시 아버지의 먹을거리를 구하기 위해 또 자신을 노예로 판다. 그러다가 마침내 에뤼식톤은 미쳐서 자기 자신을 먹어 치운다.

75 카리스 여신들에 관해서는 『신들의 계보』 주 42 참조.

76 아이톤(Aithon)은 '불타는' '타는 듯한'이란 뜻이다.

속였다, 그[77]가 매우 사려 깊기는 하지만.
그가 눈을 반짝이는 볼이 예쁜 소녀를
· · · 마음을 즐겁게 해주는 아내로 데려가려 했을 때.
그는 수많은 구혼 선물을 약속했다,
백 개의 · · ·
· · · 크게 울부짖는 소 떼와 · · ·
양 떼와 염소 떼를
그녀는 받았고 마음속으로 · · ·
(여기서 1행 아니면 26행이 없어진 것으로 추정된다)
· · · · · · ·
· · · · · · ·
· · · · · · ·
· · · · · · ·
그러나 메스트라는 풀려나 사랑하는 아버지 집으로
〔갔다〕 쏜살같이. 그리고 그녀는 얼른 도로 여인이 되었다,
아버지의 궁전에서. 그가 그녀를 찾아가서 보니
그녀는 어머니 곁에 있었다.
· · · 그는 소녀를 데려가려 했고,
그러자 당장 시쉬포스와 아이톤 사이에

77 여기서 '그'란 시쉬포스(Sisyphos)를 가리키는 것 같다. 시쉬포스는 아이올로스의 아들로 코린토스 시의 건설자다. 그는 당시 가장 교활한 악당으로 온갖 기만과 비행을 일삼다가 저승에 가서 그 죗값으로 돌덩이를 산정(山頂)으로 굴려 올리는 벌을 받게 되는데, 산정에 닿으려는 순간 그 돌덩이가 도로 굴러내려 이 절망적인 고역을 끊임없이 되풀이하게 된다. 여기서 그는 아들 글라우코스를 위해 수많은 구혼 선물을 주고 메스트라를 신부로 사 가지만 교활하기 이를 데 없는 그도 메스트라의 변신술에 당하고 만다.

발이 날씬한 소녀 때문에 시비가 벌어졌다.
그러나 인간은 아무도 판결을 내릴 수가 없어
둘은 · · · 를 찾아갔다.
그러자 그녀[78]는 그들을 위해 공정한 판결을 내렸다.
"누군가 물건값 대신 물건을 다시 갖기를 원한다면
반드시 〔흥정을 하고〕 물건값을 정해야 하느니라.
첫 번째 매매가 종결된 이상 단순 반환은 옳지 않기 때문이니라."
· · · 〔이렇게 그녀는 말했고〕, 그 판결대로 시행되었다.
· · · 노새들의 · · ·
· · · 당나귀들 다음에 · · ·
· · · · · ·
· · · · · ·
· · · 축복받은 신들보다는
· · · 못했으나,
그는 생각과 분별력에서 인간들보다는 뛰어났다.
그러나 그는 아이기스를 가지신 제우스의 뜻은 알지 못했으니,
하늘의 신들은 메스트라에서 나온 씨족과 자손이 글라우코스를 위해
인간들 사이에 머무르는 것을 허용치 않았던 것이다.
오히려 대지를 흔드는 포세이돈이 그녀를 눌렀다,
그녀가 매우 영리한데도 아버지에게서 멀리 떨어져 포도줏빛
바다 위를 지나 파도에 둘러싸인 코스 섬[79]으로 운반되었을 때.

78 여기서 '그녀'란 아테네 여신을 가리키는 것 같다.

79 코스는 소아시아의 서남 해안 앞바다에 있는 섬이다. 헤라클레스가 트로이아를 함락하고 돌아가는 길에 코스 섬에 표류했는데 그때 그곳의 왕인 포세이돈의 아들 에우뤼퓔로스와

그곳에서 그녀는 수많은 백성의 우두머리 에우뤼퓔로스를 낳았으니,
힘이 절륜한 사내아이를 〔코스인〕으로 낳았던 것이다.
에우뤼퓔로스의 아들들로 태어난 것은 칼콘과 안타고레스였다.
그의 사랑스런 도시를 제우스의 용맹스런 아들이
사소한 이유에서 함락하고 마을들을 파괴했다,
라오메돈의 말들 때문에 트로이아를 〔파괴하고〕
그곳에서 날랜 함선들을 타고 돌아올 때.[80]
〔그리고 플레그라[81]에서〕 헤라클레스는 오만불손한 기가스들[82]을 죽였다.
메스트라는 코스 섬을 떠나 날랜 배를 타고
고향 땅으로, 신성한 아테나이[83]의 언덕으로 갔다,
포세이돈 왕에게 아들을 낳아준 뒤.
· · · · 불행한 아버지를 봉양했다.

그의 아들들인 칼콘과 안타고레스가 헤라클레스의 일행을 해적으로 오인하고 상륙하지 못하게 하자 헤라클레스는 밤에 시내로 쳐들어가 그들을 모두 죽인다.

80 헤라클레스는 아마조네스족(Amazones)의 나라에서 돌아가는 길에 트로이아에 상륙한다. 그때 트로이아는 라오메돈 왕이 포세이돈과 아폴론에게 성벽을 쌓아준 대가를 주지 않아 이들 신들이 보낸 역병과 바다 괴물에 시달리고 있었다. 재앙에서 벗어나려면 라오메돈의 딸 헤시오네(Hesione)를 바다 괴물에게 제물로 바쳐야만 한다는 신탁에 따라 헤시오네가 바닷가 바위에 묶여 괴물의 밥이 되려는 순간 헤라클레스가 나타나 그녀를 구해준다. 그러나 라오메돈이 딸을 구해주면 가뉘메데스를 하늘로 데려간 대가로 제우스가 그의 아버지 트로스 왕에게 주었던 불사의 말〔馬〕들을 주겠다고 해놓고 약속을 이행하지 않자 헤라클레스는 몇 년 뒤 12고역에서 벗어나자 군대를 이끌고 가서 트로이아를 함락한 뒤 라오메돈과 그의 아들들을 모두 죽이고 헤시오네는 큰 공을 세운 텔라몬에게 아내로 준다. 그러나 이때 라오메돈의 아들들 가운데 포다르케스만은 헤시오네의 간청으로 목숨을 구하여 훗날 프리아모스란 이름으로 트로이아를 통치하게 된다.

81 플레그라(Phlegra)는 마케도니아 지방에 있는 팔레네(Pallene) 반도의 옛 이름이다.

82 기가스들에 관해서는 『신들의 계보』 주 38 참조.

83 메스트라의 아버지 에뤼식톤은 일반적으로 텟살리아인으로 알려져 있다.

에우뤼노메

단편 43(α) MW

〔또는〕 판디온[84]의 아들 〔니소스의 딸처럼〕,
팔라스 아테네가 여러 가지 일을 가르쳐준.
· · · 그녀[85]의 생각은 여신들의 그것과 같았고,
그녀의 살갗과 그녀의 은빛 찬란한 의상은
신의 〔것인 양 빛났으며〕, 그녀의 아름다움에서는 우아함이 풍겼다.
아이올로스의 아들 시쉬포스가 소 떼를 몰고 가 그녀의 지혜를
시험해보았다. 하지만 그는 아이기스를 가지신 제우스의 뜻을 알지
못했다. 그는 선물들을 갖고 가서 아들을 위해 여인에게 구혼했다,
아테네의 뜻에 따라. 그러나 구름을 모으시는 제우스께서는
그에게 불멸의 머리를 저으시며 거절하셨으니,
시쉬포스의 아들[86]에게서는 앞으로 자식이 태어나지 않을 것이었다.
그녀는 포세이돈의 품 안에서 살을 섞어 · · · 에서
글라우코스에게 나무랄 데 없는 벨레로폰테스[87]를 〔낳아주니〕,

84 여기 나오는 판디온은 『일과 날』 568행에 나오는 판디온의 증손자다. 그는 사촌들에 의해 아테나이의 왕위에서 쫓겨나지만, 그의 아들 니소스는 메가라의 왕이 된다.

85 니소스의 딸들 중에서는 에우뤼노메보다 스퀼라(Skylla)가 더 유명하다. 스퀼라는 크레테 왕 미노스가 메가라를 포위했을 때 그를 위해 아버지의 목숨과 도시의 안전이 달려 있던 아버지의 붉은 머리털 또는 머리털들을 잘라버린다. 그 뒤 니소스는 물수리로 변하고, 미노스는 메가라를 함락한 뒤 크레테로 돌아가는 도중에 조국과 아버지를 배신한 스퀼라를 뱃머리에 매달아 익사케 했으나 신들이 그녀를 불쌍히 여겨 백로로 변하게 했다고 한다.

86 시쉬포스와 그의 아들 글라우코스에 관해서는 주 77 참조.

87 벨레로폰테스에 관해서는 『신들의 계보』 주 94 참조.

그는 끝없는 대지 위의 인간들 중에서 탁월하고 걸출했다.
그가 〔자라나자〕 아버지는 그에게 페가소스 〔말을〕 주었다,
가장 날래고 · · · 날개 달린 · · ·
사방을 · · · 〔쏘다니도록〕 · · ·
그는 그 말을 타고는 불을 내뿜는 키마이라[88]를 죽이고
존귀한 왕인 〔고매한 이오바테스[89]의 사랑하는 딸과〕 결혼했다
지배자 · · ·
그녀는 낳았다 · · ·

코로니스와 아스클레피오스

(단편 59, 60 MW)

단편 59

또는 도티온 평야에 있는 포도가 많이 나는 아뮈로스 강변의
신성한 언덕들인 디뒤모이에 살던 여인[90]처럼.

88 키마이라에 관해서는 『신들의 계보』 주 93 참조.

89 이오바테스에 관해서는 『신들의 계보』 주 94 참조.

90 다음에 나오는 코로니스를 말한다. 플레귀아스의 딸 코로니스가 아폴론의 사랑을 받아 아이까지 뱄는데도 에일라토스의 아들 이스퀴스와 몰래 결혼하자 아폴론이 누이 아르테미스를 보내 배신한 코로니스를 쏘아 죽이게 한다. 그녀가 화장되기 직전에 아폴론은 그녀의 뱃속에 들어 있던 아이를 자궁에서 꺼내어 켄타우로스인 케이론에게 맡겨 의술을 배우게 한다. 그러나 아스클레피오스란 이름으로 알려져 있는 이 아이는 훗날 죽은 사람을 살리다가 우주 질서가 파괴될 것을 염려한 제우스의 벼락에 맞아 죽는다. 아스클레피오스가 벼락에 맞아 죽자 아폴론은 그 분풀이로 제우스에게 벼락을 만들어준 퀴클롭스들을 죽이게 되어 그 죗값으로 인간인 아드메토스(Admetos) 왕 밑에서 일 년 동안 머슴살이를 하게 되는데 이 이야기도 이들 단편들에 포함되었는지는 알 수 없다.

그녀는 보이비아스 호수에 발을 씻었다,[91] 숫처녀로서 · · ·

단편 60

그때 까마귀[92]가 신성한 잔치[93]로부터 사자(使者)로서
지극히 성스러운 퓌토[94]로 와서는 장발의 포이보스에게
숨겨진 일들을 전했다, 에일라토스의 아들 이스퀴스가
제우스의 아들인 플레귀아스의 딸 코로니스와 결혼했다고.

아탈란테

(단편 73, 75, 76 MW)

단편 73

또는 · · · 왕의
· · · 걸음이 잰 고귀한 아탈란테[95]처럼.
· · · 그녀는 카리스 여신들의 광휘를 지니고 있었다.
· · · 그녀는 남자들의 종족과 어울리기를 거부했고
빵을 먹고 사는 남자들과의 결혼을 피하려 했다.

91 도티온(Dotion) 평야, 아뮈로스(Amyros) 강, 디뒤모이(Didymoi) 언덕들, 보이비아스(Boibias) 호수는 모두 텟살리아 지방의 지명이다.

92 까마귀는 아폴론의 신성한 새로, 원래는 흰색이었으나 아폴론이 훗날 코로니스를 죽인 것을 후회하여 그녀의 부정(不貞)을 처음 알려준 까마귀를 검은색으로 바꿔버렸다고 한다.

93 여기서 '신성한 잔치'란 결혼식을 올리기 전에 신에게 바치는 제물을 뜻하는 것 같다.

94 퓌토에 관해서는 『신들의 계보』 주 119 참조.

· · · 그러나 복사뼈가 날씬한 그 소녀 때문에
· · · · · · ·
· · · · · · ·

단편 75

· · · 복사뼈가 날씬한 소녀가 일어섰다.
· · · 수많은 군중이 둘러섰다.
· · · 보는 사람들은 모두 감탄을 금치 못했다.
· · · 서풍(西風)의 입김이
· · · 부드러운 가슴 주위에서 그녀의 옷을 〔흔들어댔고〕
· · · 수많은 백성들이 모여들었다.
· · · 스코이네우스가 소리치며 말했다.
"그대들은 노소를 불문하고 모두 내 말을 들으시오.
내 가슴속 마음이 명령하는 바를 말하고자 하오.
· · · 눈을 깜박이는 내 딸애에게 〔구혼하는 자는〕
· · · 내 말을 들을지어다.
· · · 제우스께서 우리의 증인이 되어주소서.

95 스코이네우스의 딸 아탈란테는 칼뤼돈의 멧돼지 사냥과 펠리아스 왕의 장례식 경기 때 이름을 날린 미모의 처녀 사냥꾼이다. 그녀는 결혼하기 싫어 달리기 경주를 해 자기를 이기는 자와 결혼할 것이며 지는 자는 목숨을 내놓아야 한다고 선언한다. 그리하여 많은 구혼자가 목숨을 잃는다. 그러나 힙포메네스(Hippomenes) 또는 메일라니온(Meilanion)이 아프로디테에게서 황금 사과 세 개를 받아 경주 도중 그녀 앞에 하나씩 던지자 그것을 줍다가 그녀는 경주에서 진다. 그 뒤 그녀의 아들 파르테노파이오스(Parthenopaios 처녀의 아들)는 아드라스토스(Adrastos)가 이끈 제1차 테바이 공격에 참가한다.

그는 시합을 해야 하오. 만약 그가 이기고
제우스께서 그리고 올림포스의 집들에 사시는
다른 신들께서 그가 영광을 얻도록 허락해주신다면
· · · 그는 사랑하는 고향 땅으로 돌아갈지어다,
· · · 걸음이 잰 말들의 힘과
· · · 보물들도 주지 않고. 나는 그가 마음속으로
〔기뻐하기를 바라오〕, 힘겨운 시합에 〔이기게 되어〕.
그러나 만약 인간들과 신들의 〔아버지께서 허락해주시지 않는다면〕,
〔그는 목숨을 내놓아야 하오.〕"
· · · · · · ·

단편 76

· · · · · · ·
오른손에 · · ·
그녀는 내달으며 그를 쉽게
앞질렀다. 그들 두 사람에게 시합은
공평한 것이 아니었다. 발 빠른 아탈란테는
황금의 아프로디테의 선물들을 무시하며 달렸고,
그에게는 지느냐 아니면 벗어나느냐 〔달리기에〕 목숨이
걸려 있었다. 그래서 그는 음모를 꾸미며 그녀에게 말했다.
"스코이네우스의 딸이여, 마음이 모진 여인이여,
황금의 아프로디테 여신의 이 빼어난 선물들을 받으시오."
〔이렇게 말하고〕 그는 〔첫 번째 사과를〕
· · · 던졌다.

· · · · · · ·

· · · · · · ·

· · · · · · ·

· · · · · · ·

그래서 그는 두 발로 · · ·
그러나 그녀는 곧 하르퓌이아[96]처럼 그를 따라잡았다.
그래서 그는 손으로 두 번째 사과를 땅에 던졌다.

· · · · · · ·

그리하여 발 빠른 고귀한 아탈란테는 사과 두 개를 가졌다.
그녀가 결승점 가까이 왔을 때 그는 세 번째 사과를 땅에 던졌다.
그것의 도움으로 그는 죽음과 검은 죽음의 여신을 피했고,
숨을 헐떡이며 서 있었다.

프로이토스와 그의 딸들

(단편 129, 132, 133 MW)

단편 129

· · · · · · ·

· · · · · · ·

· · · 그 뒤 그녀는 나무랄 데 없는 아바스[97]를 낳았다,

96 하르퓌이아(Harpyia)는 하르퓌이아이들(Harpyiai)의 단수형으로, 이들에 관해서는 『신들의 계보』 주 74 참조.

97 다나오스의 쉰 명의 딸들은 첫날밤에 아버지의 명령에 따라 자신들의 남편들인 아이귑토

· · · 높다란 집에서
올륌포스의 여신들과도 〔아름다움〕을 다투는 그녀는.
· · · 인간들과 신들의 아버지께서
· · · 같은 침상에 오르는 것을.
〔그리하여 그녀는 낳았고〕 프로이토스와 아크리시오스를 왕들로,
〔그들이 서로 떨어져 살게 하셨다〕 인간들과 〔신들의〕 아버지께서는.
〔아크리시오스는〕 잘 지은 아르고스에서 왕이 되었고,
· · · 뾰족한 돌[98]로 · · ·
라케다이몬의 딸로 볼이 예쁘고
생각이 야무진 에우뤼디케를.
〔그리하여 그녀는 낳았다〕 궁전에서 복사뼈가 예쁜 〔다나에를〕,
그리고 다나에는 강력한 공포를 불러일으키는 페르세우스를 낳았다.
〔프로이토스는〕 잘 지은 도시 티륀스[99]에
살면서 아르카스의 고매한 아들 〔아페이다스의 딸로〕
머리를 곱게 땋은 스테네보이아와 결혼했다.
· · · · · ·
· · · 황소 눈의 스테네보이아는
· · · 같은 침상에 올라,

스의 아들들을 모두 죽인다. 그중 휘페르메스트라만이 남편 륑케우스를 살려주어 아들 아바스(Abas)를 낳는다. 아바스는 아글라이아(Aglaia)와 결혼해 프로이토스와 아크리시오스라는 쌍둥이 아들을 낳는다. 아르고스의 왕이 된 아크리시오스는 라케다이몬의 딸 에우뤼디케와 결혼하여 다나에라는 딸을 낳게 되는데 그녀는 훗날 제우스에 의해 페르세우스의 어머니가 된다. 한편 프로이토스는 티륀스의 왕이 되어 아페이다스의 딸 스테네보이아(『일리아스』에서는 안테이아)와 결혼한다. 프로이토스에 관해서는 『신들의 계보』 주 94 참조.

98 아크리시오스는 훗날 페르세우스가 경기 도중 잘못 던진 원반에 맞아 죽는다.

99 티륀스에 관해서는 『신들의 계보』 주 82 참조.

〔아페이다스의 딸이〕 아르카스[100]의 고매한 아들의.
· · · 더없이 아름다운 수공예들에 능한
〔뤼십페,〕 이피노에, 이피아낫사[101]를
· · · 아버지의 집을.
· · · · · ·

단편 132

가증스런 음탕함 때문에 그녀[102]는 부드러운 꽃을 없애버렸다.

단편 133

· · · · · ·
· · · 무한한 대지를
그리고 그녀는 그들의 머리 위에 끔찍한 옴을 쏟았다.
그리고 버짐이 그들의 살갗을 덮었고,

100 아페이다스의 아버지 아르카스(Arkas)는 제우스와 칼리스토(Kallisto)의 아들로, 훗날 그의 이름에서 따와 아르카디아인들이라고 불리게 된 펠로폰네소스 반도에 거주하던 펠라스고이족(Pelasgoi)의 통치자가 된다. 일설에 따르면 그는 사냥 나갔다가 순결의 맹세를 어긴 죄로 아르테미스에 의해, 또는 질투심 많은 헤라에 의해, 또는 그녀를 보호할 목적으로 제우스에 의해 암곰으로 변신한 어머니를 만나 영문도 모르고 추격했으나, 이를 불쌍히 여긴 제우스가 그들을 하늘로 옮겨 그녀는 큰곰자리가 되게 하고 그는 큰곰을 지키는 아르크투로스(Arktouros 곰의 감시자)가 되게 했다고 한다.

101 프로이토스와 스테네보이아의 세 딸 뤼십페, 이피노에, 이피아낫사(Iphianassa)는 미인들로 많은 구혼을 받았으나 모두 물리친 까닭에 결혼의 여신 헤라의 미움을 사서, 또는 디오뉘소스의 신성(神性)을 부인한 까닭에 정신착란에 옴까지 걸렸다고 한다.

102 여기서 '그녀'란 헤라를 가리키는 것 같다.

그들의 머리에서는 머리털이 빠져
그들의 고운 머리들은 대머리가 되었다.

단편 37 MW(10~15행)

그들도 아르고스로 고귀한 프로이토스를 찾아갔고,
그곳에서 강력한 프로이토스는 그들에게
땅의 일부를 몫으로 떼어주었다,
말을 길들이는 비아스와 멜람푸스[103]에게.
그[104]가 예언술로 〔그의 딸들을 치유해주었기 때문이다,
헤라가 노하여 그들을 미치게 했을 때〕.

103 멜람푸스(Melampous 검은 발)는 그의 어머니가 그를 낳아서 그늘에 뉘었으나 마침 발이 햇볕에 노출되어 그런 이름을 짓게 되었다고 한다. 그는 아뮈타온(Amythaon)의 아들로, 크레테우스와 튀로(주 57 참조)의 손자다. 그는 어린 나이에 뛰어난 예언자가 되었는데 그 경위는 다음과 같다. 그는 죽은 뱀을 발견하고는 그것을 태워주고 그 새끼들을 돌봐주었다. 그 새끼들이 그가 자고 있을 때 혀로 그의 귀를 핥아주었다. 그 뒤로 그는 새를 비롯하여 온갖 동물들의 말을 알아듣게 된다. 그는 또 약초에도 밝아 환자들을 치료해준다. 멜람푸스와 비아스 형제는 고향인 텟살리아를 떠나 자신들의 아버지와 이부형제간(異父兄弟間)인 넬레우스와 함께 퓔로스에 머물게 되는데, 비아스가 넬레우스의 딸 페로(Pero)와 결혼하려 하자 넬레우스는 구혼 선물로 이피클로스의 소 떼를 요구한다. 그래서 멜람푸스가 나서서 소 떼를 몰고 오려다가 사로잡혀 일 년 동안 포로가 된다. 멜람푸스는 어느 날 서까래 안에서 나무좀들이 하는 말을 듣고 감옥이 곧 무너질 것이라고 예언한다. 그 뒤 그의 예언대로 감옥이 무너지자 이피클로스가 이 이야기를 듣고 깊은 감명을 받아 왜 자기에게 아이가 생기지 않는지 말해주면 멜람푸스가 원하는 소 떼를 주겠다고 약속한다. 멜람푸스는 독수리에게 그 이유를 물어 이피클로스에게 치료약을 가르쳐준다. 그러자 이피클로스는 약속한 대로 멜람푸스에게 소 떼를 준다. 멜람푸스가 소 떼를 몰고 퓔로스로 돌아가자 비아스는 페로와 결혼한다. 그 뒤 멜람푸스가 프로이토스의 딸들의 광증을 치료해준 대가로 프로이토스는 자신의 왕국의 3분의 1을 멜람푸스에게, 다른 3분의 1은 비아스에게 넘겨주고 자신의 딸들인 이피아낫사와 퀴십페도 이들 형제에게 아내로 준다.

에우로페

(단편 141, 144 MW)

단편 141

· · · 〔그리하여 그녀[105]는〕 짠 바닷물을 건넜다
〔고향에서 크레테[106]로,〕 제우스의 계략에 넘어가.
그곳에서 아버지께서는 그녀와 사랑으로 살을 섞으시고 황금 목걸이를
선물로 주시니, 이것은 이름난 장인(匠人) 헤파이스토스[107]가 〔만들어〕
· · · 생각이 깊고 현명한
· · · 아버지께 갖다드린 것이다. 그러자 아버지께서 선물을 받아
· · · 당당한 포이닉스의 딸에게 주셨던 것이다.
· · · 복사뼈가 날씬한 에우로페에게
· · · 인간들과 신들의 아버지께서는
〔올륌포스로 가셨다〕 머리를 곱게 땋은 신부(新婦) 곁을 떠나.
그러나 그녀는 크로노스의 막강하신 아드님께 아들들을 낳아주었다,
· · · 수많은 인간들의 지도자들을,
〔통치자 미노스와〕 올곧은 라다만튀스와

104 멜람푸스.

105 에우로페는 포이니케 지방에 있는 튀로스 시의 왕 아게노르 또는 그의 아들 포이닉스의 딸로, 바닷가에서 친구들과 놀고 있을 때 제우스가 그녀에게 반하여 눈부신 흰 털에 초승달 모양의 뿔이 난 온순한 황소의 모습으로 접근한다. 그녀가 등에 타자 황소는 크레테로 건너가고, 그곳에서 그녀는 제우스에게 미노스, 라다만튀스, 사르페돈이라는 세 아들을 낳아주는데, 그중 미노스가 훗날 크레테의 통치자가 되고 라다만튀스는 이름난 입법자가 된다.

106 크레테에 관해서는 『신들의 계보』 주 115 참조.

107 헤파이스토스에 관해서는 「주요 신들」 참조.

〔고귀한 사르페돈을〕 나무랄 데 없고 강력한.
〔그들에게 명예를〕 나누어주셨다, 조언자(助言者) 제우스께서는.
〔사르페돈〕은 넓은 뤼키아[108]를 강력히 통치했다,
· · · 살기 좋은 도시들을.
· · · 그리고 수많은 명예가 따랐다,
· · · 백성들의 고매한 목자(牧者)에게.
〔그는〕 필멸의 인간들의 세 세대(世代)를
살게 해주셨다, 조언자 제우스께서.
· · · 그는 수많은 백성들을 가려 뽑아
· · · 트로이아인들에게 원군(援軍)으로 〔보냈다〕.[109]
· · · 전투에 능한.
· · · 〔왼쪽에〕[110] 전조가 나타나게 하셨다
불멸의 계략을 알고 계시는 〔제우스께서〕.
· · · 〔그는 알았다〕
· · · 그 전조는 제우스에게서 온 것이었음을.
· · · 남자를 죽이는 헥토르[111]의
· · · 그는 고난을 보내주었다
· · · 아르고스인들에게.
· · · · · ·

108 뤼키아는 소아시아의 남서부 카리아(Karia) 지방과 팜퓔리아(Pamphylia) 지방 사이의 산악 지방이다.

109 사르페돈은 뤼키아인들을 이끌고 트로이아를 도우러 갔다가 아킬레우스의 전우 파트로클로스의 손에 전사한다.

110 고대 그리스인들은 오른쪽을 길한 방향으로, 왼쪽을 불길한 방향으로 여겼다.

111 헥토르는 트로이아 왕 프리아모스의 아들로, 트로이아 전쟁 때 가장 용맹을 떨친 트로이아군 장수였으나 10년째 되던 해에 아킬레우스의 손에 전사한다.

단편 144

사르페돈은 필멸의 왕들 가운데 가장 왕다웠고
주위에 사는 인간들의 대부분을 통치했다,
제우스의 홀(笏)을 가지고. 그것으로 그는 도시들을 다스렸다.

파시파에와 미노타우로스

단편 145 MW

13 그녀[112]를 두 눈으로 보자 애욕(愛慾)에 사로잡혔다,
황소는 · · ·
15 그녀가 잉태하여 미노스에게 강력한 아들을 낳아주니

112 파시파에(Pasiphae 두루 빛나는 여자)는 태양신 헬리오스와 페르세이스(Perseis)의 딸로, 콜키스 왕 아이에테스와는 오누이간이고 키르케와는 자매간이다.
미노스는 자신의 왕권이 정당함을 입증하기 위해 포세이돈에게 제물을 바치며 만약 바다에서 황소 한 마리를 보내주면 그것을 제물로 바치겠다고 약속한다. 그래서 포세이돈이 그의 기도를 들어주었다. 그러나 미노스가 약속을 이행하지 않자 그는 그 황소를 미치게 하고 나중에는 미노스의 아내 파시파에가 그 황소에 저항할 수 없는 애욕을 느끼게 만든다. 일설에 따르면 파시파에가 그런 애욕을 느끼게 된 것은 그녀가 아프로디테 숭배를 멸시했기 때문에, 또는 아프로디테와 아레스의 밀애를 그녀의 아버지 헬리오스가 헤파이스토스에게 일러바쳤기 때문에 아프로디테가 복수한 것이라고 한다. 파시파에가 참다못해 당시 크레테에 망명 중이던 장인(匠人) 다이달로스에게 도움을 청하자 그는 꼭 살아 있는 것 같은 암소 한 마리를 만들어주며 그 안에 들어가 있으라고 일러준다. 그리하여 황소가 속아넘어가 둘 사이의 교합에서 우두인신(牛頭人身)의 괴물 미노타우로스가 태어난다. 그러자 다이달로스는 이번에는 미노스의 지시에 따라 미노타우로스를 가두어둘 미궁을 지어준다. 미노타우로스는 훗날 아테나이의 영웅 테세우스의 손에 죽는다.

보기에 장관이었다. 두 발로 버티고 서니 몸매는 남자와
같았으나 그 위에는 황소의 머리가 나 있었다.

아우게와 텔레포스

단편 165 MW

. . . . . .
. . . . . .
. . . 그것은 무척 불사신들의 마음에 들었느니라,
〔그렇게 그는 말했다〕. 그러자 그는 소름이 끼치고 땀이 났다,
그때 그에게 또렷이 모습을 드러낸 불사신들의 말을 듣고.
그래서 그는 〔소녀를〕 집으로 데려가 잘 부양하고
양육했으며 자신의 딸들처럼 애지중지했다.
그녀는 아르카스의 자손으로 뮈시아인들의 왕인
텔레포스를 낳았다, 강력한 헤라클레스와 사랑으로 살을 섞어.
헤라클레스가 아시아 땅에서 가장 훌륭하게 자란,
당당한 라오메돈의 말들을 찾으러 가던 도중에.[113]

113 아우게(Auge)는 아르카스(주 100 참조)의 후손인 알레우스(Aleus)의 딸로 여기서는 소녀 때 소아시아 서부 뮈시아(Mysia) 지방으로 가게 되는데, 어떤 신이 테우트라스(Teuthras) 왕에게 나타나 그녀를 받아들이라고 명령하자 그는 그녀를 양녀로 삼는다. 훗날 아우게는 헤라클레스가 라오메돈의 불사의 말들(주 80 참조)을 찾으러 가는 길에 그곳에 들렀을 때 그에 의해 텔레포스를 낳게 된다. 텔레포스는 훗날 뮈시아의 왕이 되어, 그리스군이 지리를 잘못 알고 뮈시아에 상륙했을 때 그들을 격퇴하지만 그 자신도 아킬레우스의 창에 부상당한다. 그리스군은 그리스로 퇴각하지만 그는 상처가 낫지 않아 '다치게 한 자가 낫게 하리라'는 신탁에 따라 그리스군 진영으로 아킬레우스를 찾아간다. 그러나 '다치게 한 자'가 아킬레

· · · 그는 용감한 다르다노스의 후예들의 부족을 죽이고
· · · 그 나라에서 완전히 내쫓았다.
그러나 텔레포스는 청동 갑옷을 입은 아카이오이족을 물리쳤다,
· · · 검은 함선들을 타고 왔던.
· · · 그는 사람을 먹여 살리는 대지 위에 많은 사람들을 뉘었다.
· · · 힘과 남자들의 살육과 · · ·
· · · 나중에 · · ·
· · · 그들이 도착했을 때 · · ·
· · · 쫓겨서 · · ·
· · · 이름난 · · ·

다르다노스. 에에티온

단편 177 MW

· · · · · ·
· · · · · ·
· · · · · ·

우스 자신이 아니라 그의 창임이 밝혀져 그 창에 슨 녹을 긁어 붙이자 상처가 아물고, 그 보답으로 그는 그리스군을 트로이아로 안전하게 인도한다.
이보다 더 널리 알려진 이야기가 두 가지 있는데, 그중 하나는 아우게가 아들을 낳은 후 그녀의 아버지 알레우스가 그녀를 상자에 넣어 바닷물에 떠내려보냈지만 그 상자가 뮈시아 지방에 표류했다는 것이고, 다른 하나는 알레우스가 아우게를 나우플리오스(Nauplios)에게 주며 익사시키게 했으나 나우플리오스가 그녀를 상인들에게 넘겨주어 그녀가 테우트라스에게 팔려갔다는 것이다. 이 경우에는 또 여행 도중에 출산한 아우게가 아이를 버리게 되어 아우게와 텔레포스 모자는 먼 훗날에야 상봉하게 된다는 이야기도 있다.

그리고 · · ·
엘렉트라[114] · · ·
낳았다 〔검은 구름의 크로노스의 아드님에게 눌려〕
다르다노스[115]와 · · ·
에에티온[116]을 · · ·
전에 많은 것을 부양하는 데메테르의 침상에 다가갔던.
그래서 그를 〔죽이셨다, 인간들과 신들의 아버지께서〕
에에티온 〔왕을, 번쩍이는 번개로 쳐서〕,
그가 데메테르와 침상에서 사랑으로 살을 섞었기 때문이다.
그러나 다르다노스는 · · ·
그에게서 에릭토니오스가 · · ·
일로스가[117] · · ·
· · · · · · ·

114 여기 나오는 엘렉트라에 관해서는 주 115 및 116 참조.

115 다르다노스는 제우스와 아틀라스의 딸 엘렉트라의 아들로, 트로이아 왕가의 시조다. 그는 원래 사모트라케(Samothraike) 섬에 살다가 형제간인 이아시온이 호수에서 익사하자 뗏목을 타고 맞은편 소아시아 해안에 상륙한다. 그곳은 하신 스카만드로스의 아들 테우크로스가 통치하고 있었는데, 그는 다르다노스를 환영하며 그에게 국토의 일부를 떼어주고 딸 바티에이아(Batieia)를 아내로 준다. 다르다노스는 그곳에 자신의 이름에서 따와 다르다니에(Dardanie)란 도시를 세웠는데 테우크로스가 죽자 나라 전체를 다르다니에라고 불렀다. 그래서 훗날 트로이아 시가 세워진 뒤에도 트로이아인들은 '다르다니에인들'이라고도 불렸던 것이다. 트로이아 왕가의 가계는 다르다노스→에릭토니오스→트로스(Tros 그에게서 트로이아란 이름이 유래했다)→일로스(Ilos 그에게서 트로이아의 다른 이름인 일리오스 Ilios와 일리온Ilion이 유래했다)→라오메돈→ 프리아모스로 이어진다.

116 제우스와 엘렉트라의 아들 에에티온은 이아시온(주 115 참조)이란 이름으로 더 잘 알려져 있다. 그는 곡식과 농업의 여신 데메테르와 교합하여 부(富)의 신 플루토스를 낳았으나 제우스의 벼락에 맞아 죽는다. 『신들의 계보』 주 171, 172 참조.

117 에릭토니오스와 일로스에 관해서는 주 122 참조.

헬레네의 구혼자들. 제우스의 계획

(단편 196~200, 204 MW)

단편 196

· · · 창수들의 지휘자[118]
· · · 모든 남자들 중에서 가장 유명한
· · · 와 날카로운 창으로
· · · 풍족한 도시에 〔갔다〕,
황금의 아프로디테의 아름다움을 지닌 소녀[119] 때문에.
그녀는 또 카리스 여신들의 광휘를 지니고 있었다.
· · · 튄다레오스[120] 왕의
· · · 궁전에서 · · · 검은 눈의 · · ·
· · · · · ·
· · · · · ·
· · · · · ·

단편 197

나무랄 데 없는 일들에 능한 그토록 많은 여인들을.[121]

118 전에는 트로이아 전쟁 때 그리스군의 명사수 필록테테스(Philoktetes)를 가리키는 말로 이해되었지만 활이 아닌 창을 언급하고 있어 누구를 가리키는지 확실치 않다.

119 헬레네.

120 튄다레오스에 관해서는 주 4, 8 참조.

121 당시에는 흔히 수공예에 능한 여인들을 선물로 바치곤 했다.

여인들은 저마다 황금 잔을 손에 들고 있었다.
그리하여 이제 카스토르와 강력한 폴뤼데우케스[122]는
자신들의 재량에 따라[123] 그[124]를 매부로 삼았을 것이나,
이미 그들의 매부가 된 아가멤논은 자기 아우 메넬라오스[125]를 위해
구혼했다. 그리고 오이클레스의 아들 암피아라오스[126] 왕의 두 아들도
바로 가까이 있는 아르고스에서 구혼했다. 그러나 이들도
신들과 인간들의 노여움 때문에 뜻을 이루지 못했다.[127]

단편 198

그러나 튄다레오스의 아들들[128]에게 속임수는 통하지 않았다.[129]
이타케에서는 라에르테스의 꾀 많은 아들
오뒷세우스[130]의 신성한 힘이 구혼했다.
그는 복사뼈가 날씬한 소녀 때문에 선물을 보낸 적은 없었으니,
아카이오이족 중에서 가장 재산이 많은 금발의 메넬라오스가
이기게 되리라는 것을 마음속으로 알고 있었던 것이다.

122 카스토르와 폴뤼데우케스에 관해서는 주 4 참조.
123 당시에는 누이가 결혼하는 데 오라비들이 상당한 권한과 책임이 있었던 것 같다.
124 아가멤논.
125 메넬라오스는 아트레우스(Atreus)의 아들로, 아가멤논의 아우다. 그의 아내가 된 헬레네를 훗날 트로이아의 왕자 파리스가 데려가서 트로이아 전쟁이 일어난다.
126 예언자 암피아라오스는 오이클레스의 아들로, 알크마이온과 암필로코스의 아버지다.
127 왜 그들이 신들과 인간들의 미움을 샀는지 알 수 없다.
128 카스토르와 폴뤼데우케스.
129 속임수를 쓰려고 한 것이 누군지 알 수 없다.
130 『오뒷세이아』의 주인공 오뒷세우스는 라에르테스의 아들로, 이타케 섬의 왕이다.

그러나 그는 말을 길들이는 카스토르와 상(賞)을 타는
폴뤼데우케스에게[131] 라케다이몬[132]으로 계속해서 전갈을 보냈다.[133]
아이톨리아[134]인들 중에서는 아레티아스의 고귀한 아들인
안드라이몬의 아들 토아스[135]가 구혼했다. 그는 헤아릴 수 없는
구혼 선물들을, 수많은 흰 양 떼와 다리를 끌며 걷는
뿔이 굽은 소 떼를 주었다. 그는 원했던 것이다 · · ·
· · · · · · ·
· · · · · · ·
· · · · · · ·
· · · · · · ·

단편 199

〔라케다이몬으로 전갈을 보냈다〕
말을 길들이는 카스토르와 상을 타는 폴뤼데우케스에게,
머릿결이 고운 헬레네의 남편이 되기를 열망하며.

131 카스토르와 폴뤼데우케스는 둘 다 각종 경기에 능했는데 카스토르는 뛰어난 전사였고 폴뤼데우케스는 뛰어난 권투 선수였다.

132 라케다이몬은 스파르테의 옛 이름이다. 스파르테가 도시만을 가리키는 데 반해 라케다이몬은 수도 이름이자 나라 이름이기도 하다. 후기 그리스 작가들은 흔히 나라는 라코니케(Lakonike 라/Laconice)라고 불렀으나 라케다이몬이란 이름도 함께 썼다.

133 당시에는 구혼할 때 대체로 친구나 친척이나 하인을 시켜 구혼하게 했다.

134 아이톨리아에 관해서는 주 7 참조.

135 토아스는 안드라이몬의 아들로, 『일리아스』에서도 뛰어난 장수로 언급된다(4권 527~534행, 7권 168행, 15권 281~285행, 19권 239행 참조). 『일리아스』에서는 그의 아버지도 언급되었으나 그의 할아버지 아레티아스는 언급되지 않았다.

그녀의 아름다움을 보지는 못해도 남들이 하는 말을 듣고서.[136]
퓔라케[137]에서는 더없이 훌륭한 두 남자가 구혼했으니,
퓔라코스의 아들인 이피클로스의 아들 포다르케스와
악토르의 당당한 아들 거만한 프로테실라오스가 그들이다.[138]
두 사람은 라케다이몬으로 전갈을 보냈다,
오이발로스의 현명한 아들 튄다레오스의 집으로.
그들은 많은 구혼 선물을 주었으니, 여인의 명성이 컸기 때문이다,
청동 · · ·
황금 · · ·

단편 200

· · · 간절히 원했다 · · ·
머릿결이 고운 아르고스의 헬레네의 남편이 되기를.[139]
아테나이에서는 페테오스의 아들 메네스테우스[140]가 구혼했다.

136 1~3행은 누구에 관한 이야기인지 알 수 없다.

137 퓔라케는 남텟살리아 지방의 도시다.

138 여기서 프로테실라오스는 악토르(Aktor)의 아들로 되어 있으나, 대개 그와 포다르케스는 둘 다 이피클로스(주 103 참조) 왕의 아들로 알려져 있다. 그들은 남텟살리아의 다섯 도시에서 함선 40척을 이끌고 트로이아 전쟁에 참가했으나 형 프로테실라오스가 그리스군 중에서 맨 먼저 트로이아 땅에 상륙하다가 전사한 뒤로 아우 포다르케스가 군사들을 지휘한다(『일리아스』 2권 695~710행 참조).

139 이 두 행은 누구에 관한 이야기인지 알 수 없다.

140 『일리아스』의 '함선 목록'(2권 546~556행)에 따르면, 아테나이의 함선 50척을 이끌고 트로이아 전쟁에 참가한 장수로 기병들과 보병들을 정렬시키는 재주가 노장 네스토르 다음으로 뛰어났다고 한다. 『일리아스』와 헬레네의 구혼자들의 목록에서 메네스테우스가 언급된 것으로 미루어 테세우스가 아테나이의 국민적 영웅이 된 것은 후기의 일인 것 같다.

그는 많은 선물들을 주었다. 그는 황금이며 솥이며
세발솥이며 아주 많은 재물을 소유하고 있었으니,
이 아름다운 것들을 페테오스 왕의 집이 감추고 있었던 것이다.
이것들을 구혼 선물로 주되 가장 많이 줌으로써 아내를 얻도록
그의 마음이 그를 부추겼으니, 그는 모든 영웅들 중에서
어느 누구도 재산과 선물에서 자기를 능가하지 못하기를 바랐던 것이다.
· · · 강력한 · · · 집을 · · ·
· · · 머릿결이 고운 헬레네 때문에.

단편 204

구혼했다. 그[141]는 구혼자들 중에서 금발의 메넬라오스 다음으로
가장 많은 선물을 주었다. 그는 마음속으로 간절히 원했다,
머릿결이 고운 아르고스의 헬레네의 남편이 되기를.
흠잡을 데 없는 전사인 아이아스[142]는 살라미스[143]에서
구혼했다. 그는 걸맞은 선물들을, 놀라운 일들을 내놓았다.
왜냐하면 그는 트로이젠,[144] 바닷가의 에피다우로스,

141 여기서 '그'가 누군지 알 수 없다.

142 『일리아스』에서 아킬레우스 다음으로 용감한 그리스군 장수로 자존심이 강하고 고집이 세며 남을 의식하지 않는 성격의 소유자다. 여기서도 그러한 성격의 일면을 엿볼 수 있다.

143 살라미스 섬은 아이아스의 고향으로, 바로 그곳의 해협에서 기원전 480년에 그리스 해군은 페르시아 함대를 격파하고 결정적 승리를 거둔다.

144 다음 지명들은 모두 살라미스에서 가까운 도시들로 메가라와 코린토스는 그 서쪽에, 에피다우로스와 트로이젠은 그 남쪽 아르골리스 반도의 북안(北岸)에, 마세스는 그 남안(南岸)에, 헤르미오네는 마세스에서 멀지 않은 서안(西岸)에, 아시네는 남안의 서쪽 끝 나우플리아의 동쪽에 있고 아이기나 섬은 살라미스와 아르골리스 반도의 중간에 있다.

아이기나 섬, 마세스, 그늘 많은 메가라,
높다란 코린토스, 바닷가에 있는 헤르미오네,
아시네에 살고 있는 아카이오이족 아들들의
발을 끌며 걷는 소 떼와 살찐 양 떼를 한데 몰아
선물로 주겠다고 장담했기 때문이다. 그는 긴 창의 명수였다.
에우보이아[145]에서는 칼코돈의 아들로 용맹스런 아반테스족[146]의
지휘자인 남자들의 우두머리 엘레페노르가 구혼했다.
그는 많은 선물을 주었다. 그는 마음속으로 간절히 원했다,
머릿결이 고운 아르고스의 헬레네의 남편이 되기를.
크레테에서는 데우칼리온의 아들로 명성이 자자한
미노스 가문의 매우 강력한 이도메네우스[147]가 구혼했다.
그는 다른 사람을 보내 자기를 대신하여 구혼하게 하지 않고
몸소 노가 많이 달린 배를 타고는
검은 파도를 헤치며 오귈로스[148] 바다를 건너
현명한 튄다레오스의 집으로 갔으니,

145 에우보이아는 그리스의 중동부 지방인 보이오티아 맞은편에 있는, 그리스에서 크레테 다음으로 큰 섬이다.

146 에우보이아 섬에 살던 아반테스족은 특히 백병전(白兵戰)에 능한 용맹스런 전사들로 싸울 때 적군에게 머리를 잡히지 않기 위해 앞머리를 잘랐다고 한다. 그들의 지휘자 칼코돈의 아들 엘레페노르는 40척의 함선을 이끌고 트로이아 전쟁에 참가한다(『일리아스』 2권 541행 참조).

147 이도메네우스는 미노스의 아들인 데우칼리온(Deukalion)의 아들로 『일리아스』의 주요 인물 중 한 명이며 『오뒷세이아』에서도 누차 언급된다(3권 191행, 13권 259행 이하, 14권 237~242행, 19권 180~202행 참조). 그는 『일리아스』의 '함선 목록'(2권 645~652행)에 따르면 80척의 함선을 이끌고 트로이아 전쟁에 참전해 노장인데도 용맹을 떨친다(13권 210~575행 참조).

148 펠로폰네소스 반도와 크레테 섬 사이에 있는 섬이라고 하나 정확한 위치는 알 수 없다.

고귀한 대지 위로 벌써 사방에 퍼진 말을 남들한테서 듣기만
할 것이 아니라 아르고스의 헬레네를 보기 위함이었다 · · ·
· · · 제우스의 격려 · · ·
· · · · · · ·
(여기서 상당수의 행들이 없어진 것으로 추정된다)
· · · · · · ·
그러자 모든 구혼자들에게 그[149]는 믿음직한 맹세를 요구하며
헌주로써 맹세하고 서약[150]하라고 명령했다,
앞으로는 그를 배제하고 다른 사람은 아무도 팔이 예쁜
소녀의 결혼에 관여하지 않겠다고. 그리고 남자들 가운데
누군가 응보(應報)와 염치를 던져버리고 힘으로 그녀를
데려가면 모두 힘을 모아 그자를 추격하여 벌금을 물리라고
튄다레오스는 명령했다. 그러자 구혼자들이 지체 없이 복종했다,

149 튄다레오스. 디오스쿠로이들 가운데 한 명으로 보는 이들도 있다.

150 훗날 파리스가 헬레네를 트로이아로 데려갔을 때 바로 이 맹세와 서약 때문에 헬레네에게 구혼했던 그리스의 여러 왕들은 마지못해 트로이아 전쟁에 참가하게 된다. 이 이야기는 여기서 만들어낸 것인지 아니면 전부터 전해 오던 것인지 알 수 없지만 『일리아스』에서는 구혼자들의 맹세와 서약에 관해서는 일언반구도 없다. 역사가 투퀴디데스(Thoukydides, 2권 9장 참조)와 비극작가들은 구혼자들에게서 그런 서약을 받아두라고 튄다레오스에게 조언한 것은 오뒷세우스였다고 한다. 그래서 오뒷세우스는 그 보답으로 튄다레오스의 아우인 이카리오스(Ikarios)의 딸 페넬로페(Penelope)와 결혼하게 된다. 나중에 파리스가 헬레네를 트로이아로 데려가자 아가멤논과 메넬라오스 형제는 헬레네의 구혼자들에게 그때의 서약을 내세우며 트로이아 원정에 참가할 것을 요구하는데, 오뒷세우스는 얼마 전에 아들 텔레마코스(Telemachos)가 태어나 오순도순 재미나게 살던 터라 고향을 떠나기가 싫어 소와 말을 함께 매고 밭고랑에 씨 대신 소금을 뿌리며 광증을 가장해보았으나 아가멤논과 동행했던 팔라메데스(Palamedes)가 그의 어린 아들을 빼앗아 쟁기 앞에 내려놓자 쟁기질을 멈춘 까닭에 탄로나고 만다. 그 때문에 오뒷세우스는 앙심을 품고 있다가 훗날 트로이아에서 팔라메데스를 적과 내통한다고 모함하여 돌에 맞아 죽게 만든다.

모두들 종국에는 자신이 결혼하게 되기를 바라며.
그러나 그들 모두를 아레스의 사랑을 받는, 아트레우스의 아들
메넬라오스가 이겼으니 그가 가장 많이 주었기 때문이다.
한편 케이론[151]은 숲이 우거진 펠리온 산[152]에서 남자들 중에서 걸출한,
펠레우스의 준족의 아들[153]을 돌보고 있었으니 그는 아직 소년이었다.
정말이지, 아레스의 사랑을 받는 메넬라오스도, 지상의 인간들 중에
어느 누구도 헬레네의 구혼에서 그를 이기지 못했으리라, 만약 날랜
아킬레우스가 펠리온 산에서 귀가했을 때 헬레네를 처녀로 만났다면.
그러기 전에 아레스의 사랑을 받는 메넬라오스가 그녀를 차지했다.
그녀는 궁전에서 복사뼈가 예쁜 헤르미오네[154]를 낳았다, 뜻밖에도.[155]
그러나 모든 신들이 불화(不和) 때문에 서로 사이가 나빠졌다.
그때 높은 곳에서 천둥을 치시는 제우스께서
놀라운 일들을 궁리하고 계셨으니, 그분께서는 끝없는 대지 위에
큰 혼란을 야기하실 참이었다. 그리고 그분께서는
필멸의 인간들의 수많은 종족을 없애려고 서두르셨다.[156]

151 케이론에 관해서는 『신들의 계보』 주 188 참조.

152 텟살리아의 마그네시아(Magnesia) 반도 북쪽에 있는 산으로, 최고봉 1,551m다.

153 펠레우스는 아이아코스(『신들의 계보』 주 189 참조)의 아들로, 아킬레우스의 아버지다.

154 헤르미오네는 메넬라오스와 헬레네의 무남독녀로 『오뒷세이아』에서는 아킬레우스의 아들 네옵톨레모스(Neoptolemos)와 결혼한다(4권 3~14행 참조).

155 여기서 '뜻밖에도'란 '더 이상 기대하지 않았는데 늦게서야'란 뜻으로 이곳에만 나오는 이야기다.

156 일설에는 인간의, 그것도 불경한 인간의 수가 늘어 대지가 무겁다고 호소하자 제우스가 대지의 짐을 덜어주려고 홍수에 이어 테바이 전쟁과 트로이아 전쟁을 일으키게 되는데, 그러기 위해 그는 절세미인 헬레네와 무적의 전사 아킬레우스를 태어나게 했으며 또 펠레우스와 테티스의 결혼식에 참석한 신들 사이에 불화의 여신 에리스가 황금 사과를 던지게 함으로써 신들까지도 각자 호오(好惡)의 감정에 따라 편을 갈라 전쟁에 가담하게 했다고 한다.

당신이 반신(半神)들의 목숨을 없애려고 하시는 것은
신들의 자녀들이 〔가련한〕 인간들을 제 눈으로 보면서
그들과 섞일 것이 아니라, 앞으로는 축복받은 신들은 전처럼
인간들과 떨어져 생활하고 거주하게 하려는 것이라고 핑계를 대시며.[157]
· · · 필멸의 인간들의
· · · 고통에 고통을
제우스께서 · · · 자르셨다
· · · · · ·
· · · 젖가슴에
· · · 인간들 중에 어느 누구도
· · · 검은 함선들에 오르지 못하도록.
· · · 힘에 있어 가장 탁월한 자가 되도록
· · · 필멸의 인간들 중에서
· · · 현재사와 미래사를
· · · 궁리하고 존중한다
· · · 구름을 모으시는 제우스의
· · · 심사숙고하게 될
축복받은 신들과 필멸의 인간들 가운데 어느 누구도.[158]
전투에서 쓰러진 영웅들의 수많은 머리들을
청동이 하데스에게 보내게 될 것이라고.
하지만 그는 그때 제우스의 마음의 방향을 알지 못했다.

157 처음에 인간들과 신들은 서로 교합하지 않고 떨어져 살았는데 나중에 이들이 서로 교합함으로써 반신족(半神族)이라는 영웅족이 태어나게 된다. 신들과 인간들이 이전처럼 서로 떨어져 살게 됨으로써 영웅들의 시대는 끝나게 된다.

158 66~79행은 무슨 뜻인지 알 수 없다.

마치 인간들이 제 자식들에게서 죽음의 운명을 물리치고
기뻐하듯, 그[159]는 인간들을 위해 큰일을 궁리하시는
강력하신 제우스의 생각의 돌진을 보고 기뻐했다.
키 큰 나무들에서 아름다운 나뭇잎이
우수수 땅 위로 쏟아지고 열매도 땅에 떨어졌으니,
제우스의 명령에 따라 북풍(北風)이 세차게 불었기 때문이다.
바다는 들끓고 모든 것이 그 앞에서 떨었다.
인간의 힘은 소진되고 열매는 오그라들었다,
봄철에 머리털 없는 녀석[160]이 산속 은밀한 곳에서
삼 년 만에 새끼 셋을 낳을 때.
봄이 되면 녀석은 사람이 다니는 길을 멀리 피해
산속 짙은 덤불과 수풀에서 산다,
산골짜기와 숲이 우거진 계곡에서.
그러나 겨울이 되면 · · ·
녀석은 〔나뭇잎들에〕 싸여 누워 있다,
등이 시뻘건 무시무시한 뱀은.
그러나 녀석이 오만하고 사나워지면
제우스의 화살이 녀석을 제압한다 · · ·
녀석은 목숨만 남아 · · ·
저절로 쌓인 땅 주위를
돌아다닌다. 녀석은 · · · 지하에서

159 아폴론 또는 아가멤논 또는 헥토르 또는 칼카스(Kalchas)로 보는 등 의견이 엇갈린다.

160 '머리털 없는 녀석'과 '삼 년 만에 새끼 셋'이란 수수께끼 같은 표현은 98행의 '등이 시뻘건 무시무시한 뱀'을 가리키는 것 같다.

힘이 약해져 · · ·
누워 있다 · · ·[161]

아이아코스. 펠레우스와 테티스

(단편 205, 209, 211 MW)

단편 205

그녀[162]는 잉태하여 전차를 타고 싸우는 아이아코스를 낳았다 · · ·
사랑스런 청춘의 꽃다운 나이에 이르렀을 때,
그[163]는 자신이 혼자뿐인 것에 짜증이 났다.
그러자 인간들과 신들의 아버지께서 그 사랑스런 섬에 있던
개미들을 모두 남자들과 허리띠를 깊숙이 맨 여자들로 만드셨다.
이들이 처음으로 앞뒤가 휜 배들을 만들었고,
이들이 처음으로 바다를 여행하는 배의 날개인 돛을 사용했다.[164]

단편 209

그[165]의 마음에는 이것이 상책(上策)인 것 같았다,

161 이 부분은 무슨 뜻인지 확실히 알 수 없다.
162 하신(河神) 아소포스(Asopos)의 딸 아이기나는 제우스에 의해 아이아코스의 어머니가 된다.
163 아이아코스.
164 아이기나인들이 처음으로 배를 건조하고 돛을 사용하기 시작했다는 주장은 이아손의 아르고호를 건조한 텟살리아의 이올코스 시 주민들이 쉽게 받아들이려 하지 않을 것이다.
165 펠리아스(Pelias)의 아들 아카스토스(Akastos).

그[166] 자신은 붙들어두고 유명한 절름발이 신[167]이 그에게 만들어준

166 펠레우스. 펠레우스와 텔라몬 형제는 이복형제간인 포코스(Phokos)의 뛰어난 신체적 재능을 시기하여 그를 죽인 까닭에 아버지 아이아코스에 의해 아이기나 섬에서 추방된다. 텔라몬은 살라미스 섬으로 건너가고, 펠레우스는 텟살리아의 프티아(Phthia)에 있던 악토르(Aktor)의 궁전으로 간다. 그러자 악토르가 펠레우스의 죄를 정화해준 뒤 그에게 딸 안티고네를 아내로 주고 영토의 3분의 1을 떼어준다. 그러나 펠레우스는 처남 에우뤼티온과 함께 칼뤼돈의 멧돼지 사냥에 참가했다가 본의 아니게 처남을 죽이고는 다시 망명길에 올라 이올코스에 있는 펠리아스의 아들 아카스토스의 궁전을 찾아간다. 그곳에서 아카스토스가 펠레우스의 죄를 정화해준다. 그러나 아카스토스의 아내 아스튀다메이아(Astydameia)가 그에게 반해 동침하기를 원하자 그는 거절한다. 그러자 그녀는 그가 자기와 동침하기를 원했다며 남편에게 그를 모함한다. 아카스토스는 자신이 죄를 정화해준 펠레우스를 자기 손으로 죽이기가 꺼림칙해서 펠리온 산으로 같이 사냥 나갔다가 저녁에 펠레우스가 잠든 사이 그의 칼을 감춰버리고 나서 그곳을 떠난다. 그리하여 펠레우스는 반인반마(半人半馬)의 켄타우로스들에게 포위되어 죽을 뻔했으나 케이론이 그에게 칼을 보내주어 아슬아슬하게 위기를 모면한다. 그 뒤 펠레우스는 이아손과 디오스쿠로이들의 도움으로 이올코스 시를 함락하고 아카스토스와 아스튀다메이아를 죽인다. 나중에 펠레우스는 바다의 여신 테티스와 결혼하게 되는데, 제우스와 포세이돈은 둘 다 테티스를 좋아했으나 테미스 여신이 테티스는 아버지보다 더 강한 아들을 낳게 되어 있다고 일러주었기 때문에, 또는 테티스가 아들을 낳게 되면 그 아이가 그 대신 하늘나라를 지배하게 될 것이라고 프로메테우스가 제우스에게 일러주었기 때문에, 또는 테티스가 자기를 길러준 헤라의 은공을 생각하여 제우스와 결혼하기를 거절하자 그의 노여움을 산 까닭에 그녀는 인간인 펠레우스와 결혼하게 되었다고 한다. 처음에 테티스는 이 결혼에 반대하여 불, 물, 바람, 나무, 새, 사자, 뱀, 그리고 낙지로까지 둔갑했으나 펠레우스가 케이론의 조언에 따라 끝까지 그녀를 잡고 놓지 않자 결국 다시 여신이 되었다고 한다. 그들의 결혼식은 펠리온 산에서 거행되었는데, 신들도 하객으로 참석하여 무사 여신들은 축혼가를 불러주고 다른 신들은 선물을 하나씩 주었다고 한다. 이때의 선물 중에는 케이론이 준 물푸레나무 창과 포세이돈이 준 불사의 말들인 발리오스(Balios)와 크산토스(Xanthos)가 유명하다. 이 말들은 훗날 트로이아 전쟁 때 아킬레우스의 전차를 끈다. 펠레우스는 만년에 아카스토스의 아들들인 아르칸드로스(Archandros)와 아르키텔레스(Architeles)에 의해 프티아에서 추방되었다고도 하고, 아카스토스의 아들들에 의해 갇혀 있다가 트로이아에서 개선한 손자 네옵톨레모스에 의해 구출되었다고도 하고, 네옵톨레모스가 비명횡사한 뒤 그가 트로이아에서 데려온 헥토르의 아내 안드로마케(Andromache)를 헤르미오네에 맞서 보호해주었다고도 한다.

아름다운 칼은 예상외의 장소에 숨겨버리는 것이.
그가 가파른 펠리온 산에서 혼자 그것을 찾다가
산속에 사는 켄타우로스들에게 당장 살해되도록.

단편 211

불사신들께 사랑받는 아이아코스의 아들 펠레우스는
넓은 무도장이 있는 이올코스에서 많은 재물을 가지고
· · · 양 떼의 어머니 프티아에 도착했다.
사람들은 그가 잘 지은 도시를 약탈하고
마침내 이런 바람직한 결혼을 하는 것을 보고는
마음속으로 부러워하며 모두들 이렇게 말했다.
"세 배, 아니 네 배나 축복받은 아이아코스의 아들이여,
행복한 펠레우스여, 올림포스의 주인이신 멀리 보시는 제우스께서
　　큰 선물을 · · ·
· · · 축복받은 신들께서는 이루어주셨소.
그대는 이 궁전에서 신성한 침상에 올라
· · · 아버지 크로노스의 아드님께서는 만드셨소,
〔그대를 뛰어나게〕 빵을 먹고 사는 다른 인간들보다
· · · 땅의 열매를 먹고 사는 · · ·"

167 헤파이스토스.

퀴레네와 아리스타이오스

단편 215 MW

또는 프티아의 페네이오스[168] 강변에 살며
카리스 여신들의 아름다움을 지닌 퀴레네[169]처럼.

단편 217 MW

〔그녀는 낳았다〕 장발(長髮)의 아리스타이오스를
· · · 마이아[170]의 아들 헤르메스와 함께
· · · 감독자는 목자(牧者)들의
· · · 아름다운 집들
〔여인들은〕 죽음을 면할 수 없게 만들며
· · · 이름난 아르고스의 여인[171]
· · · 그녀에게만 주었다
· · · 빼어난 일을

168 텟살리아 지방에서 가장 큰 강으로, 지금의 살람브리아(Salambria) 강이다.

169 퀴레네는 텟살리아 지방의 요정으로, 라피타이족의 왕 휩세우스(Hypseus)의 딸이다. 그녀는 숲 속에 살며 아버지의 가축 떼를 야수들의 습격에서 지켜주곤 했는데, 어느 날 그녀가 무장도 하지 않은 채 사자와 격투하여 이를 제압하는 것을 보고 아폴론이 그녀에게 반해 북아프리카의 리뷔에(Libye)에 있는 퀴레네 땅으로 그녀를 데려가 그곳의 일부를 그녀에게 떼어준다. 둘 사이에 아리스타이오스라는 아들이 태어나는데 그는 양봉과 사냥의 신으로 훗날 카드모스의 딸 아우토노에와 결혼하여 악타이온이란 아들을 낳는다.

170 마이아는 아틀라스의 일곱 딸들인 플레이아데스 가운데 맏이로 제우스에 의해 헤르메스 신의 어머니가 되는데, 그녀는 아르카디아 지방의 퀼레네 산에 살았다고 한다.

171 여기서 '아르고스의 여인'이 누군지, 그 전후 관계가 어떻게 되는지 알 수 없다.

도도네

단편 240 MW[172]

헬로피아[173]란 나라가 있는데 경작지도 많고 풀밭도 많으며
작은 가축들[174]과 발을 끌며 걷는 소 떼도 넉넉하다.
그곳에는 양 떼와 소 떼를 많이 가진 사람들이 살고 있고,
그들 자신도 헤아릴 수 없이 많다, 필멸의 인간 종족도.
그리고 그곳에는 맨 가장자리에 도도네[175]란 도시가 세워졌다.
제우스께서는 그곳을 사랑하시어 당신의 신탁소가 되게 하셨다,
사람들이 존중하는 · · ·
그리고 〔비둘기들이〕 살고 있다, 참나무 줄기 속에는.
그곳에서 지상의 인간들은 온갖 예언을 가져간다.
그곳에 가서 불사의 신께 물어보고
좋은 전조와 함께 선물을 가져오는 자는 · · ·

172 단편 240과 239는 엄밀히 말해 그 내용상 『여인들 목록』에 포함된다고 보기 어렵지만 헤시오도스의 단편들의 사고 영역이 얼마나 넓은지 보여주기 위해 여기 포함시켰다.

173 헬로피아가 헬라스(Hellas)란 이름과 어떤 관계가 있는지 알 수 없으나 여기서는 도도네 지방을 가리킨다. 에우보이아 섬의 북부에도 Hellopia 또는 Ellopia라는 지방이 있다.

174 '작은 가축들'이란 양과 염소를 말한다.

175 도도네는 그리스 북서부 에페이로스(Epeiros 라/Epirus) 지방에 있는 곳으로, 그곳에 있던 제우스의 신탁소에서는 참나무 잎이 바람에 살랑거리는 소리를 듣고 또는 비둘기들의 울음소리를 듣고 신의(神意)를 풀이했다고 한다. 델포이의 신탁소처럼 아폴론의 중계를 거치는 것이 아니라 제우스가 직접 마음속 생각을 드러내는 신탁소로는 도도네 외에도 이집트 사막의 시와(Siwa) 오아시스에 있던 제우스 암몬(Zeus Amon)의 신탁소가 유명한데 알렉산드로스(Alexandros 라/ Alexander) 대왕도 이곳을 찾은 적이 있다.

포도주에 관하여

단편 239 MW

디오뉘소스가 인간들에게 환희와 고통이 되도록 준 선물들처럼.
많이 마시는 자에게는 포도주가 미쳐서
눈에 보이지 않는 사슬들로 두 발과 두 손과 혀와 이성을
묶게 된다. 그러면 부드러운 잠이 그를 포옹한다.

요정의 나이

단편 304 MW[176]

〔한 요정이 말하기를〕:
까옥까옥 빨간부리까마귀[177]는 한창때의 인간들의
아홉 세대를 산다. 사슴은 빨간부리까마귀의 네 배를 산다.
큰까마귀는 사슴의 세 배를 산다. 포이닉스[178]는 큰까마귀의
아홉 배를 산다. 그러나 아이기스를 가지신 제우스의 딸들인
머리를 곱게 땋은 우리 요정들은 포이닉스의 열 배를 산다.

176 단편 304는 『여인들 목록』에 포함되지 않으나 자주 인용되는 까닭에 여기에 포함시켰다. 플루타르코스(Ploutarchos), 「신탁의 쇠락에 관하여」, 『윤리논집』(*Moralia*), 11p. 415 cd, 참조).

177 빨간부리까마귀의 원어는 korone(라/corvix 영/chough 독/Krähe)이고 다음에 나오는 큰까마귀의 원어는 korax(라/corvus 영/raven 독/Rabe)다. 우리말로 이들의 이름이 정리되어 있지 않아 이렇게 번역해보았다.

178 스스로 불 속에서 타 죽은 뒤 그 잿더미에서 다시 태어나 날아오른다는 불사조다.

티탄 신족(Titanes 원전 Titenes 단수형 Titan 원전 Titen)

그리스 신화에서 우라노스(Ouranos 라/Uranus 하늘)와 가이아(Gaia 대지) 사이에 모두 12명의 자녀가 태어나는데 이 가운데 오케아노스는 테튀스와, 휘페리온은 테이아와, 크로노스는 레아와, 코이오스는 포이베와 오누이끼리 결혼하고, 크레이오스와 이아페토스는 티탄 신족에 속하지 않는 에우뤼비에와 클뤼메네와 각각 결혼하며 나머지 두 자매 테미스와 므네모쉬네는 제우스의 아내가 된다. 처음에는 티탄 신족에 이들 여섯 형제만 포함되었으나, 나중에는 여섯 자매(이들은 Titanides 단수형 Titanis라고 불리기도 한다) 외에도 이들의 자녀들, 이를테면 휘페리온과 테이아 사이에서 태어난 헬리오스(Helios 태양신)와 에오스(Eos 새벽의 여신), 코이오스와 포이베의 딸들인 레토(Leto 라/Latona)와 아스테리에(Asterie), 이아페토스와 클뤼메네의 아들들인 아틀라스(Atlas 지탱하는 자, 참고 견디는 자)와 프로메테우스(Prometheus 사전에 생각하는 자. 프로메테우스는 이아페토스와 테미스의 아들이라는 설도 있다)도 포함되었다.

이들 12남매 가운데 막내인 크로노스가 어머니 가이아의 권고에 따라, 지하 가장 깊숙한 곳 타르타로스에 갇혀 있던 가이아와 우라노스의 또 다른 자식들인 헤카톤케이레스들(Hekatoncheires 백 개의 팔을 가진 자들)과 퀴클롭스(Kyklops 복수형 Kyklopes 눈이 둥근 자)들을 풀어주고 이들과 합세하여 아버지 우라노스를 거세(去勢)한 다음 우주의 지배자가 된다. 그 뒤 크로노스와 레아 사이에서 제우스, 포세이돈, 하데스 삼형제와 여신 헤라, 데메테르, 헤스티아 세 자매가 태어나는데, 크로노스는 자신이 자기 자식들 중 한 명에 의하여 축출될 운명임을 알고 자식이 태어나는 족족 모두 삼켜버린다.

그러나 제우스가 태어났을 때 레아는 아기 대신 돌멩이를 포대기에 싸서 건네주고, 아기는 크레테 섬의 동굴에 감추어버린다. 나중에 장성한 제우스는 오케아노스의 딸로 자신의 첫째 아내가 된 메티스(Metis 지혜, 사려)를 설득하여 크로노스에게 구토제를 타 먹이게 하여 그가 삼킨 돌멩이와 자식들을 토하게 하고는 이들과 합세하여 '티탄 신족과의 전쟁'(Titanomachia)을 일으킨다. 이때 티탄 신족은 가이아의 또 다른 아들들로 괴물들인 기가스들과 거대한 괴물 튀폰의 도움을 받고 제우스를 우두머리로 하는 젊은 신들은 퀴클롭스들—이들은 호메로스에서는 외눈박이 거한(巨漢)들이지만 헤시오도스에 따르면 삼형제로 제우스에게는 번개를, 포세이돈에게는 삼지창(三枝槍)을, 하데스에게는 쓰면 남의 눈에 보이지 않게 해주는 모자를 만들어준다—과 헤카톤케이레스들의 도움을 받는다. 티탄 신족의 자식들 중에서 아틀라스는 티탄 신족 편을, 프로메테우스는 젊은 신들 편을 든다. 그러나 티탄 신족과 벌인 10년간의 치열한 전쟁 끝에 결국 제우스 형제는 제우스의 번개에 힘입어 티탄 신족을 제압해 타르타로스에 가두고 아틀라스에게는 하늘을 어깨에 떠메고 있는 벌을 내리고는 셋이서 제비를 던져 우주를 삼분(三分)한다. 이때 제우스는 하늘을, 포세이돈은 바다를, 하데스는 저승을 차지하고, 대지(大地)는 공유하게 됨으로써 새로운 올림포스 신족의 시대가 시작된다.

제우스(Zeus 라/luppiter 또는 lupiter)

그리스 신화에서 최고신(最高神)인 제우스(Zeus 이오니아-앗티케 방언, Deus 라케다이몬, 보이오티아, 로도스 및 코린토스 방언, Zdeus 레스보스 방언)의 이름은 다른 신들의 이름이 대부분 그 어원이 불분명한 것과는 달리 '빛나는 자' '번쩍이는 자' '번개 치는 자'란 뜻의 인구어(印歐語) 'Djeus'에서 유래한 것으로 의견이 모아지고 있다. 그래서 'Zeus'의 호격은 'Zeu'이지만 사격(斜格)은 어간 'Di-'에서 유래한 'Dios'(속격) 'Dii'(여격) 'Dia'(대격)와 어간 'Zen-'에서 유래한 'Zenos'(속격) 'Zeni'(여격) 'Zena'(대격) 두 가지가 있다. 'Djeus'라는 인구어는 그리스어 'eudia'(좋은 날씨)와 라틴어 luppiter(←Diespiter←Dieupater 아버지 제우스), 'deus'(신) 및 'dies'(낮, 날)에서 그 흔적이 발견된다.

제우스는 티탄 신족에 속하는 크로노스와 레아의 막내아들(호메로스에서는 맏아들)이다. 크로노스는 자신이 자기 자식들 중 한 명에 의하여 축출된 운명임을 알고 자식이 태어나는 족족 삼켜버리지만 제우스가 크레테 섬에서 태어났을 때 또는 아르카디아(Arkadia)에서 태어나 크레테로 옮겨졌을 때 레아는 크로노스에게 아기 대신 돌멩이를 포대기에 싸서 건네주고, 아기는 크레테 섬의 딕테(Dikte 최고봉 539m) 산 또는 이데(Ide 최고봉 2,456m) 산에 있는 동굴에 감추어두고는 자신의 시종인 쿠레테스들이 돌보게 한다. 쿠레테스들은 아기의 울음소리가 새어 나가지 않도록 아기 주위에서 춤추며 창으로 방패를 요란하게 쳤다고 한다. 아말테이아(Amaltheia)란 염소 또는 요정의 젖을 먹고 자란 제우스는 오케아노스의 딸로 자신의 첫째 아내가 된 메티스를 설득하여 크로노스에게 구토제를 타 먹이게 하여 그가 삼킨 돌멩이와 자식들을 토하게 한다. 그리고 크로노스가 아버지 우라노스를 거세하고 우주의 지배자가 되었듯이, 그는 이들과 합세하여 '티탄 신족과의 전쟁'을 일으켜 자신의 강력한 무기인 천둥 번개에 힘입어 10년 만에 힘겨운 승리를 거둔다. 그리하여 제우스 삼형제는 제비를 던져 우주를 삼분하는데 이때 제우스는 하늘을, 포세이돈은 바다를, 하데스는 저승을 차지하고 대지는 공유하게 된다. 그리하여 천둥, 번개, 바람, 구름 같은 모든 기상 현상을 주관하는 하늘의 신으로서 구름이 모여드는 높은 산, 즉 아르카디아의 뤼카이온(Lykaion 최고봉 1,420m) 산이나 텟살리아(Thessalia)의 올륌포스(Olympos 최고봉 2,917m) 산에 머물게 되고 천둥 번개는 아무도 감히 대항할 수 없는 그의 막강한 힘의 징표가 된다. 제우스는 아폴론, 아르테미스, 헤르메스, 아테네, 디오뉘소스, 페르세포네 같은 강력한 신들의 아버지지만, 그의 누이이자 아내인 헤라에 의해서는 아레스, 헤파이스토스, 헤베 및 에일레이튀이아의 아버지가 되었을 뿐이다. 그 밖에 죽을 운명을 타고난 제우스의 자식들로는 헤라클레스, 헬레네, 페르세우스, 미노스, 암피온과 제토스(Zethos) 형제가 유명하고, 디오스쿠로이(Dioskouroi 제우스의 아들들)는 둘 다 제우스의 아들이라는 주장과 둘 다 아니라는 주장과 둘 중 폴뤼데우케스만이 제우스의 아들이고 카스토르는 아니라는 주장이 있다. 제우스는 흔히 '신들과 인간들의 아버지'로 불리지만 그는 모든 신들의 아버지는 아니며, 인간을 만든 것도 그가 아니라 데우칼리온(Deukalion) 또는 프로메테우스라고 한다. 그의 이름에 붙여진 별명들이 그의 역할을 잘 말해주는데, 그는 통치자 및 보호자란 의미에서 아버지(Pater)이며, 그런 의미에서 또 가정의 보호자(Herkeios) 및 재산의 보호자(Ktesios)이기도 하다. 그는 또 손님들의 보호자(Xenios)이자 탄원자들의 보호자(Hikesios)이며, 그런 의미에서 '구원자'(Soter)라고 불리기도 한다. 제우스는 전쟁, 농사, 공예 같은 인간들의 일상사에는 깊이 관여하지 않지만 생활 전반에 걸친 광범위한 역할들에 힘입어 모든 그리스인들에게 가장 중요하고도 가장 보편적인 신이다. 그래서 올륌피아에서 열리던 제우스의 제전은 고대 그리스의 4대 제전 중 가장 규모가 큰 범그리스적 제전이 되었고, 이 제전에 참가하는 것은 곧 그리스인이 되는 것을 의미했다.

포세이돈(Poseidon 원전 Poseidaon 라/Neptunus)

포세이돈은 크로노스와 레아의 아들로, 제우스 및 하데스와는 형제간이며 암피트리테의 남편이다. 제우스 형제가 티탄 신족을 제압하고 우주를 삼분할 때 포세이돈은 바다를 몫으로 받게 된다. 포세이돈은 호메로스에서는 제우스의 아우지만 헤시오도스에서는 형이다. 포세이돈의 거처는 아이가이(Aigai) 근처의 바닷속에 있으나 신들의 회의가 있을 때는 올륌포스에도 올라간다. 그는 바다의 지배자로서 폭풍도 보내지만 순풍도 보내주며 지진의 신으로서 '대지를 흔드는 자'(Enosichthon 또는 Enosigaios)라 불리는가 하면 대지를 바닷물로 감싸고 있다고 해서 '대지를 떠받치는 자'(Gaieochos)라고도 불린다. 포세이돈은 또 말〔馬〕의 신으로서 말을 사용하는 각종 경기의 창안자 겸 감독자다. 포세이돈은 트로이아 왕 라오메돈이 성벽을 쌓아준 보수를 주지 않았다 하여 트로이아인들을 적대시하지만, 그렇다고 늘 그리스인들을 편들어주는 것도 아니다. 『오뒷세이아』에서 그는 오뒷세우스(Odysseus)가 자기 아들 폴뤼페모스(Polyphemos)를 눈멀게 했다 하여 오뒷세우스를 몹시 괴롭히며 그의 귀향을 늦춘다. 포세이돈의 힘과 권위의 상징은 삼지창(三枝槍)인데, 이것으로 바다에 파도를 일으키기도 하고 잠재우기도 한다.

그에게 제물을 바칠 때에는 검은 황소나 검은 숫양이나 검은 수퇘지를 쓴다. 그의 신전으로 호메로스는 헬리케(Helike)에 있는 것을 언급하나, 후기의 것들로는 소아시아의 뮈칼레(Mykale) 산에 세워져서 소아시아에 거주하는 이오니아(Ionia)인들의 종교적 구심점이 되었던 범이오니아 신전(Panionion)과 기원전 444년경 앗티케(Attike) 지방의 최남단에 있는 수니온(Sounion) 곶에 세워진 것이 유명한데, 이 신전은 폐허가 되어 도리스식 기둥 11개만 남아 있지만(1958~59년에 네 개가 다시 세워져 지금은 15개임) 선원들에게는 항해의 길라잡이가 된다. 포세이돈과 아테네가 앗티케 지방에 대한 영유권을 다툴 때, 그는 아크로폴리스(akropolis)에서 짠물이 솟아나게 해주었으나 아테네는 올리브나무를 주어 아테나이(Athenai)인들이 승리자로 판정했다고 한다. 그는 또 헤라와 아르고스(Argos)에 대한 영유권을 다투다가 헤라가 원래부터 그 도시의 보호자였다는 이유에서 더 높이 평가되자 화가 나서 그곳 강(江)들을 모두 말리고 나라에 해일을 보냈다고 한다. 그러나 고대 그리스의 4대 제전 중 하나인 코린토스(Korinthos)의 이스트모스(Isthmos 지협) 제전은 그를 위해 그의 신전 앞에서 개최했는데, 그것은 코린토스가 양쪽에 바다를 끼고 있는 해상무역의 중심지였기 때문이다.

하데스(Hades 원전 Aides 또는 Aidoneus 보이지 않는 자)

하데스는 크로노스와 레아의 세 아들 중 하나로, 제우스 및 포세이돈과는 형제간이다. 제우스 삼형제가 아버지 크로노스를 권좌에서 축출하고 제비를 던져 우주를 삼분할 때 하데스는 저승을 차지하게 된다. 그리하여 그는 아내 페르세포네와 함께 저승의 사자(死者)들을 지배하게 된다. 하데스는 가혹하고 무서운 신이지만 인간들과 다른 신들에게 적대적이지는 않다. 사람들은 그를 두려워하여 흔히 완곡하게 플루톤(Plouton 라/Pluto 또는 Dis 부를 가져다주는 자)이라고 부르는데, 그것은 각종 귀금속을 비롯한 부(富)의 원천이 지하에 있기 때문이다. 하데스란 이름은 어원이 확실치 않으나 '보이지 않는 자'란 뜻으로 받아들이며, 대체로 신 자신을 가리키지만 가끔은 그가 다스리는 영역, 즉 저승을 의미하기도 한다. 그것은 그 속격 'Haidou'가 '하데스의 집'이란 뜻으로 쓰이기 때문이다. 고대 그리스인들은 대체로 하데스가 다스리는 사자들의 나라, 즉 저승이 지하(地下)에 있다고 생각했으나, 『오뒷세이아』에서는 저승이 대지를 감돌아 흐르는 오케아노스 강 저편에 있는 것으로 그려져 있다. 그 입구에는 한번 들어온 사자가 밖으로 도망치지 못하도록 케르베로스라는 괴물 개가 지키고 있는데, 머리가 셋 또는 쉰이고 꼬리는 뱀이며 등에는 뱀의 머리들이 줄지어 나 있다. 그곳에는 아케론(Acheron), 퓌리플레게톤(Pyriphlegeton), 코퀴토스(Kokytos) 및 스튁스(Styx)라는 네 개의 강이 흐르고 있는데, 그중 아케론과 코퀴토스는 그리스 북서부 지방인 에페이로스(Epeiros 라/Epirus)에 실재하는 강 이름이다. 망각의 강 레테(Lethe)는 라틴 문학에서 처음으로 저승을 흐르는 다섯 강의 하나가 되었다.

헤라(Hera 원전 Here 라/Iuno)

헤라는 크로노스와 레아의 딸로, 제우스의 누이이자 정식으로 결혼식을 올린 아내다. 그러한 지위에 힘입어 헤라는 신들의 여왕과도 같은 권위를 누린다. 헤라는 제우스에 의하여 아레스, 헤파이스토스, 헤베 및 에일레이튀이아(출산의 여신)의 어머니가 된다. 헤라는 결혼과 출산의 여신이면서도 아이들과 함께하는 어머니로서가 아니라 남편의 끊임없는 외도(外道)에 분개하여, 이오(Io)나 세멜레처럼 남편이 사랑하는 여인뿐 아니라 헤라클레스나 디오뉘소스처럼 다른 여인에게서 태어난 남편의 자식들을 미워하고 못살게 구는 질투심 많은 아내로 그려진다. 헤라의 신전들로는 아르고스(Argos) 지방에 있는 것들과 사모스(Samos) 섬에 있는 것이 유명하다. 이른바 '파리의 심판'에서 트로이아의 왕자 파리스(Paris)가 불화의 여신 에리스(Eris)의 황금 사과를 아프로디테에게 주도록 판정한 뒤로 헤라는 트로이아를 미워한다.

아테네(Athene 원전 Athenaie 라/Minerva)

아테네 또는 아테나이에라는 이름은 서사시에서, 아테나이아(Athenaia)라는 이름은 비극에서 쓰이는데, 아테나이아의 축약형인 아테나(Athena)는 기원전 4세기부터 통용되었다. 아테네와 포세이돈이 앗티케 지방의 영유권을 다툴 때, 포세이돈은 아테나이 시의 아크로폴리스에서 짠물이 솟아나게 했으나 아테네는 올리브나무를 주어 아테나이인들이 승리자로 판정했다고 하는데, 도시의 이름에서 여신의 이름이 유래했는지 아니면 도시의 수호 여신의 이름에서 도시의 이름이 유래했는지는 아직도 확실치 않다. 아테네는 본토와 여러 섬들과 식민시들을 포함한 전(全) 그리스 세계에서 숭배의 대상이었으나, 그녀에게 바쳐진 신전 중에는 처녀신 아테네(Athena Parthenos)를 위해 아테나이의 아크로폴리스에 세워진 파르테논(Parthenon 처녀 신의 신전)이 가장 유명하다. 아테네는 전쟁의 여신으로서 미술품에서는 무장한 모습으로 그려져 있다. 아테네는 또한 모든 세련된 공예와 직조의 보호자이자 지혜의 여신이며, 피리도 그녀가 만들어 냈다고 한다. 아테네는 제우스와 메티스의 딸이지만, 신들 중에서 가장 지혜로운 메티스가 아버지보다 더 강한 아들을 낳게 되어 있다는 것을 알고 제우스가 그녀를 삼켜버린다. 그리하여 제우스는 힘과 지혜를 겸비하게 된다. 그 뒤 때가 되어 헤파이스토스 또는 프로메테우스가 도끼로 제우스의 머리를 열자 아테네가 완전무장한 채 함성을 지르며 밖으로 튀어나왔다고 한다. 아테네는 결혼하지 않고 처녀신으로 남는다. 이른바 '파리스의 심판'에서 트로이아의 왕자 파리스가 불화의 여신 에리스(Eris)의 황금사과를 아프로디테에게 주도록 판정한 뒤로 아테네는 헤라와 함께 트로이아를 미워하게 되지만, 그녀는 또 제우스가 하늘에서 트로이아에 내려준 팔라스(Pallas) 아테네의 여신상인 팔라디온(Palladion 라/Palladium)에 의해 트로이아의 수호 여신이기도 하다. 팔라디온은 제우스가 트로이아의 창건자인 다르다노스(Dardanos)를 위해 하늘에서 내려보낸 것으로 트로이아는 그것을 가지고 있는 한 함락되지 않게 되어 있었으나, 그리스의 영웅들인 오뒷세우스와 디오메데스(Diomedes)가 그것을 가져가버렸기 때문에 함락되었다고 한다. 이 여신상은 나중에 아테나이, 아르고스, 또는 스파르테(Sparte 라/Sparta)로 옮겨졌다고 하며, 로마인들은 기원전 390년 갈리아(Gallia)인들의 공격에서 로마를 지켜준 것으로 믿었던, 베스타(Vesta) 신전에 모셔놓은 여신상이 다름 아닌 팔라디온으로서, 트로이아가 함락될 때 도망쳐 이탈리아로 건너온 트로이아의 장수 아이네이아스(Aineias 라/Aineas)가 그것을 갖고 온 것이라고 주장한다.

기원전 5세기의 미술품들에서 아테네의 어깨 위에 부엉이가 앉아 있는 모습을 가끔 볼 수 있는데, 그것은 그녀의 별명인 glaukopis란 말이 glaux(올빼미)에서 유래했다고 보고는 이 말을 '올빼미의 얼굴을 가진' 또는 '올빼미의 눈을 가진'이라고 해석한 데서 기인한 것이다. 그리하여 올빼미는 아테네 여신의, 나아가 서양적 지혜와 창의력의 상징 동물이 되었다. 그러나 이 말은 지금은 대체로 glaukos(번쩍이는, 빛나는)에서 유래한 것으로 보고 '빛나는 눈의'라고 번역한다.

아폴론(Apollon 라/Apollo)

아폴론은 제우스와 레토의 아들로, 쌍둥이 누이 아르테미스와 함께 델로스(Delos) 섬에서 태어났다. 그는 역병(疫病)의 신이면서 치유의 신이며, 궁술과 예언과 음악과 광명의 신이자, 가축 떼의 보호자이기도 하다. 원숙한 남성미와 탁월한 도덕성의 화신이며 문명의 시혜자이기도 한 아폴론은 가장 그리스적인 신으로서 그리스 남신(男神)들 가운데 가장 빈번히 조각품의 대상이 되었지만, 염복(艶福)은 별로 없었던 것 같다. 아폴론에 얽힌 수많은 불운한 사랑 이야기 중에는 의신(醫神) 아스클레피오스(Asklepios

라/Aesculapius)의 어머니 코로니스(Koronis), 트로이아 왕 프리아모스(Priamos)의 딸로 그의 구애를 거절한 캇산드라(Kassandra), 북아프리카에 그리스 식민시 퀴레네(Kyrene)를 세운 요정 퀴레네, 그에게 쫓기다가 월계수로 변한 요정 다프네(Daphne), 미소년 휘아킨토스(Hyakinthos), 제우스가 둘 중 한 명을 고르라고 하자 둘이 같이 늙어갈 수 있다고 하여 신인 아폴론 대신 인간인 이다스(Idas)를 선택한 마르펫사(Marpessa) 및 아폴론에게서 천 년의 수명은 얻었지만 영원한 젊음을 요구하기를 잊어버린 까닭에 나중에는 죽기를 바랐던 퀴메(Kyme 라/Cumae 오늘날의 나폴리만 근처에 있던 그리스 식민시)의 무녀(巫女 Sibylla) 등과 나눈 사랑 이야기는 유명하다.

아폴론이 델포이(Delphoi)에서 숭배되기 시작한 것은 기원전 8세기 이후의 일이며, 그에 대한 숭배는 그리스 북부 지방이나 소아시아에서 유래했다는 주장도 있다. 아폴론이 왜 어떻게 예언의 신이 되었는지는 알 수 없으나, 그는 현존하는 최고(最古)의 문헌에서도 예언의 신이며, 그의 신탁소는 델포이에 있는 것이 가장 유명하고, 델로스에 있는 것과 소아시아 이오니아 지방의 브랑키다이(Branchidai)와 클라로스(Klaros)에 있는 것도 유명했다. 아폴론은 전 그리스인들에게 숭배의 대상이었다.

아르테미스(Artemis 라/Diana)

아르테미스는 제우스와 레토의 딸로 쌍둥이 오라비 아폴론과 함께 델로스섬에서 태어났다. 아르테미스라는 이름의 어원은 아직도 밝혀지지 않고 있다. 그녀는 사냥과 순결의 여신이자, 야생 동물의 보호자이며, 여인들에게 화살을 쏘아 갑작스런 죽음을 안겨주는 무서운 처녀신이다. 아르테미스는 가끔 달의 여신과 혼동되는가 하면, 외국의 여러 여신들 특히 에페소스(Ephesos)의 젖가슴이 많은 지모신(地母神)과 동일시되곤 했다. 그리하여 그곳으로부터 아르테미스 숭배가 맛살리아(Massalia 라/Massilia 오늘날의 Marseilles)를 거쳐 로마로 전파되었다고 한다.

헤르메스(Hermes 원전 Hermeies 라/Mercurius)

헤르메스는 제우스와 요정 마이아의 아들로, 아르카디아의 퀼레네(Kyllene) 산에서 태어났다. 그는 태어나던 날 정오에 요람을 떠나 거북을 죽여 그 껍질로 뤼라라는 악기를 만들고, 같은 날 아폴론의 소 떼를 훔친다. 헤르메스는 여신 이리스와 더불어 신들의 사자(使者)이며, 사자(死者)들의 혼백을 저승으로 인도하는 혼백 인도자(psychopompos)이다. 그는 또 복(福)을 가져다주는 신으로서 상인과 도둑의 보호자이기도 하다. 그의 권능의 상징은 날개 달린 황금 샌들과 사람을 마음대로 재우기도 하고 깨우기도 하는 지팡이다. 적군 또는 이방인들과의 성공적인 교섭도 헤르메스의 소관으로 해석학(解釋學 hermeneutics)이란 말도 그의 이름에서 비롯된 것이다.

아프로디테(Aphrodite 라/Venus)

아프로디테는 여성미와 사랑과 다산의 여신으로, 헤시오도스에 따르면 크로노스가 아버지 우라노스를 거세하고 그 남근을 바다에 던졌을 때, 그 주위에서 일기 시작한 바다 거품(그리스어로 aphros)에서 태어났으며, 그래서 아프로디테라는 이름을 갖게 되었다고 한다. 그리고 아프로디테는 태어나서 맨 먼저 라케다이몬(Lakedaimon) 지방 앞바다에 있는 퀴테라(Kythera) 섬으로 다가갔다가 동지중해에 있는 퀴프로스(Kypros) 섬의 파포스(Paphos) 시에 상륙한 까닭에 퀴테레이아(Kythereia)와 퀴프리스(Kypris)라는 별명을 갖게 되었다고 한다(『신들의 탄생』 188행 이하). 그러나 호메로스에서는 제우스와 디오네(Dione : Zeus의 여성형)의 딸로, 헤파이스토스의 아내다.
그녀는 전쟁의 신 아레스와 밀애를 즐기다가 헤파이스토스가 만든 교묘한 그물에 갇혀 둘 다 신들의 웃음거리가 된다. 아프로디테에 얽힌 이야기로는, 미소년 아도니스(Adonis)에 대한 그녀의 사랑 이야기와 '파리스의 심판'에 대한 대가로 파리스가 절세미인 헬레네를 데려가도록 도와준 이야기가 유명하다. 그 밖에 그녀는 트로이아인 앙키세스(Anchises)를 사랑하여 아이네이아스의 어머니가 되는데, 아이네이아스는 트로이아 전쟁 때 헥토르(Hektor) 다음으로 가장 용감한 트로이아군 장수다. 베르길리우스(Vergilius)의 로마 건국 서사시 『아이네이스』(*Aeneis*)에 따르면, 트로이아가 함락된 뒤 그는 가족들을 데리고 트로이아를 떠나 이탈리아 반도로 가 로마의 전신인 라비니움(Lavinium) 시를 건설한다. 후기 문학에서 아프로디테는 에로스(Eros)의 어머니이기도 하다. 시칠리아 섬의 북서쪽 에뤽스(Eryx) 산에는 아프로디테의 이름난 신전이 있는데, 로마인들은 아이네이아스의 어머니인 아프로디테를 자신들의 시조(始祖) 할머니로 여긴 까닭에 이 신전을 매우 중시했다고 한다.

헤파이스토스(Hephaistos 라/Vulcanus 또는 Volcanus)
헤파이스토스는 헤시오도스에 따르면, 제우스가 혼자서 아테네를 낳은 것에 분개하여 헤라가 혼자서 낳은 아들이지만, 대체로 제우스와 헤라의 아들이라고 생각한다. 그는 불과 불을 사용하는 모든 공예, 특히 금속공예(金屬工藝)의 신이다. 그는 태어날 때부터 절름발이여서 그의 어머니 헤라가 올림포스에서 내던졌으나 바다의 여신들인 테티스(Thetis 아킬레우스의 어머니)와 에우뤼노메가 그를 받아서 9년 동안 돌봐주었다고 한다. 또 한번은 제우스와 헤라가 부부 싸움을 할 때 그가 어머니 편을 든다고 하여 제우스가 올림포스에서 렘노스(Lemnos) 섬으로 그를 내던졌으나 그곳에 사는 신티에스족(Sinties)이 그를 받아주었다고 한다. 그는 뛰어난 솜씨로 많은 걸작품을 만들었는데, 그중에서도 테티스의 부탁을 받고 만들어준 아킬레우스의 방패, 아프로디테와 아레스가 밀애를 즐기다가 갇힌 그물, 제우스의 아이기스 등이 특히 유명하다. 헤시오도스에 따르면, 그가 제우스의 명령에 따라 최초의 여인인 판도라를 만들었다고 한다(『신들의 탄생』 571행 이하와 『일과 날』 60행 이하 참조).

아레스(Ares 라/Mars)

아레스는 제우스와 헤라의 아들로, 전쟁의 신이다. 그러나 그는 같은 전쟁의 여신인 아테네와는 달리 아무런 계획도 절제도 없이 맹목적으로 불화와 유혈과 살육을 조장해놓고는 이를 즐긴다. 그는 키가 크고 잘생기고 동작이 민첩할 뿐 아니라, 올림포스의 12신에 포함되기도 하지만 이러한 만용 때문에 신들 사이에서 존경받지 못하며, 인간들 사이에서도 언제나 화려한 성공을 거두는 것은 아니다. 그는 그리스군의 장수인 디오메데스의 창에 부상당하는가 하면 오토스(Otos)와 에피알테스(Ephialtes) 형제에게 13개월 동안 포로로 잡혀 있기도 한다. 그는 아프로디테와 밀애를 즐기다 그녀의 남편 헤파이스토스가 만든 교묘한 그물에 갇혀 신들의 웃음거리가 되기도 한다. 한마디로 아레스에게서는 로마의 군신(軍神) 마르스의 위엄 같은 것은 찾아보기 어렵다.

디오뉘소스(Dionysos 일명 Bakchos 라/Bacchus)

디오뉘소스는 제우스와 테바이(Thebai) 왕 카드모스(Kadmos)의 딸인 세멜레의 아들이다. 세멜레가 제우스에 의하여 잉태했을 때, 제우스의 질투심 많은 아내 헤라는 여인으로 변장하고는 제우스가 본래의 모습으로 그녀를 찾아주도록 졸라대라고 세멜레를 설득한다. 제우스는 크레테 왕 미노스의 어머니 에우로페에게는 황소의 모습으로, 헬레네의 어머니 레다에게는 백조의 모습으로, 헤라클레스의 어머니 알크메네에게는 그녀의 남편의 모습으로 다가갔던 것이다. 그래서 제우스가 어떤 청이라도 들어주겠다고 먼저 맹세한 까닭에 마지못해 세멜레의 간청대로 하자 세멜레는 제우스의 번개에 타 죽는다. 제우스는 아직 태어나지 않은 그녀의 아이를 재 속에서 구해내 자신의 넓적다리 속으로 집어넣는다. 그 뒤 때가 되어 거기서 아이가 태어나자 제우스는 세멜레의 언니이자 아타마스(Athamas)의 아내인 이노에게 아이를 돌보도록 맡기는데, 여전히 분이 풀리지 않은 헤라는 이들 부부를 미치게 한다. 그래서 아타마스는 아들 레아르코스(Learchos)를 죽이고, 이노는 다른 아들 멜리케르테스(Melikertes)를 안고 바닷속으로 뛰어든다. 그러나 이노는 레우코테아(Leukothea 하얀 여신)라는 이름의 바다 여신이 된다. 그 뒤 디오뉘소스는 뉘사(Nysa) 산의 요정들이 양육하였는데, 그의 이름은 이 산에서 유래했다고 하며, 그가 처음으로 포도 재배법을 가르쳐준 곳도 이곳이라고 한다. 포도주와 도취(陶醉)의 신인 디오뉘소스는 처음에는 자신의 신성을 부인하는 수많은 박해자의 저항에 부딪히지만 결국에는 이를 모두 극복한다. 그를 호위하는 행렬에는 사튀로스(Satyros 사람의 형체에 말꼬리 또는 염소 다리를 가진 괴물)들과 마이나스(Mainas 복수형 Mainades 광란하는 여인)라는 수많은 여신도들이 취해서 또는 씌어서 주위에서 춤추며 그를 수행한다. 주신 디오뉘소스는 훗날 비극 공연이 포함된 디오뉘소스 제전(Dionysia)을 통해 고대 그리스인들의 정신 생활에 지대한 영향을 주지만 호메로스에서는 모두 다섯 번(『일리아스』에서 세 번, 『오뒷세이아』에서 두 번), 그것도 부차적으로 언급될 뿐이어서 디오뉘소스 숭배가 그리스에 뿌리내린 것은 호메로스 이후의 일이라고 생각된다.

오케아노스(Okeanos 라/Oceanus)

오케아노스는 우라노스와 가이아의 아들로, 누이인 테튀스와 결혼하여 수많은 자녀의 아버지가 된다. 그는 '모든 신들의 아버지'라고도 불린다. 오케아노스는 바다가 아니라 대지를 감돌아 흐르는 일종의 강(江)으로서 지상의 모든 강은 그에게서 발원(發源)하며, 해와 별들도 오케아노스에서 뜨고 지는 것으로 생각했다. 그리고 세상에서 온갖 신기하고 불가사의한 것은 오케아노스의 옆에 자리잡고 있는데, 예컨대 아이티오피아인들, 킴메리오이족(Kimmerioi), 퓌그마이오이족(Pygmaioi 난쟁이족), 삼두삼신(三頭三身)의 거한 게뤼오네우스, 눈초리가 너무나 매서워 보는 이를 돌로 변하게 한다는 고르고 자매들, 헤스페리데스 자매들의 황금 사과나무 등이 그렇다.

레토(Leto 라/Latona)

레토는 티탄 신족으로, 코이오스와 포이베의 딸이다. 그녀는 제우스에 의하여 쌍둥이 남매인 아폴론과 아르테미스의 어머니가 된다. 질투심 많은 헤라는 레토가 더 훌륭한 자식들을 낳게 될 것을 알고는 햇빛 비치는 육지에서 출산하지 못하도록 하는데 포세이돈이 그녀를 나중에는 해저(海底)에 고정되었으나 당시에는 떠 있는 섬이었던 오르튀기아(Ortygia)로 데려가 그 위에 바닷물로 엷은 물막을 쳐 햇빛이 들지 않게 해놓고 그 아래에서 출산하게 해준다. 일설에 따르면 레토는 당시에는 역시 떠 있는 섬이었고 오르튀기아라고도 불렸던 델로스 섬에 가서 아폴론이 훗날 큰 신전을 지어줄 것이라고 약속하고는 그곳에서 출산했는데, 이때 헤라가 출산의 여신 에일레이튀이아를 보내주지 않아 예정보다 늦게 출산을 하며 그곳의 퀸토스(Kynthos) 산 또는 종려나무에 몸을 기댔다고 한다. 레토와 그 자식들 사이의 정(情)은 각별하여, 임신 중인 어머니를 박해했다고 해서 아폴론은 태어나자마자 델포이를 지키던 거대한 뱀 퓌톤(Python)을 죽이는가 하면, 어머니를 겁탈하려 했던 에우보이아의 거한 티튀오스(Tityos)를 죽여 타르타로스에서 영원한 고통에 시달리게 한다. 그리고 테바이의 왕비 니오베(Niobe)가 자기는 아들과 딸을 여섯(또는 일곱) 명씩 낳았으니 하나씩밖에 낳지 못한 레토보다 훌륭한 어머니라고 큰소리치자, 아폴론과 아르테미스는 각각 그녀의 아들과 딸을 한 명씩만 남겨두고 모조리 활을 쏘아 죽인다.

데메테르(Demeter 라/Ceres)
데메테르는 크로노스와 레아의 딸로, 제우스의 누이다. 그녀는 농업과 곡식의 여신이자, 엘레우시스(Eleusis) 비의(秘儀)의 여신이다. 그녀는 제우스에 의하여, 나중에 하데스의 아내가 된 페르세포네의, 그리고 이아시온(Iasion)에 의하여 부(富)의 신격화인 플루토스의 어머니가 된다.

페르세포네(Persephone 원전 Persephoneie 라/Proserpina)
페르세포네 일명 코레(Kore 처녀)는 제우스와 데메테르의 딸로, 시켈리아(Sikelia 라/Sicilia) 섬 헨나(Henna) 고원에서 친구들과 함께 꽃을 따다가 검푸른 말들이 끄는 전차를 타고 갑자기 땅 밑에서 나타난 하데스에 의해 저승으로 납치된다. 이 소식을 듣고 곡식과 농업의 여신 데메테르가 올림포스를 떠나 실종된 딸을 찾아 지상을 떠돌아다니느라 농사를 돌보지 않자 대지에 곡식이 자라지 않게 된다. 데메테르를 달래지 않으면 인간들이 곧 다 죽고 신들도 제물을 받지 못할 처지가 되자, 제우스는 이리스를 엘레우시스로 보내 데메테르를 올림포스로 불러오게 하지만 데메테르는 페르세포네를 돌려주지 않는 한 돌아가지 않겠다고 한다. 그러자 제우스는 페르세포네가 저승에 가 있는 동안 아무것도 먹지 않았다면 그렇게 해주겠다고 약속한다. 제우스가 헤르메스를 보내 페르세포네를 데려오게 하자 하데스도 이에 동의하고 그녀가 떠날 때 석류 열매를 하나 준다. 로마 시인 오비디우스(Ovidius)에 따르면 페르세포네는 그 석류 열매를 하데스의 정원을 거닐다가 땄다고 한다. 페르세포네가 엘레우시스에 도착하자 데메테르는 저승에서 무엇을 먹은 적이 있느냐고 묻는다. 처음에 페르세포네는 아무것도 먹지 않았다고 부인하지만, 아케론 강의 아들 아스칼라포스(Askalaphos)가 그녀가 석류 열매 씨를 몇 개 먹는 것을 보았다고 증언하자 그녀도 시인한다. 그녀는 네 개 내지 여섯 개의 씨를 먹었다고 한다. 그 보복으로 페르세포네는 그를 올빼미로 변신시킨다. 일설에 따르면 데메테르는 그를 큰 바위로 눌러놓았는데, 헤라클레스가 괴물 개 케르베로스를 끌고 오려고 저승에 갔을 때, 그 바위를 밀어내자 데메테르가 그를 올빼미로 변하게 했다고 한다. 일단 저승에서 무엇을 먹고 마신 자는 하데스의 것이므로 제우스가 그녀에게 일 년 중 8개월 또는 6개월은 지상의 어머니 곁에 머물고 나머지 기간은 지하로 내려가서 하데스 곁에 머물라고 선언하자 데메테르와 페르세포네도 이를 받아들인다. 그래서 데메테르는 페르세포네가 자기 곁에 머무르는 동안에는(그리스에서는 우기에 해당하는 11월에서 다음해 5월까지) 대지에 축복을 내려 온갖 곡식이 잘 자라게 해주지만, 페르세포네가 떠나고 없는 동안에는(그리스에서는 고온 건조하여 농사를 지을 수 없는 여름) 대지에 축복을 내려주지 않아 곡식이 자라지 못한다고 한다. 그러나 근대판 그리스 신화에서는 페르세포네가 봄에 지상에 돌아왔다가 겨울에 하데스로 돌아가는 것으로 되어 있다. 페르세포네가 지하에 내려가는 것은 씨앗에서 싹이 터서 새 곡식이 자라나기 위해서는 씨앗이 반드시 땅속에 묻혀야 하는 자연 현상의 알레고리로 볼 수도 있을 것이다.

주요 신들과 영웅들의 가계도

【 도표1 】

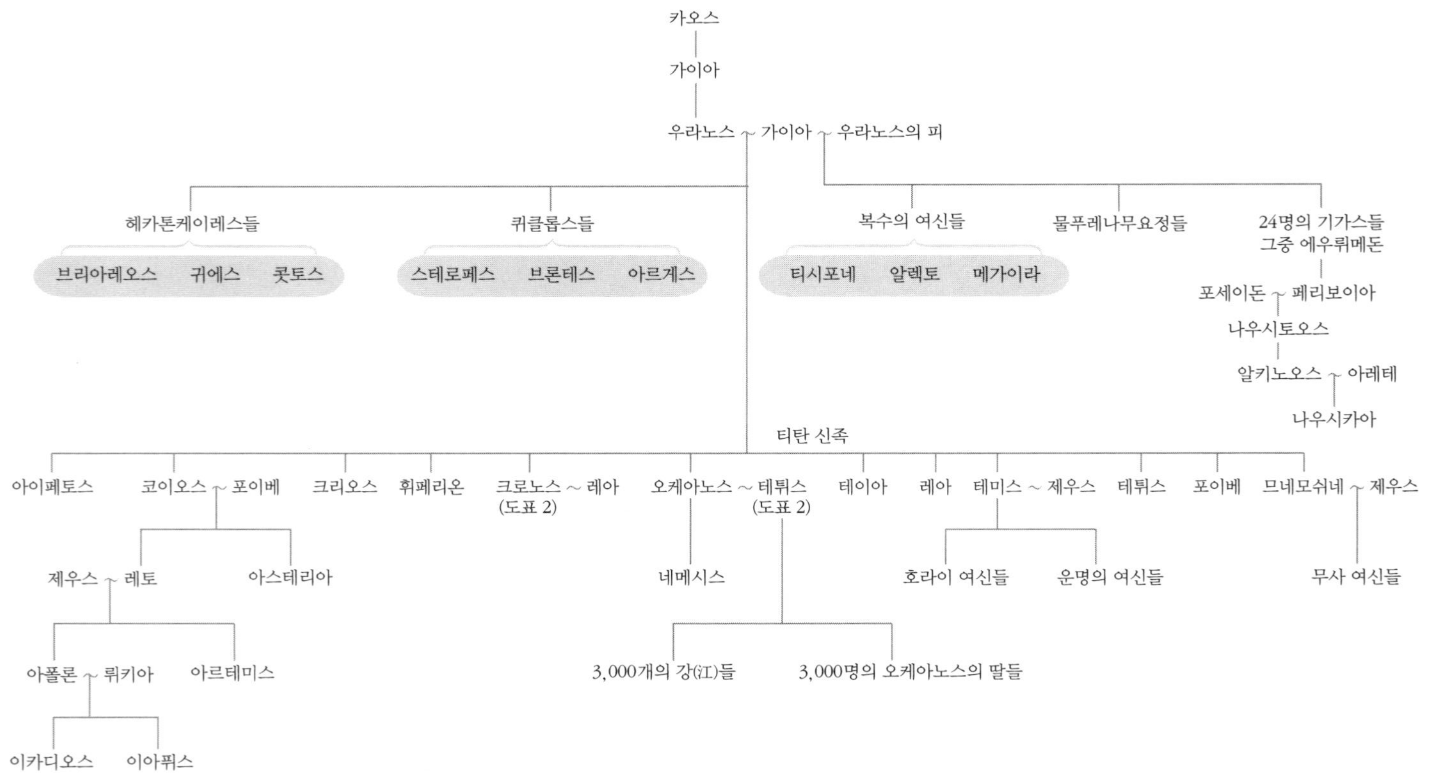

【 도표2 】

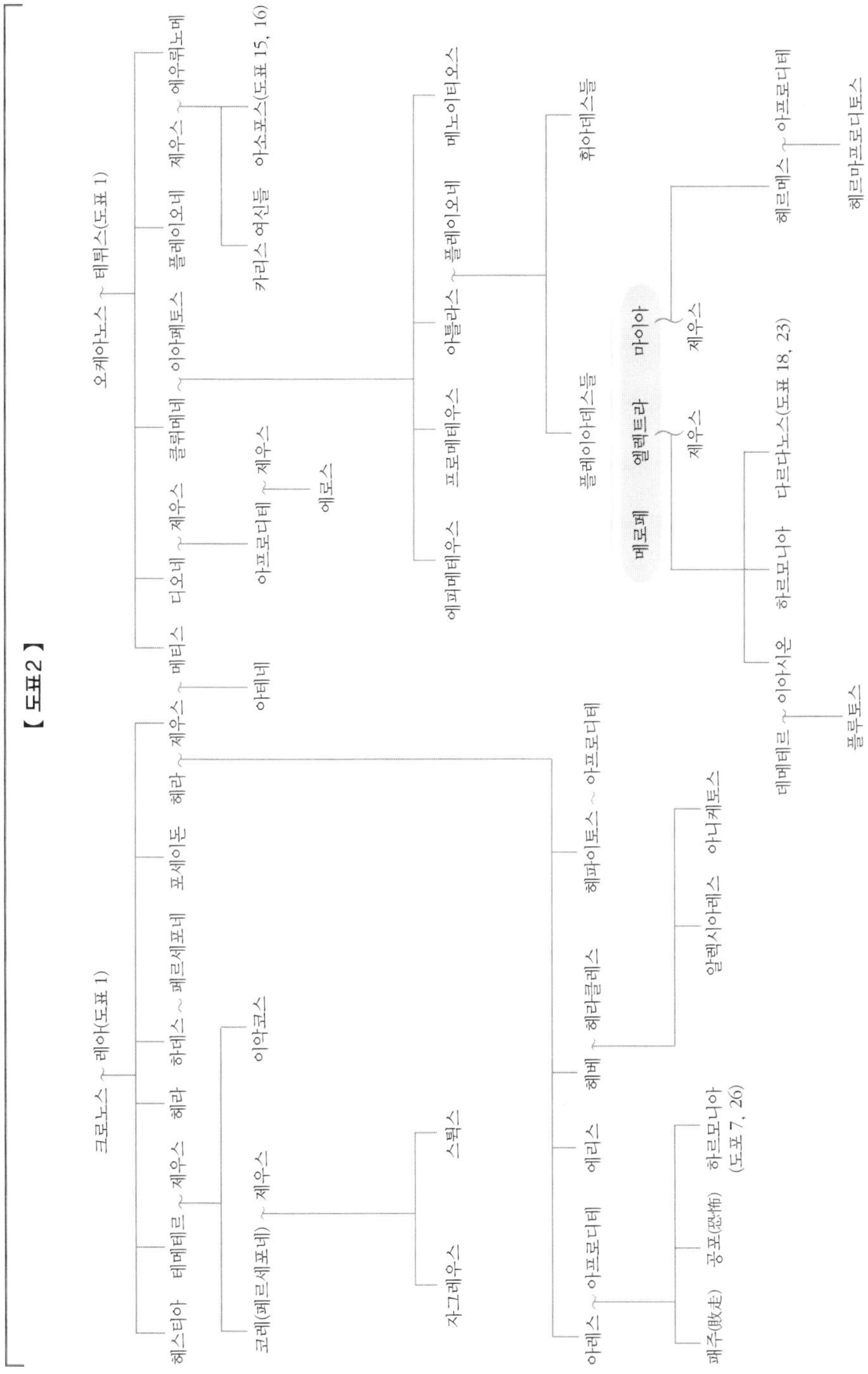

오케아노스 ~ 테튀스(도표 1)
메티스
디오네 ~ 제우스
클뤼메네
이아페토스
플레이오네
제우스 ~ 에우뤼노메
아테네
아프로디테 ~ 제우스
에로스
카리스 여신들
아소포스(도표 15, 16)
에피메테우스
프로메테우스
아틀라스 ~ 플레이오네
메노이티오스
플레이아데스들
휘아데스들
메로페
엘렉트라 ~ 제우스
마이아 ~ 제우스
이아시온
하르모니아
다르다노스(도표 18, 23)
헤르메스 ~ 아프로디테
헤르마프로디토스
데메테르 ~ 이아시온
플루토스
크로노스 ~ 레아(도표 1)
헤스티아
데메테르 ~ 제우스
헤라
하데스 ~ 페르세포네
포세이돈
헤라 ~ 제우스 ~ 메티스
코레(페르세포네) ~ 제우스
이아코스
자그레우스
스튁스
아레스 ~ 아프로디테
에리스
헤베 ~ 헤라클레스
헤파이토스 ~ 아프로디테
패주(敗走)
공포(恐怖)
하르모니아
(도표 7, 26)
알렉시아레스
아니케토스

【 도표3 】

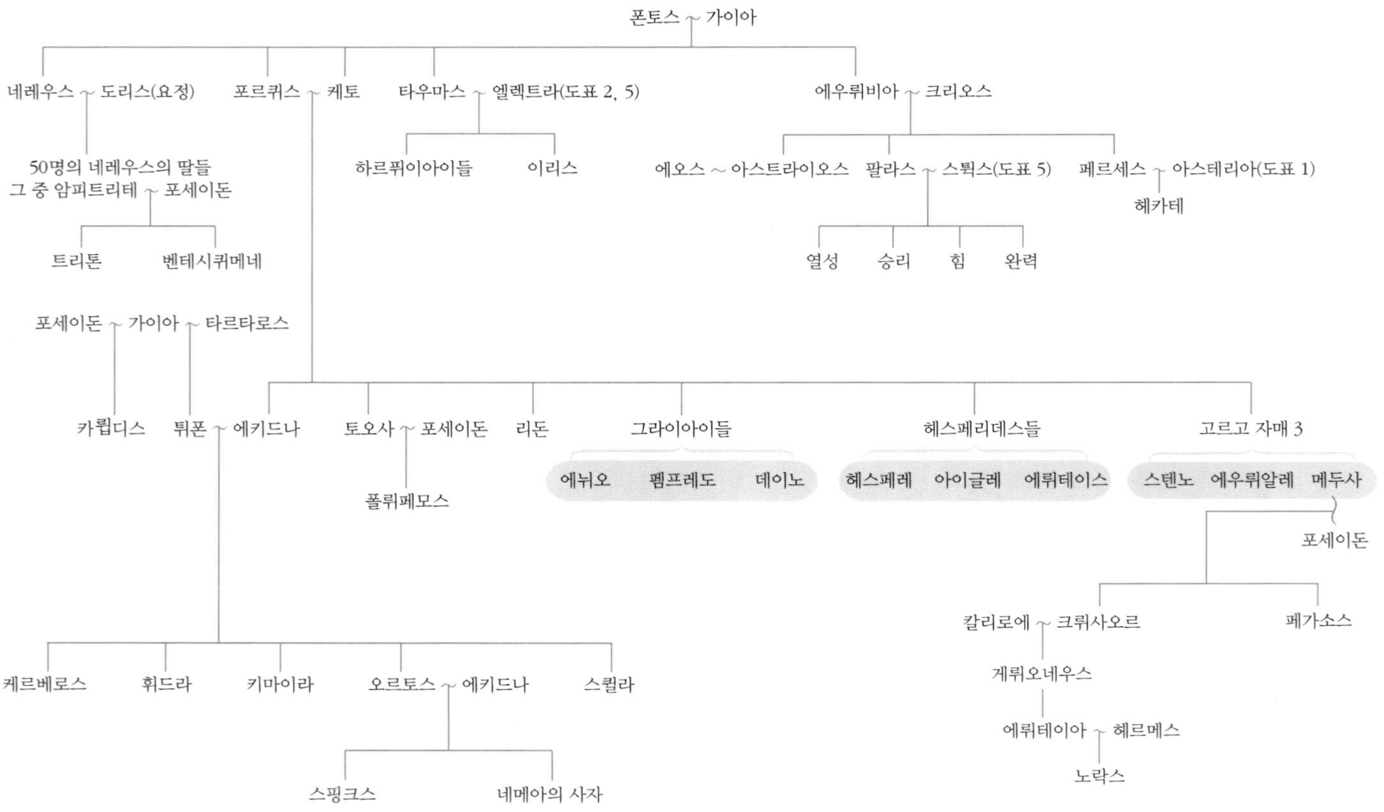
폰토스 ~ 가이아
네레우스 ~ 도리스(요정)
포르퀴스 ~ 케토
타우마스 ~ 엘렉트라(도표 2, 5)
에우뤼비아 ~ 크리오스
50명의 네레우스의 딸들
그 중 암피트리테 ~ 포세이돈
트리톤
벤테시퀴메네
하르퓌이아이들
이리스
에오스 ~ 아스트라이오스
팔라스 ~ 스튁스(도표 5)
페르세스 ~ 아스테리아(도표 1)
헤카테
열성
승리
힘
완력
포세이돈 ~ 가이아 ~ 타르타로스
카륍디스
튀폰 ~ 에키드나
토오사 ~ 포세이돈
폴뤼페모스
리돈
그라이아이들
에뉘오
펨프레도
데이노
헤스페리데스들
헤스페레
아이글레
에뤼테이스
고르고 자매 3
스텐노
에우뤼알레
메두사
포세이돈
칼리로에 ~ 크뤼사오르
페가소스
게뤼오네우스
에뤼테이아 ~ 헤르메스
노락스
케르베로스
휘드라
키마이라
오르토스 ~ 에키드나
스퀼라
스핑크스
네메아의 사자

【 도표4 】

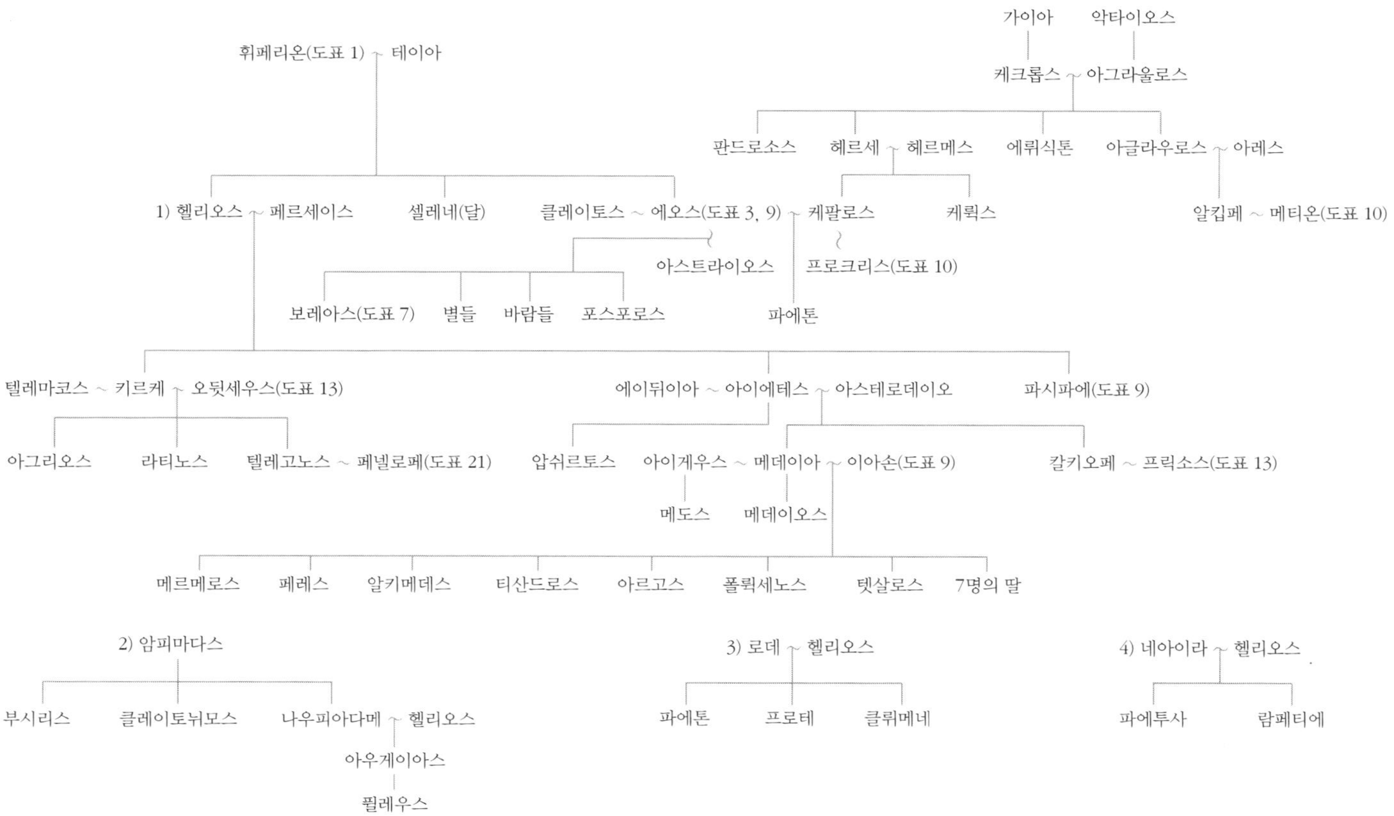
가이아
악타이오스
케크롭스 ~ 아그라울로스
판드로소스
헤르세 ~ 헤르메스
에뤼식톤
아글라우로스 ~ 아레스
케팔로스
케뤽스
알킵페 ~ 메티온(도표 10)
휘페리온(도표 1) ~ 테이아
1) 헬리오스 ~ 페르세이스
셀레네(달)
클레이토스 ~ 에오스(도표 3, 9) ~ 케팔로스
아스트라이오스
프로크리스(도표 10)
보레아스(도표 7)
별들
바람들
포스포로스
파에톤
텔레마코스 ~ 키르케 ~ 오뒷세우스(도표 13)
에이뒤이아 ~ 아이에테스 ~ 아스테로데이오
파시파에(도표 9)
아그리오스
라티노스
텔레고노스 ~ 페넬로페(도표 21)
압쉬르토스
아이게우스 ~ 메데이아 ~ 이아손(도표 9)
칼키오페 ~ 프릭소스(도표 13)
메도스
메데이오스
메르메로스
페레스
알키메데스
티산드로스
아르고스
폴뤽세노스
텟살로스
7명의 딸
2) 암피마다스
부시리스
클레이토뉘모스
나우피아다메 ~ 헬리오스
아우게이아스
필레우스
3) 로데 ~ 헬리오스
파에톤
프로테
클뤼메네
4) 네아이라 ~ 헬리오스
파에투사
람페티에

【 도표5 】

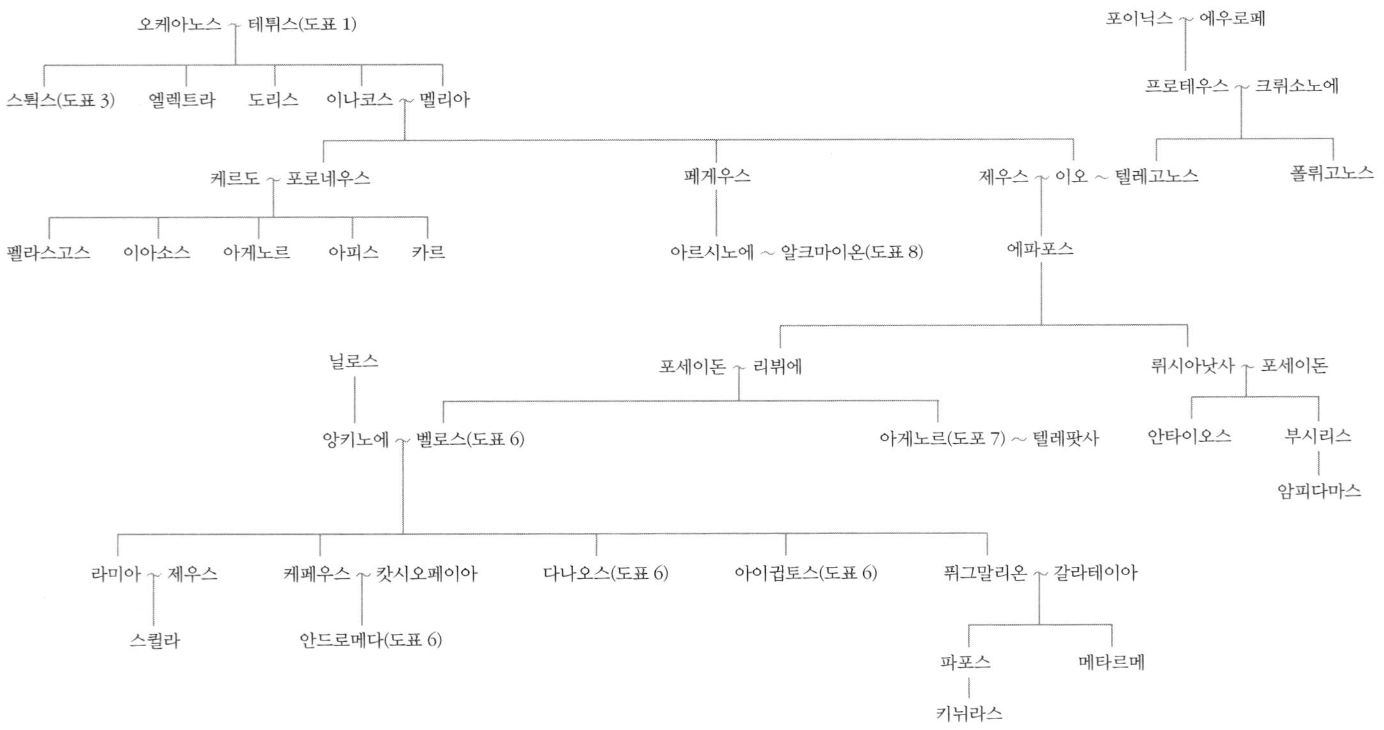
오케아노스 ~ 테튀스(도표 1)
스튁스(도표 3)
엘렉트라
도리스
이나코스 ~ 멜리아
케르도 ~ 포로네우스
펠라스고스
이아소스
아게노르
아피스
카르
페게우스
아르시노에 ~ 알크마이온(도표 8)
포이닉스 ~ 에우로페
프로테우스 ~ 크뤼소노에
제우스 ~ 이오 ~ 텔레고노스
폴뤼고노스
에파포스
포세이돈 ~ 리뷔에
뤼시아낫사 ~ 포세이돈
안타이오스
부시리스
암피다마스
닐로스
앙키노에 ~ 벨로스(도표 6)
아게노르(도표 7) ~ 텔레팟사
라미아 ~ 제우스
스퀼라
케페우스 ~ 캇시오페이아
안드로메다(도표 6)
다나오스(도표 6)
아이귑토스(도표 6)
퓌그말리온 ~ 갈라테이아
파포스
키뉘라스
메타르메

【 도표6 】

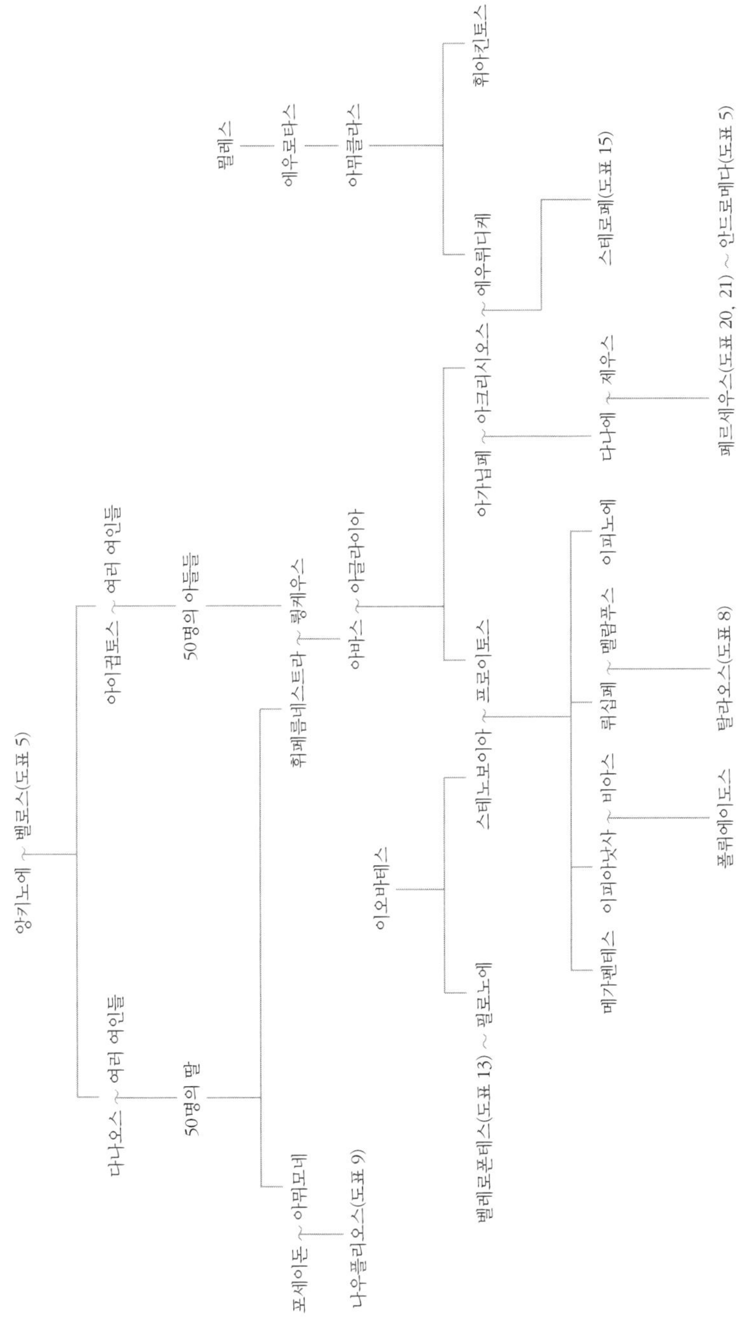

앙키노에 ~ 벨로스(도표 5)
다나오스 ~ 여러 여인들
아이귑토스 ~ 여러 여인들
50명의 딸
50명의 아들들
포세이돈 ~ 아뮈모네
나우플리오스(도표 9)
휘페름네스트라 ~ 륑케우스
아바스 ~ 아글라이아
렐레스
에우로타스
아뮈클라스
휘아킨토스
이오바테스
필로노에
스테노보이아 ~ 프로이토스
아가닙페 ~ 아크리시오스 ~ 에우뤼디케
스테로페(도표 15)
벨레로폰테스(도표 13) ~ 필로노에
메가펜테스
이피아낫사 ~ 비아스
뤼시페 ~ 멜람푸스
이피노에
다나에 ~ 제우스
폴뤼에이도스
탈라오스(도표 8)
페르세우스(도표 20, 21) ~ 안드로메다(도표 5)

【 도표7 】

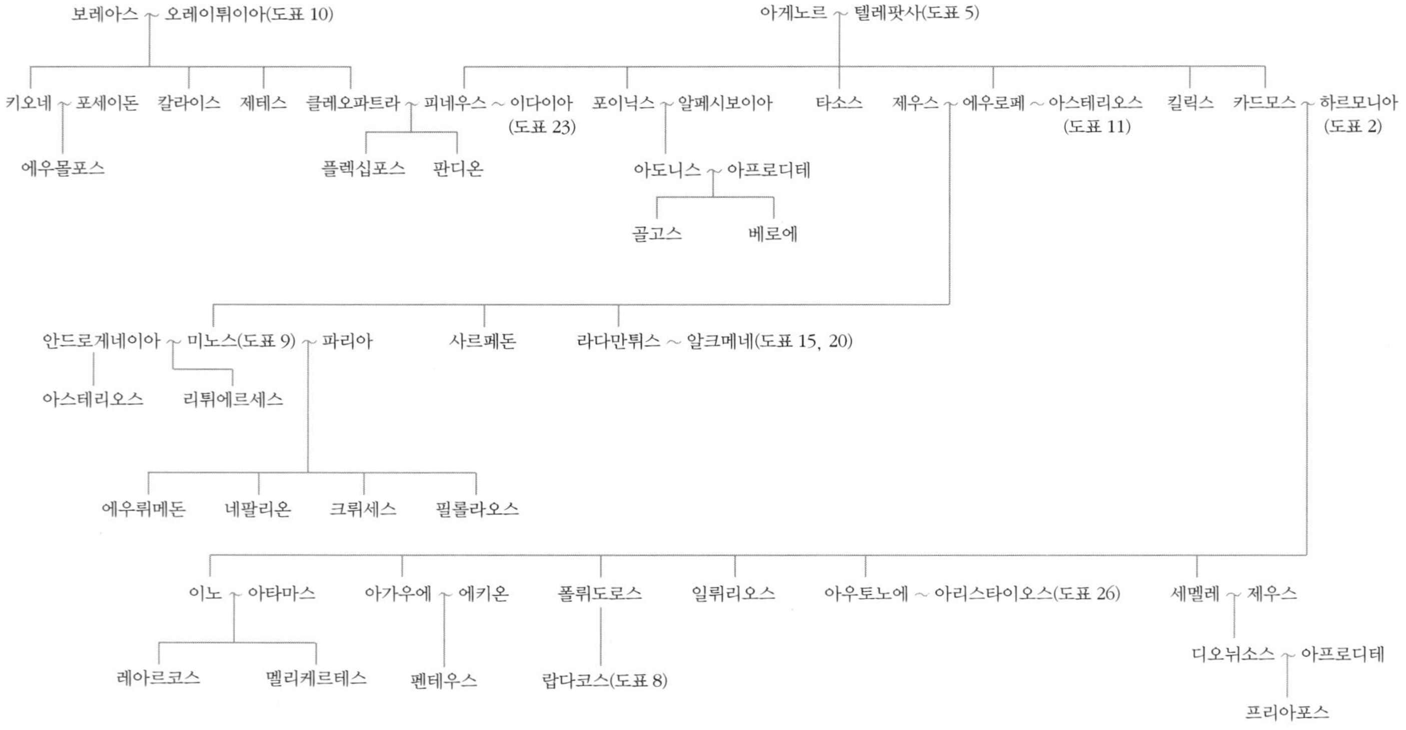

보레아스 ~ 오레이튀이아(도표 10)
아게노르 ~ 텔레팟사(도표 5)
키오네 ~ 포세이돈
칼라이스
제테스
클레오파트라 ~ 피네우스 ~ 이다이아
(도표 23)
포이닉스 ~ 알페시보이아
타소스
제우스 ~ 에우로페 ~ 아스테리오스
(도표 11)
킬릭스
카드모스 ~ 하르모니아
(도표 2)
에우몰포스
플렉십포스
판디온
아도니스 ~ 아프로디테
골고스
베로에
안드로게네이아 ~ 미노스(도표 9) ~ 파리아
사르페돈
라다만튀스 ~ 알크메네(도표 15, 20)
아스테리오스
리튀에르세스
에우뤼메돈
네팔리온
크뤼세스
필롤라오스
이노 ~ 아타마스
아가우에 ~ 에키온
폴뤼도로스
일뤼리오스
아우토노에 ~ 아리스타이오스(도표 26)
세멜레 ~ 제우스
레아르코스
멜리케르테스
펜테우스
랍다코스(도표 8)
디오뉘소스 ~ 아프로디테
프리아포스

【 도표8 】

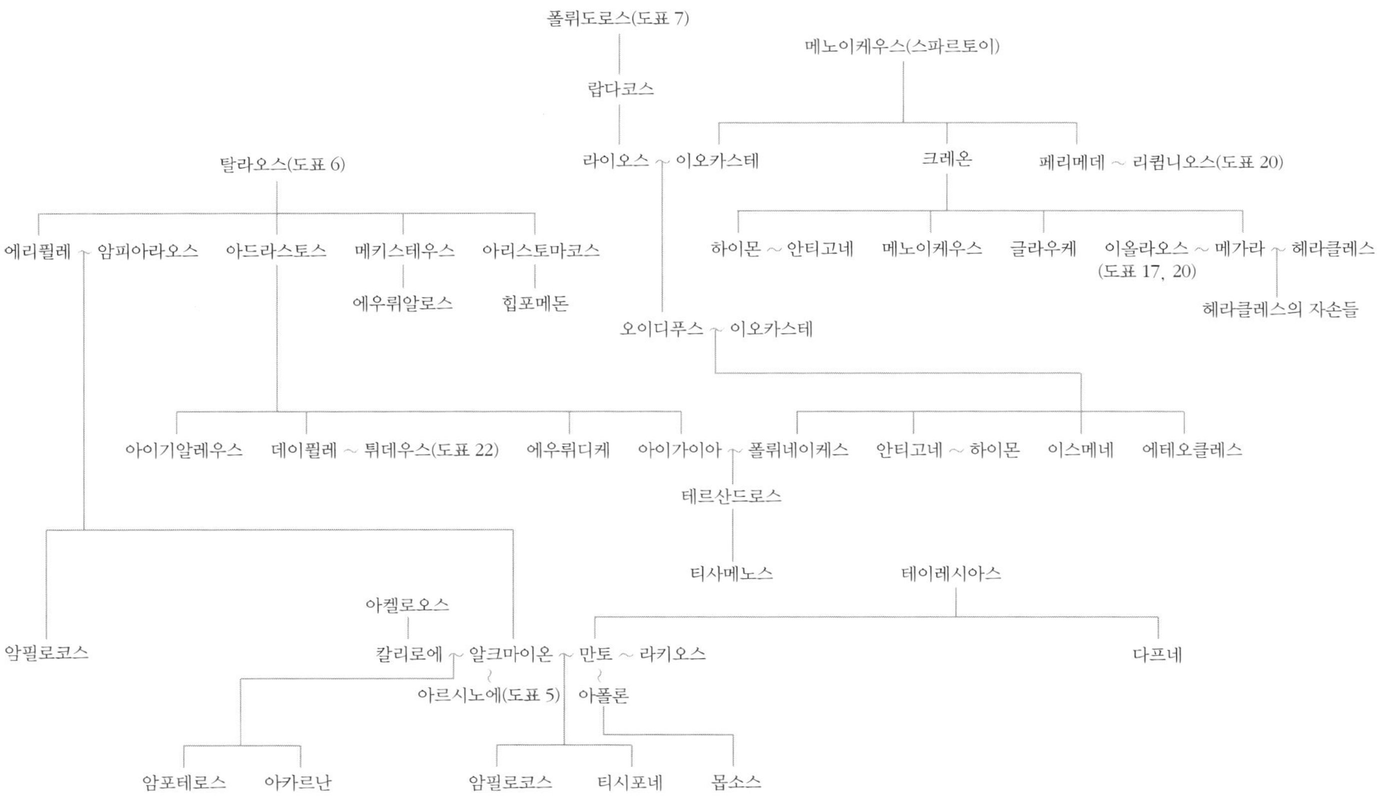
폴뤼도로스(도표 7)
메노이케우스(스파르토이)
랍다코스
탈라오스(도표 6)
라이오스 ~ 이오카스테
크레온
페리메데 ~ 리큄니오스(도표 20)
에리퓔레 ~ 암피아라오스
아드라스토스
메키스테우스
아리스토마코스
하이몬 ~ 안티고네
메노이케우스
글라우케
이올라오스 ~ 메가라 ~ 헤라클레스
(도표 17, 20)
에우뤼알로스
힙포메돈
헤라클레스의 자손들
오이디푸스 ~ 이오카스테
아이기알레우스
데이퓔레 ~ 튀데우스(도표 22)
에우뤼디케
아이가이아 ~ 폴뤼네이케스
안티고네 ~ 하이몬
이스메네
에테오클레스
테르산드로스
티사메노스
테이레시아스
아켈로오스
암필로코스
칼리로에 ~ 알크마이온 ~ 만토 ~ 라키오스
다프네
아르시노에(도표 5)
아폴론
암포테로스
아카르난
암필로코스
티시포네
몹소스

【 도표9 】

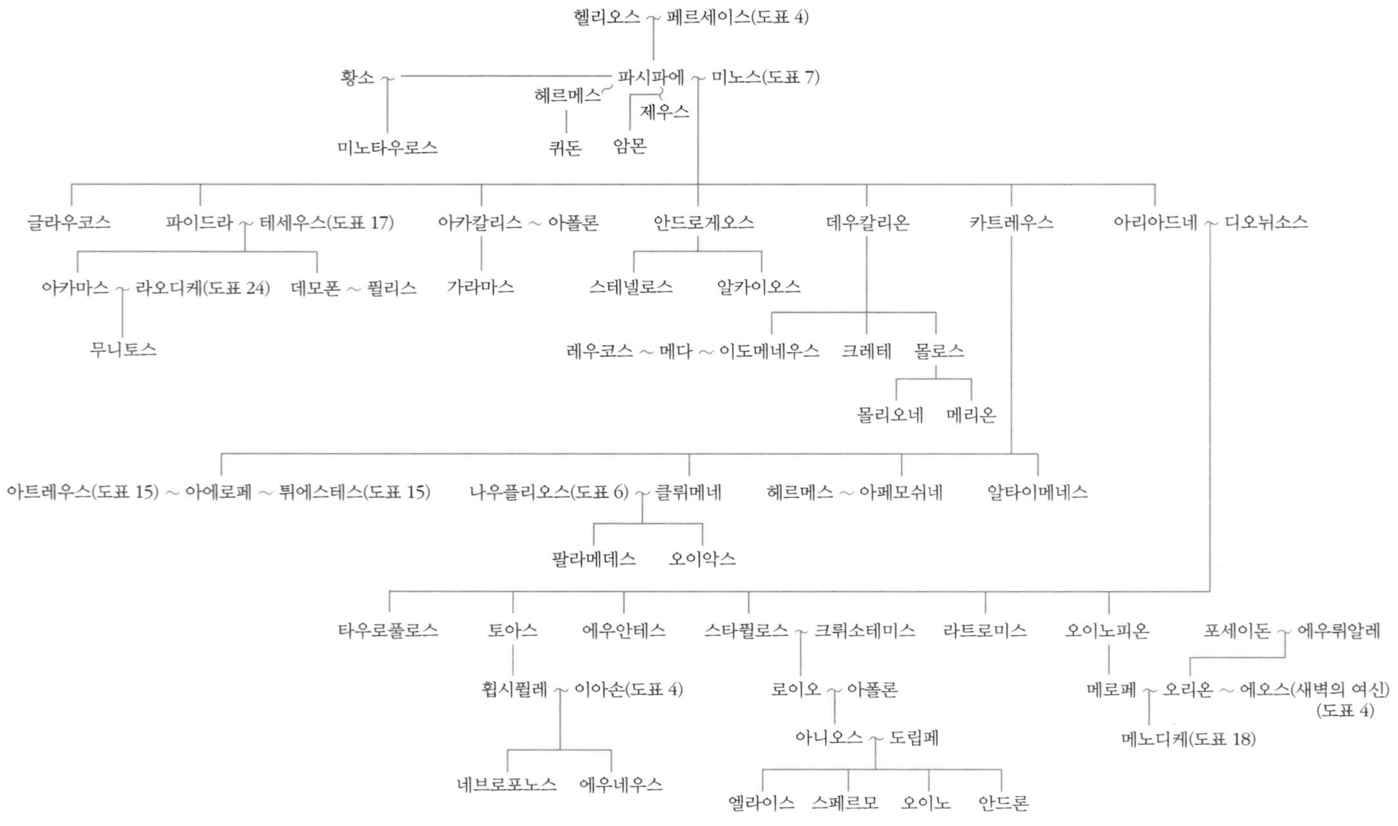

헬리오스 ~ 페르세이스(도표 4)
황소 ~ 파시파에 ~ 미노스(도표 7)
헤르메스
제우스
미노타우로스
퀴돈
암몬
글라우코스
파이드라 ~ 테세우스(도표 17)
아카칼리스 ~ 아폴론
안드로게오스
데우칼리온
카트레우스
아리아드네 ~ 디오뉘소스
아카마스 ~ 라오디케(도표 24)
데모폰 ~ 퓔리스
가라마스
스테넬로스
알카이오스
무니토스
레우코스 ~ 메다 ~ 이도메네우스
크레테
몰로스
몰리오네
메리온
아트레우스(도표 15) ~ 아에로페 ~ 튀에스테스(도표 15)
나우플리오스(도표 6) ~ 클뤼메네
헤르메스 ~ 아페모쉬네
알타이메네스
팔라메데스
오이악스
타우로폴로스
토아스
에우안테스
스타퓔로스 ~ 크뤼소테미스
라트로미스
오이노피온
포세이돈 ~ 에우뤼알레
휩시퓔레 ~ 이아손(도표 4)
로이오 ~ 아폴론
메로페 ~ 오리온 ~ 에오스(새벽의 여신)
(도표 4)
아니오스 ~ 도립페
메노디케(도표 18)
네브로포노스
에우네우스
엘라이스
스페르모
오이노
안드론

【 도표10 】

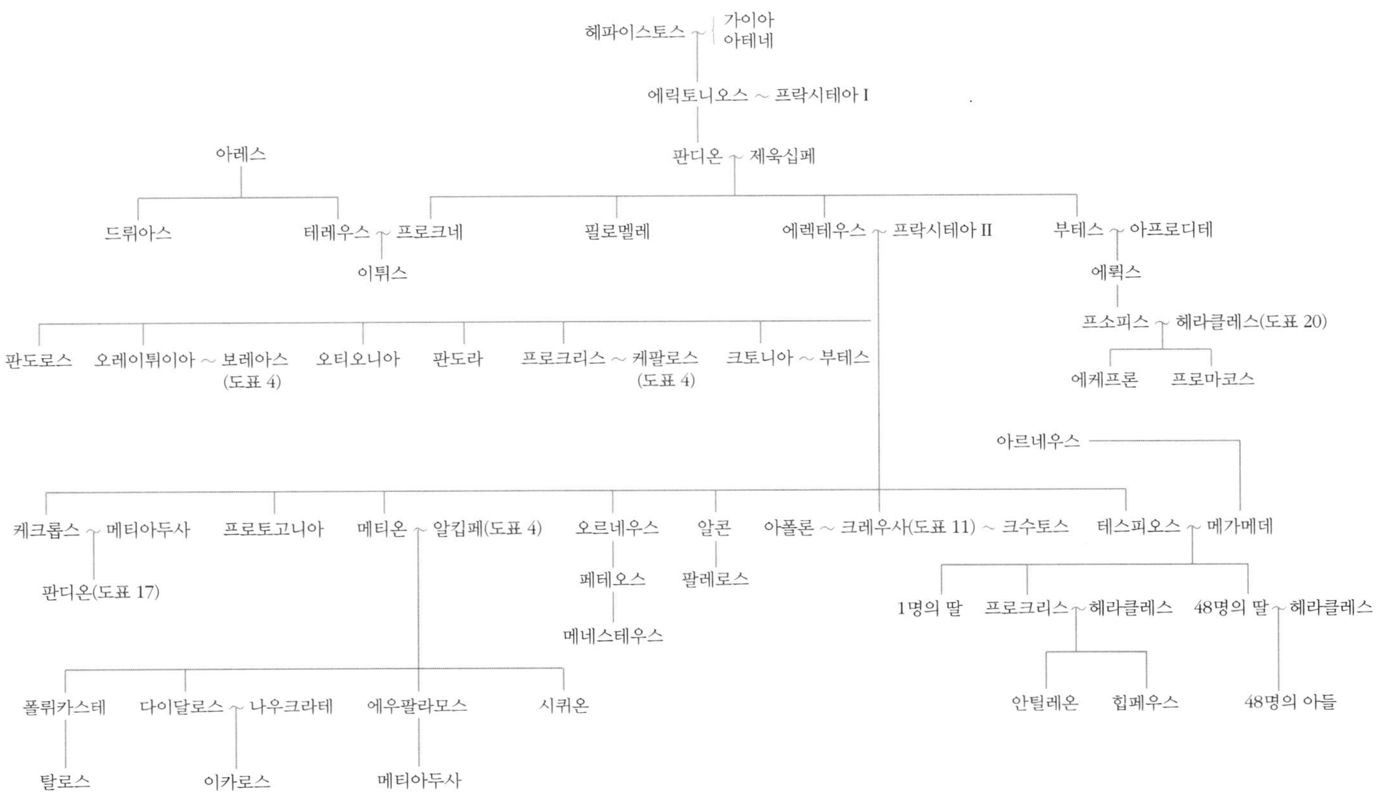
헤파이스토스 ~ 가이아
아테네
에릭토니오스 ~ 프락시테아 I
판디온 ~ 제욱십페
아레스
드뤼아스
테레우스 ~ 프로크네
이튀스
필로멜레
에렉테우스 ~ 프락시테아 II
부테스 ~ 아프로디테
에뤽스
프소피스 ~ 헤라클레스(도표 20)
에케프론
프로마코스
판도로스
오레이튀이아 ~ 보레아스 (도표 4)
오티오니아
판도라
프로크리스 ~ 케팔로스 (도표 4)
크토니아 ~ 부테스
아르네우스
케크롭스 ~ 메티아두사
판디온(도표 17)
프로토고니아
메티온 ~ 알킵페(도표 4)
오르네우스
페테오스
메네스테우스
알콘
팔레로스
아폴론 ~ 크레우사(도표 11) ~ 크수토스
테스피오스 ~ 메가메데
1명의 딸
프로크리스 ~ 헤라클레스
48명의 딸 ~ 헤라클레스
안틸레온
힙페우스
48명의 아들
폴뤼카스테
탈로스
다이달로스 ~ 나우크라테
이카로스
에우팔라모스
메티아두사
시퀴온

【 도표11 】

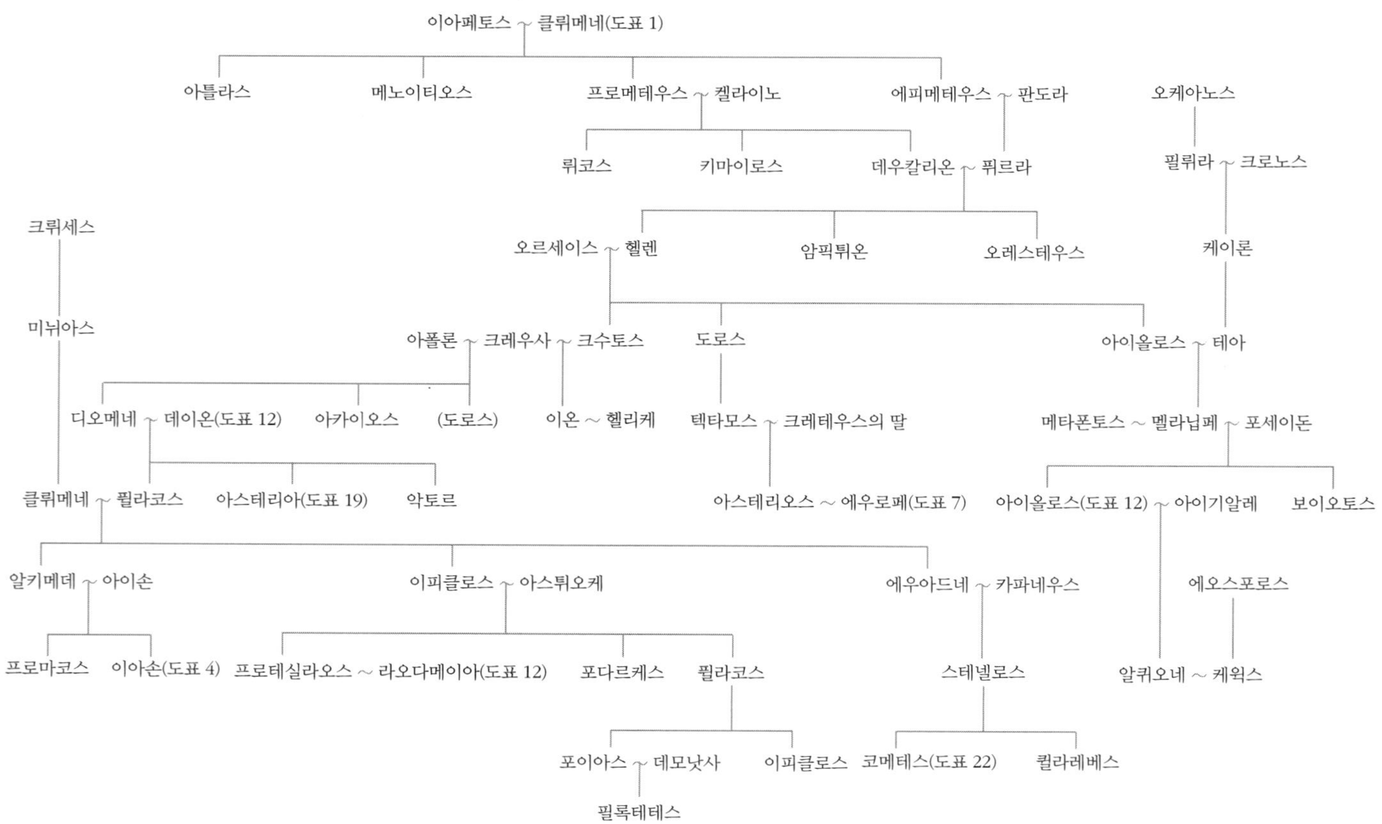

이아페토스 ~ 클뤼메네(도표 1)
아틀라스
메노이티오스
프로메테우스 ~ 켈라이노
에피메테우스 ~ 판도라
오케아노스
뤼코스
키마이로스
데우칼리온 ~ 퓌르라
필뤼라 ~ 크로노스
크뤼세스
오르세이스 ~ 헬렌
암픽튀온
오레스테우스
케이론
미뉘아스
아폴론 ~ 크레우사 ~ 크수토스
도로스
아이올로스 ~ 테아
디오메네 ~ 데이온(도표 12)
아카이오스
(도로스)
이온 ~ 헬리케
텍타모스 ~ 크레테우스의 딸
메타폰토스 ~ 멜라닙페 ~ 포세이돈
클뤼메네 ~ 퓔라코스
아스테리아(도표 19)
악토르
아스테리오스 ~ 에우로페(도표 7)
아이올로스(도표 12) ~ 아이기알레
보이오토스
알키메데 ~ 아이손
이피클로스 ~ 아스튀오케
에우아드네 ~ 카파네우스
에오스포로스
프로마코스
이아손(도표 4)
프로테실라오스 ~ 라오다메이아(도표 12)
포다르케스
퓔라코스
스테넬로스
알퀴오네 ~ 케윅스
포이아스 ~ 데모낫사
이피클로스
코메테스(도표 22)
퀼라레베스
필록테테스

【 도표12 】

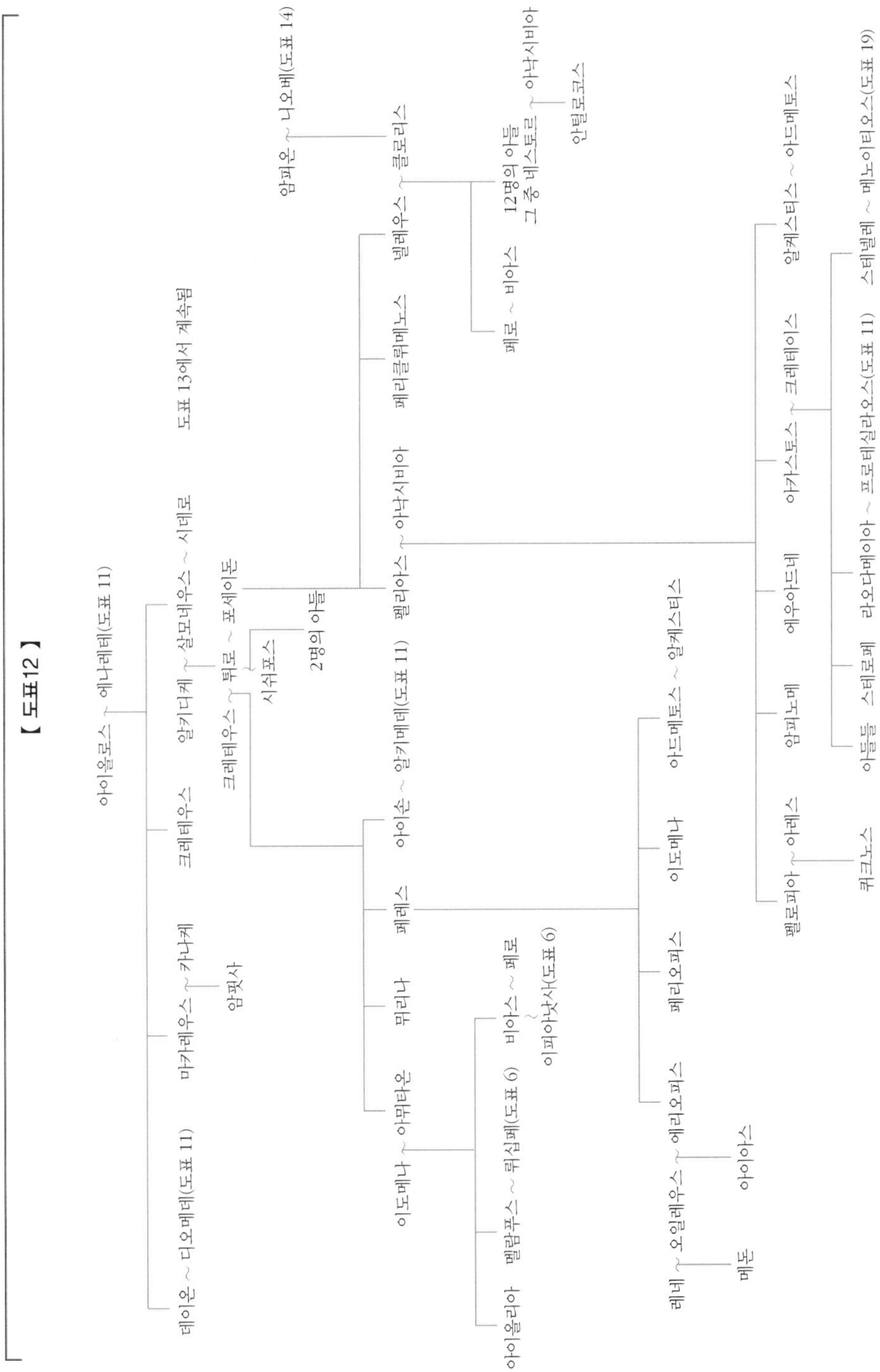

아이올로스 ~ 에나레테(도표 11)
데이온 ~ 디오메데(도표 11)
마가레우스 ~ 카나케
암펫사
크레테우스
알키디케 ~ 살모네우스 ~ 시데로
도표 13에서 계속됨
크레테우스 ~ 튀로 ~ 포세이돈
시쉬포스
2명의 아들
이도메나 ~ 아뮈타온
뮈리나
페레스
아이손 ~ 알키메데(도표 11)
펠리아스 ~ 아낙시비아
페리클뤼메노스
넬레우스 ~ 클로리스
암피온 ~ 니오베(도표 14)
아이올리아
멜람푸스 ~ 뤼십페(도표 6)
비아스 ~ 페로
이피아낫사(도표 6)
페로 ~ 비아스
12명의 아들
그 중 네스토르 ~ 아낙시비아
안틸로코스
레네 ~ 오일레우스 ~ 에리오피스
메돈
아이아스
페리오피스
이도메나
아드메토스 ~ 알케스티스
펠로피아 ~ 아레스
퀴크노스
암피노메
에우아드네
아가스토스 ~ 크레테이스
알케스티스 ~ 아드메토스
아들들
스테로페
라오다메이아 ~ 프로테실라오스(도표 11)
스테넬레 ~ 메노이티오스(도표 19)

【 도표13 】

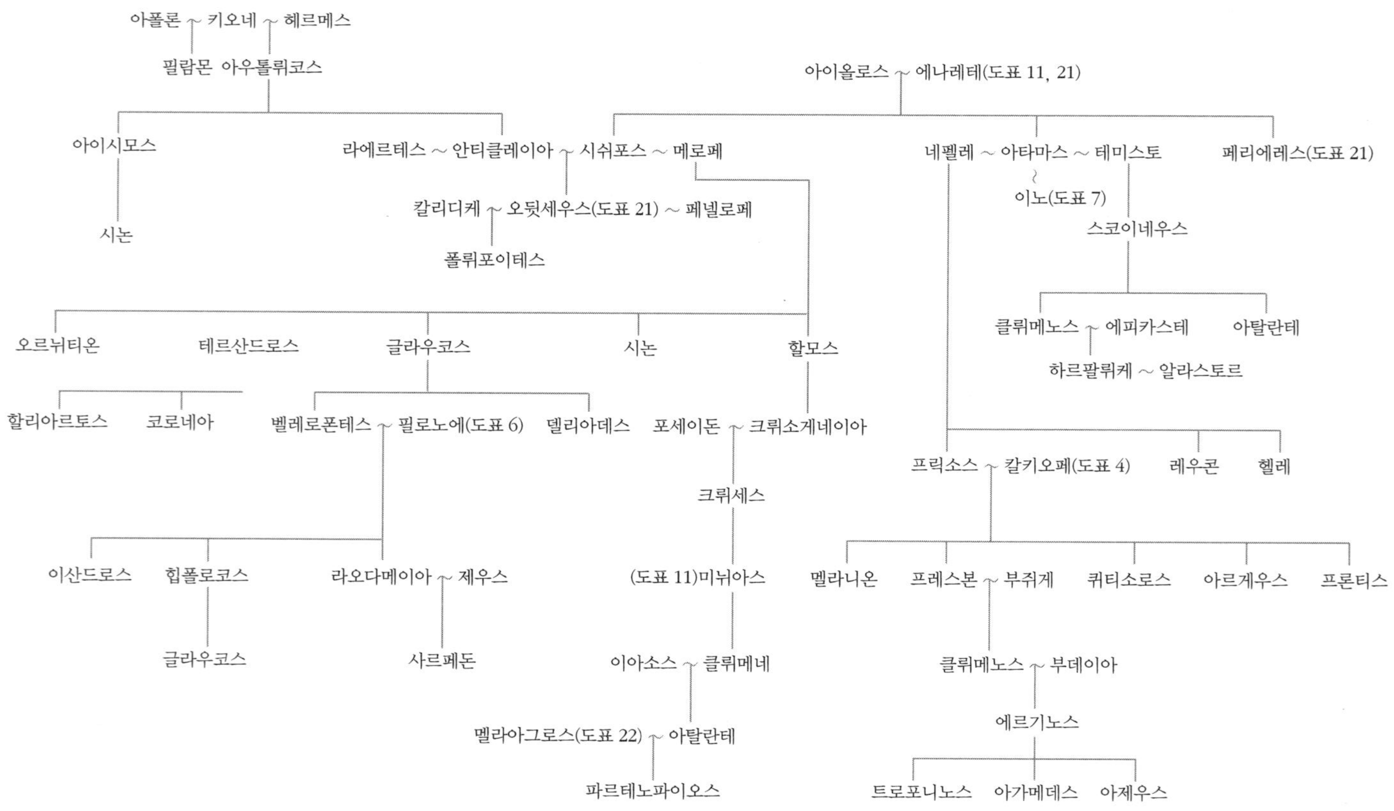
아폴론 ~ 키오네 ~ 헤르메스
필람몬 아우톨뤼코스
아이올로스 ~ 에나레테(도표 11, 21)
아이시모스
라에르테스 ~ 안티클레이아 ~ 시쉬포스 ~ 메로페
네펠레 ~ 아타마스 ~ 테미스토
페리에레스(도표 21)
이노(도표 7)
칼리디케 ~ 오뒷세우스(도표 21) ~ 페넬로페
시논
스코이네우스
폴뤼포이테스
클뤼메노스 ~ 에피카스테
아탈란테
오르뉘티온
테르산드로스
글라우코스
시논
할모스
하르팔뤼케 ~ 알라스토르
할리아르토스
코로네아
벨레로폰테스 ~ 필로노에(도표 6)
델리아데스
포세이돈 ~ 크뤼소게네이아
프릭소스 ~ 칼키오페(도표 4)
레우콘
헬레
크뤼세스
이산드로스
힙폴로코스
라오다메이아 ~ 제우스
(도표 11)미뉘아스
멜라니온
프레스본 ~ 부쥐게
퀴티소로스
아르게우스
프론티스
글라우코스
사르페돈
이아소스 ~ 클뤼메네
클뤼메노스 ~ 부데이아
에르기노스
멜라아그로스(도표 22) ~ 아탈란테
파르테노파이오스
트로포니노스
아가메데스
아제우스

【 도표14 】

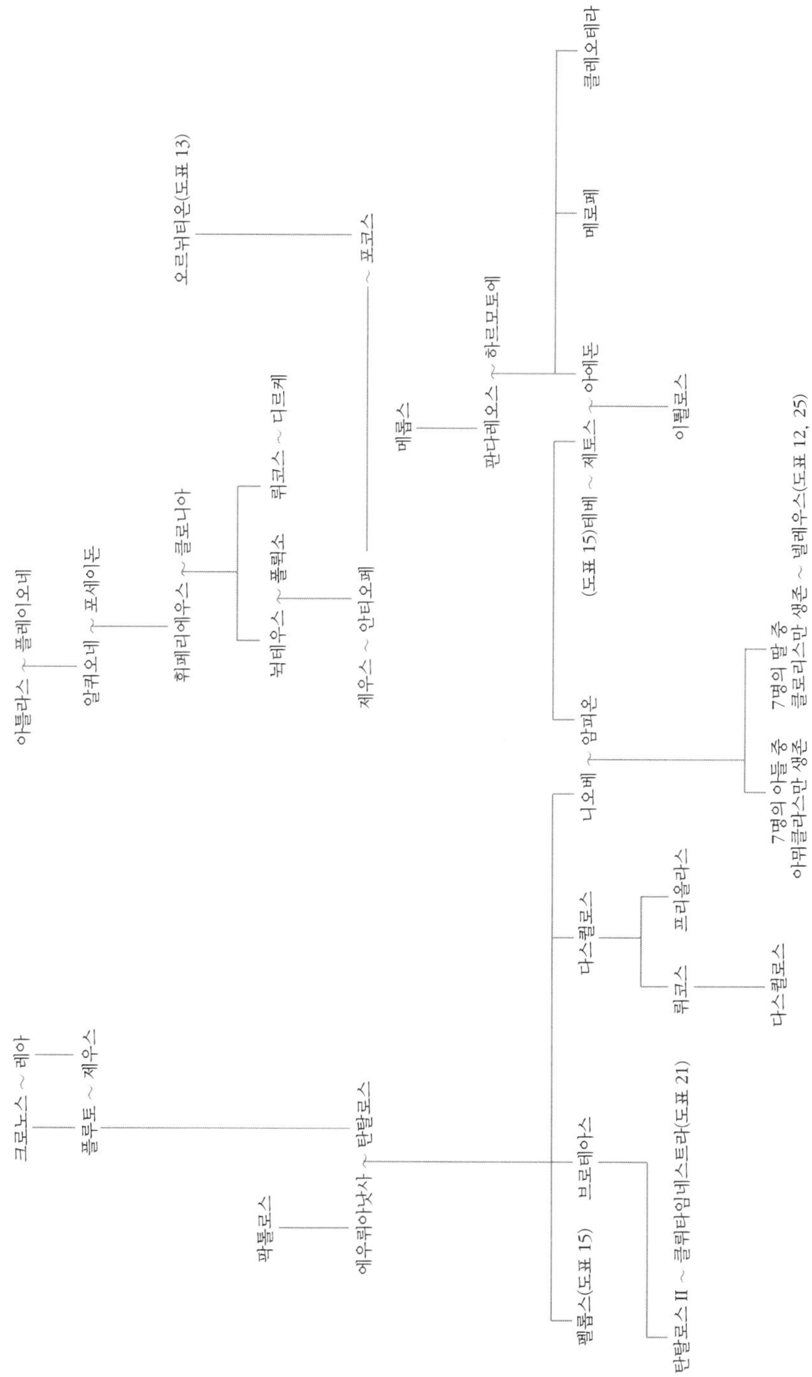

아틀라스 ~ 플레이오네
알퀴오네 ~ 포세이돈
휘페리에우스 ~ 클로니아
뉙테우스 ~ 폴뤽소
뤼코스 ~ 디르케
제우스 ~ 안티오페 ~ 포코스
오르뉘티온(도표 13)
메롭스
판다레오스 ~ 하르모토에
(도표 15)테베 ~ 제토스 ~ 아에돈
메로페
클레오테라
이튈로스
니오베 ~ 암피온
7명의 아들 중 아뮈클라스만 생존
7명의 딸 중 클로리스만 생존 ~ 넬레우스(도표 12, 25)
크로노스 ~ 레아
플루토 ~ 제우스
탄탈로스
팍톨로스
에우뤼아낫사 ~ 탄탈로스
펠롭스(도표 15)
브로테아스
다스퀼로스
뤼코스
프리올라스
다스퀼로스
탄탈로스 II ~ 클뤼타임네스트라(도표 21)

【 도표15 】

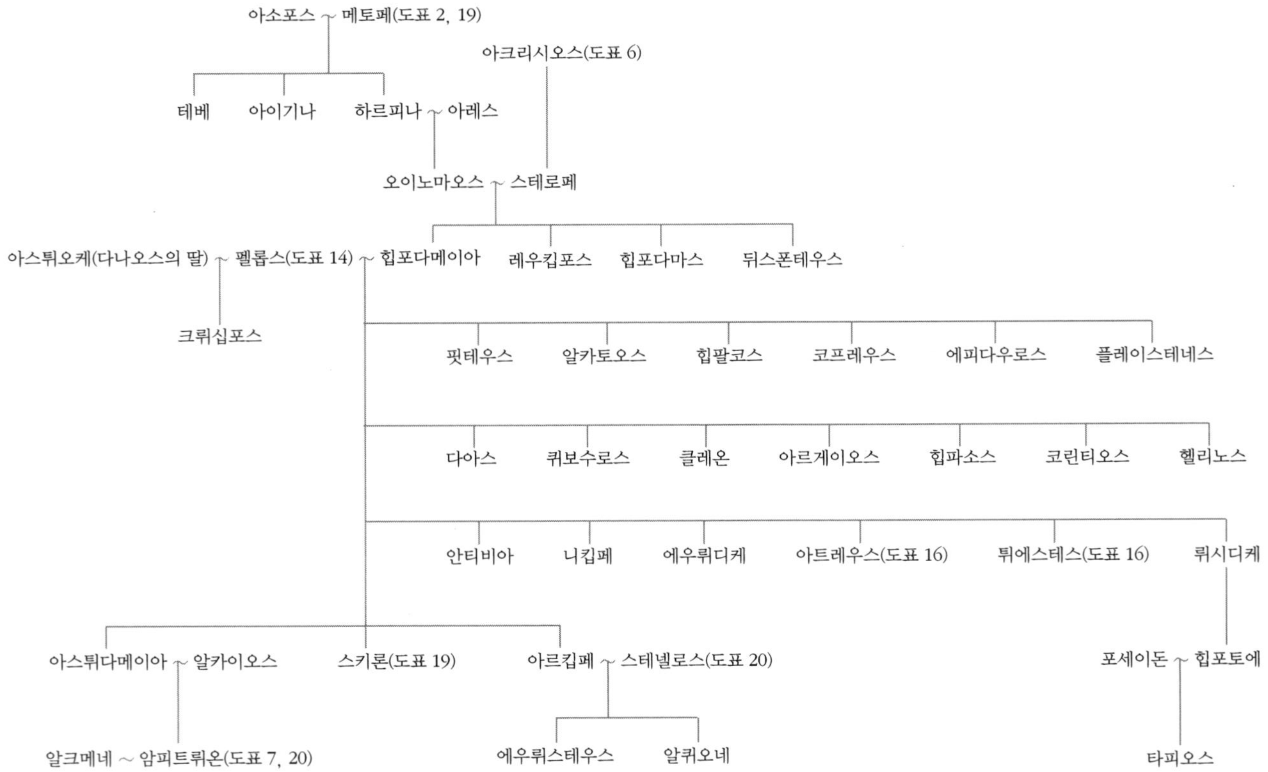
아소포스 ~ 메토페(도표 2, 19)
아크리시오스(도표 6)
테베
아이기나
하르피나 ~ 아레스
오이노마오스 ~ 스테로페
아스튀오케(다나오스의 딸) ~ 펠롭스(도표 14) ~ 힙포다메이아
레우킵포스
힙포다마스
뒤스폰테우스
크뤼십포스
핏테우스
알카토오스
힙팔코스
코프레우스
에피다우로스
플레이스테네스
다아스
퀴보수로스
클레온
아르게이오스
힙파소스
코린티오스
헬리노스
안티비아
니킵페
에우뤼디케
아트레우스(도표 16)
튀에스테스(도표 16)
뤼시디케
아스튀다메이아 ~ 알카이오스
스키론(도표 19)
아르킵페 ~ 스테넬로스(도표 20)
포세이돈 ~ 힙포토에
알크메네 ~ 암피트뤼온(도표 7, 20)
에우뤼스테우스
알퀴오네
타피오스

【 도표16 】

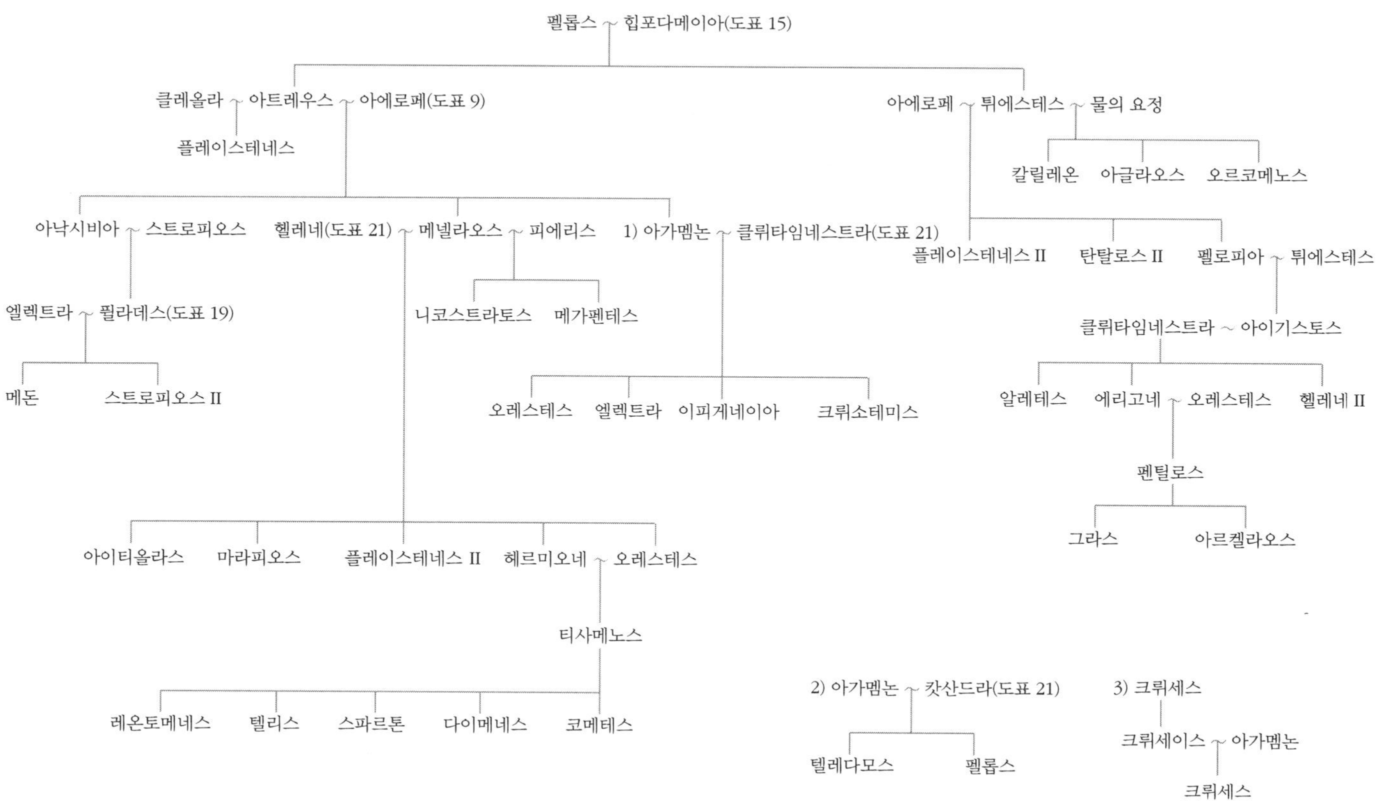

펠롭스 ~ 힙포다메이아(도표 15)
클레올라 ~ 아트레우스 ~ 아에로페(도표 9)
플레이스테네스
아에로페 ~ 튀에스테스 ~ 물의 요정
칼릴레온
아글라오스
오르코메노스
아낙시비아 ~ 스트로피오스
헬레네(도표 21) ~ 메넬라오스 ~ 피에리스
1) 아가멤논 ~ 클뤼타임네스트라(도표 21)
플레이스테네스 II
탄탈로스 II
펠로피아 ~ 튀에스테스
엘렉트라 ~ 퓔라데스(도표 19)
니코스트라토스
메가펜테스
클뤼타임네스트라 ~ 아이기스토스
메돈
스트로피오스 II
오레스테스
엘렉트라
이피게네이아
크뤼소테미스
알레테스
에리고네 ~ 오레스테스
헬레네 II
펜틸로스
그라스
아르켈라오스
아이티올라스
마라피오스
플레이스테네스 II
헤르미오네 ~ 오레스테스
티사메노스
레온토메네스
텔리스
스파르톤
다이메네스
코메테스
2) 아가멤논 ~ 캇산드라(도표 21)
텔레다모스
펠롭스
3) 크뤼세스
크뤼세이스 ~ 아가멤논
크뤼세스

【 도표17 】

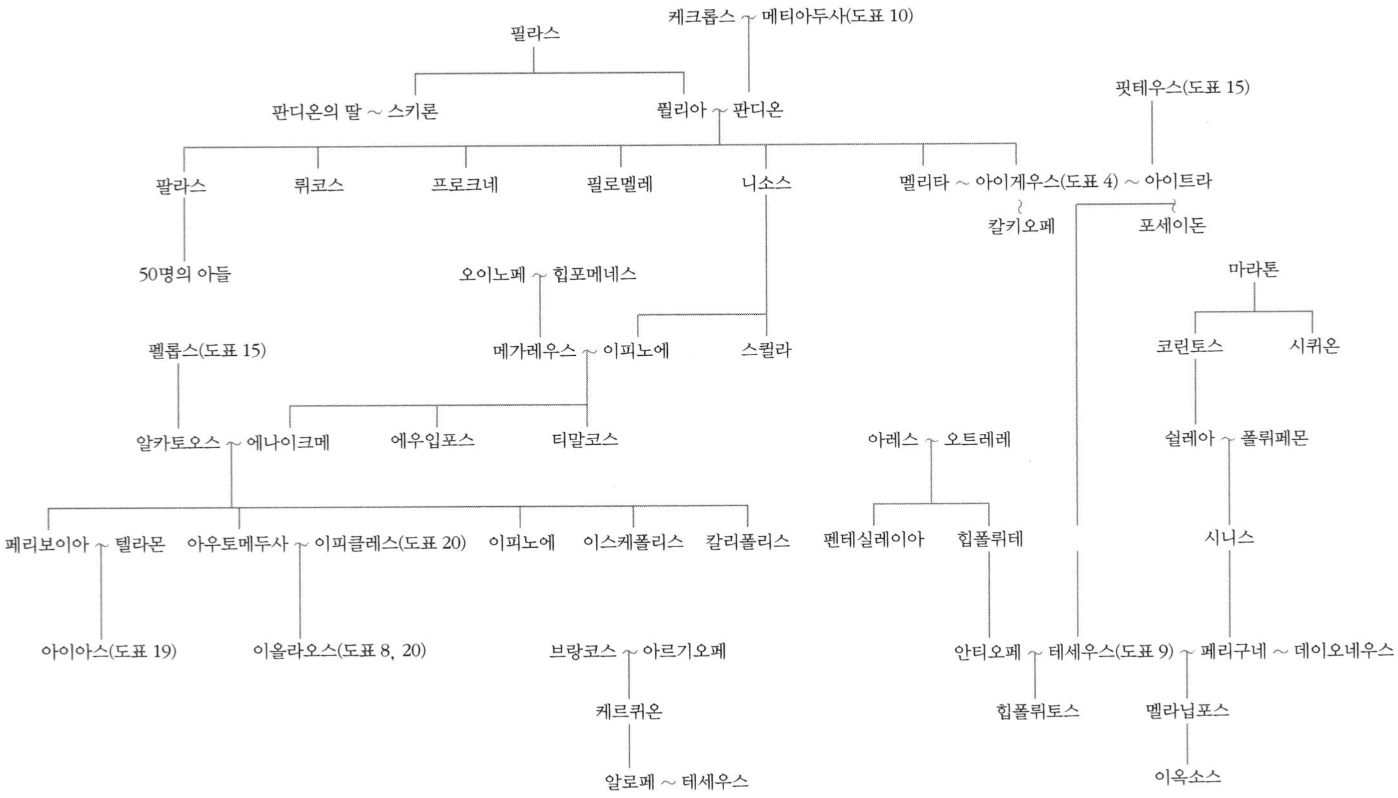
필라스
케크롭스 ~ 메티아두사(도표 10)
판디온의 딸 ~ 스키론
필리아 ~ 판디온
핏테우스(도표 15)
팔라스
뤼코스
프로크네
필로멜레
니소스
멜리타 ~ 아이게우스(도표 4) ~ 아이트라
칼키오페
포세이돈
50명의 아들
오이노페 ~ 힙포메네스
마라톤
펠롭스(도표 15)
메가레우스 ~ 이피노에
스퀼라
코린토스
시퀴온
알카토오스 ~ 에나이크메
에우입포스
티말코스
아레스 ~ 오트레레
쉴레아 ~ 폴뤼페몬
페리보이아 ~ 텔라몬
아우토메두사 ~ 이피클레스(도표 20)
이피노에
이스케폴리스
칼리폴리스
펜테실레이아
힙폴뤼테
시니스
아이아스(도표 19)
이올라오스(도표 8, 20)
브랑코스 ~ 아르기오페
안티오페 ~ 테세우스(도표 9) ~ 페리구네 ~ 데이오네우스
케르퀴온
힙폴뤼토스
멜라닙포스
알로페 ~ 테세우스
이옥소스

【 도표18 】

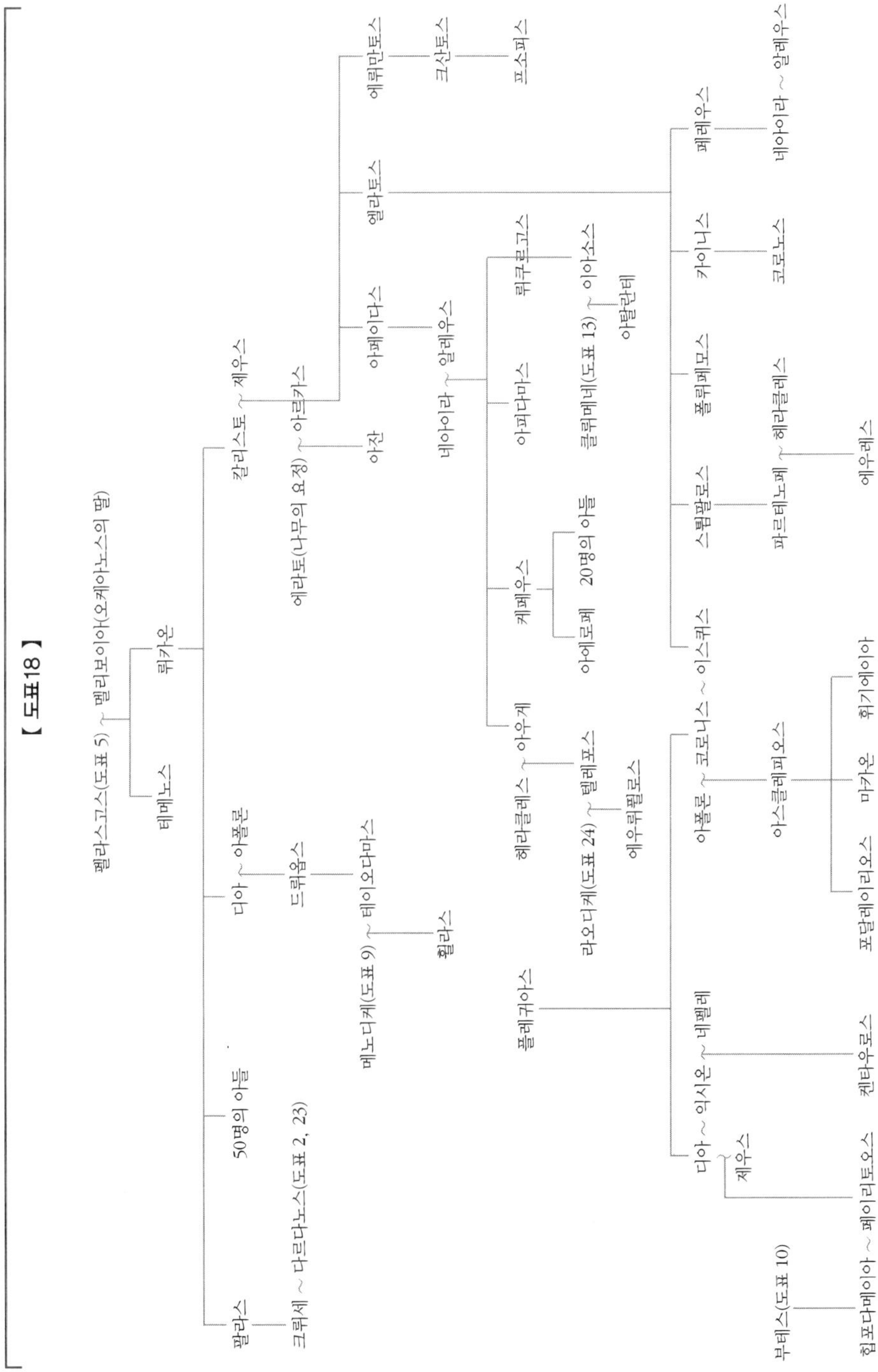
펠라스고스(도표 5) ~ 멜리보이아(오케아노스의 딸)
테메노스
뤼카온
팔라스
50명의 아들
디아 ~ 아폴론
칼리스토 ~ 제우스
크뤼세 ~ 다르다노스(도표 2, 23)
드뤼옵스
에라토(나무의 요정) ~ 아르카스
메노디케(도표 9) ~ 테이오다마스
휠라스
아잔
아페이다스
엘라토스
에뤼만토스
크산토스
프소피스
네아이라 ~ 알레우스
헤라클레스 ~ 아우게
케페우스
아피다마스
뤼쿠르고스
라오디케(도표 24) ~ 텔레포스
에우뤼필로스
아에로페
20명의 아들
클뤼메네(도표 13) ~ 이아소스
아탈란테
플레귀아스
디아 ~ 익시온 ~ 네펠레
제우스
아폴론 ~ 코로니스 ~ 이스퀴스
스튐팔로스
폴뤼페모스
카이네우스
페레우스
파르테노페 ~ 헤라클레스
코로노스
네아이라 ~ 알레우스
부테스(도표 10)
힙포다메이아 ~ 페이리토오스
켄타우로스
아스클레피오스
포달레이리오스
마카온
휘기에이아
에우에레스

【 도표19 】

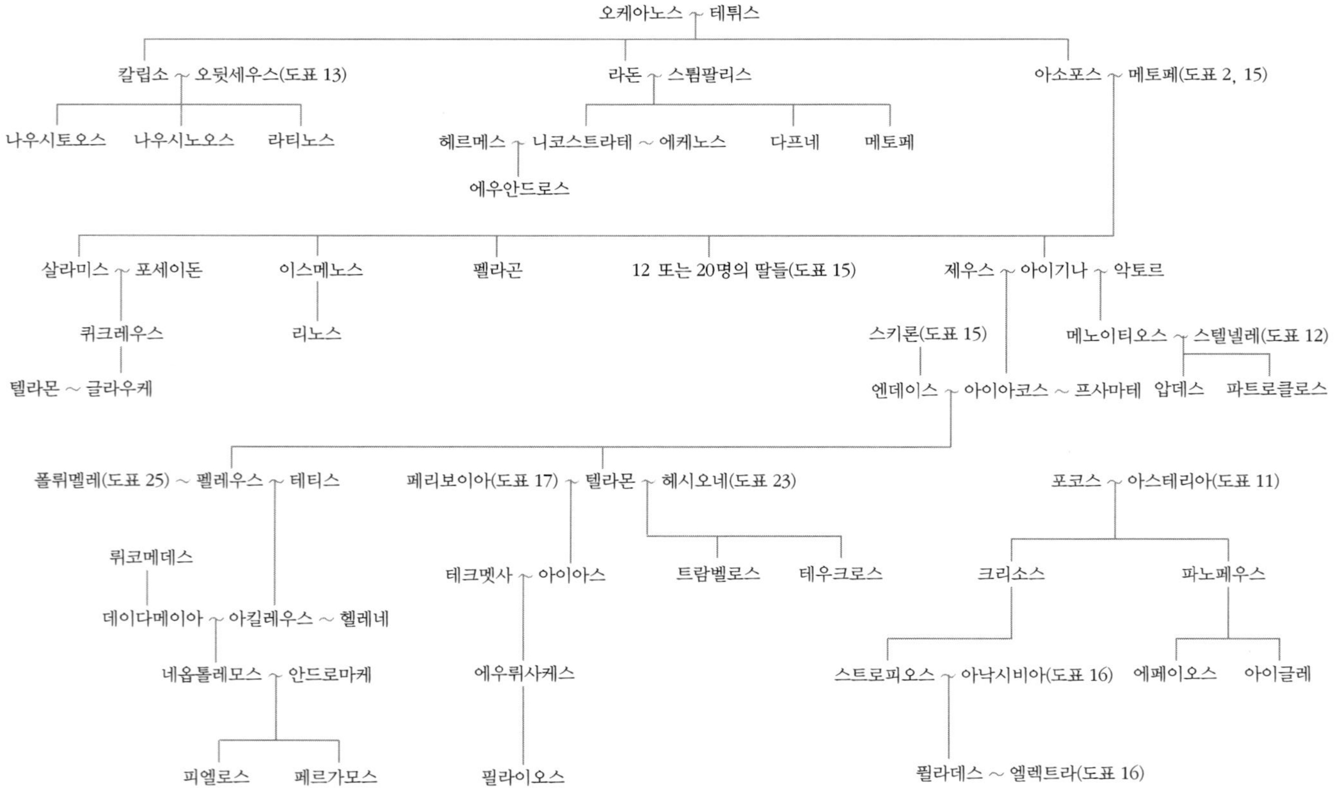
오케아노스 ~ 테튀스
칼립소 ~ 오뒷세우스(도표 13)
라돈 ~ 스튐팔리스
아소포스 ~ 메토페(도표 2, 15)
나우시토오스
나우시노오스
라티노스
헤르메스 ~ 니코스트라테 ~ 에케노스
다프네
메토페
에우안드로스
살라미스 ~ 포세이돈
이스메노스
펠라곤
12 또는 20명의 딸들(도표 15)
제우스 ~ 아이기나 ~ 악토르
퀴크레우스
리노스
스키론(도표 15)
메노이티오스 ~ 스텔넬레(도표 12)
텔라몬 ~ 글라우케
엔데이스 ~ 아이아코스 ~ 프사마테
압데스
파트로클로스
폴뤼멜레(도표 25) ~ 펠레우스 ~ 테티스
페리보이아(도표 17) ~ 텔라몬 ~ 헤시오네(도표 23)
포코스 ~ 아스테리아(도표 11)
뤼코메데스
테크멧사 ~ 아이아스
트람벨로스
테우크로스
크리소스
파노페우스
데이다메이아 ~ 아킬레우스 ~ 헬레네
네옵톨레모스 ~ 안드로마케
에우뤼사케스
스트로피오스 ~ 아낙시비아(도표 16)
에페이오스
아이글레
피엘로스
페르가모스
필라이오스
퓔라데스 ~ 엘렉트라(도표 16)

【 도표20 】

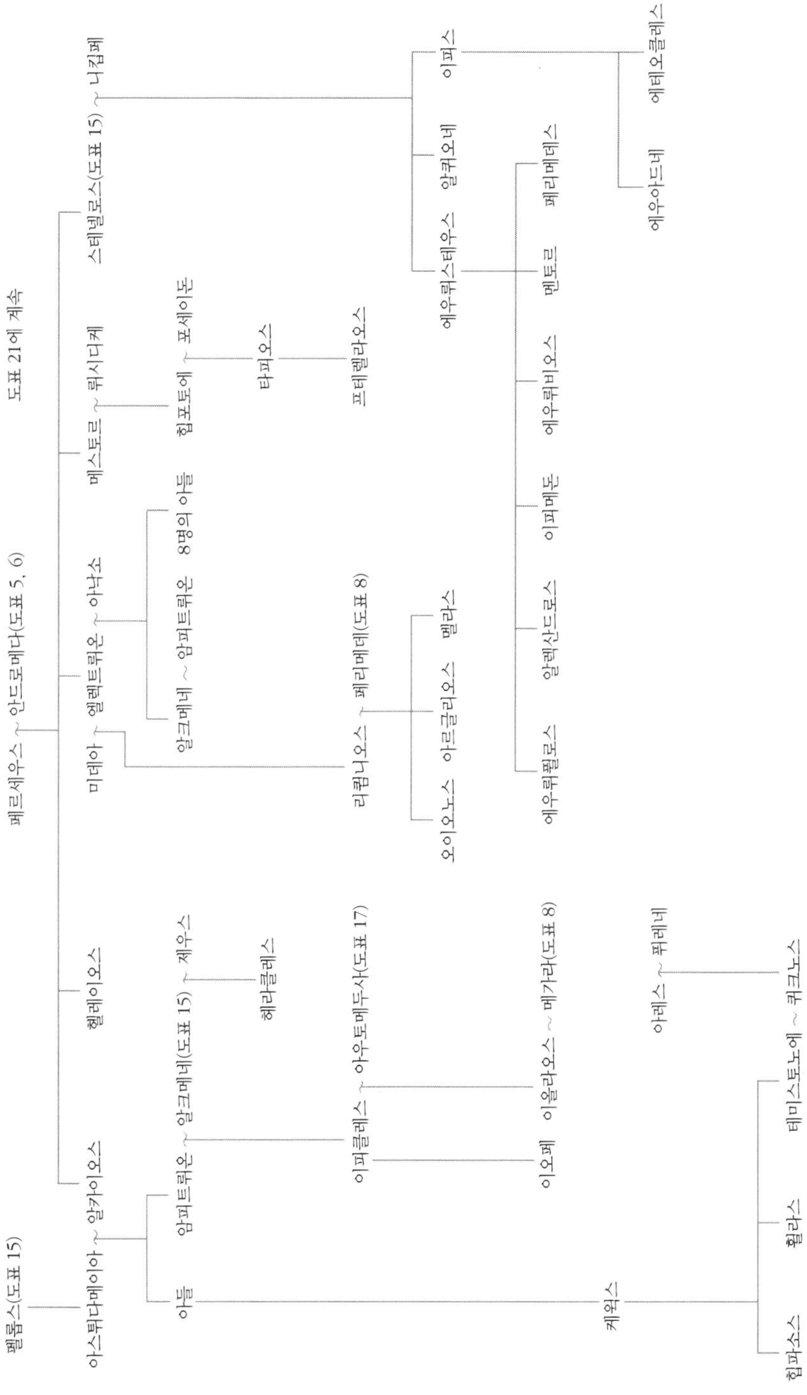

펠롭스(도표 15)
아스튀다메이아
알카이오스
헬레이오스
페르세우스
안드로메다(도표 5, 6)
도표 21에 계속
엘렉트뤼온
아낙소
메스토르
뤼시디케
스테넬로스(도표 15)
니킵페
아들
암피트뤼온
알크메네(도표 15)
제우스
헤라클레스
미데아
알크메네
암피트뤼온
8명의 아들
힙포토에
포세이돈
타피오스
프테렐라오스
이피클레스
아우토메두사(도표 17)
리큄니오스
페리메데(도표 8)
오이오노스
아르겔리오스
멜라스
에우뤼스테우스
알퀴오네
이피스
이오페
이올라오스
메가라(도표 8)
에우뤼펠로스
알렉산드로스
이피메돈
에우뤼비오스
멘토르
페리메데스
케익스
아레스
퓌레네
에우아드네
에테오클레스
힙파소스
휠라스
테미스토노에
퀴크노스

【 도표21 】

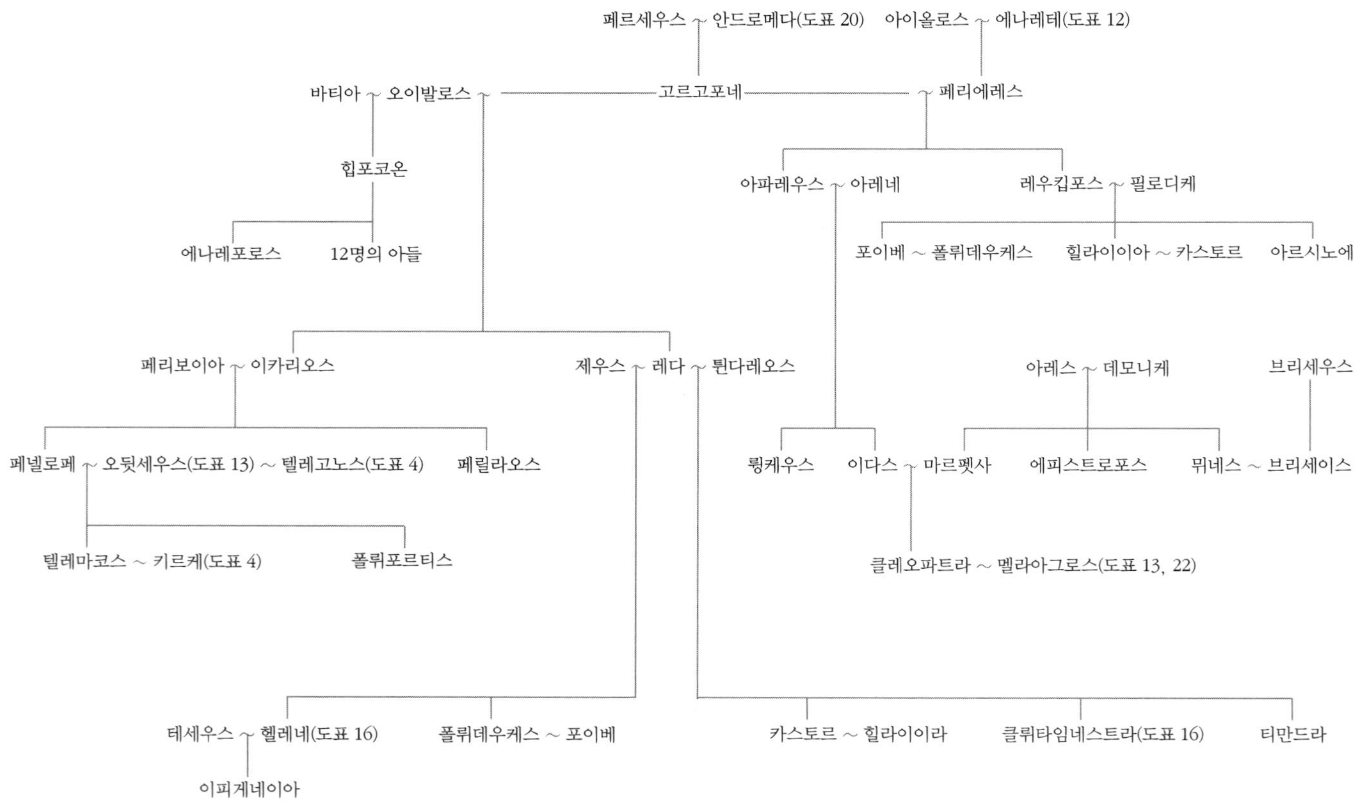
페르세우스 ~ 안드로메다(도표 20)
아이올로스 ~ 에나레테(도표 12)
바티아 ~ 오이발로스 ~
고르고포네
~ 페리에레스
힙포코온
에나레포로스
12명의 아들
아파레우스 ~ 아레네
레우킵포스 ~ 필로디케
포이베 ~ 폴뤼데우케스
힐라이이아 ~ 카스토르
아르시노에
페리보이아 ~ 이카리오스
제우스 ~ 레다 ~ 튄다레오스
아레스 ~ 데모니케
브리세우스
페넬로페 ~ 오뒷세우스(도표 13) ~ 텔레고노스(도표 4)
페릴라오스
륑케우스
이다스 ~ 마르펫사
에피스트로포스
뮈네스 ~ 브리세이스
텔레마코스 ~ 키르케(도표 4)
폴뤼포르티스
클레오파트라 ~ 멜라아그로스(도표 13, 22)
테세우스 ~ 헬레네(도표 16)
폴뤼데우케스 ~ 포이베
카스토르 ~ 힐라이이라
클뤼타임네스트라(도표 16)
티만드라
이피게네이아

【 도표22 】

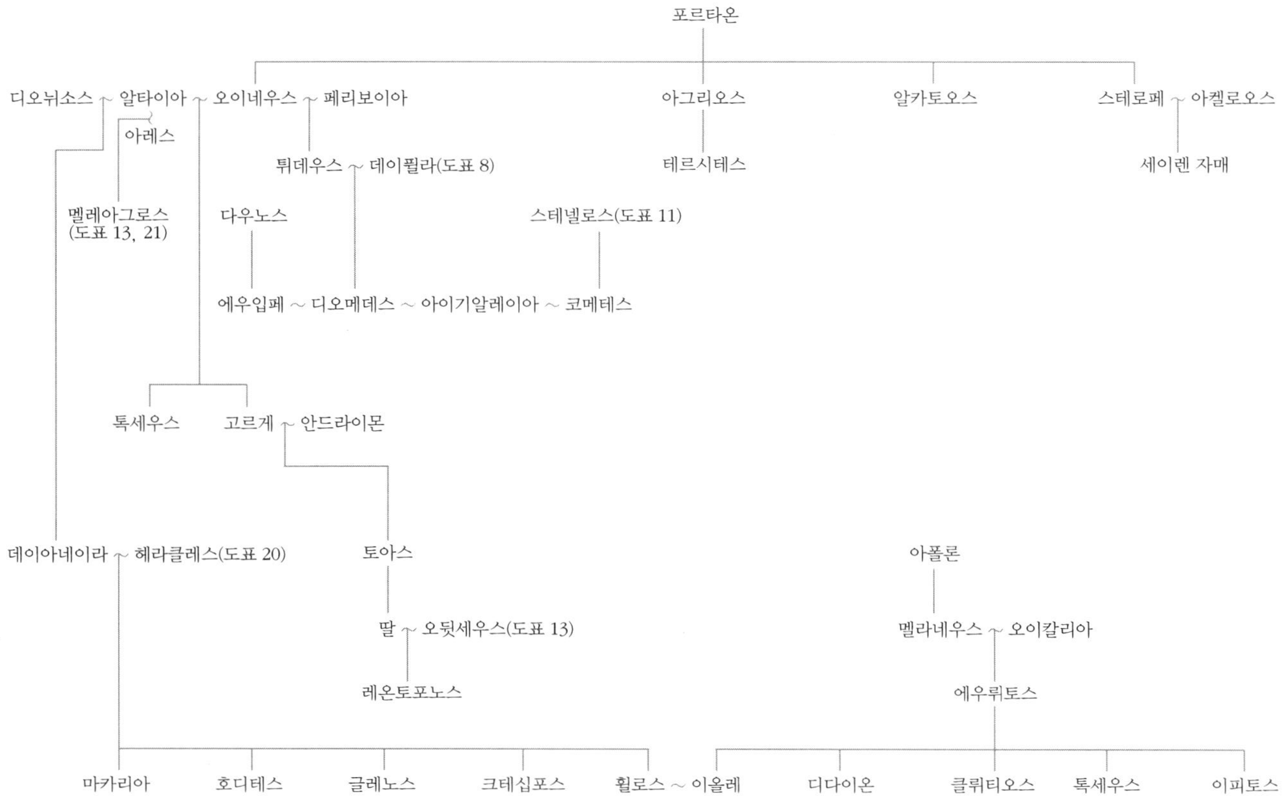

포르타온
디오뉘소스 ~ 알타이아 ~ 오이네우스 ~ 페리보이아
아그리오스
알카토오스
스테로페 ~ 아켈로오스
아레스
튀데우스 ~ 데이퓔라(도표 8)
테르시테스
세이렌 자매
멜레아그로스
(도표 13, 21)
다우노스
스테넬로스(도표 11)
에우입페 ~ 디오메데스 ~ 아이기알레이아 ~ 코메테스
톡세우스
고르게 ~ 안드라이몬
데이아네이라 ~ 헤라클레스(도표 20)
토아스
아폴론
딸 ~ 오뒷세우스(도표 13)
멜라네우스 ~ 오이칼리아
레온토포노스
에우뤼토스
마카리아
호디테스
글레노스
크테십포스
휠로스 ~ 이올레
디다이온
클뤼티오스
톡세우스
이피토스

【 도표23 】

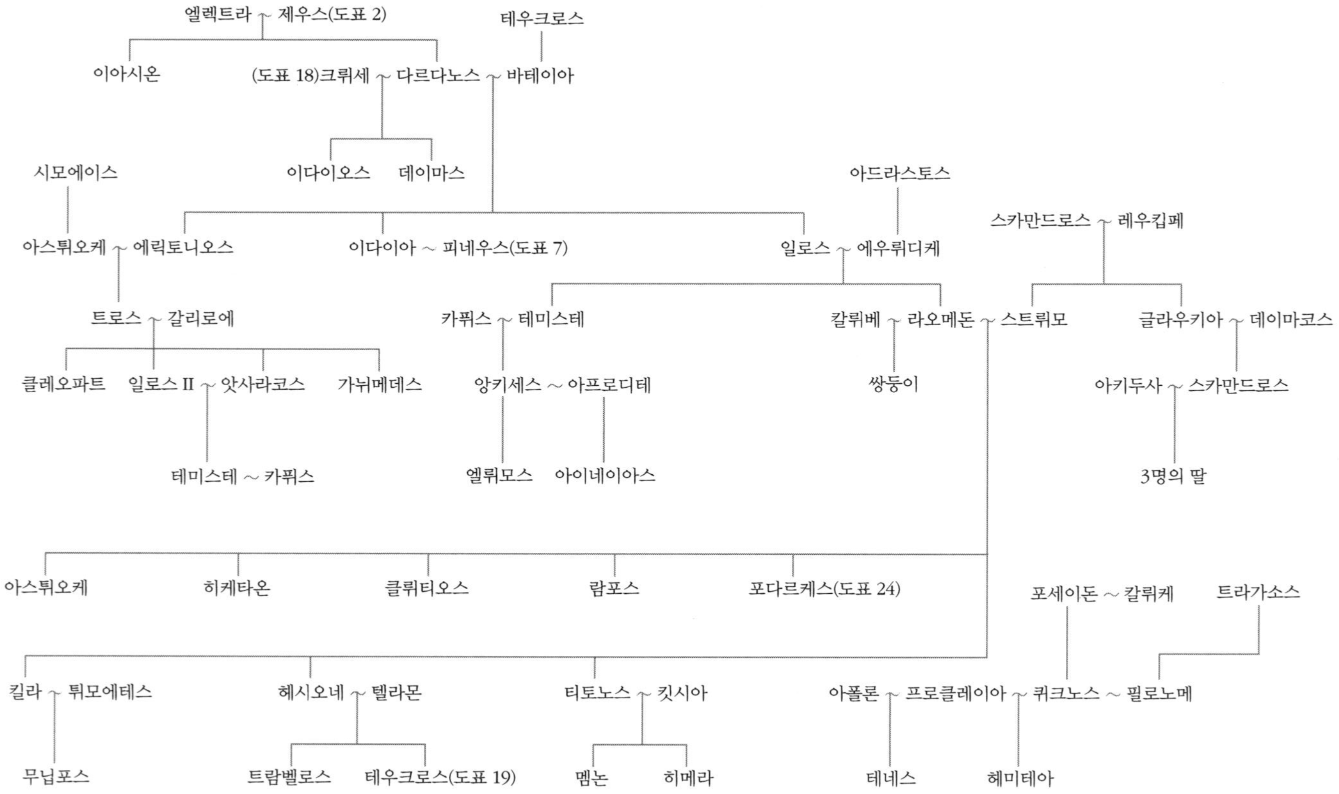
엘렉트라 ~ 제우스(도표 2)
테우크로스
이아시온
(도표 18)크뤼세 ~ 다르다노스 ~ 바테이아
이다이오스
데이마스
시모에이스
아드라스토스
아스튀오케 ~ 에릭토니오스
이다이아 ~ 피네우스(도표 7)
일로스 ~ 에우뤼디케
스카만드로스 ~ 레우킵페
트로스 ~ 갈리로에
카퓌스 ~ 테미스테
칼뤼베 ~ 라오메돈 ~ 스트뤼모
글라우키아 ~ 데이마코스
클레오파트
일로스 II ~ 앗사라코스
가뉘메데스
앙키세스 ~ 아프로디테
쌍둥이
아키두사 ~ 스카만드로스
테미스테 ~ 카퓌스
엘뤼모스
아이네이아스
3명의 딸
아스튀오케
히케타온
클뤼티오스
람포스
포다르케스(도표 24)
포세이돈 ~ 칼뤼케
트라가소스
킬라 ~ 튀모에테스
헤시오네 ~ 텔라몬
티토노스 ~ 킷시아
아폴론 ~ 프로클레이아 ~ 퀴크노스 ~ 필로노메
무닙포스
트람벨로스
테우크로스(도표 19)
멤논
히메라
테네스
헤미테아

【 도표24 】

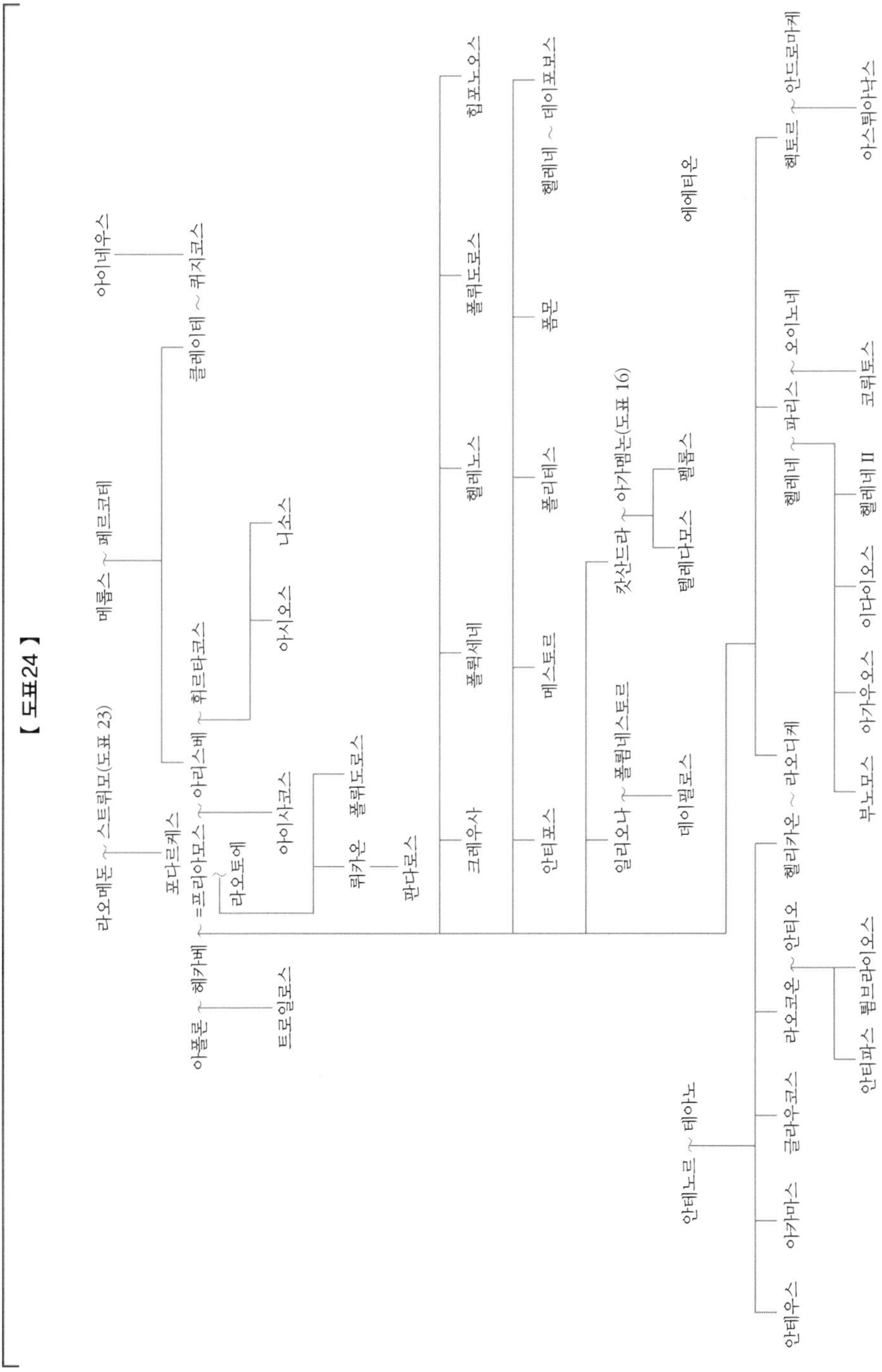
라오메돈 ~ 스트뤼모(도표 23)
메롭스 ~ 페르코테
아이네우스
클레이테 ~ 퀴지코스
포다르케스
헤카베
=프리아모스
아리스베
휘르타코스
아폴론
라오토에
아이사코스
아시오스
니소스
트로일로스
뤼카온
폴뤼도로스
판다로스
크레우사
폴뤽세네
헬레노스
폴뤼도로스
힙포노오스
안티포스
메스토르
폴리테스
폼몬
헬레네 ~ 데이포보스
일리오나 ~ 폴륌네스토르
데이필로스
캇산드라 ~ 아가멤논(도표 16)
텔레다모스
펠롭스
에에티온
안테노르 ~ 테아노
헬리카온 ~ 라오디케
헬레네 ~ 파리스 ~ 오이노네
헥토르 ~ 안드로마케
아스튀아낙스
안테우스
아가마스
글라우코스
라오코온 ~ 안티오
안티파스
튐브라이오스
부노모스
아가우오스
이다이오스
헬레네 II
코뤼토스

【 도표25 】

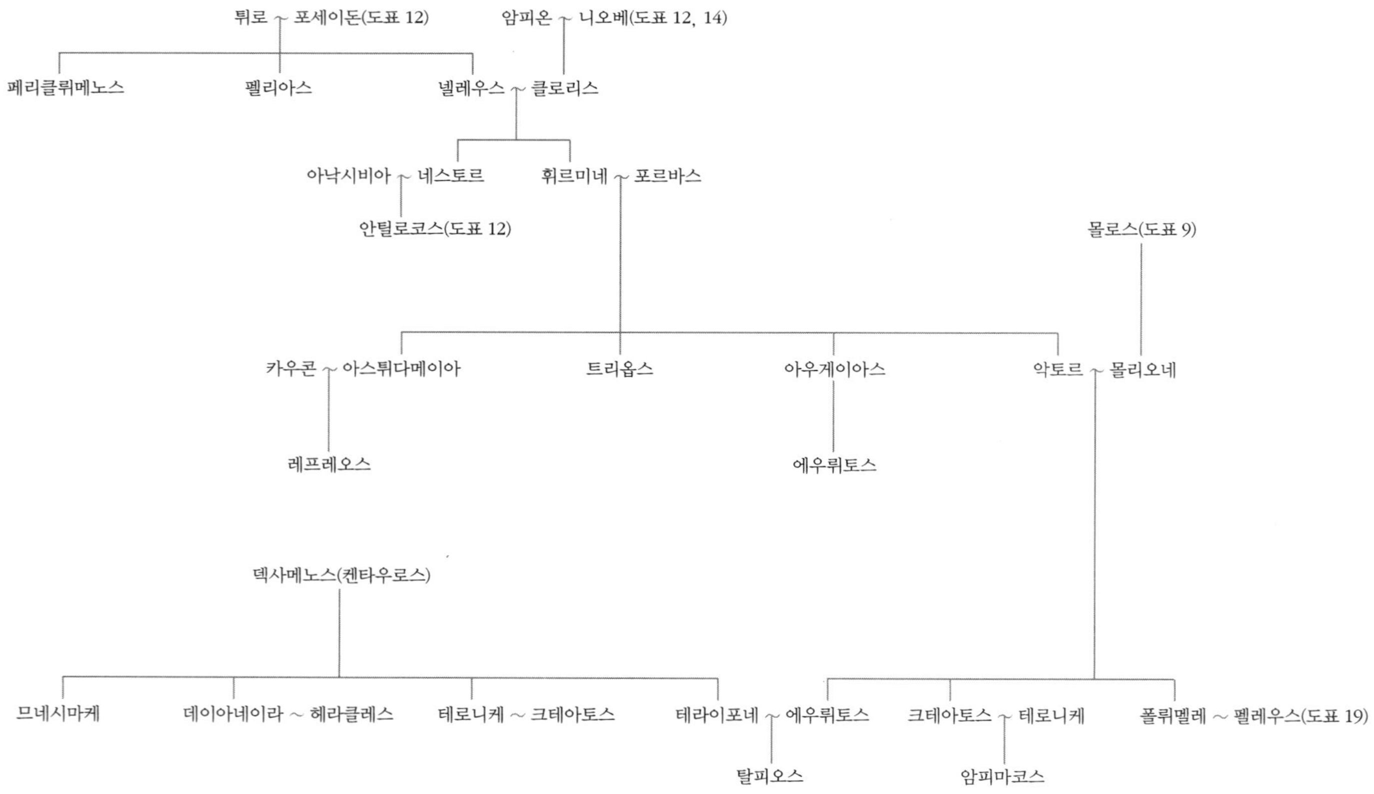
튀로 ~ 포세이돈(도표 12)
암피온 ~ 니오베(도표 12, 14)
페리클뤼메노스
펠리아스
넬레우스 ~ 클로리스
아낙시비아 ~ 네스토르
휘르미네 ~ 포르바스
안틸로코스(도표 12)
몰로스(도표 9)
카우콘 ~ 아스튀다메이아
트리옵스
아우게이아스
악토르 ~ 몰리오네
레프레오스
에우뤼토스
덱사메노스(켄타우로스)
므네시마케
데이아네이라 ~ 헤라클레스
테로니케 ~ 크테아토스
테라이포네 ~ 에우뤼토스
크테아토스 ~ 테로니케
폴뤼멜레 ~ 펠레우스(도표 19)
탈피오스
암피마코스

【 도표26 】

a)

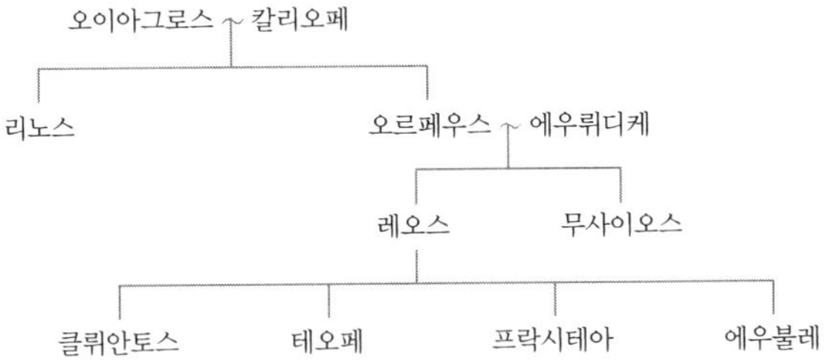
오이아그로스 ~ 칼리오페
리노스
오르페우스 ~ 에우뤼디케
레오스
무사이오스
클뤼안토스
테오페
프락시테아
에우불레

b)

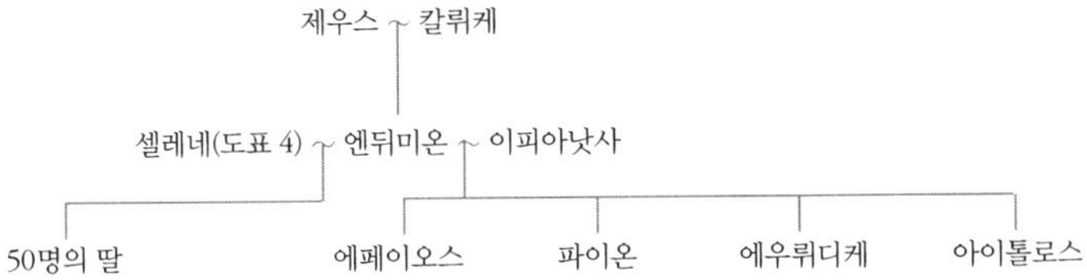
제우스 ~ 칼뤼케
셀레네(도표 4) ~ 엔뒤미온 ~ 이피아낫사
50명의 딸
에페이오스
파이온
에우뤼디케
아이톨로스

c)

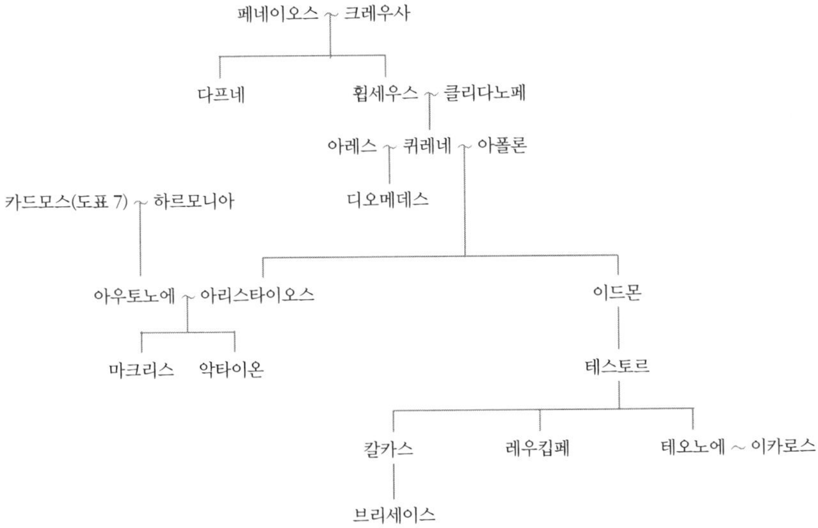
페네이오스 ~ 크레우사
다프네
힙세우스 ~ 클리다노페
아레스 ~ 퀴레네 ~ 아폴론
디오메데스
카드모스(도표 7) ~ 하르모니아
아우토노에 ~ 아리스타이오스
이드몬
마크리스
악타이온
테스토르
칼카스
레우킵페
테오노에 ~ 이카로스
브리세이스

【 도표27 】

a)

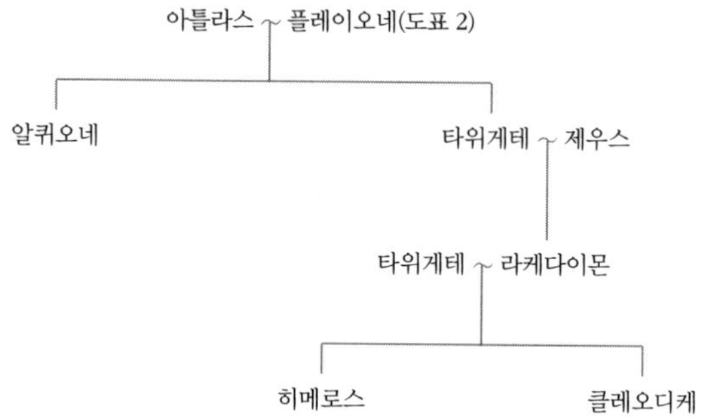
아틀라스 ~ 플레이오네(도표 2)
알퀴오네
타위게테 ~ 제우스
타위게테 ~ 라케다이몬
히메로스
클레오디케

b)

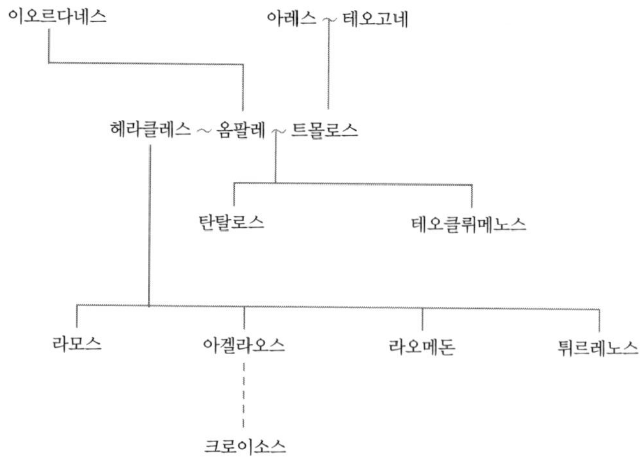
이오르다네스
아레스 ~ 테오고네
헤라클레스 ~ 옴팔레 ~ 트몰로스
탄탈로스
테오클뤼메노스
라모스
아겔라오스
라오메돈
튀르레노스
크로이소스

【 도표28 】

제우스의 교합

a) 여신들

제우스

여신들	그 아버지 또는 어머니	태어난 자녀
테미스	우라노스	호라이 여신들, 운명의 여신들(도표 1)
므네모쉬네	우라노스	무사 여신들(도표 1)
헤라	크로노스	헤파이스토스, 헤베, 아레스, 에리스(?)(도표 2)
데메테르	크로노스	코레(=페르세포네), 이악코스(도표 2)
디오네	오케아노스	아프로디테(도표 2)
메티스	오케아노스	아테네(도표 2)
에우뤼노메	오케아노스	카리스 여신들, 아소포스(도표 2)
네메시스	오케아노스	헬레네
레토	코이오스	아폴론, 아르테미스(도표 1)
코레	데메테르	자그레우스, 스튁스(도표 2)
아프로디테	디오네	에로스(도표 2)
엘렉트라	아틀라스	이아시온, 하르모니아, 다르다노스(도표 2)
마이아	아틀라스	헤르메스(도표 2)
타위게테	아틀라스	라케다이몬(도표 27)
플루토	크로노스	탄탈로스(도표 14)

b) 여인들

제우스

여인들	그 아버지 또는 어머니	태어난 자녀
라미아	벨로스	스퀼라(도표 5)
다나에	아크리시오스	페르세우스(도표 6)
에우로페	아게노르	사르페돈, 미노스, 라다만튀스(도표 7)
세멜레	카드모스	디오뉘소스(도표 7)
이오	이나코스	에파포스(도표 5)
파시파에	헬리오스	암몬(도표 9)
라오다메이아	벨레로폰테스	사르페돈(도표 13)
안티오페	뉙테우스	암피온, 제토스(도표 14)
칼리스토	뤼카온	아르카스(도표 18)
아이기나	아소포스	아이아코스(도표 19)
알크메네	엘렉트뤼온	헤라클레스(도표 20)
레다	테스티오스	헬레네, 폴리데우케스(도표 21)
디아	에이오네우스	페이리토오스(도표 18)
칼뤼케		엔디미온(도표 26)
클뤼메네		뮈르틸로스

【 도표29 】

포세이돈의 교합

a) 여신들

포세이돈	그 아버지 또는 어머니	태어난 자녀
가이아		안타이오스, 카륍디스(도표3)
데메테르	크로노스	데스포이나, 아리온
아프로디테	제우스	로도스, 헤로필로스
페리보이아	에우뤼메돈	나우시토오스(도표1)
토오사	포르퀴스	폴뤼페모스(도표3)
메두사	포르퀴스	페가소스, 크뤼사오르(도표3)
할리아	폰토스	로데, 6명의 아들(도표3)
암피트리테	네레우스	트리톤, 벤테시퀴메네(도표3)
클레오도라(요정)		파르나소스

b) 여인들

포세이돈	그 아버지 또는 어머니	태어난 자녀
리뷔에	에파포스	아게노르, 벨로스(도표 5)
뤼시아낫사	에파포스	안타이오스, 부시리스(도표 5)
아뮈모네	다나오스	나우플리오스(도표 6)
키오네	보레아스	에우몰포스(도표 7)
에우뤼알레		오리온(도표 9)
멜라닙페	아이올로스	아이올로스, 보이오토스(도표 11)
튀로	살모네우스	펠리아스, 넬레우스, 페리클뤼메노스(도표 12)
크뤼소게네이아	할모스	크뤼세스(도표 13)
아이트라	핏테우스	테세우스(도표 17)
살라미스	아소포스	퀴크레우스(도표 19)
힙포토에	메스토르	타피오스(도표 20)
칼뤼케		퀴크노스(도표 23)
알로페	케르퀴온	힙포토오스
이피메데이아	트리옵스	에피알테스, 오토스
페로	넬레우스	아소포스
아스튀팔라이아		에우뤼필로스
알퀴오네		안타스
오네아이이아		아리온

【 도표30 】

헤라클레스의 교합

헤라클레스

여신 또는 여인	그 아버지 또는 어머니	태어난 자녀
헤베	제우스	알렉시아레스, 아니케토스(도표 2)
메가라	크레온	알카이오스의 자손들(도표 8)
프소피스	에뤽스	에케프론, 프로마코스(도표 10)
프로크리스	테스피오스	안틸레온, 힙페우스(도표 10)
48명의 딸	테스피오스	48명의 아들(도표 10)
아우게	알레우스	텔레포스(도표 18)
파르테노페	스튐팔로스	에우레스(도표 18)
데이아네이라	디오뉘소스	마카리아, 호디테스, 글레노스, 크테십포스, 휠로스(도표 22)
옴팔레	이오르다네스	라모스, 아겔라오스, 라오메돈, 튀르레노스(도표 27)
멜리타	아이가이오스	휠로스 II
메다	필라스	안티오코스
피알로	알키메돈	아이크마고라스
칼키오페	에우뤼필로스	텟살로스
아스튀다메이아	아뮌토르	크테십포스
아스튀오케	필레우스	틀레폴레모스
휠라이아의 사녀(蛇女)		아가튀르소스, 겔로노스, 스퀴테스
팅가, 안타이오스의 아내		소팍스
파우누스의 딸		라티누스
말리스		클레오다이오스, 알카이오스
갈라타		알레시아의 주민들

헤시오도스의 생애

고대 그리스에서 서사시를 쓴 두 위대한 시인으로 호메로스(Homeros)와 헤시오도스가 거명되곤 했다. 이를테면 역사가 헤로도토스[1]는 그리스인들에게 그들의 신(神)들을 만들어준 것은 호메로스와 헤시오도스라고 주장한다(『역사』 2권 53장 2절 참조). 그러나 이 두 시인은 똑같이 헥사메터[2] 시행(詩行)을 쓰고 이오니아 방언에다 아이올리스 방언과 앗티케 방언을 가미한 서사시 시어를 사용한 서사시인이라는 공통점 말고는 차이점이 더 많다. 우선 호메로스의 양대 서사시 『일리아스』(*Ilias*)와 『오뒷세이아』(*Odysseia*)에서는 영웅들의 비범한 행위와 고통을 그리고 있는 데 반해, 헤시오도스의 첫 번째 서사시 『신들의 계보』에서는 인간의 주변 세계를 체계적이고 포괄적으로 기술하지만 정작 인간이나 동식물은 빠져 있는가 하면 두 번째 서사시인 『일과 날』에서는 평범한 인간의 일상생활과 그것을 지배하는 규칙을, 그리고 올바른 생활 태도를 위한 여러 가지 교훈을 담는다. 다음으로, 호메로스라는 인물은 그 역사성에 의문을 제기하지 않는 사람들에게도 거대한 그림자 같은 존재지만 헤시오도스의 생애와 환경에 관해서는 그 자신이 많은 정보를 제공해준다. 마지막으로 행수(行數)에서 헤시오도스의 두 서사시는 각각 『일리아스』의 전(全) 24권 중 대략 한 권의 분량과 비슷할 정도로 짧은 편이다. 그러나 그 대상이 다양하고 관계가 복잡하고 난해한 구절이 많아 독자들에게는 다소 길게 느껴지기도 한다.

헤시오도스의 시들은 기원전 700년경에 씌어진 것으로 추정된다. 그의 시들에서 호메로스의 시들에 쓰이는 어구(語句)들이 자주 눈에 띄는 것과 관련하여, 대체로 헤시오도스가 호메로스에게서 영향을 받았다는 것이 정설로 되어 있지만 헤시오도스의 시들이 적어도 『오뒷세이아』보다는 먼저 씌어졌을 것으로 보는 이들도 있다. 『오뒷세이아』에서는 『일리아스』에서 볼 수 있는 귀족 계급의 가치관들이 느슨해지고 헤시오도스에게서 볼 수 있는 것 같은 윤리적 사고가 군데군데 나타나는 것은 사실이지만 어느 누구도 이러한 견해를 명쾌하게 입증하기는 쉽지 않다.

헤시오도스의 시들은 호메로스에 비해 우리에게 다소 낯설고 세련되지 못한 느낌을 주기도 하지만, 독특한 깊이와 근원적인 힘을 품고 있다. 그래서 후세의 그리스인들은 그를 나름대로 독보적인 시인으로 경탄하게 되었던 것이다.

헤시오도스 자신의 진술에 따르면, 그의 아버지는 소(小)아시아의 아이올리스 지방에 있던 그리스 식민시 퀴메(Kyme) 출신으로 당시에는 흔히 그러하듯 해상무역을 통하여 재산을 모으려다가 사업에 실패하자 고향을 떠나 그리스 본토 중동부 지방인 보이오티아의 테스피아이(Thespiai) 시 근처에 있는 아스크라(Askra)라는 한촌(寒村)에 농사짓기 위해 정착한다. 그곳에서 성장하면서 그곳의 폐쇄적이고 세련되지 못한 농민 기질이 헤시

1 헤로도토스(Herodotos, 기원전 490년경~기원전 425년경)는 그리스의 역사가로 『역사』(*Histrories apodexis*)의 저자다.

2 헥사메터(hexameter)는 서사시와 교훈시 등에서 사용하던 운율로서 6개의 운각(韻脚 metron)으로 이루어지며 각 운각은 닥튈로스(daktylos 장장단격 : ∪∪)이거나 스폰데이오스(Spondeios 장장격 ——)다.

오도스의 성격 형성 및 작시에 결정적인 영향을 주었던 것 같다.

그곳에도 귀족 출신의 지주들이 있었고 헤시오도스는 원하든 원치 않든 그들과 접촉하지 않을 수 없었을 것이다. 그러나 그들의 세계는 그의 세계는 아니었다. 어린 시절에는 산중에서 목동 생활을 하고 나중에는 아마도 아버지에게서 물려받은 농토에서 농사를 짓게 되는 그의 세계는 살아남기 위해 힘겨운 생존 투쟁을 해야 하는 소농(小農)의 세계였다. 땅에서 나는 소출이 적어 그는 한 자녀 갖기를 권장하고 있을 정도다(『일과 날』 376행 참조). "겨울에도 나쁘고 여름에도 힘들고 어느 때에도 즐겁지 않은 아스크라"(『일과 날』 640행)에서 보낸 농민 생활을 찬미할 생각은 그에게 추호도 없었던 것으로 보인다.

헤시오도스는 자신의 진로에 관한 일대 사건을 『신들의 계보』 첫머리에서 이야기하고 있다. 그가 헬리콘 산에서 양 떼를 치고 있을 때 안개에 싸인 무사 여신들이 산정에서 내려와 그를 시인이 되도록 불렀다는 것이다(『신들의 계보』 22행 이하 참조). 그의 이러한 주장에 과연 어느 정도 신빙성이 있는지 의문을 제기할 수 있을 것이다. 그러나 그가 나중에 에우보이아 섬의 칼키스에서 개최된 암피다마스를 위한 장례식 경기 때 노래에서 우승하여 세발솥을 상(賞)으로 받는데 그것을 "낭랑한 노래의 길로 들어서게 하셨던 곳에서" 헬리콘 산의 여신들께 바쳤다고 보고하고 있는 것으로 미루어(『일과 날』 645행 이하 참조) 그 주장을 근거 없는 허언(虛言)으로만 보기는 어려울 것이다.

무사 여신들이 그를 노래하도록 부른 것이 사실이라 하더라도 그것은 호메로스의 시에 대한 예비지식 없이는 불가능했을 것이다. 당시로서는 호메로스의 시에서만 세상에 알리도록 자신에게 부과된 것들을 표현할 수 있는 형식을 발견할 수 있었기 때문이다. 그러나 그는 거기서 들은 것을 듣기만 한 것이 아니라 나름대로 판단하고 비판했다. 무사 여신들은 『신들의 계보』의 첫머리에서 자신들은 진실 같은 거짓말을 할 줄 아는가 하면 원하기만 하면 진실도 노래할 줄 안다고 말한다. 여기서 헤시오도스는 자신은 진실을 말하도록 부름받았다고 느끼지만 그의 이러한 발언은 훗날 시의 진실에 대한 문제 제기의 발단이 된다.

헤시오도스는 방랑하는 음유시인(rhapsodos)들에게서 호메로스의 시를 배웠고 그들에게서 필요한 기술을 습득하여 그들과 같은 시인이 되었던 것이다. 그러나 그는 농사일을 포기하고 객지로 떠돌아다니지는 않은 것 같다. 칼키스에서 장례식 경기에 참가한 것은 그에게는 특별한 일이고, 배를 타고 좁은 에우리포스[3] 해협을 건넌 것이 그의 유일한 항해 경험이었기 때문이다. 그도 대부분의 고대 그리스인들처럼 바다를 별로 좋아하지 않았던 것 같다. 번창하는 도시의 주민들은 좋은 것들이 늘 풍족해 배를 타고 다닐 필요가 없다는 그의 말이 이를 뒷받침해준다(『일과 날』 236행 참조).

헤시오도스는 객지로 떠돌아다니는 호메로스 풍의 음유시인은 아니었지만, 그 역시 음유시인으로 간주되었고 그의 시들도 음유시인들이 전파했다. 헤시오도스를 음유시인으로 간주했다는 것은 무엇보다도 『호메로스와 헤시오도스의 경연』(*Peri Homerou kai Hesiodou kai tou genous kai agonos auton* 라/*Certamen Homeri et Hesiodi*)으로 뒷받침될 수 있다. 기원전 4세기 초에 씌어진 것으로 추정하는 이 시는 호메로스와 헤시오도스가 칼키스에서 경연하게 되었을 때 처음에는 두 시인이 헥사메터 시행으로 문답(問答) 놀이를 하다가 나중에는 각자 자신의 시들에서 가장 아름다운 구절들을 음송해보라는 심판관의 요청에 따라 헤시오도스는 『일과 날』의 383~392행을, 호메로스는 전투 장면을 그린 『일리아스』 13권 126~133행

3 에우리포스(Euripos)는 보이오티아 지방과 에우보이아 섬 사이의 해협이다.

과 339~344행을 음송하게 되는데 이때 청중들은 호메로스에게 갈채를 보내지만 죽은 암피다마스의 아우로서 경기를 주관하며 심판관의 직책을 맡았던 파네데스(Panedes)는 전쟁의 살육을 노래한 시인보다는 평화로운 농사일을 노래한 시인을 선호해야 마땅하다는 이유로 헤시오도스에게 상을 준다는 내용이다.

청중의 판단은 고대 그리스의 일반적인 판단이었으나 심판관의 판단은 알렉산드레이아(Alexandreia 라/Alexandria) 시대의 헤시오도스의 인기를 예고한다. 알렉산드레이아 시대의 시인들은 전쟁시에 식상한 나머지 헤시오도스의 교훈시에 주목하기 시작했던 것이다. 그러나 그들 가운데 어느 누구도 헤시오도스가 쓴 것 같은 작품을 쓰지는 못했다. 그들의 주제가 농사든 양봉(養蜂)이든 천문학이든 의학이든 그들의 교훈시는 전문 기술(專門技術)의 기술(記述)에 치우치고 『일과 날』에서 볼 수 있는 다양성과 도덕성이 부족했기 때문이다. 그들은 헤시오도스를 이 장르의 창시자로 여기고 그의 간결한 문체를 모방하려고 했다. 로마 시인 베르길리우스(Vergilius)의 『농경시』(*Georgica*)는 이러한 알렉산드레이아적 전통의 산물이며 헤시오도스보다는 알렉산드레이아의 교훈시인들에게 더 많은 빚을 졌다고 할 수 있다. 그런데도 베르길리우스는 자신을 로마의 헤시오도스라고 광고한다(2권 176행).

> 그리고 나는 로마의 도시 어디에서나 아스크라의 노래를 부른다.
> Ascraeumque cano Romana per oppida carmen.

헤시오도스의 고전적 위상을 이보다 더 명확히 확인해주는 발언이 또 어디 있겠는가.

『신들의 계보』

헤시오도스의 첫 번째 서사시는 훗날 『신들의 계보』라는 제목을 갖게 되었다. 이러한 제목을 실제 내용과 일치시키려 할 경우 우리는 그 구성 요소들을 특수한 의미로 이해하지 않으면 안 될 것이다. 헤시오도스의 신들에는 제우스 또는 아폴론 같은 인격신(人格神)들뿐만 아니라 대지(大地), 하늘, 별, 바람 같은 근원적 존재들과 승리, 불화, 거짓말 같은 삶의 힘들도 포함되기 때문이다. 따라서 이 작품에서 말하는 '신들의 탄생'이란 '우주의 탄생'이란 뜻이 된다. 그리고 그는 신들 및 우주의 계보(系譜)를 두 가지 서로 다른 목적을 위해 이용한다.

첫째, 그는 현재까지의 우주의 역사를 추적하며 어떻게 우주를 신들의 세 세대(世代)가 번갈아 지배하게 되었는지 보고한다. 둘째, 그는 인간이 매일 만나게 되는 여러 가지 힘들의 본성을 밝힌다. 그러나 그는 신들에 대한 경배나 의식(儀式)의 형태는 전혀 언급하지 않는다. 오히려 그들의 활동의 장(場)이 우리의 생존 공간이기도 한 그런 힘들의 본질을 밝히는 데 주력하는데, 그는 이 분야에서 심오하고 생산적인 사상가(思想家)라 할 만하다.

헤시오도스는 세 가지 경로를 통해 『신들의 계보』의 소재를 얻은 듯하다. 그중 하나는 보이오티아 지방에 뿌리내린 살아 있는 신앙과 그 밖에 그가 접했던 여러 전승들이다. 우라노스(Ouranos 하늘)의 거세와 세 명의 헤카톤케이레스들[4](백 개의 팔을 가진 자들)과 무시무시한 신들의 전쟁에 관한 신화들이 여기에 속한다. 이러한 신화들, 그중에서도 신들의 통치권이 우라노스에서 크로노스에게로, 크로노스에게서 다시 제우스에게로 넘

4 헤카톤케이레스들(Hekatoncheires)은 우라노스와 가이아의 세 아들로 이들은 나중에 '티탄 신족과의 전쟁'(Titanomachia) 때 제우스를 도와준다.

어갔다는 계승 신화는 고대 오리엔트(Orient)의 종교 문학[5]에서 유래한 것임이 최근 연구에서 밝혀졌는데, 한 가지 눈에 띄는 점은 이들 신화들이 그리스로 건너온 뒤에도 이름만 바뀌었을 뿐 그 내용이 인간화되거나 세련되게 손질되지 않고 거의 원형(原形) 그대로 남아 있다는 것이다. 두 번째 경로는 호메로스에 나오는 신들의 세계다. 헤시오도스는 호메로스의 서사시들을 통해 자신이 사고하고 노래할 수 있는 언어와 형식을 습득했던 만큼 자연히 그 내용과도 친숙해졌을 것이다. 그러나 『신들의 계보』에서는 그가 호메로스의 신들의 계보를 간략하게 보고하는 부분(912~942행 참조)만큼 무미건조하고 활기 없는 곳은 없다. 호메로스의 인격신들과 그들의 자의적 행동은 헤시오도스 특유의 사변(思辨)에 생각거리를 제공하지 못했고, 그래서 그는 그들의 존재를 믿지 않은 것은 아니라 하더라도 그들에 관하여 별로 할 말이 없었던 것 같다. 세 번째 경로는 헤시오도스 자신의 사변이다. 헤시오도스는 전승된 이야기들을 다소 변경했을 뿐 아니라 그 이전에는 아무도 말하지 않았던 것을 많이 덧붙였다. 하지만 독창적인 것과 전승된 것이 외견상 차이가 없어 보이는 것은 헤시오도스가 자신의 새로운 인식을, 거기에 도달하게 된 사고 과정을 생략한 채 단정적으로 주장하기 때문이다. 그러나 이러한 표현 방법은 초기 그리스 사상가들의 일반적인 특징이기도 하다.

『신들의 계보』는 과거의 일을 보고하는 것이 아니라 현재의 지속적인 상태를 기술하는 부분이 많으며, 신들의 신화와 우주의 신화도 주로 생성의 거울을 통해 현재의 존재를 밝히는 데 이용한다. 어떤 민족이든 아직 추상적 사고를 할 수 없던 초기 단계에서는 자신의 관념들에 신화의 옷을 입혔다. 플라톤[6]도 표현할 수 없는 것을 형상화하려고 할 때면 신화로 말한다. 그러한 신화는 문자 그대로 받아들여서는 안 되고 그것이 표현하는 사상에 초점을 맞춰야 한다. 헤시오도스가 자신이 말한 신화들을 어느 정도까지 믿었는지 알 수 없으나 직접 표현하기 어려웠던 것에 신화라는 옷을 입혔다고 보는 것이 타당한 때가 적지 않다. 옷은 경우에 따라 바뀔 수 있다. 그래서 헤시오도스도 플라톤처럼 같은 진리를, 문자 그대로 받아들이면 양립할 수 없는 여러 신화들을 통해 표현하곤 했던 것이다.

이를테면 제우스 일파(一派)는 티탄 신족에게서 힘으로 통치권을 빼앗기로 작정하고는 전쟁을 시작하기 전에 먼저 세 명의 퀴클롭스들을 풀어주는데, 그들은 자신들의 아버지로서 우주의 첫 통치자였던 우라노스에 의하여 지하 깊숙한 곳에 갇혀 있었다. 그들의 이름은 '번개' '천둥' '전광'(電光)이란 뜻으로 "그들의 작업에는 힘과 기운과 기술이 들어 있었고"(『신들의 계보』 146행) 그들이 천둥과 번개를 만들었다. 그리하여 그들은 자신들을 풀어준 보답으로 제우스에게 천둥과 번개를 만들어주었던 것이다. 이 무기들로 제우스는 티탄 신족과 싸웠고, 또 이 무기들에 힘입어 불사신들과 필멸의 인간들을 다스린다(139~146행, 501~506행, 690행 이하 참조). 이 신화의 의미는 제우스가 어떻게 막강한 권력 수단을 손에 넣어 그것으로 우주의 통치권을 장악한 다음 지금도 모든 저항을 분쇄하고 자신의 의지를 관철하는지 보여주는 데 있다.

『신들의 계보』에는 이와 유사한 또 다른 신화가 있다. 제우스 일파와 티탄 신족 사이에 10년 동안 무시무시한 전쟁이 계속되지만 승부가 나지 않는다. 그러자 제우스는 자신들의 아버지 크로노스가 지하 깊숙한 곳에 가두었던 세 명의 헤카톤케이레스들을 풀어준다. 신들이 그들에게 신식(神食)과 신주(神酒), 즉 신의 권위를 주자 그 보답으로 그들은 티탄 신족과 싸

5 특히 엔 마 엘리우(En ma Eliŭ)와 쿠마르비(Kumarbi)의 신화와 울리쿰미(Ullikummi)의 노래에서 유래한 것으로 간주된다.

6 플라톤(Platon 기원전 427~기원전 347년)은 고대 그리스의 철학자로 철학적 관념론의 창시자며 그리스의 가장 뛰어난 산문 작가 가운데 한 사람이다.

워 제우스에게 유리하도록 전세를 돌려놓는다(147~153행, 617~663행, 713~717행 참조). 여기서는 천둥과 번개가 제우스 편이 된 헤카톤케이레스들에 의하여 대치되고 있다. 따라서 이 신화들에서 중요한 것은 제우스의 특별한 권력 수단이 아니라 제우스가 무자비한 힘과 세력에 힘입어 우주의 통치권을 장악한 다음 그것을 지금도 유지한다는 점이라는 것을 우리는 더욱 분명히 알 수 있다. 제우스 일파는 옛 세력들보다 더 현명하기는 해도 그들만큼 거칠고 강하지 못하다. 그래서 제우스는 이이제이(以夷制夷)의 전술에 따라 옛 세력 가운데 일부를 자기 편으로 만들 수밖에 없었던 것이다. 정복자 편에서 싸운 부족들이 그 보답으로 특권적 지위를 누리듯 헤카톤케이레스들도 제우스에게 봉사한 보답으로 그에 의하여 신격화되었던 것이다.

이 신화를 좀 더 추상적인 개념으로 더 추적해보면, 신이 행사하는 난폭한 힘은 신의 본성이 아니라 어디까지나 수단임을 알 수 있다. 신이 사용하는 힘들은 말하자면 신의 충직한 하인들로서 신의 의지를 우주에 강요하고 그렇기 때문에 신적(神的)인 것이다. 헤시오도스는 오케아노스의 딸 스튁스(Styx)가 낳은 열망(熱望 Zelos)과 승리(勝利 Nike)와 힘(Kratos)과 완력(Bia)에 관한 신화(383행 이하 참조)에서 이런 생각을 형상화한다. 이 신화는 고대의 다른 텍스트에서는 언급된 적이 없어 헤시오도스가 새로 만들어냈다고 추측된다. 여기서 그들은 제우스에게 협력하지만 앞에 나온 두 신화와 달리 태고의 괴물들이 아니라 신이나 인간이 힘을 행사하는 곳에서는 언제 어디서나 효력을 발휘하는, 삶의 현실적인 요인들이다. 말하자면 같은 맥락의 생각이 여기서는 더 원숙하고 더 일반화된 것이다. 헤시오도스는 통치에 관해 생각하되 최고신의 우주에 대한 통치뿐만 아니라 신하들에 대한 왕의, 그리고 피정복자들에 대한 정복자의 합법적인 통치에 관해 숙고했던 것이다. 그에게 통치권은 권력 의지(=열성)뿐 아니라 물리적 · 도덕적 강압(=완력)으로 저항하는 자들을 제압하고 '승리'를 쟁취하는 현실적 '힘'을 바탕으로 한다. 그렇다면 합법적인 통치는 그 관철 수단인 '힘'에서 비롯되는 것이고, 정의(正義)는 강자에게만 유리한 것인가? 정의는 절대 권력의 하녀인가? 헤시오도스의 대답은, 그런 것이 아니라 오히려 이 네 남매가 최고 권력자의, 그리고 정의의 하인이라는 것이다. 왜냐하면 『일과 날』에서 알 수 있듯이 헤시오도스에게 제우스는 정의의 수호신이기 때문이다. 그의 말에 따르면 이 네 남매는 제우스 곁에 머물며 언제나 제우스의 뜻을 행한다. 말하자면 그들은 제우스가 원하는 자에게만 다가간다. 조야한 힘은 그 자체로서는 둔하고 종속적이고 열등하지만 이러한 고용 관계를 통하여 "명예와 특권"(396행)을 받게 되는 것이며, 이것은 당시로서는 주목할 만한 발상이다.

네 남매에 관한 신화는 헤시오도스가 자신이 발견한 진리를 신화의 비유적 언어로 표현하기 위해 창안낸 것으로 보인다. 동시에 그는 옛날부터 전해오던 퀴클롭스들과 헤카톤케이레스들에 관한 좀 더 원시적인 이야기들도 재생시켰으니, 그의 머릿속에는 케케묵은 고풍스런 신심(信心)과 진보적이고 깨어 있는 사변이 공존했던 것이다. 헤시오도스의 생산적인 사고 과정을 특히 돋보이게 해주는 것은 우리가 살고 있는 우주의 생성과 성질에 관한 그의 그림인데, 그것은 훗날 철학자들이 수용하고 보완했다.

헤시오도스에 따르면, 처음에 생긴 것은 카오스(Chaos), 즉 텅 빈 공간(空間)이었다. 무엇인가가 존재하기 전에는 무(無), 즉 사물들이 그 속에 들어가 싸일 수 있는 텅 빈 공간이 존재했던 것이다. 그다음에 생긴 것은 만물의 "안전한 거처인 넓은 가슴의 가이아(Gaia 대지)"(117행)였다. 농민이었던 헤시오도스에게는 만물이 대지에 바탕을 두고 대지에서 생겨났던 것이다. 세 번째로 생긴 것은 다가올 생식(生殖)의 추진력이 될 "불사신들 가운데 가장 잘생긴 에로스(Eros)"(120행)였다. 카오스에서 에레보스

(Erebos)와 밤(Nyx)이 생겨나고 이들이 교합하여 낮(Hemera)과 아이테르(Aither)를 낳으니, 창조적 사랑인 에로스의 힘으로 부정적 잠재력에서 긍정적 힘들이 생겨났던 것이다.

가이아는 또 자신의 주위를 완전히 감싸도록 우라노스(=하늘)와 긴 산(山)들을 낳는다. 가이아는 또 사랑으로 교합하지 않고도 거칠게 파도치는 추수할 수 없는 폰토스(Pontos 바다)를 낳는다. 그 뒤 가이아는 우라노스와도 교합하고 폰토스와도 교합하며 그 자식들은 또 그들끼리 교합한다. 그리하여 우주는 완성되고 존재들로 가득 차게 된다. 우라노스가 우주의 최초의 통치자가 된다. 그러나 그의 잔학(殘虐) 행위에 대하여 그의 자식들인 티탄 신족이 막내인 크로노스의 주도 하에 반란을 일으켜 크로노스가 제 아버지를 거세하면서 티탄 신족이 우주의 통치권을 장악한다. 그러나 그 뒤 그들도 다음 세대에 의해 추락한다. 크로노스의 막내아들 제우스가 자신의 형제자매들 및 자녀들과 힘을 모아 티탄 신족을 제압해 지하 깊숙한 곳에 가둬버린다. 그리하여 제우스를 우두머리로 하는 새로운 신족이 권력을 잡고는 지금 인간의 운명을 좌우하는 것이다.

헤시오도스는 신들의 세대간의 투쟁에 관해 무시무시한 이야기들을 들려주는데 그 의미를 이해하기는 사실 쉽지 않다. 그러나 그가 제시하는 신들의 계보는 모든 것이 분명하고 명료하다. 우라노스와 가이아의 자손들은 강하고 현명하며, 폰토스의 자손들은 변화무쌍하고 모양이 험상궂다. 여신 케토에게서는 괴물들이 태어난다. 별들의 아버지는 아스트라이오스(Astraios 'aster'는 별이란 뜻이다)고, 모든 강(江)들은 가이아를 감싸고 흐르는 원강(原江)인 오케아노스의 아들들이고, 모든 원천(源泉)들과 시내들은 오케아노스의 딸들이다. 그리하여 다양하고 복잡한 현상들은 몇 가지 원칙으로 요약되면서 전체적인 가닥을 잡기가 쉬워진다.

어머니 가이아에게서 유래하는 긍정적 존재들의 체계와 더불어 헤시오도스는 부정적 존재들의 체계도 제시한다. 카오스에서 에레보스와 밤이 태어나, 이 둘이 사랑으로 교합하여 낮과 아이테르를 낳는다. 그러나 밤은 에로스의 도움 없이 혼자서 모든 부정적 존재들의 어머니가 된다(211행 이하 참조). 밤은 운명과 죽음의 여신과 죽음 자체와 잠과 꿈을 낳는다. 그 밖에도 비난(非難 Momos), 고초(苦楚 Oizys), 응보(應報 Nemesis), 기만(欺瞞 Apate), 노년(老年 Geras), 불화(不和 Eris)를 낳는다. 헤스페리데스들(Hesperides 저녁 쪽 즉 서쪽의 요정들)도 밤의 딸들로 일컫는데(215행 참조), 이는 그들이 밤에 가장 가까운 서쪽에 살기 때문인 듯하다. 계보를 구성하는 데도 헤시오도스는 가끔 서로 다른 원칙을 적용한다. 밤이 헤스페리데스들의 어머니가 되는 것은 물리적 현상에 따른 것이고 고초와 기만의 어머니가 되는 것은 형이상학적 원리에 따른 것이기 때문이다.

신들의 계보에서 모든 부정적 존재들이 일가(一家)를 이루듯 나중에 나오는 구절(744~806행 참조)에서는 이들 부정적 존재들의 일부는 우주의 특정 지역, 즉 지하 세계에 배치된다. 타르타로스(Tartaros)라 부르는 이 지하 세계는 거대한 구렁으로(740, 814, 720~725행 참조), 가이아와 긍정적 존재들이 생겨나기도 전에 맨 처음에 생긴 카오스의 일부다. 타르타로스의 거주자들에 관한 묘사는 이렇게 시작한다(744행 이하 참조).

· · · 그곳에는 또 어두운 밤의
무시무시한 거처가 검은 구름에 가려진 채 서 있다.
그 앞에는 이아페토스의 아들이 넓은 하늘을
머리와 지칠 줄 모르는 두 손으로 떠받치고
꿋꿋이 서 있으니, 그곳은 밤과 낮이 거대한
청동 문턱을 넘을 때 서로 다가가 인사하는 곳이다.
한쪽이 들면 한쪽이 나,

그 집은 한꺼번에 결코 둘을 에워싸지 못하니,
언제나 한쪽은 집 밖에 나가 대지 위를 거닐고
한쪽은 자신이 나갈 때가 될 때까지
집 안에 남아 기다린다.
한쪽은 지상에 사는 자들에게 많은 것을 보는 빛을 가져다주고,
다른 한쪽 즉, 파멸을 가져다주는 밤은 안개구름에 싸여
죽음과 형제간인 잠을 품에 안고 어른다.
　그곳에는 또 어두운 밤의 아들들로 무서운 신들인
잠과 죽음이 거주하고 있다. 빛나는 헬리오스는
하늘로 오를 때나 하늘에서 내려올 때나
결코 자신의 빛살로 이들을 내려다보지 않는다.
그중 한 명은 대지와 바다의 넓은 등을 거닐되
얌전하고 인간들에게 상냥하지만,
다른 한 명은 무쇠의 심장을, 가슴속에 무자비한
청동의 마음을 갖고 있어 어떤 사람이든 일단 잡히기만 하면
붙잡고 놓지 않는다. 그래서 그는 불사신들에게도 미움을 받는다.
　그 너머에는 〔강력한 하데스와 근엄한 페르세포네의〕
지하의 신의 울리는 집들이 서 있고,
그 앞에는 무시무시한 개가 파수를 보고 있다.
무자비하고 간계에 능한 그 개는 들어오는 자들에게는
꼬리와 두 귀로 아양을 떨지만, 그들이 도로 나가는 것은
결코 허용치 않고 지키고 있다가, 누구든 〔강력한 하데스와
근엄한 페르세포네의〕 문 밖으로 나오려다 잡히기만 하면 먹어 치운다.
　그곳에는 또 도로 자신 속으로 흘러드는 오케아노스의
맏딸로, 신들도 오싹해하는 무서운 여신이 살고 있다.

그녀는 신들과 떨어져서
긴 바위들로 덮인 이름난 집에서 살고 있는데,
그 집의 은(銀)으로 된 기둥들은 사방의 하늘에 닿아 있다.

여기서 헤시오도스의 시어(詩語)는 비유로 가득 차 있고 매우 매력적이다. 그는 세심한 일관성보다는 힘차고 인상적인 표현을 더 중시한다. 그리고 여기서도 같은 존재가 여러 가지 모습으로 굴절되어 나타나는데, 이를테면 죽음은 죽음과 저승과 개의 모습으로 나타난다. 아르카익[7]적 사고방식은 어떤 대상을 일단 철저히 다루고 나서 그것으로 끝내는 것이 아니라 그 대상을 맴돌며 새로운 시각(視角)과 관계에서 파악하려고 하는데, 이 점은 헤시오도스에게도 그대로 적용된다. 그러나 헤시오도스의 시는 예술적 수준이 고르지 못한 편이며, 전체적으로 보아 그에게는 호메로스의 서사시에서 볼 수 있는 광휘(光輝)와 우아함이 결여되어 있고 서사시의 언어를 다루는 솜씨도 원숙한 편은 아니라고 비판하는 이들도 있다.

헤시오도스가 자신의 예술을 어떻게 생각하는지는 『신들의 계보』의 첫머리가 말해준다. 음유시인들은 음송을 시작하기 전에 먼저 신에게 기도하고 신을 찬미하곤 했는데, 헤시오도스도 본론에 들어가기 앞서 무사 여신들에게 찬가(讚歌 hymnos)를 바치며 바로 이 여신들이 자기를 동물적 우둔함에서 구해주고 작시술(作詩術)의 놀라운 선물을 주었다고 말한다. 그는 우아한 비유로 여신들의 아름다움을 찬미하며 여신들의 예술의 힘을 찬양한다. 가인(歌人)이 옛사람들의 명성과 신들을 찬양하면 큰 근심에 잠긴 사람도 그것을 듣고는 고통을 잊게 되는데(98~103행 참조), 무사 여신

7 아르카익(archaique) 시대는 도자기 양식에 따라 그리스의 역사를 5단계로 나눌 때 기원전 750~480년의 기간에 해당하며, 이 시기의 대표적인 그리스 시인은 헤시오도스와 핀다로스(Pindaros)다.

들은 먼 과거의 일을 보존한다는 점에서 기억의 여신 므네모쉬네의 딸들이지만 망각도 가져다준다. 말하자면 옛이야기는 새로운 고통을 압도하는 것이다. 그러나 무사 여신들의 힘은 휴식이나 축제 때 울리는 노래에서만 드러나는 것이 아니라, 왕이 장터에서 판결을 내릴 때에도 발휘된다. 헤시오도스는 무사 여신들의 전통적 영역을 확대하여 현명하고 올바른 판결을 내리는 왕의 발언에 들어 있는 힘도 거기에 포함시키는 것이다. 그러한 왕의 발언은 마치 가인의 노래가 새로운 고통을 진정시키듯 큰 분쟁을 종식시킨다(86행 이하 참조). 그것은 가인이 사실을 잊게 만드는 것보다 더 훌륭한 일이지만 그러한 힘의 출처는 동일하다. 왕권은 제우스에게서 비롯되고 가인의 예술은 아폴론과 무사 여신들에게서 비롯되지만 둘 다 설득력 있는 말을 전제로 한다. 그리고 고대 그리스인들에게 시인은 왕에 버금가는 존재였다. 게다가 헤시오도스는 자신의 각성을 통하여 거의 동물처럼 살아가던 가난한 보이오티아 농부들과 목자들 사이에서 고독과 예언자적 사명감을 느끼게 됨으로써 세련된 형식보다는 깊이 있는 내용에 더 무게를 두었던 것으로 보인다.

『일과 날』

『신들의 계보』가 우리가 살고 있는 우주의 구조를 밝히고 그것을 지배하는 신들과 그 안에서 활동하는 힘들을 이론적으로 설명하고 있다면, 『일과 날』은 농부의 일상생활을 포괄적으로 그리며 농부가 할 일들에 관해 실천적인 지침을 제시한다. 다른 시인의 것이라는 주장이 제기되기도 하는 끝부분은 매달의 길일(吉日)과 흉일(凶日)에 관해 말한다. 따라서 이 시는 이중의 주제를 갖고 있는 셈이다.

『신들의 계보』가 그 주제에서, 그리고 작가가 자신에 관해 말하고 자신의 이름을 거명한다는 점에서 『일리아스』나 『오뒷세이아』와 다르다면,

『일과 날』은 서사시의 전통과 완전히 단절되었다고 말할 수 있을 것이다. 시인은 이제 더 이상 먼 옛일에 관해 보고하는 것이 아니라 청중들에게 일상에서 할 일을 가르쳐준다. 이제 더 이상 무사 여신이 대상들에 관해 거리를 두고 객관적으로 보고하는 가인의 입을 빌려 말하는 것이 아니라, 특정한 인간이 다른 사람들에게 말하는 것이다. 그리고 그는 자신이 설명하고 증명하려는 것을 자신의 개인적 경험에서 예를 들어 설명한다. 말하자면 헤시오도스는 이 서사시에서 형 페르세스(Perses)와 유산 다툼을 한 실재했던 사적인 사건을 계기로 보편적인 것을 말하려는 것이다. 그는 먼저 페르세스에게 말하고, 이어서 재판에서 판결을 내리게 되어 있는 왕들에게 말을 거는데, 여기서 왕들이란 헤시오도스가 살던 아스크라 마을 가까이 있던 테스피아이 시(市)의 귀족 출신 지주들을 가리키는 것 같다. 그러나 특수한 경우는 보편적 진리로 나아가는 시발점이 되어 거기서 보편타당한 인식들이 도출된다. 그런가 하면 그와는 반대로 보편적 진리들이 현재의 소송(訴訟)에 이용되기도 한다. 이처럼 특수한 것과 보편적인 것 사이를, 현실적인 것과 시간을 초월한 것 사이를 오가는 것은 그 뒤 아르카익 문학의 일반적인 특징이 된다.

헤시오도스의 주장에 따르면 소송의 내용은 다음과 같다. 아버지가 세상을 떠난 후 형제는 유산을 나누었으나 페르세스가 나중에 헤시오도스 몫의 일부를 가로챘는데 그런 행위를 하는 과정에서 '왕들'을 뇌물로 매수했다는 것이다. 그리고 지금 바로 그 '왕들'이 형제 사이의 소송에서 판결을 내리게 되어 있다는 것이다. 소송의 쟁점이 가축인지 가구인지 방목권인지 아니면 그 밖의 다른 것인지 정확히 알 수 없으나 여기서 소송의 대상이 무엇인지는 중요하지 않다. 헤시오도스는 원칙 때문에라도 자신의 권리를 위해 싸울 깐깐하고 집념이 강한 농부인지라 계류 중인 소송이 한 점 의혹 없이 공정하고 신속히 해결되기를 촉구한다. 그는 두 가지 이유를 제시한다. 하나는 형이 옳지 못한 방법으로 정당한 몫보다 더 많이 차지했다는 것이고, 다른 하나는 형이 소송을 하느라 일을 게을리 하고 재산을 탕진했다는 것이다. 이러한 상황에서 헤시오도스는 자신의 교훈시를 위해 이중의 주제를 이끌어내는데, 하나는 정의(正義)와 그 가치고 다른 하나는 성공적인 일 또는 작업이다. 이것들은 둘 다 부도덕하고 비생산적인 소송과는 대립된다.

일상생활의 구체적인 지침을 일일이 가르쳐주는 『일과 날』은 그 뒤 그리스 문학에서 계승되지 않았으나, 정의와 성공이라는 이중의 주제는 헤시오도스 이후 시대의 특징이 된다. 이 시대는 정치적으로나 사회적으로 투쟁과 혼란의 연속이었다. 낡은 질서는 무너지고 새로운 가치관은 정립되지 않아 국가든 개인이든 평온한 날이 없었고 자기 발전은 생각조차 할 수 없었다. 『일과 날』은 이러한 도덕적 혼란상을 보여준다. 낡은 귀족 사회의 기반이었던 혈연조차 무너지고, 사람들은 저마다 수단과 방법을 가리지 않고 자신의 개인적 이익을 추구하고, 정의와 신의보다는 힘이 우선한다. 그러한 시대에는 자신의 땅으로 연명하는 현명한 농부의 일 또는 작업이 새로운 의미와 가치를 갖게 된다. 그런 사람은 다른 것이 다 좌절하더라도 자기 세계를 유지할 수 있기 때문이다.

『일과 날』에서 세운 새로운 목표 설정은 이러한 상황 변화와 관계가 있다. 그러나 가장 비근한 것에 관심을 나타내는데도 이 서사시에는 편협하거나 옹졸한 데가 전혀 없으며, 사람들은 도덕적으로 해이하지만 신적인 정의에 대한 시인의 믿음은 요지부동이다. 시인은 서사시의 첫머리를 이번에는 무사 여신들이 아니라 그들의 아버지인 최고신 제우스에게 바친다. 그는 제우스를 정의의 전능한 보루라고 찬양한다(1~10행).

피에리아에서 오신 무사 여신들이여, 노래로 명성을 주시는 분들이여,

이리 오셔서 그대들의 아버지 제우스를 노래로 찬미하소서!
그분에 의해 필멸의 인간들이 유명해지기도 하고 무명에 그치기도 하며,
이름이 기억되기도 잊혀지기도 하지요, 위대한 제우스의 뜻에 따라.
그분께서는 쉬이 강하게 하시는가 하면 강자를 쉬이 억누르시기도,
돋보이는 자를 쉬이 줄이시는가 하면 눈에 띄지 않는 자를 키우시기도,
굽은 자를 쉬이 바루시는가 하면 거만한 자를 시들게도 하시니까요,
가장 높은 곳에 사시며 저 위에서 천둥을 치시는 제우스께서는.
그대는 보고 들으시되 귀담아들으시고 정의로 법도를 바루소서.
나는 페르세스에게 진실을 알리고자 하나이다.

이어서 헤시오도스는 소송에 관해, 그러나 특정 경우가 아니라 '불화'(不和) 일반에 관해 언급한다(11～27행).

불화(不和)는 한 종류만 있는 것이 아니라 지상에는
두 종류가 있소. 그중 하나는 알고 보면 칭찬받겠지만
다른 하나는 비난받아 마땅하니, 둘은 서로 기질이 다르오.
그중 하나는 잔인하게도 사악한 전쟁과 다툼을 늘리니
어느 누구도 그녀를 좋아하지 않소. 그러나 사람들은
어쩔 수 없이 불사신들의 뜻에 따라 격렬한 불화에 경의를 표하지요.
그러나 다른 하나는, 어두운 밤이 먼저 그녀를 낳자
하늘에 사시며 높은 자리에 앉아 계시는 크로노스의 아드님께서
대지의 뿌리 속에 앉히셨고 인간들에게 큰 이익이 되게 하셨소.
그런 불화는 게으른 사람도 일하도록 부추긴다오.
왜냐하면 일에서 처지는 자는 부자인 다른 사람이 서둘러
쟁기질하고 씨 뿌리고 알뜰하게 살림을 꾸려나가는 것을 보면

저도 부자가 되려고 이웃끼리 서로 경쟁하기 때문이오.
그래서 이런 불화는 인간들에게 유익하다오.
그리하여 도공은 도공에게, 목수는 목수에게 화내고,
거지는 거지를, 가인은 가인을 시샘하는 것이라오.
페르세스여, 그대는 이 점을 명심하시라!

당시에는 경쟁이란 표현이 없었지만 헤시오도스는 자신이 말하려는 것을 여러 가지 예를 통해 분명히 전달한다. 페르세스가 경제적으로 성공하려면 선의의 경쟁을 하고 형제간의 사악한 소송은 그만두어야 한다는 것이다.

앞서 보았듯이 불화를 두 가지로 나누는 것이 의미가 있는 것은 그것이 악한 힘과 선한 힘을 구분할 뿐만 아니라, 하늘이 가끔 우리에게 지우는 운명과 우리가 자신의 의지에 따라 사용할 수 있는 힘을 구분하기 때문이다. 『일리아스』에서 인간의 모든 창의(創意)는 신의 계시에서 비롯된다. 『오뒷세이아』에서는 이미 신의 의지와 인간의 행위가 분리되기 시작하여 인간은 자신의 행위에 책임을 지게 된다. 그러나 헤시오도스가 『일과 날』을 쓴 것은 말하자면 인간이 자신의 운명을 개선하기 위해 무엇을 할 수 있으며, 우리의 주변 세계는 어떤 성질의 것인지 체계적으로 설명하기 위해서다. 『일리아스』의 영웅들은 용감하고 위대하고 헌신적이기만 하면 됐다. 그 밖의 모든 것은 신들의 손에 달려 있기 때문이다. 그들은 "제우스가 양육한" 왕들로서 하인들의 노력과 신하들의 공물로 살아간다. 그러나 헤시오도스의 인간들은 무엇보다도 실무(實務)에 능하지 않으면 안 된다. 그리고 그들은 농부로서 게으르거나 서툴면 굶어 죽을 수밖에 없다는 것을 잘 알고 있다.

인간의 생존은 힘겹고 비참하다는 것을 전제로 헤시오도스는 우리에게 교훈과 경고를 준다. 인간들은 땀 흘려 농사짓고 배타고 장사하지 않고서는 살아갈 수 없게 되어 있다. 헤시오도스는 그 원인을 인간들에 대한 신들의 시기심에서 찾는다. 인간들은 분수 이상으로 잘살고 싶어하고, 그래서 신들이 그들의 삶을 고단하게 만든다는 것이다. 신들은 인간적 존재와 신적 존재의 차이를 유지하고 싶어한다. 그래서 인간들에게 운명을 개선할 기회가 생기면 신들은 그들에게 새로운 고통을 부과하여 이를 상쇄(相殺)한다. 헤시오도스는 이러한 생각을 인류(人類)의 옹호자인 프로메테우스 이야기로 표현한다. 신들과 인간들이 제물을 분배하는 과정에서 프로메테우스는 신들을 속이려 했고(48행 및 『신들의 계보』 533행 이하 참조), 그래서 신들은 화가 나서 양식(糧食)을 감춰버렸고, 그래서 인간들은 힘들여 양식을 구하지 않으면 안 된다는 것이다. 제우스는 불도 감춰버렸다. 그러나 프로메테우스는 불을 훔쳐 지상으로 갖고 내려와서 인간들이 고도의 문명을 이룩할 수 있게 해준다. 그 벌로 제우스는 판도라라는 가장 뻔뻔스럽고 교활하고 멋있게 치장한 아름다운 여자와 함께 온갖 다른 악(惡)을 인간들에게 내려보낸다. 여자들을 악으로 보는 것은 무엇보다도 여자들이 수벌처럼 일도 하지 않고 양식만 축내기 때문이다(591~612행 참조). 제우스가 여자를 그토록 매력 있게 만든 것은 인간들이 "모두 자신의 재앙을 껴안으며 마음속으로 기뻐하게"(58행) 하기 위해서였다.

헤시오도스는 여기까지 이 신화를 『신들의 계보』에 나오는 그대로 이야기한다. 그러나 다음에는 독창적으로 이야기한다(90행 이하 참조).

전에 인간의 종족은 지상에서 재앙으로부터
멀리 떨어져 힘겨운 노고도 없이, 인간들에게
죽음의 운명을 가져다주는 병(病)도 모르고 살았으니 말이오.
〔지금의 인간들은 재앙 속에서 갑자기 늙기에 하는 말이오.〕

그러나 여자가 두 손으로 항아리의 큰 뚜껑을 들어올려 그런 것들을
모두 내보내니, 인간들에게 그녀는 큰 근심을 안겨주었던 것이오.
오직 희망만이 거기 부술 수 없는 집 안에,
항아리의 가장자리 아래 남고 밖으로 날아가지 않았는데,
그러기 전에 여자가 항아리의 뚜껑을 도로 놓았기 때문이오.
아이기스를 가지신 구름을 모으시는 제우스의 뜻에 따라.
하지만 그 밖의 무수히 많은 고통이 인간들 사이를 떠돌고 있소.
그리하여 육지도 재앙으로 가득 차고 바다도 재앙으로 가득 찼소.
병들은 낮에 인간들을 찾아가고 다른 병들은 밤에 찾아가오,
자청하여, 인간들에게 재앙을 가져다주며, 소리없이.
지략이 뛰어나신 제우스께서 그들의 목소리를 빼앗으셨기 때문이오.
이렇듯 제우스의 뜻은 피할 길이 없는 것이오.

여기서 인간들의 현재 불행은 과거 행복과 대비된다. 제우스는 여자를 보내 그녀의 손을 빌려 온갖 다른 재앙을 인간들에게 동시에 풀어놓아 낙원 같은 상태를 종식시킨다. 『일리아스』에 따르면(24권 572행 이하 참조) 제우스의 궁전에는 좋은 선물과 나쁜 선물이 가득 들어 있는 항아리가 두 개 있는데 제우스는 거기서 인간들에게 행복이나 불행을 나누어준다고 한다. 헤시오도스는 그와는 달리 재앙은 신이 주고 인간들은 그것을 받아들여야 하는 것이 아니라, 그 스스로 우리를 공격한다는 것이다. 왜냐하면 모든 재앙은 영원히 풀려나 스스로 제물을 찾아내는 능력이 있기 때문이다. 사정이 그렇다면 우리는 재앙을 성공적으로 물리치기 위해 그것의 본성부터 규명하지 않으면 안 된다. 『일리아스』에서 신이 보낸 재앙과 아폴론이 쏘아 보낸 역병으로부터 힙포크라테스(Hippokrates)의 의학에 이르는 길은 멀지만, 질병과 그 밖의 다른 재앙들은 그 본성에 따라 인간들을

엄습한다는 헤시오도스의 인식으로부터 거기 이르는 길은 그다지 멀지 않기 때문이다.

그런데 신화에서 희망만이 갇혀 있다는 것은 무슨 뜻일까? 호메로스의 비유에서는 항아리에서 나오는 것은 곧 실현(實現)의 세계로 들어서는 것을 의미한다. 그러나 헤시오도스가 "공허한"(497행) 환상으로 보는 희망은 실현되지 않는 소망과 동경을 말한다. 재앙은 모두 제 뜻에 따라 자아 실현을 위해 자유롭게 몰려나오는 반면 희망은 자아 실현의 기회를 박탈당한다. 희망이 실현의 문턱을 넘으려는 순간 감옥의 문이 닫히는데 희망이 갇히는 것과 재앙들이 풀려나는 것은 상호 보완적이다. 전에는 더 바랄 것 없는 행복만 있었으나 지금은 무기력한 소망들만 있고, 재앙은 우리를 칠 권한을 부여받아 예고 없이 무자비한 현실로 다가오지만 희망은 생각이고 말이고 소망의 표현일 뿐 실현될 능력이 없다.

헤시오도스는 판도라의 이야기에 이어 본디의 행복한 상태에서 현재의 비참한 상태로 몰락했다는 같은 주제에 관한 두 번째 신화를 들려준다. 여기서도 헤시오도스는 같은 주제를, 자세히 살펴보면 양립하기 어려운 여러 가지 신화들로 설명한다. 이번에는 인류의 몰락이 갑작스런 추락이 아니라 시대별로 단계적으로 이루어진다. 헤시오도스에 따르면 신들과 인간들은 한 뿌리에서 나왔다는 것이다. 첫 번째 시대는 황금 시대(黃金時代)였다(109행 이하 참조).

올림포스의 집들에 사시는 불사신들께서 맨 처음에 만드신
필멸의 인간 종족은 황금 종족이었소.
이 종족은 크로노스가 하늘에서 왕이었을 때 살았소.
그리고 그들은 신들처럼 살았소, 마음에 아무 걱정 없이,
노고와 곤궁에서 멀리 벗어나. 비참한 노년도 그들을

짓누르지 않았고, 그들은 한결같이 팔팔한 손발로
온갖 재앙에서 벗어나 축제 속에서 즐겁게 살았소.
그리고 마치 잠에 제압된 양 그들은 죽었소. 좋은 것은 모두
그들 몫이었고, 곡식을 가져다주는 땅은 자진하여 그들에게
그 열매를 아낌없이 듬뿍 날라다주었소. 그리고 그들은
한가로이 즐겨 밭을 가꾸었소, 풍성한 축복을 받으며.
〔많은 가축 떼를 치고, 축복받은 신들의 사랑을 받으며.〕
그러나 대지가 이 종족을 아래에 감춰버리자
그들은 위대하신 제우스의 뜻에 따라 지상에서
착한 정령[8]이 되어 필멸의 인간들을 지켜주고,
〔그들은 또 정의를 수호하고 못된 짓을 막으며
안개를 입고 온 지상을 돌아다니오.〕
복을 가져다주오. 이것이 그들의 왕과 같은 특권이라오.

다음, 백은 시대(白銀時代)의 인간들은 백 년 동안 어린아이로 있다가 성년이 되면 자신들의 어리석음으로 고통받으며 잠시밖에 살지 못한다. 그들은 범죄 행위를 억제할 능력이 없고 불사신들을 섬기지도 않고 제물도 바치려 하지 않는다. 화가 난 제우스는 그들도 지하에 감춰버렸고, 그래서 그들은 그곳에 축복받은 인간들로 머물러 있다.

제우스가 만든 세 번째 종족은 물푸레나무에서 태어났으며 전쟁에 관한 일에 몰두하는 무시무시한 종족으로, 곡식을 먹지 않았고 가슴속에는 강철처럼 억센 마음이 들어 있었다. 그들이 사용하는 것은 무구도 집도 농기구도 모두 청동(靑銅)이었다. 아직은 검은 무쇠가 없었기 때문이다.

결국 자멸하고 만 청동 종족은 헤시오도스에 따르면 청동기 시대에 속한다. 그런데 청동기 시대는 호메로스의 서사시들의 배경이기도 하다. 그

러나 헤시오도스의 청동 종족은 호메로스의 서사시들에 나오는 영웅들이 아니라 카이네우스와 그의 라피타이족(Lapithai) 같은 그 이전의 더 원시적인 종족을 말한다. 그들은 이름 없이 죽어갔고 그들에 관해서는 소문만 전해져 내려올 뿐이다. 그리하여 세련된 호메로스는 더욱 밝고 더욱 인간적인 영웅들을 찬미했던 것이다.

이 종족도 사라지자 제우스는 반신(半神)이라 불리는 영웅들의 신과 같은 종족이 그 뒤를 잇게 한다. 이들도 테바이에서 또는 트로이아에서 전쟁으로 멸망했으니, 이들이 바로 호메로스풍의 서사시들에 나오는 영웅들이다. 헤시오도스에 따르면 이들은 청동 종족보다 더 의롭고 더 선량했으며 그래서 사후(死後)에 '축복받은 자들의 섬'[9]에서 근심 걱정 없이 산다. 이 종족은 명백히 이 신화의 틀에서 벗어난다. 인간들이 대(代)를 거듭할수록 신들에게서 멀어진다는 신화의 기본 이념에 배치되기 때문이다. 그것은 아마도 헤시오도스가 호메로스 시대를 무시할 수가 없었고, 이 시대는 그의 시각에서 볼 때 전체적인 체계 속에서 적절히 자리매김할 수가 없었기 때문일 것이다.

마지막으로 다섯 번째 종족은 철(鐵)의 종족으로, 헤시오도스는 현재 살고 있는 이 종족이 마치 미래의 종족인 양 자기는 이 종족에 속하지 말고 먼저 죽거나 나중에 태어났으면 좋겠다고 외친다. 그들의 도덕적 타락과 지속적인 고통은 염치(廉恥 Aidos)와 응보(應報 Nemesis)가 대지를 떠나 하늘로 올라가버림으로써 구제 불능의 상태에 이른다.

시대들에 관한 신화가 도덕과 정의의 점진적 타락이라는 생각을 표현한다면 이어지는 부분들에서는 정의(正義)가 주제가 된다. 헤시오도스는

8 여기서 정령(精靈 daimon)이란 신과 인간의 중간적 존재다.

9 축복받은 인간들이 사후에 가서 산다는 '축복받은 자들의 섬'(makaron nesoi)은 일명 '엘뤼시온 들판'(Elysion pedion)이라고도 한다.

먼저 왕들, 즉 그의 소송의 재판관들에게 짤막한 우화 하나를 들려준다. 그것은 매가 밤꾀꼬리에게 약자가 강자와 겨루려 하면 치욕에다 고통까지 당하는 법이라고 꾸짖는다는 내용이다. 매는 그리스인들에게 독재와 약탈과 범법의 상징이고, 밤꾀꼬리는 그리스어 'aedon'이 여가수란 뜻인 만큼 시인을 가리킨다. 그렇게 보면 그 의미 관련이 분명해진다. 이어서 헤시오도스는 페르세스와 왕들에게 정의의 축복과 폭력의 불이익을 열거하며, 제우스는 지상에서 일어나는 일들을 모두 알고 있는데 그것은 눈에 띄지 않는 관찰자들이 지켜보고 있다가 제우스에게 보고하기 때문이라고 한다. 이어서 정의(Dike)는 인간들에게 학대받으면 제우스를 찾아가 호소한다는 비유를 통해 다시 같은 생각을 표현한다. 헤시오도스에게 신화는 갈아입을 수 있는 옷에 지나지 않는다는 사실이 다시 한번 드러난 셈이다.

이어서 헤시오도스는 페르세스에게 탁월함과 그것이 가져다주는 성공과 명망(名望)을 말해주면서, 쉴 새 없이 노력하고 일하기를 권하며 여러 가지 생활 지침을 일러준다. 여기서 헤시오도스의 조언들은 호메로스적 영웅들의 큰 배포와는 대조적이지만 그것은 어디까지나 현명함과 자상함이지 좀스럽고 자질구레하다는 느낌을 주지는 않는다.

헤시오도스는 이어서 청중들 앞에서 일종의 농가월령가(農家月令歌)를 읊는다(381~617행 참조). 그는 농사의 질서도 자연의 질서와 마찬가지로 신들이 정해준 것이라고 믿는다(358행 참조).

헤시오도스의 기술(記述)은 전체적으로 고르지 못한 편이다. 처음에 그는 짐수레와 쟁기의 제작에 관해 자상하게 기술적(技術的) 조언을 하지만 뒤로 갈수록 세세하게 묘사하는 것에 싫증이 난 것 같다. 그리고 시기(時期)를 구분짓는 데 504행 외에는 달 이름들이 아니라 별이 뜨고 지는 것과 철새의 이동과 식물의 생태적 변화 등을 이용한다. 따라서 일기(日氣)는 자주 언급한다.

그의 기술(記述)은 전체적으로 감상주의나 목가적 분위기와는 거리가 멀다. 농부의 일이 이상주의적으로 승화되지 않고 가혹한 필연으로 간주된다. 실용적 조언 사이로 서툴고 게으른 자가 당하게 될 기아와 궁핍의 어두운 그림자를 계속해서 보여준다. 여기서 그가 말하는 '부'(富) 란 것도 일 년 내내 하루 한 끼 정도 배불리 먹는 것인 듯하다.

그의 기술은 객관적이지만 지루하지 않다. 그는 실용적인 정보만을 제공하는 것이 아니라 경고하고 충고하며 사람들이 자신의 지시를 따르거나 어길 때 어떤 일이 생길 것인지 비유를 통해 실감나게 보여줄 뿐 아니라 군데군데 보편타당한 금언(金言)을 삽입하기 때문이다.

하지만 계절의 변화는 전체적으로 개관(槪觀)하기가 쉽지 않다. 헤시오도스는 방대한 소재와 넘치는 발상들을 『신들의 계보』에서만큼 잘 정리하지 못한 것 같다. 그가 농부의 생활을 통일성 있는 전체로 그린 것은 세 번뿐이다. 가장 더운 여름에 먹는 보양식에 관한 기술(582~596행 참조)과 찬바람이 불어오는 혹독한 겨울 추위에 관한 묘사(540~560행 참조)와 한 해의 농사를 위해 쟁기질을 시작할 때의 모습(458행 이하 참조)이 그것이다. 그에 근접한 네 번째의 완결된 묘사는 쟁기를 끌 한 쌍의 소와 그 뒤를 따라갈 일꾼에 관한 것으로, 여기서 헤시오도스는 아홉 살배기 수소 한 쌍과 40대 장정(壯丁)을 추천한다(436~447행 참조).

농부의 한 해에 이어 헤시오도스는 항해 시기에 관해 설명한다. 당시 농부들은 그리스에서는 농한기에 해당하는 한여름에 배를 타고 장삿길에 나서는 것이 관행이었다. 헤시오도스는 먼저 배와 선구(船具)를 사용하지 않을 때 어떻게 간수해야 하는지 그 방법을 일러준다(624~629행 참조). 그는 아마도 바닷가에서 그 과정을 자세히 지켜본 적이 있었던 것 같다. 그러나 그는 항해 경험이 없어 항해술에 관해서는 일절 조언하지 않는다. 반면 배를 이용한 장사에 관해서는 아버지에게 들었던 것 같다. 항해에 관한 기술은 적절한 시기(630행, 642행, 665행 참조), 적절한 정도(648행, 694행 참조), 적절한 선택(694행 참조) 등 질서 이념이 주도한다. 모든 질서와 마찬가지로 헤시오도스에게는 장사 뱃길도 신이 준 것이기 때문이다. 그래서 농사일에 관해서는 전력을 다하라고 권고하던 헤시오도스도 장사에 관해 말할 때에는 신중을 기하여 알맞게 조절하라고 권고한다. 여기서 우리는 처음으로 절제(節制)의 요구와 만나게 된다. 이런 시민적 요구는 낭만적 영웅서사시에서는 제기될 수 없는 것으로, 『오뒷세이아』에서도 적응과 절제의 새로운 이상(理想)은 앞으로 겸손하고 절제하라는 뜻이 아니라 목표를 위한 투쟁의 수단에 불과한 것이다. 그 밖에 오뒷세우스는 신중하고 참을성이 많기는 해도 대담한 모험가다. 그가 퀴클롭스의 동굴로 들어간 것은 손님 선물을 기대했기 때문이기도 하지만 무엇보다도 호기심 때문이었다. 그러나 헤시오도스는 호기심이 없으며, 누가 이익 때문에 목숨을 건다면 이를 불쌍히 여긴다. 세상만사에 질서가 있는 만큼 질서에서 벗어나려는 것은 별 도움이 되지 못하고 옳지도 않다는 것이다.

적절한 시기와 선택의 이념은 결혼에 관한 조언에까지 이어진다(695~705행 참조). 남자는 서른 전후에, 여자는 사춘기가 된 지 5년째 되는 해에 결혼해야 한다.[10] 신부는 남편에게서 사랑을 배울 수 있도록 처녀, 그것도 이웃에 사는 잘 아는 처녀라야 한다. 그래야만 그 결혼이 이웃의 웃음거리가 되지 않는다. "한 남자가 얻을 수 있는 것으로 양처(良妻)보다 나은 것이 없고 악처(惡妻)보다 못한 것은 없기 때문"(702~703행)이다.

그다음에는 대인 관계에 이어 몸가짐에 관한 조언이 나오는데, 여기서 제시하는 규칙은 합리적이라기보다는 미신적 성격이 강해 우리가 알고 있는 헤시오도스의 사고방식과 잘 맞지 않는 까닭에 그가 쓴 것이 아닐 것으로 보는 이들이 많다.

이어서 한 달의 길일과 흉일에 관한 미신적 이론이 나오는데, 현존하는 텍스트는 새점〔鳥占〕에 관한 예고로 끝난다. 이 역시 헤시오도스가 쓴 것이 아니라 훗날 가필자들이 그의 서사시를 자기들 뜻대로 완성한 것이다.

이것이 『일과 날』의 주제들이다. 이 서사시는 개성이 뚜렷하지만 체계적인 작품은 아니다. 거기서 다루는 다양한 대상은 서로 무관한가 하면 겹치기도 한다. 전체를 개관하기 쉽지 않은 것은 헤시오도스 특유의 느슨한 문체 때문이기도 한데, 그 뒤의 아르카익 문학에서 반복해 나타나는 이 문체의 특징은 한 부분씩 매듭지으며 일직선으로 곧장 나아가는 것이 아니라 잠시 뒤 다시 출발점으로 되돌아와 그것을 보완해 설명하는 순환 기법에 있다.

『일과 날』에서 가장 아쉬운 점은 헤시오도스가 종교에 관해서는 매우 일반적으로 말하고 의식(儀式)에 관해서는 전혀 언급하지 않고 있다는 것이다. 그의 시는 그리스 전체를 상대로 한 반면, 축제와 의식은 지역마다 달랐기 때문이 아닌가 싶다. 그다음으로 아쉬운 점은 그가 대인 관계에 관해 현명한 조언을 많이 하면서도 가장(家長)과 외부인들의 관계에 관해서만 말하고 가정 생활이나 하인들과 하녀들을 다루는 방법에 관해서는 침묵한다는 것이다. 그는 부자간의 관계에 대해서도 일절 언급하고 있지 않다. 그것은 아마도 그가 공적인 성격을 띠는 시로 가정 생활에 개입하는 것은 적절치 않다고 생각했기 때문인 듯하다. 또 한 가지 아쉬운 점은 그가 국가와 공동체에 관해 전혀 언급하지 않았다는 것이다. 그것은 『신들의 계보』도 마찬가지다. 그는 공동체에 관해 정의는 공동체에 번영을 가져다주고 불의를 저지르면 공동체 전체가 벌을 받게 된다고만 말한다. 그 대가와 벌이란 것은 정치적 행위의 결과로서가 아니라 전쟁과 평화, 풍작

10 고대 그리스에서는 여자는 10대 중반에도 결혼하는 경우가 많았으며 10대를 넘기는 경우는 드물었다고 한다.

과 흉작, 여인들의 다산과 불임 같은 신의 섭리로서 다가온다(225~247, 260~262행 참조). 헤시오도스에게 국가는 그것이 관장하는 재판의 측면에서만 존재하며, '왕들'은 재판관과 중재자에 지나지 않는다. 철의 시대의 끔찍한 타락상을 기술할 때도 공중 도덕의 타락이나 국가 기관들의 고장에 관해서는 말이 없고 개인간의, 말하자면 주객간(主客間), 친구간, 형제간의 부도덕한 관계만 언급한다. 신(神)이 세운 질서에 관해서는 그토록 많은 말을 하는 헤시오도스가 정치적 질서에 대해 침묵하는 것은 그의 세계에는 국가가 전혀 작동하지 않기 때문이라고 보아야 할 것이다. 그렇다면 생존 투쟁은 그만큼 더 가혹하고, 헤시오도스가 제시하는 조언은 그만큼 더 환영받았을 것이다. 당시에는 어떤 다른 계급보다도 농민 계급에게 국가는 도움이 되지 않았기 때문이다.

『여인들 목록』과 『헤라클레스의 방패』

헤시오도스에게 음송 기술을 가르쳐준 음유시인들은 이야기를 시작하는 기술은 고도로 발전시켰으나 그것을 끝맺는 기술은 발전시키지 않았다. 호메로스의 양대 서사시에 나오는 장면들로 미루어 그들은 먼저 연회(宴會)의 주인과 손님들에게 의례적인 짤막한 인사말을 한 다음 손님들을 대표하여 주인의 후의(厚意)에 감사의 뜻을 표하고 나서 이야기의 주제로 넘어가는 방식을 따랐던 것 같다(『오뒷세이아』 4권 235행 이하, 9권 2행, 15권 390행 참조). 이때 이야기의 주제는 흔히 무사 여신에게 그것에 관해 노래해달라고 간청하는 형식으로 고지된다(『일리아스』와 『오뒷세이아』의 첫머리 참조). 그러나 음유시인들의 이야기가 성문화(成文化)되면서 주인과 손님들에 대한 인사말은 생략된 것 같다.

음유시인들의 이야기는 정해진 순서에 따라 진행되는 것이 아니라 그때그때 주인이나 손님의 요청이나 질문에 따라 다소 방향이 바뀔 수도 있다. 그리고 그들은 서사시 전체는커녕 그중 한 권 분량조차 단숨에 음송할 수 없어 수시로 휴식을 취하는데, 그럴 때면 청중은 서로 술잔을 권하며 자기들끼리 또는 시인과 이야기를 주고받는다. 그러면 시인은 청중의 요청이나 질문에 따라 이야기를 다시 시작하게 되고, 그러다가 밤이 늦으면 음송은 다음날로 연기된다. 이야기는 경우에 따라 몇 주일씩 계속되기도 한다. 예컨대 오뒷세우스는 아이올로스(Aiolos)의 집에 손님으로 가 있으면서 한 달 동안 그에게 트로이아와 아르고스인들의 함선들과 아카이오이족의 귀향에 관해 이야기를 들려준다(『오뒷세이아』 10권 14행 참조). 청중이 원하는 한 시인의 이야기는 계속된다. 그러나 청중의 흥미가 식으면 시인은 그 집을 떠나 자기를 환대해줄 새 주인을 찾을 때까지 유랑 생활을 한다. 따라서 시인에게는 어떻게든 청중의 흥미가 식지 않도록 하는 것이 중요한데, 그러기 위해 음송을 도중에 쉬거나 다음날로 연기하게 될 때 지금까지의 이야기를 완결하는 것이 아니라 은연중에 새 이야기의 첫머리로 넘어가 거기서 갑자기 중단한다. 『천일야화』(千一夜話)에서 셰헤라자데(Scheherazade)가 천 일 동안 하루하루 목숨을 이어 갈 수 있었던 것도 바로 이러한 수법 덕분이었다. 음유시인의 이야기가 끊어지지 않고 계속해서 이어지는 것은 이렇듯 실용적인 이유에서 비롯되었는데, 나중에는 그것이 서사시 문체의 특징이 된다. 다시 말해 서사시인은 처음부터 이야기의 완결이 아니라 다른 주제로 이행하는 데 관심이 있었던 것이다.

헤시오도스의 『신들의 계보』도 '신들의 탄생'을 모두 보고하는 것으로 끝나지 않고 제우스와 다른 신들의 아내들과 자녀들의 목록을 말한 다음 갑자기 새로운 주제로 넘어가 여신들과 인간 남자들의 교합과 거기서 태어난 자녀들에 관해 보고한다. 그리고 이어서 신들과 여인들의 수많은 교합과 거기서 태어난 고대 그리스 귀족 가문의 신화적 조상들의 목록이 나온다(1019행 이하 참조).

이제는 여인들의 종족을 노래하소서, 달콤하게 노래하시는
올륌포스의 무사 여신들이여, 아이기스를 가지신 제우스의 따님들이여,
당시 가장 뛰어난 여인들로서 · · ·
허리띠를 풀고 · · ·
신들과 살을 섞었던 · · ·

개별 단편(斷片 fragment)들의 첫머리에 나오는 에호이에(ehoe, '또는 · · · 한 여인처럼'이란 뜻으로, 그 복수형이 'ehoiai'다)란 말이 위에 인용한 서사(序詞)의 첫 부분에 계속해서 이어지며 신들의 사랑을 받은 여인들을 차례차례 소개하기 때문에 일명 『에호이아이』(*Ehoiai*)라고 불리는 『여인들 목록』은 『신들의 계보』에 이어 신들의 사랑을 받아 영웅들의 어머니가 된 여인들의 이야기를 들려준다. 『여인들 목록』을 고대 그리스인들은 헤시오도스의 작품으로 간주했으나, 지금은 기원전 6세기 이후에 씌어진 것으로 추정된다.

『여인들 목록』은 고대에는 전(全) 5권의 방대한 분량이었으나 지금은 대부분 다른 작가들이 인용하거나 파피루스 단편 형태로 남아 있어 의미가 통하지 않는 곳이 적지 않다. 이 작품을 고대 그리스인들이 많이 읽고 인용한 것은 그리스 신화의 또 다른 보고로서 이미 잘 알려진 인물이라 하더라도 종종 그에 얽힌 새로운 또는 다른 이야기를 들려주기 때문이다.

『헤라클레스의 방패』는 총 480행의 시(詩)로 헤시오도스의 작품으로 알려져 왔으나 지금은 훨씬 뒤에 씌어진 것으로 추정된다. 무엇보다도 이 작품에는 헤시오도스 특유의 인생에 대한 사변적(思辨的) 요소가 보이지 않는다는 것이다. 첫머리(1~56행)는 『여인들 목록』(단편 195MW)에서 가져온 것으로 헤라클레스의 어머니 알크메네에 관해 이야기하고, 나머지는 헤라클레스와 퀴크노스(Kyknos)의 결투에 관해 이야기한다. 그 대

부분(139~320행)은 헤라클레스의 방패에 관한 소름끼치는 묘사로서 『일리아스』 18권에 나오는 아킬레우스의 방패에 관한 묘사를 모방한 것으로 『헤라클레스의 방패』라는 제목을 갖게 된 이유도 바로 그 때문이다. 그런데도,

검은 날개의 시끄러운 매미가 초록빛 가지 위에 앉아
사람들에게 여름을 노래하기 시작하고—매미에게는
부드러운 이슬이 곧 마실 거리자 먹을거리다—
새벽부터 온종일 지독한 더위 속에서도
목소리를 쏟아부을 때, 세이리오스 별이 살갗을 그을릴 때,
그때 〔사람들이 씨 뿌려놓은 기장에서
수염이 돋고, 디오뉘소스가 인간들에게
기쁨과 고통이 되도록 준 풋포도들이 물들기 시작한다.
그 계절에〕 그들은 싸웠고, 그러자 큰 소음이 일었다.

위 시행에서 볼 수 있는, 곡식이 익어가는 나른한 여름철의 묘사는 『일과 날』의 582~595행을 연상케 한다.

엉겅퀴가 만발하고 시끄러운 매미가
나무에 앉아 지치게 하는 여름철에 날개 밑에서
요란한 노래를 마구 쏟아낼 때는,
염소 떼가 가장 살이 오르고 포도주가 가장 맛이 들고
여자들은 가장 음탕하고 남자들은 가장 허약하니,
세이리오스 별이 이들의 머리와 무릎을 그을려
더위에 이들의 살갗이 마르기 때문이라오.

그때는 바위 그늘과 비블리노스 포도주와
유지(乳脂) 죽과 맨 나중에 짠 염소젖과
아직 새끼를 낳지 않은, 숲 속에서 풀을 뜯는 암소와
염소의 맏배 새끼들의 고기를 마련하시라.
그리고 실컷 먹고 나서는 시원한 서풍을 마주하고
그늘에 앉아 반짝이는 포도주를 곁들여 마시도록 하시라.
그리고 흐려지지 않고 흘러가는, 연중 마르지 않는 샘에서
길어 온 물을 세 번 붓고 네 번째로 포도주를 붓도록 하시라.

그래서 고대 그리스인들은 『헤라클레스의 방패』를 헤시오도스의 작품이라고 믿었던 것 같다. 그들의 그러한 판단은 납득이 가고도 남는다. 이 두 구절은 어느 쪽을 먼저 읽든 나머지도 함께 머리에 떠오르기 때문이다.

참고문헌

I. 텍스트

Rzach, A., *Hesiodi Carmina*, Leipzig 1902 (editio maior).

——— *Hesiodi Carmina*, Leipzig [3]1913 (editio minor). (Teubner series).

Mazon, P., *Hésiode*, Paris 1928 (Budé series).

Evelyn-White, H. G., *Hesiod, Homeric Hymns and Homerica*, London 1936 (The Loeb Classical Library).

Solmsen, F., *Hesiodi Theogonia, Opera et Dies, Scutum*, Oxford [3]1990 (Oxford Classical Texts).

Merkelbach, R./M. L. West, *Hesiodi Fragmenta Selecta*, Oxford [3]1990 (Oxford Classical Texts).

II. 주석

Sinclair, T. A., *Hesiod, Works and Days*, London 1932.

Marg, W., *Hesiod, Sämtliche Gedichte, übersetzt und erklärt*, Zürich/München [2]1984.

Wilamowitz-Moellendorff, U. von, *Hesiodos' Erga*, Berlin 1928.

West, M. L., *Hesiod Theogony, edited with Prolegomena and Commentary*, Oxford 1966.

——— *Hesiod, Works and Days, edited with Prolegomena and Commentary*, Oxford 1978.

III. 사전류

Hofinger, M, *Lexicon Hesiodeum cum indice inverso*, Leiden 1973.

Minton, W. W., *Concordance to the Hesiodic Corpus*, Leiden 1976.

Paulson, J., *Index Hesiodeus*, Lund 1980 (repr. Hildesheim 1962).

Troxler, H., *Sprache und Wortschatz Hesiods*, Diss. Zürich 1964.

Ⅳ. 연구서

Heitsch, E.(Hrsg.), *Hesiod*, Darmstadt, 1966 (Wege der Forschung, Bd. 44).

Fränkel, H., *Dichtung und Philosophie des frühen Griechentums*, München 1962.

Snell, B., *Die Welt der Götter bei Hesiod, Die Entdeckung des Geistes*, Hamburg ^{3}1955.

Lesky, A., Geschichte der griechischen Literatur, Bern ^{3}1971.

Solmsen, F., *Hesiod and Aeschylus*, Ithaca and London 1949 (Cornell Studies 30).

찾아보기

작품명은 라틴명의 약자를 취하여 『신들의 계보』는 *Th.*로,
『일과 날』은 *Op.*로, 『헤라클레스의 방패』는 *Sc.*로,
『여인들 목록』은 단편의 약자인 *fr.* 다음에 해당 번호를 붙이는 방법을 택했다.
*는 재구성된 곳을 가리킨다. 행수는 원전을 기준으로 했다.
지명에는 그곳 주민들도 포함시켰다. 예: 튀르레니아인들은 튀르레니아에 포함시켰다.

(ㄱ)

(ㄴ)

(ㄷ)

(ㄹ)

(ㅂ)

(ㅅ)

(ㅇ)

(ㅈ)

(ㅊ)

(ㅋ)

(ㅌ)

(ㅍ)